迦陵书系

叶嘉莹
说初盛唐诗

[加]叶嘉莹 著

中华书局

图书在版编目（CIP）数据

叶嘉莹说初盛唐诗/（加）叶嘉莹著. —北京:中华书局,2024.
10. —（迦陵书系:典藏版）. —ISBN 978-7-101-16781-8

Ⅰ. I207. 22

中国国家版本馆 CIP 数据核字第 2024MF1498 号

书　　名	叶嘉莹说初盛唐诗	
著　　者	［加］叶嘉莹	
丛 书 名	迦陵书系（典藏版）	
责任编辑	刘冬雪	
装帧设计	刘　丽	
责任印制	陈丽娜	
出版发行	中华书局	
	（北京市丰台区太平桥西里 38 号　100073）	
	http://www.zhbc.com.cn	
	E-mail:zhbc@zhbc.com.cn	
印　　刷	北京盛通印刷股份有限公司	
版　　次	2024 年 10 月第 1 版	
	2024 年 10 月第 1 次印刷	
规　　格	开本/880×1230 毫米　1/32	
	印张 12⅞　插页 2　字数 274 千字	
印　　数	1-6000 册	
国际书号	ISBN 978-7-101-16781-8	
定　　价	62.00 元	

出版说明

　　2006年，叶嘉莹先生写毕"迦陵说诗"系列丛书的序言，连同书稿交给中华书局，开启了与书局的合作，至今已历一十八载。在这十数年间，书局先后出版了《叶嘉莹说汉魏六朝诗》《叶嘉莹说阮籍咏怀诗》《叶嘉莹说唐诗》《叶嘉莹说诗讲稿》《迦陵诗词稿》《迦陵讲赋》等十余部作品。这些作品不仅涵盖了先生的学术专著、教学讲义和她个人的诗词作品，也有先生专门为青少年所写的普及读物，是先生一生的学术造诣、教学生涯、人生体悟的全面展现。这些图书在上市之后行销海内外，深受读者喜爱，重印数十次，并经历数次改版升级。其中，《叶嘉莹说唐诗》后因体量较大，拆分成两部——《叶嘉莹说初盛唐诗》与《叶嘉莹说中晚唐诗》。《迦陵诗词稿》则以中华书局2019年增订版为基础，收入叶先生截至2018年的诗词作品，并经作者本人审定。

　　今年迎来先生百岁诞辰。在先生的期颐之年，我们特将先生在书局出版的作品汇于一系，全新修订，精益求精，采用布面精装，并将更新后的先生年谱附于《迦陵诗词稿》之后，以期为读者朋友们提供一个更加完善的版本。

《楞严经》中有鸟名为"迦陵"，其仙音可遍十方界，因与"嘉莹"音颇近，故而叶嘉莹先生取之为别号。想必此鸟之仙音在世间的投射，便是叶先生之德音。有幸，最初先生讲述"迦陵说诗"系列的录音我们依然留存，并附于书中，虽因年代久远，部分内容或有残损，且因整理与修订幅度不同，录音与文字并不完全吻合，但今天我们依然能聆听先生教学之音，本身便不失为一大乐事。愿此音永在杏坛之上，将古典诗词感发的、蓬勃的生命力，注入国人心田之中。

中华书局编辑部

2024年8月

原"迦陵说诗"系列序言

　　中华书局最近将出版我的六册讲演集,编为"迦陵说诗"系列,要我写一篇总序。这六册书如果按所讲授的诗歌之时代为顺序,则其先后次第应排列如下:

　　一、《叶嘉莹说汉魏六朝诗》

　　二、《叶嘉莹说阮籍咏怀诗》

　　三、《叶嘉莹说陶渊明饮酒及拟古诗》

　　四、《叶嘉莹说唐诗》

　　五、《好诗共欣赏》

　　六、《叶嘉莹说诗讲稿》

　　这六册书中的第二种及第五种,在1997及1998年先后出版时,我都曾为之写过《前言》,对于讲演之时间、地点与整理讲稿之人的姓名都已做过简单的说明,自然不需在此更为辞费。至于第一种《叶嘉莹说汉魏六朝诗》与第四种《叶嘉莹说唐诗》,现在虽然分别被编为两本书,但其讲演之时地则同出于一源。二者都是二十世纪八十年代中我在加拿大温哥华不列颠哥伦比亚大学讲授古典诗歌时的录音记录,只不过整理成书的年代不同,整理讲稿的人也不同。前者是九十年代中期由天津的三位友人安易、徐晓莉和杨爱娣所整理写定的，后者则是近年始由南开大学硕士班的曾庆雨同学写定的。后者还未曾出版过，而前者则在2000年初已曾由台湾之桂冠图书公司出版，收入在《叶嘉莹作品集》的第二辑《诗词讲录》中，而且是该专辑中的第一册，所以在书前曾写有一篇长序，不仅提及这一册书的成书经过，而且对这一辑内所收录的其他五册讲录也都做了简单的介绍。其中也包括了现在中华书局即将出版的《叶嘉莹说阮籍咏怀诗》和《叶嘉莹说陶渊明饮酒诗》，但却未包括现在所收录的陶渊明的《拟古》诗，那是因为"饮酒"与"拟古"两组诗讲授的时地并不相同，因而整理人及成书的时代也不相同。前者是于1984年及1993年先后在加拿大温哥华的金佛寺与美国加州的万佛城陆续所做的两次讲演，整理录音人则仍是为我整理《叶嘉莹说汉魏六朝诗》的三位友人。因此也曾被桂冠图书公司收入在他们2000年所出版的《叶嘉莹作品集》的《诗词讲录》一辑之中。至于后一种《拟古》诗，则是晚至2003年我在温哥华为岭南长者学院所做的一次系列讲演，而整理讲稿的人则是南开大学博士班的汪梦川同学，所以此一部分陶诗的讲录也未曾出版过。

回顾以上所述及的五种讲录，其时代最早的应是二十世纪六十年代中我在台湾为教育电台播讲大学国文时所讲的一组阮籍的"咏怀"诗，这册讲录也是我最早出版的一册《讲录》。至于时代最晚的则应是前所提及的2003年在温哥华所讲的陶渊明的《拟古》诗。综观这五册书所收录的讲演录音，其时间跨度盖已有四十年以上之久，而空间跨度则包括了中国台湾、美国、加拿大及中国大陆四个不同的地区和国家。不过这五册书所收录的讲演却仍都不失为一时、一地的系列讲演，凌乱中仍有一定的系统。至于第六册《叶嘉莹说诗讲稿》则是此一系列讲录中内容最为驳杂的一册书。因为这一册书所收的都是不成系列的分别在不同的时地为不同的学校所做的一次性的个别讲演，当时我大多是奔波于旅途之中，随身既未携带任何参考书籍，而且我又一向不准备讲稿，都是临时拟定一个题目，临时就上台去讲。在这种情况下就不免会出现了不少问题。其一是所讲的内容往往不免有重复之处，其二是我讲演时所引用的一些资料，既完全未经查检，但凭自己之记忆，自不免有许多失误。何况讲演之时地不定，整理讲稿之人的程度不定，而且各地听讲之人的水平也不整齐，所以其内容之驳杂凌乱，自是必然之结果。此次中华书局所拟收录的《叶嘉莹说诗讲稿》原有十三篇之多，计为：

1.《从中西诗论的结合谈中国古典诗歌的评赏》（这是我二十世纪八十年代初在四川成都所做的一次讲演，由缪元朗整理，讲稿曾被收入在河北教育出版社所出版的《古典诗词讲演集》。）

2.《从几首诗例谈中国古典诗歌中形象与情意之关系》（这是二十世纪八十年代初我在天津师范大学所做的一次讲演，由徐晓莉整理，讲稿亦曾收入在《古典诗词讲演集》。）

3.《从形象与情意之关系看三首小诗》（这是1984年在北京经济学院所做的一次讲演，由杨彬整理，讲稿亦曾被收入《古典诗词讲演集》。）

4.《旧诗的批评与欣赏》（这是我在二十世纪九十年代中在南开大学所做的一次讲演，此稿未曾被收入我的任何文集。）

5.《从比较现代的观点看几首旧诗》(这是二十世纪六十年代中我在台湾大学为"海洋诗社"的同学们所做的一次讲演,讲稿曾被收入台湾桂冠图书公司所出版的《迦陵说诗讲稿》。)

6.《漫谈中国古典诗歌中的感发作用》(这应是二十世纪八十年代末或九十年代初的一次讲演,时地已不能确记,此稿以前未曾出版。)

7.《从中西文论谈赋比兴》(这是2004年在香港城市大学的一次讲演,曾被收入香港城市大学出版之《叶嘉莹说诗谈词》。)

8.《古诗十九首的多义性》(这是2003年在香港城市大学的一次讲演,曾被收入《叶嘉莹说诗谈词》。)

9.《诗歌吟诵的古老传统》(同上。)

10.《杜甫诗在写实中的象喻性》(同上。)

11.《从西方文论看李商隐的几首诗》(这是2001年我在南开大学所做的一次讲演,未曾收入我的任何文集。)

12.《一位晚清诗人的几首落花诗》(这也是2003年在香港城市大学所做的一次讲演,曾被收入《叶嘉莹说诗谈词》。)

13.《阅读视野与诗词评赏》(这是2004年我在一次会议中的发言稿,未曾收入我的任何文集。)

以上十三篇,只从讲演之时地来看,其杂乱之情形已可概见,故其内容自不免有许多重复之处。此次重新编印,曾经做了相当的删节。即如前所列举的第一、第二、第四与第五诸篇,就已经被删定为一篇,题目也改了一个新题,题为"结合中西诗论看几首中国旧诗中的形象与情意之关系";另外第六与第七两篇,也被删节成了一篇，题目也改成了一个新题，题为"从'赋、比、兴'谈诗歌中兴发感动之作用"。我之所以把原来十三篇的内容及出版情况详细列出，又把删节改编之情况与新定的篇题也详细列出，主要是为了向读者做个交代，以便与旧日所出版的篇目做个比对。而这些篇目之所以易于重复，主要盖由于这些讲稿都是在各地所做的一次性的讲演，每次讲演我都首先想把中国诗歌源头的"赋、比、兴"之说介绍给听众，举例时自然也不免谈到形象与情意之关系。而谈到形象与情意之关系时，又不免经常举引大家所熟悉的一些诗例，因此自然难以避免地有了许多重复之处。然而一般而言，我每次讲演都从来没有写过讲稿，所以严格说起来，我每次讲演的内容即使有相近之处，但也从来没有过两篇完全一样的内容。只是举例既有重复，自然应该删节才是。至于其他各篇，如《叶嘉莹说汉魏六朝诗》、《叶嘉莹说唐诗》、《叶嘉莹说阮籍咏怀诗》、《叶嘉莹说陶渊明饮酒及拟古诗》等，则都是自成系列的讲稿，如此当然就不会有重复之处了。

除去重复之缺点外，我在校读中还发现了其中引文往往有失误之处。这一则是因为我的讲演一向不准备讲稿，所有引文都但凭一己的背诵，而背诵有时自不免有失误，此其致误的原因之一。再则这些讲稿都是经由友人根据录音整理出来的，一切记录都依声音写成，而声音往往有时又不够清晰，此其致误的原因之二。三则一般说来，古诗之语言自然与口语有所不同，所以出版时之排印也往往有许多错字，此其致误的原因之三。此次校读中，虽然对以前的诸多错误都曾尽力做了校正，但失误也仍然不免，这是我极感愧疚的。

回首数十年来我一直站立在讲堂上讲授古典诗词，盖皆由于我自幼养成的对于诗词中之感发生命的一种不能自已的深情的共鸣。早在1996年，当河北教育出版社为我出版《迦陵文集》时，在其所收录的《我的诗词道路》一书的《前言》中，我就曾经写有一段话说："在创作的道路上，我未能成为一个很好的诗人，在研究的道路上，我也未能成为一个很好的学者，那是因为我在这两条道路上，都并未能做出全心的投入。至于在教学的道路上，则我纵然也未能成为一个很好的教师，但我却确实为教学的工作投注了我大部分的生命。"关于我一生教学的历程，以及我何以在讲课时开始了录音的记录，则我在1997年天津教育出版社为我出版《阮籍咏怀诗讲录》一书及2000年台湾桂冠图书公司为我出版《诗词讲录》一辑的首册《汉魏六朝诗讲录》一书时都曾先后写过序言，而此两册书现在也都被北京中华书局编入了我的"迦陵说诗"系列之中。序言具在，读者自可参看。回顾我自1945年开始了教书的生涯，至于今日盖已有六十一年之久。如今我已是八十三岁的老人，仍然坚持站在讲台上讲课，未曾停止下来。记得我在1979年第一次回国教书时，曾经写有"书生报国成何计，难忘诗骚李杜魂"两句诗。我现在仍愿以这两句诗作为我的"迦陵说诗"六种之序言的结尾，是诗歌中生生不已的生命使我对诗歌的讲授乐此不疲的。

　　是为序。

叶嘉莹

2006年12月

目　录

前言

这个系列我们主要是讲唐代的诗歌。在正式讲唐诗之前，还是让我们先对唐代以前中国诗歌的发展演进过程做一个简单的回顾。

中国最早的一部诗歌总集是《诗经》，它收集了从西周初期到春秋中叶大约五百年时间的诗歌三百零五篇，比较全面地反映了周代的社会面貌。《诗经》中的诗歌，每句从二言到八言字数不等，但是以整体而言，它是以四言为主的。这是因为，四言诗句无论是在句法的结构还是节奏的顿挫方面，都是最简单而且初具节奏的一种体式。如果一句的字数少于四个字，其音节就不免有劲直迫促之失了。所以，《诗经》中的作品作为中国最早的诗歌，自然而然地形成了最简单的以四言为主的形式。

继《诗经》之后，中国南方又产生了一种新兴诗体——《楚辞》。《楚辞》以屈原、宋玉的作品为主，也收集了后代一些文人模仿屈、宋的作品。《楚辞》在形式方面对后世影响最大的两种形式，一个是"骚体"，一个是"楚歌体"。"骚体"诗得名于屈原的《离骚》。屈原一生志洁行廉，忠于君国，却"信而见疑，忠而被谤"。所以，他在《离骚》中诉说自己遭遇忧患的悲哀，表现自己高洁的性情和理想，以及守正不移、虽九死而不悔的精神品质。《离骚》在内容和感情上的特色对后代诗人有很大的影响。这种特色主要表现为对理想的追寻、殉身无悔的志意、美人香草的喻托以及悲秋的摇落无成之慨。关于这些内容，以前我曾有过详细的论述，这里就不再重复了。至于在形式上，《离骚》的句子较长，大致是"兮"字的前后各六个字。因为句法的扩展，篇幅也随之延长，这就使得这种诗歌有了散文化的趋势。于是，《楚辞》中的骚体，就逐渐从诗歌中脱离出来，发展为赋的先声。

《楚辞》的另一种形式是"楚歌体"。"楚歌体"主要指的是《楚辞》中的《九歌》这一组诗。它本是楚地祭祀鬼神时由男女巫师所唱的巫歌，多用爱情的口吻来叙写一种期待和召唤的浪漫感情，因而能够引发起人们对理想、政治以及宗教等许多方面的联想。在形式上，《九歌》的句子、篇幅都比《离骚》短，最常见的形式是"兮"字前后各三个字。例如"悲莫悲兮生别离，乐莫乐兮新相知"，一句七个字，每一句的韵律节奏都是"四三"，这和后来七言诗的韵律节奏是一致的。所以，《九歌》成为后世七言诗的滥觞。

总之，"骚体"与"楚歌体"代表了《楚辞》中两种不同的形式，其不同之处已如上所述。另外，有一点值得注意的是，无论"骚体"还是"楚歌体"，都大量使用了"兮"等语气词。语气词的间用，给《楚辞》增添了一种飞扬飘逸的姿致。

春秋战国之后，秦统一天下。嬴秦传世很短，在诗歌方面并没有什么可以称述之处。到了汉朝，其初期的诗歌有以下几类：一类是模拟《诗经》的四言体，如韦孟的《讽谏诗》、唐山夫人的《房中歌》等，这种体式主要用于庙堂祭祀的场合，比较严肃而且公式化，艺术价值不高；还有一类是模拟《楚辞》的楚歌体，例如刘邦的《大风歌》、项羽的《垓下歌》，以及相传为汉武帝刘彻所作的《秋风辞》等等。这类诗歌大抵上是人们"情动于中而形于言"的一些即兴抒情之作。

后来，乐府诗兴起，从而一扫汉初诗坛的消沉气象，而有了新的开拓和成就。乐府诗的本义，原只是一种合乐的歌词。狭义上的乐府诗始于西汉武帝之世。史载汉武帝曾建立了乐府的官署，并且派人到各地采集歌谣，然后配上音乐来歌唱。此外，文士们也写了一些可以配乐歌唱的诗，这些歌诗后世通称为"汉乐府"。就歌词的体式而言，汉乐府有继承《诗经》的四言体，有继承《楚辞》的楚歌体，有出自于歌谣，反映当时社会现实的杂言体。而最可注意的一种，则是由新声的影响而逐渐形成的一种五言的体式。当时，汉朝与西北外族的相互交往，使得西域胡乐传入中国。中国传统音乐受到外族音乐的影响，就产生了一种叫做"新变声"的音乐。而当初配合这种"新变声"的歌诗，就是最初的五言诗体。试以武帝时的协律都尉李延年所作的《佳人歌》为例：

> 北方有佳人，绝世而独立。
> 一顾倾人城，再顾倾人国。
> 宁不知倾城与倾国，佳人难再得。

全诗除了第五句因加了三个衬字而变成八字一句之外，其他各句都是五言。我们从中不难看出五言的体式受新声影响而逐渐形成的迹象，但这只是乐府诗的五言化而已，因为它的形式还没有完全固定。后来，五言体逐渐进步，就产生了《上山采蘼芜》这样比较整齐的五言体诗歌。再进一步发展，就有了《古诗十九首》的产生。到《古诗十九首》出现后，五言诗就有了一个完全固定的体式，于是我们就称之为"古诗"，而不叫它"乐府"了。至于乐府诗对后世的影响，主要有以下几点：第一是对五言诗的形成有很大的影响；第二是使得后代出现了很多模仿汉乐府的作品。比如李白等诗人曾用乐府诗的旧题来写新诗，而白居易则模仿汉乐府的风格自命新题、自写新诗，创作了"新乐府"诗。

自从东汉五言诗形成以后，其作者渐渐增多。到了建安时期，曹氏父子风起于上，邺中诸子云从于下，不仅使得五言诗在形式上达到了完全成熟的境界，而且内容上也因作家辈出而有了多方面的拓展和完成，从而最终奠定了五言诗的地位，使之成为我国诗人沿用千余年之久的一种诗体。

汉朝以后，从魏晋到南北朝，是我国诗歌由古体到律体转变的一个时期。这种律化分两步走：一是对偶，二是声律。对偶早在一些很古老的书中就曾出现过，后来的《古诗十九首》中也有一些对偶的骈句，但这些都是自然而然形成的，并非出自作者有意识的安排。到了建安时期，曹植开始有心使用骈偶之句，以增加其诗歌的气势。不过，曹植诗中的对偶只是大体上的相称，并不十分严格。晋宋之间，谢灵运诗中的对偶数量进一步增加，形式上也更加严密了。可见，诗歌中对偶的运用是逐渐趋于工整的。关于声律方面，南北朝之前的一些文士，如西汉的司马相如、魏晋时期的陆机等人都曾经注意过这方面的问题，然而他们所强调的，只不过是自然的声调而已。到了魏晋以后，佛教盛行于世，于是译经、唱经等事业迅速发展起来。外来文化的刺激使得一些人开始对本民族的语言文字加以反省，声韵的分辨因此日趋精密。到了周颙作《四声切韵》，沈约作《四声谱》，四声的名称便由此确立了。

可见，对偶和声律两种说法的兴起，的确是对中国文字的特性有了反省与自觉以后的必然产物。而当对偶与声律日益得到讲求之时，中国的美文便得到一次大的发展。这主要表现在四六文的形成与律诗的兴起。所谓律诗，一方面要讲求四声的谐调，另一方面要讲求对偶的工整。其相对的二联必须音节相等，顿挫相同，而且要平仄相反，词性相称。所以后来就逐渐形成了"仄仄平平仄，平平仄仄平"和"平平平仄仄，仄仄仄平平"两种基本的平仄格律。这两种基本形式再加以变化，就形成了平起仄起、律诗绝句等各种形式。这些新兴格式到了唐朝更臻于精美，而且最终得以确立。而魏晋南北朝则是格律诗由酝酿渐臻成熟的一个时期。我们从谢灵运、沈约、徐陵、庾信等人的诗作中，可以清楚地看到这种演进的轨迹。

关于魏晋南北朝诗歌在形式方面对后世诗歌的影响，大致已如上所述。如果就题材内容方面而言，建安时的曹植曾多次在诗歌中抒发自己渴望赴边塞为国家建功立业的壮志豪情。例如他在《白马篇》中说："控弦破左的，右发摧月支"，"长驱蹈匈奴，左顾凌鲜卑"，"捐躯赴国难，视死忽如归"等等。且不管曹植本人若真上了战场，到底能否像其诗中所说的那样骁勇善战，单是他那种叙写的口吻便能给读者一种强大的震慑力。到了唐朝，当一些诗人如高适、岑参、王昌龄等人真的远赴塞外，并且对边塞生活有了深切的体验之后，便写出了许多真正意义上的边塞诗。这些边塞诗固然比前代诗人类似题材的作品发展了，但那种从军报国、建功立业、视死如归的英雄气概，无疑受到了前代诗人的影响。

另外，魏晋之际，政治斗争错综复杂，风云变幻，社会道德价值观念完全崩溃。很多士人不能在仕途上施展自己的抱负，于是转而清谈玄理。这种社会风气影响了诗人作者，就有了后来玄言诗的产生。玄言诗的作者崇尚老庄玄理，而崇尚老庄思想的人一般都比较醉心于山林隐逸的生活，所以玄言诗中描写山水风景的分量日渐增多。到谢灵运出现后，这种情况发生了一个质的转变，而谢灵运则成为中国山水诗一派的开山作者。后来发展到唐朝，王维、孟浩然、韦应物等人继承了这一派写山水林泉的传统，并做了进一步的拓展，从而写出许多风格各异、多姿多彩的山水诗来。

再有，南北朝时期还出现了一位非常值得注意的作者——庾信。庾信本生于南朝，曾做过梁武帝的文学侍从之臣。受当时柔靡诗风的影响，庾信写过不少轻靡浮艳的宫体诗。侯景之乱爆发后，台城失陷，庾信也在抵抗侯景的战斗中失败。后来，他奉梁元帝之命出使北朝，结果受骗做了羁臣，而梁朝最后还是灭亡了。羁留北朝期间，庾信怀破国亡家之痛，作悲哀危苦之词。他把南朝华艳绮靡的文风与北朝雄壮矫健的文风相结合，从而创作出清新老成、别具风格的诗文。杨慎在《升庵诗话》中曾谓庾信的诗赋"为梁之冠绝，启唐之先鞭"，确实如此，庾信可以说是唐代之前一个小型的集大成的作者。

以上，我们主要就诗体演进方面概括地谈了一下前代诗歌对唐诗的影响，不难看出，唐代以前，中国诗歌的主流是朝格律化的方向发展的。这本是一个必然的趋势，而魏晋南北朝是中国古诗格律化的一个形成阶段。当然，对偶和平仄的谐调可以形成中国语言文字的一种特美。不过，任何一种新的文字体式在其形成之初，当人们还不能完全自如地运用它时，这种形式往往会成为作诗的一种限制。中国格律诗的发展也正是如此。所以在齐梁时代，当沈约的四声八病之说一经兴起后，诗人文士们便把注意力完全集中于对偶和平仄等方面。他们的诗作在形式上虽然精美了，可其内容却变得相对空泛，而缺少了一种感发的力量与生命。这种情况一直到了唐朝才得以改变。

到了唐朝，诗人们一方面继承了汉魏以来的古诗乐府，使之更得到扩展而有以革新，一方面则完成了南北朝以来一些新兴的格式，使之更臻于精美而得以确立。那时，诗人们对格律的运用已经比较熟练而自如，格律已不再成为作诗的限制了。于是，一些诗人就用这种精美的形式而写出内容非常丰美深厚的诗歌来。

唐朝，理所当然成为中国诗歌的集古今体式与南北风格的集大成的时代。

（曾庆雨整理）

【初唐诗人】

之 一
*

王 绩

初唐是中国近体诗完成的时代，而王绩是隋末唐初时的一个重要作者。下面，我们就来讲王绩。

一

　　王绩，字无功，是隋朝末年的一个隐士。他说自己是"有道于己，无功于时"（《自撰墓志》），也就是说，自己在品格的修养方面有所获得，但对于时代没有什么贡献。据书上记载，王绩在隋朝的时候曾经做过秘书省正字，做过六合县的县丞，后来又做到了太乐丞，可我说他是个隐士，因为什么缘故呢？大家要知道，王绩在隋、在唐官职都不高，他个人以为这是"才高位下"（《自撰墓志》）——自己的才能很高，可是地位却很卑下。他曾经"以醉失职"，有人说他常常喝酒，而且常常喝醉，因此被劾，遂解官去职。王绩主要的生涯是在隐逸之中消磨的，我们说他是一个隐士，并不是说他从来没有做过官，他是先出仕而后隐居；我们说陶渊明也是一个隐士，而陶渊明也曾做过官，也是由仕而隐的。讲到这里，我们先提出来一个仕与隐的问题。这个问题，关系到中国儒家的一个重要的传统。

中国儒家一直以为，读书人应该"学而优则仕"（《论语·子张》），也就是说，如果你读书读得很好，真是有得，真正对于做人、治国、平天下有一个理想的话，那你就应该出来做官。中国古人常常说士农工商，而那个时候的读书人大多是四体不勤、五谷不分，既不会种地，也不会做工，很多事情都不会做，可为什么中国旧传统却把他们放在最高的位置呢？因为无论是农、工还是商，他们所专攻的只是一门职业；而读书人——士就不同了，中国古代的读书人一向是以治国平天下为己任的。宋朝的范仲淹就说，士当"先天下之忧而忧，后天下之乐而乐"（《岳阳楼记》）。作为一个士，你的理想并不是说自己只是专攻某一门职业，而是要把治理国家的责任负担起来，要有社会关怀，这是中国儒家最高的理想。所以古人说治国平天下的人应该是"人溺己溺，人饥己饥"：有人溺水，则如自己溺水；有人挨饿，则如自己挨饿。因此，人民的一切安危苦乐，他们的生活幸福或者不幸福，作为士都要能感同身受，负起责任。读书人关心国家大事，这本来是一个好的传统。可是你要知道，有些读书人，尽管他们小时候读儒家的书，也有过很多治国平天下的理想，可当他们一旦进到官场以后，就只记得他们做官的权力和地位，只顾升官发财、贪赃枉法，而把自己的责任忘记了。这是读书人的败坏和堕落，也是儒家传统的堕落。所以，当另外一些有品节的读书人抱着理想进到官场以后，他们看到了这种败坏与堕落，便由仕而隐了。晋代的陶渊明是如此，王绩也是如此。同时你也要知道，中国旧传统的诗人都是念过书的。不念书的人，像中国古代那么多文盲，他们根本就不认识字，哪里会写诗呢？所以凡是写诗的人，当然都是读过书的人；而凡是读书的人，就都曾经有过仕的理想。因此在中国的诗歌传统里边，仕与隐这两种意念的斗争，一直是一个非常重要的传统。

如果大家有时间，应该去看一看中国近代一位有名的学者朱自清的文章。朱自清不但白话文写得很好，而且古典的修养也非常好。他很注重对于年轻人的教育，写了许多关于如何带领年轻人去读古籍的作品。他有一篇相当长的文章，题目是"唐诗三百首指导大概"。在这篇文章中，他第一个提出来的问题就是论中国诗歌里边有关仕隐之理想的这样一个传统。

现在我还要讲回来，我以前不是说过，中国的诗歌是言志的吗？《诗大序》上就说："诗者，志之所之也。"现在提到朱自清，我就想起他还有另外一篇文章，写得也很长，成为一本专书，叫做"诗言志辨"，也就是关于诗言志这个问题的讨论。在《诗言志辨》中，他讨论到这样一个问题：中国诗歌所说的言志到底指的是什么？一般以为，你抒情，这就是志。可是在中国的诗里边，除了抒情以外，志还包括诗人自己的理想和志意——你是以仕为你的理想和志意，还是以隐为你的理想和志意？或者，是你本来以仕为正面的理想，可因为求仕不得，就回转到反面的以隐为理想了？这在中国诗歌里有种种复杂的表现。有人表面写的是仕，其实他内心有隐的理想；有人表面上写的是隐，其实他的内心有仕的理想。王绩是由仕而隐的。同时，也有一些人是由隐而仕的。唐朝的时候有一个俗语叫"终南捷径"。"终南"就是长安城外很近处的一座山。当时很多人去参加科举考试，但你不见得就能考上，也许你从二十岁考到满头白发都没有希望。于是，有些人就想出一个聪明的办法，就是自己把理想标得很高，每天高谈阔论，好像是鄙薄世间一切名利禄位，并且隐居到终南山里。这一隐居就出了名，人们就以为他是高士，而他又没有跑到很远的深山茂林里去隐居，所以京城的皇帝一下子就听说了，便马上请他出来做官，连试都不用考了！那时有一个叫卢藏用的人就是这样做的，结果后来真的被请出去做了官。做官之后他还自命清高，有一天他跟一个朋友远望终南山，就说："在这终南山里边过隐居的生活确实非常好啊！"他的朋友就讽刺他说："依我看来，终南山就是做官的一条最快的途径。"这就是"终南捷径"。在这里，我是要说，仕与隐一直是中国诗歌里非常重要的问题。关于这个问题，朱自清曾经提出过；而我们现在讲唐诗，讲第一个诗人——王绩，马上就面对了这样的问题。

我们说王绩是由仕而隐的，但是你要知道，中国人说求隐，好吗？如果你不出来做官，就会发生一个问题：你到底怎样去谋生？陶渊明说："人生归有道，衣食固其端。"（《庚戌岁九月中于西田获早稻》）他说，不错，人生最后的归趋总要有一个理想。中国儒家说："人之所以异于禽兽者几希。"（《孟子·离娄下》）人跟狗、马等动物不同的、相差的那里是什么？动物只知道吃饱了能够生活就好了，而人除了吃饭以外，你总要有一个做人的理想和目的。可是人生也不能净追求理想和目的，因为你最基本的是要吃饭才能生活。如果你连衣食问题都解决不了，生命都没保障了，还谈什么理想呢？所以，吃饭穿衣是追求理想的开始。那么，你怎么样追求衣食？你的手段是什么？当然，读书人要是做官，就可以依靠俸禄解决衣食温饱的问题。可是，如果你觉得官场太黑暗，而你又不愿意与他们同流合污，那你就没有办法在官场之中混下去，你就会想到隐，可隐居你做什么？面对这个问题，陶渊明选择了躬耕，就是自己去种田了。种田你也要有一片田地可种才行，陶渊明有这样的田地可种，王绩也是有这样的田地可种的。书上说，王绩出身于隋末世家，他的哥哥王通是当时中国很有名的学者，号称"大儒"，被尊为"文中子"。因为是世代读书的人家，他们都曾经一度出来做过官，所以有田园可以归耕。我们看王绩的生平介绍，说他有祖传的"东陂馀业"，"陂"就是一个山坡，在那里有他的房产和园林，可以过悠闲的隐居生活。

王绩不仅是一个隐士，而且是一个"双重"的隐士。什么叫"双重"的隐士呢？我们知道，王绩由仕而隐，他在身体上是隐居到故乡了，这是第一层的意思；可是，当他隐居到田园以后，还是觉得有很多烦恼。因为他最高的理想本来是求仕，是求而不得才回来隐的。所以，为了忘记那些烦恼和痛苦，他不得不每天用饮酒来使自己沉醉，隐匿到醉乡之中，这是第二层的意思。

事实上，当王绩正在做官尚未还乡的时候，就早已向醉乡里逃避了。他曾写过一篇很有名的《醉乡记》，又写过《五斗先生传》。"五斗"，就是喝酒喝到五斗的意思。另外，他还写过《祭杜康新庙文》。杜康是谁呢？相传，杜康是中国古代第一个发明造酒的那个人。曹操在《短歌行》中就说过："何以解忧，唯有杜康。"可以说，在王绩的诗文中，赞美饮酒和酒醉的篇章比比皆是，他宣扬所谓"可以全身，杜明塞智"（《祭杜康新庙文》）的酒德。他认为，在一个衰乱的时代，如果你一定要跟人去争论是非、辨明善恶，非要弄个黑白分明，而这个世界的人本来都是以非为是、以恶为善的，结果你就会引来杀身之祸。所以，他认为最好的保全自己的方法就是逃避到醉乡里边去，把是非善恶都忘掉，这样就"可以全身"了。"杜明塞智"，"杜"是断绝；"明"是聪明，"塞"是堵塞；"智"是智慧。也就是说，为了避免招致杀身之祸，你就要弃绝掉你的聪明，堵塞住你的智慧，把你对是非善恶的这一份明察的分别的能力忘记。王绩宣扬这样的酒德，并且认为这是渊源于道家所讲的"醉者神全"。中国道家说，如果你是醉者，不在是非善恶这种分别之中挣扎的话，那你的精神就得到了一种自然的状况。所以有人说，凡是醒着摔跤的人容易被摔伤，而喝醉酒的人摔倒了则不容易受伤。因为你清醒的时候，一看见要摔倒了，就会赶紧伸手伸脚地要去挣扎，这样很可能把腿脚摔断了；如果你喝醉了，根本不知道，一出溜躺下了，那也就摔不伤了。这个我们且不去管它，反正有人这样说过。为了宣扬这种酒德，王绩举了刘伶、阮籍、陶潜这些喜欢饮酒的人为前例，但是他自己对喝酒的态度更认真，把喝酒的借口也更夸大。他所提倡的已不是怡情解闷的陶醉，而是以哲学理论为幌子的一种麻醉。因为，假如社会上的人都过这样的生活，那么谁去主持是非善恶？社会上岂不就任凭那些贪赃枉法之人去为非作歹了吗？所以，这是一种消极退避而又怯懦的道德观。我们一定要知道，这种观念确实不是完全正确的。

我还要讲一些题外的话，就是说如果一方面有对于是非善恶的一个理想的坚持，另一方面还能够在处世之间保全自己，若能把这两种态度结合起来的，就是"和而不流，强哉矫"——这是中庸的道德。别人贪赃枉法，你不与他们同流合污，但你也不是用很生硬的手段去硬碰硬，而是用一种比较柔和的态度、比较缓和的手段去应付。这并不是说你向他们投降了，因为你还能够保持与他们不同的这一点精神的理想，《中庸》上说，这样的人才是最坚强、最正直的人。

讲到这里，我想到现在很多人都不读中国的古书了，这样在观念之中就没有一个修身、做人、处世的道理，所以一看到外边的物质，马上就被迷乱了，结果也许会走到一个杀身败家的下场。还有就是，中国所说的学是什么？是从修身开始。如果你不读书，就不会把旧传统中做人的道理延贯下来，眼光一短浅，还谈什么理想？那就难免被外物所迷了。最关键的一点是，你既要在艰难困苦的环境里生活下去，又要保持你的理想不倒下去，而你还能不受到伤害，这是中国传统中做人的一个最高的理想。

二

王绩可以说是一个追求哲学理想的人。他有时候说，儒、释、道三家各有各的缺点，它们都引起了自己的反感；有时候又说，三家的思想基本上是可以调和的。不是说你一味追求仕就对了，也不是说你一味追求隐就对了。所以在中国的圣人里边，大家都说孔子才是"圣之时者"，是可以仕则仕，可以隐则隐——在仕与隐之间找到了一条调和的道路。我们今天来不及讲哲学的问题，我只是说王绩曾经有这样的思想。然而，总的看起来，他受道家思想的影响最深。他说自己对于"周孔制述，未尝复窥，何况百家悠悠哉"（《答程道士书》）？"周孔"是中国古代所说的圣人——周公和孔子；"制"是指周公为周朝厘定的文物制度；"述"是说他们写下很多教育人的著述。中国近代的著名学者王国维曾经写过一篇论文叫"殷周制度考"，"殷"就是商朝。

你要知道，在中国历史上，从商朝到周朝经历了政治文化的一次大改革，而周武王的成就不只是在政治上起兵革命，推翻了商朝，更主要的是他革命成功以后所建立的文化制度。只能破坏不能建设，这是不可以的。王国维看到了这一点，所以他特别赞赏周朝。他说，周朝之所以了不起，就因为它不只是通过革命推翻了前一个朝代，而且立下了很多可以传世、可以长久、利益比较多而弊害比较少的制度。那王国维为什么要写《殷周制度考》呢？因为他生在民国的革命时代，他看到很多人只知道革命的破坏，而没有为自己的国家建立一个真正可以绵延百世的有利的法则和制度，他是有鉴于此才写的。所以做学问也要有做学问的眼光和见解，都是考证，有的考证就没有理想，有的考证则是充满理想的。

刚才我们讲了，王绩一方面说自己对周孔的制述"未尝复窥，何况百家"，他说，我对于周公、孔子的制度著述都没有再学习过，连这些正经书都不再看了，何况诸子百家其他的书呢？他这句话说得很客气，但我们要认识到，他是真的不看书了吗？不是。他说是这么说，可是另一方面，他却"床头素书数帙，《庄》、《老》及《易》而已"（《答冯子华处士书》），他的床头摆了一大堆书，不但有周、孔的，还有庄子、老子等很多人的书。在这里，我还要补充一点，就是在魏晋之间玄学盛行。当时的一些名士如王弼等人曾经给《易经》做过解释，但他们并不是用儒家思想，而是用道家思想来解释的，所以王绩说，通过魏晋王弼等人的阐释，儒家的《易经》早已变为《老子》和《庄子》的补编和附录了。

另外，王绩的言论作风比较接近于他所向往的那些师法老庄的魏晋名流，如阮籍、嵇康等人。你要知道，一般说起来，在中国，凡是衰乱的时代，道家思想就会盛行。因为儒家是要讲究对是非善恶的正名的，就是一切我要把它弄出一个基本的原则来。道家呢？则是讲如何保全自己的，所以会盛行于乱世。魏晋是个乱世，因此盛行玄学；隋朝末年，隋炀帝奢侈淫靡，他无限制地驱使人民服劳役，致使天下发生了很多叛乱的事情。所以，隋末也是一个乱世，道家思想在当时也是比较流行的。生在这样的时代，王绩就像嵇康、阮籍一样，鄙弃儒家的礼法。在魏晋人物里，他称道最多的是陶潜，诗文中经常称引他的言语或运用他的故事。王绩在为人行事方面是那样爱慕陶潜，作起诗来，也就不免受了陶潜的一些熏染。所以，他的诗多半以田园闲适情趣为内容，一部分篇章也能够平淡自然，摆脱了南北朝雕饰华靡的习气。在南北朝久经酝酿的五言律体，到他手里才渐趋成熟起来。

提到南北朝，我还要补充说明一点。其实以前我也讲过，就是在魏晋南北朝时期，因为佛教的传入，大家要学习梵文，所以才注重音律，讲求平仄。这样一来，很多人就过分重视声音文字等外表的美，而忽略了诗歌的内容。尤其是在南朝齐梁之间，那时梁朝的几个皇帝像梁武帝、梁简文帝、梁元帝等人都喜欢作诗，宫廷里的文学风气很盛。他们招致了一些文学侍从之臣，每天陪着自己作诗。你想，陪着皇帝能作出什么好诗来？不过是拣着皇帝爱听什么就说什么嘛！而且皇帝一天到晚生活得这么快乐，对于民间的很多事情都不了解，所以那些诗大多是写歌舞宴乐、漂亮女子之类的，既没有深刻的思想内容，也没有真实的感情，只是一味讲求声音文字的雕琢修饰之美，这部分诗被称为"宫体诗"。到王绩出现后，他的诗表面上多是写田园隐居的生活，表现出一种闲适的情趣，好像他实际的特征也是平淡而闲适的。其实，正如我前面所讲的那样，他内心是充满矛盾和痛苦的。所以，王绩不只是隋朝末年把格律完成的一个诗人，而且，他的诗在外表的闲适平淡与内心的寂寞矛盾之间反映出一种复杂而深刻的内容。这正是王绩的诗虽然留传下来的不多，却应该受到重视的一个缘故。

三

现在我们就来看王绩的一首诗，题目是"野望"：

东皋薄暮望，徙倚欲何依?

树树皆秋色，山山唯落晖。

牧人驱犊返，猎马带禽归。

相顾无相识，长歌怀采薇。

我们以前曾经讲过，诗的写法有赋、比、兴三种。这首诗是从外面的景色引起作者内心的感慨的，他先是以外界的一个地方——"东皋"写起。"皋"是指水边高地。王绩出身世家，所以在"东皋"这里有一些田地，他曾给自己起了一个别号，叫"东皋子"。你要知道，凡是高地，都可以远望。中国的诗有时真是很难讲，将来我们还要讲到王勃的诗。王勃是王绩的侄孙，他的诗写得也很好，但王勃的诗比王绩这首诗讲起来要容易些。为什么呢? 因为王勃诗的好处，都在他的文字之中表达出来了。你只要能够仔细地分析讲解他的文字，自然就看到了这些好处。可是王绩的诗不是这样，那么如何欣赏王绩的诗呢? 我们现在所要学习的，就是使你怎样欣赏、判断一首诗的好坏及其内容思想感情的厚薄、深浅的问题。我可以说，王绩这首诗是要读者能够从他的叙写之中得到一种感发和联想。什么样的诗能给人感发和联想? 什么样的诗不能给人感发和联想? 也许你写的是美丽的红花绿叶，但红花绿叶就只是红花绿叶; 或者，是你可以从你所写的红花绿叶中给读者一种联想和感发，这是一个很大的问题。

我最近叫一个跟我念博士的同学看一本书，书名为"Reader-Response Criticism"，就是说一首诗能否引起读者的感发和联想，这个责任应该由作者与读者各负一半。第一，是你作品的本身，果然有这种可以引起感发和联想的可能性，它本来就蕴含着这种感发的力量，这是作者这一半的责任。可是作者只尽了这个责任还不够，即使你的作品里边蕴含了丰富的内容，但你去给一个完全不懂诗的人看，他感发吗？他不感发。所以中国有一个成语，叫"对牛弹琴"，尽管你的琴弹得很美，你里边有很多思想感情，可是那牛它不懂！那么什么样的人才可以产生相应的感发呢？中国古代有一个很有名的故事——"俞伯牙碎琴谢知音"，说的是俞伯牙善弹琴，钟子期深深懂得他音乐里的感情，所以二人成为好朋友。后来钟子期死了，就再也没有人懂得他的音乐了，于是，俞伯牙把自己的琴摔碎，终生不复弹琴。对于音乐的鉴赏需要这样的听众，鉴赏诗歌的道理同样如此。

我常常要讲到王国维，因为在中国诗词的批评鉴赏方面，王国维是非常精细而且非常有深度的一位学者。他在论及诗人所写的境界时说："诗人之境界，惟诗人能感之而能写之"，而读其诗者，"亦有得有不得，且得之者亦各有深浅焉"（《清真先生遗事·尚论三》）。如果说诗人根本就没有境界，他的作品没有蕴含一种思想感情，那就不用说了；如果这个诗人的作品本身果然有一种很深的境界，那我们读者读了之后，也是"有得有不得"——有的人能够体会这个境界，而有的人不能体会这个境界。

再有，尽管读了以后你也仿佛得到了，他也仿佛得到了，大家都有所得，但实际上每个人所得到的也是各有不同的。我们常常说"仁者见仁，智者见智"，对于同一首诗，温柔敦厚的人就会从中看到温柔敦厚的那一面,聪明敏锐的人就会从中看到聪明敏锐的那一面。同样在一个教室里边读书,你对于这几句话记得特别深刻,他对于那几句话记得特别深刻。这是因为读者的天性禀赋不同,所以他们感觉的方向也不一样。这属于先天的因素,我们不管。

除此以外,读者后天的修养也有不同。不过,后天是可以培养出来的。你要做一个至少在及格线以上的读者,可以通过读书来培养。中国古典诗歌非常注重感发,而读者与作者之间可以引起感发的一个很重要的因素,就是他们共同的读书背景。也就是说,当作者创作的时候,他具有一定的阅读背景——从《诗经》以来的很多书他都读过,而现在你这个读者也读过那些书,那么你与作者就有了一种共同的阅读背景。所以,当你读他的一首诗时,就会把中国古今多少诗人与之相似的一种感慨都引发出来,他当时的联想就跟你自己的联想产生了某种共鸣。这是欣赏中国诗的一个非常重要的修养的基础,你一定要多读,才能读懂更多的作品。所以读中国的诗,有时真是让人没有办法。中国,这么一个历史悠久的民族,无论是好的还是坏的,都牵涉着悠久的传统。那官僚、腐败有它的堕落的坏传统,在文学方面,这种深厚的感发的力量,也同样有它悠久的传统。怎样继承好传统而消灭那些坏传统,是所有中国人应该努力的事情。不过好的传统很难为人所了解,大家不好好读书,你怎么去接受那些好传统呢?可是坏的传统——勾心斗角、自私自利,不用学就都会了。这真是很可怕的一件事情。

总而言之,如果一个作品果然是丰富的,它就可以给读者很多的感发和联想;而读者在先天禀赋及后天修养方面又有种种不同,所以只有当读者与作者都负起责任，双方面合作起来，才能够真正探寻到诗歌里所含蕴的最深微的内容。好，下面我们就具体来看一下这首诗。

"东皋薄暮望"，这是一个起句。

说到起句，我还要讲一个故事。《红楼梦》里有一段说贾宝玉、林黛玉和薛宝钗等人组织了一个诗社，什么海棠花开啦，冬天赏雪啦，大家都要作几首诗。有一次天降大雪，他们就要联句。所谓联句，就是你写一句，我写一句；你写上句，我写下句。凤姐跟他们同辈分，是他们的嫂子，当时自然也在场，但她并不会作诗。所以当大家一致要让她作第一句时，她说，我从来没有念过什么诗，也不会写诗，不过昨天晚上我听见外边风刮得挺紧的，就说是"一夜北风紧"吧！说完之后，大家都认为这句起得好。因为你要知道，开头这个起句是一个感发的开始，它要引起后边的一大堆话，所以应该给来的人留下有余不尽之地。而"一夜北风紧"正是说的要下雪之前的那种感受，然后就开始下起雪来了。如果你想接着看他们后边是怎么写的，那就去读《红楼梦》好了。现在我们还要回到王绩这首诗中来。

"东皋薄暮望"，他要写他内心的一种感发，而这种感发是从东皋的远望写起来的。前面我们说过，"东皋"是指水边高地，高地正可以远望。如果像我现在这样站在讲台上，我净看见黑板了，就如同面壁了是不是？所以，"东皋"两个字就给你展现出一大片旷远的高地。"东皋薄暮望"，他最后说要"望"。"望"字的意思非常好，在中国，凡是说到"望"可能有以下这几个意思：一个是说

"眼望"，你的眼睛可以看得很远；另外，人们不是常常说"希望"吗？希望就是你心中的追寻和向往；再有，当你追寻而不能得到的时候，有一个词说是"怨望"。李商隐说："摇落伤年日，羁留念远心。"（《摇落》）——那些遥远的事物容易引起你一种追求向往的感情，而凡是说追寻和向往，都是你现在所没有的。你已经有了，哪里用得着再去追寻呢？这话很难说，但一定是如此的。刚才我提到了王国维，他在《人间词话》中说，人，要想成就大事业、大学问，必须经历三种境界。然后，他引了中国的旧词："昨夜西风凋碧树，独上高楼，望尽天涯路。"（晏殊《蝶恋花》）他说，昨天晚上刮了整整一夜的秋风，那些枝上的树叶被风吹落，不会再遮挡你的视线，所以今天你登上高楼一看，就能够看得很远了。王国维说，这是成就大事业、大学问的第一种境界。为什么人一定先要有这种远望之心？大家常常说"高瞻远瞩"，如果你被眼前五寸距离的得失利害绊住了，一天到晚为那些鸡毛蒜皮的小事伤透了脑筋，那你永远也不会成就大的事业和学问。人的眼光应该放得远一些，不要只看到眼前这一点，白白浪费掉很多时间和精力去计较那些无聊的事情。而一般说起来，望远就是使人眼界开阔，引起人内心追寻向往的一个起点。

以上我说的这些王绩都没有说，可是王绩这首诗的好处就在于它确实能够引起读者的这种感发。不是我这样说，慢慢念下去你就知道了。他说，"东皋"是"薄暮望"，什么是"薄暮望"？"暮"是日暮黄昏；"薄"是接近，这中间真是有一种很微妙的感情！一方面，远望引起你内心的一种追寻向往。可是，当日薄西山之时，你看到的是什么？你就会亲眼看见太阳一步一步向山后落下去了，"苍然暮色，自远而至"（柳宗元《始得西山宴游记》）——黑暗的暮色从四面向你包围过来。我们以前讲过，宇宙大自然界的景象能引起人的一种属于共鸣的感发。在这句诗中，"薄暮"指的是一天的终了，而一日之终常常会让人联想到一生一世之终。你一方面有追寻向往的心，可现实的外界已经是日暮黄昏了，你追寻到了什么？所以"东皋薄暮望"这五个字之所以好，就在于他虽然只说了"东皋"——地点、"薄暮"——时间、"望"——当时的一个动作，但是整首诗以后的感发都是从这五个字中引发出来的，所以第二句他就接下去说："徙倚欲何依？"

　　前面我说过，一首诗能否引起读者的感发和联想，作者与读者双方面都要负责任。如果一首诗真正蕴含了很丰富的思想，那就要看你读者能够把它发挥出来多少了。王绩这个作者，是本身确实有这种感发的。我们看第二句，他说："徙倚欲何依？""倚"是说你停下来，靠在树边或石边。如果你真的停下来，如果你的内心不再徘徊与彷徨，你果然找到了一个可以依托的地方，那就好了。陶渊明说："托身已得所，千载不相违。"（《饮酒》之四）你平生有没有找到一个可以安身立命的所在？你每天追求一些什么？你真正的目的是什么？你生命的意义和价值到底在哪里？你认识了自己的意义和价值吗？陶渊明真正找到了，也真正认识了。他说，不管我在物质上是如何贫穷，无论世界上的人怎么样批评我，这都没有关系，因为我已经找到了一个最重要的东西，就是孔子所说的"朝闻道，夕死可矣"（《论语·里仁》）。所以，尽管是再挨饿受冻，我永远都不会改变了。这就是陶渊明！可是王绩呢？他虽然那样喜欢陶渊明，但他完全没有达到陶渊明的这种境界。他说"东皋薄暮望"，当我远望的时候，我就觉得自己是孤独寂寞的，我没有找到一个可以依托的所在，所以就"徙倚"。"倚"是停下来；"徙"是移动。他说，我本想停下来，可是在这里停一停，觉得心里不平安；再到那里停一停，心里还是不平安。你要注意，这并不是说他的身体真的就不能定下来，之所以徙而又倚，倚而又徙，是因为他的心灵不能够定下来，所以是"徙倚欲何依"——时值这种衰乱之世，我找不到一个可以实践自己理想志意的所在，我到底以什么作为我心灵的依托呢？

接着两句："树树皆秋色，山山唯落晖。"这首诗的题目是"野望"，所以他一直从眼中所望写下来，这两句即为望中所见的景象。本来是很平常的两句话，可它的好处，它之所以能感动人，就在于他述说的口气。"树树皆秋色"，"秋色"是什么样的呢？那是一种红黄错杂的颜色，它一方面有它色彩缤纷的美艳，但这种美艳不会久长，它是衰落凋零的，在美艳之中带有些凄凉，是一种生命将终的现象。

五代的冯延巳曾写过两句小词："梅落繁枝千万片，犹自多情，学雪随风转。"（《鹊踏枝》）他说梅花已经落了，什么样的梅花落了？是一朵落花吗？不是，是那开得很茂密的树枝上所有的梅花都凋落了，是"梅落繁枝千万片"！但是，就在这千万片花瓣从空中飞落下去的时候，它们"犹自多情，学雪随风转"，它还要在最后的一瞬间，学着像雪花一样在空中盘旋飞舞，把它的生命表现得如此多情、如此美丽！春天的花落是这样的，那秋天的叶落呢？它一方面有生命将终的凄凉，可它又是那样美艳。一个人像王绩，终生的理想、志意都落空了，面对着衰老，他心里有一份不甘。他写的是物，可同时也是心，那秋色的美艳和凄凉就是他自己的生命在零落之前的不甘心的挣扎。他为什么还要"望"？为什么还想到"依"？这也正是他生命已经落空之时的最后一点寻觅！

"树树皆秋色"虽然说的是秋树，却还是那么美艳，可是"山山唯落晖"呢？日暮黄昏时分，每一个山头上留下来的，只有落日的余晖。那光线都是退下去的，而希望，也逐渐黯淡下去了。你看他述说的口气，"树树"，就是说每一棵树都是如此的，哪里有一棵树不呈现出秋色呢？很显然，他没有写松树。陶渊明写松树了，松树表现的是不变。可王绩写的这里边没有一棵是松树，他说所有的树都凋零了，是"树树皆秋色，山山唯落晖"，大自然给他的是一片沉默的、衰落的、没有希望的景象。我在以前讲外物与内心的关系时曾经引过屈原《离骚》中的两句，说："惟草木之零落兮，恐美人之迟暮。"而相传为屈原学生的宋玉也曾经说："悲哉秋之为气也，萧瑟兮草木摇落而变衰。"（《九辩》）他说，秋天真是使人悲哀的，你亲眼看到那些树叶一天比一天变黄了，一天比一天稀少了，一天比一天落下去的更多了。所以，中国的诗歌有一个"悲秋"的传统，"悲秋"是人类的生命跟大自然的生命之间的一种共感，是生命落空将要终了的悲哀。而中国古人说"秋士易感"，就是说那些有理想的读书人到秋天的时候很容易伤感，因为他感慨自己生命的落空。

以上两句是作者望中所见的自然界的"物象"，但他望中所见不止于此，还包括人事界的"事象"。他接着说："牧人驱犊返，猎马带禽归。""牧人"，就是牧羊放牛的人；"驱"是赶着；"犊"本来指小牛，可是一般说起来，牛羊都可以包括在内。这句是说，黄昏的时候，放牛牧羊的牧童都赶着他们的牛群羊群回来了。"猎马"是猎人骑的马；"禽"本来是指鸟类，可在中国古代，宽泛来说，凡是动物也都可以说是禽。这句是说，猎人的马上挂着一串一串的鸟兽满载而归，这都是他今天打猎的收获。不管是猎人还是牧童，他们各自有他们的工作和完成，各自有他们的劳动和收获。可是他，王绩，一个读书人，他能够像牧童吗？不能，他没有完成牧童的工作；他能够像猎人吗？也不能，他没有收获到他自己劳动的成果。前面那两句我们说是人的生命落空与自然界景象之间的一种共鸣，这两句则是从人事界得到的一种反衬：人家都有工作与完成，都有劳动与收获，可我王绩平生读圣贤书所学何事？那些治国平天下的理想跟事业，今天在哪里？可是我这一份悲哀、这一份感慨又向谁去诉说呢？我跟牧童说，牧童不会懂得；我跟猎人说，猎人也不会懂得，所以他说："相顾无相识，长歌怀采薇。"我左右是没有人类了吗？当然不是。周围来来往往这么多人，我也看见了猎人，看见了牧童，他们也都看见了我，我们就"相顾"，彼此都看了对方一眼。但是，没有一个人是真正认识我的。这种认识还不是说知道我姓王、姓张、姓李，而是真正理解我内心的理想、志意，理解我的思想感情，所以我就"长歌怀采薇"。

读中国的旧诗经常涉及典故的出处问题。就是说当一首诗里边用了一个古典，是古书上曾经写过的一件事，它就有了一个出处。比如"长歌怀采薇"这一句，"采薇"作为一个 term，它究竟是从哪里来的？关于这两个字，如果在中国古典的书里边找一找的话，可以找到三个出处。第一个出自《诗经·召南·草虫》这一篇，其最后一章说："陟彼南山，言采其薇。未见君子，我心伤悲。"这说的是什么？我们知道征夫思妇是中国诗歌里边常出现的一个主题，《草虫》这一篇恰好是从思妇写起的。她说，又到了一年的春天，我又来采薇了，可我所怀念的那个征夫怎么还没有回来呢？到了《小雅·采薇》这一篇，就是用征夫的口吻来说了。其首章说："采薇采薇，薇亦作止。曰归曰归，岁亦莫止。靡室靡家，玁狁之故。不遑启居，玁狁之故。"他说，我出来打仗，从春天到冬天已经一年了，但是我还不能够回家去。可见，《诗经》中的这两篇写的是战乱之中征夫思妇的悲哀，于是有人认为，王绩所感叹的应该是那个时代。可是也有人认为，这里是作者用伯夷、叔齐首阳采薇来比况自己的，所以"采薇"还有第三个出处，即《史记》中的《伯夷列传》。

据《伯夷列传》上说，商朝末年，纣王暴虐无道。那时中国有很多封建小国，其中有一个叫孤竹国。孤竹国君有三个儿子，最大的叫伯夷，最小的叫叔齐，中间还有一个老二。孤竹君本来最喜欢他的小儿子叔齐，可是按照礼法，在孤竹君死后，应该由他的大儿子伯夷来继承帝位。伯夷很孝顺他的父亲，就说，父亲既然喜欢我的弟弟，而按照礼法要让我去做国君，如果将来我真做了，那不是父亲的意思，他一定会不高兴。为了使父亲高兴，伯夷就逃走了。

这样一来，孤竹君当然就要把帝位传给叔齐了。可是叔齐说，按照礼法本应该是我哥哥做国君，我如果做了的话，就是不义不悌，这不合乎道理，所以叔齐也逃走了。你要注意，这两个人都是要保全自己品德的某一方面的完整，使自己的品性不能有一点点亏损。

后来，兄弟俩逃到了一起，他们听说西伯姬昌是一个很好的人，非常善于治理国家，于是一起去投奔。可是他们去了以后不久，姬昌就死了，他的儿子姬发，也就是后来的武王继位。他说，纣王太无道了，天下的人民都在他暴虐的统治下，实在太痛苦了！于是起兵攻打纣王。伯夷、叔齐以为这样不对，就"叩马而谏"，他们跪在武王的马前劝告他说："以一个臣子去攻打自己的君主，怎么可以这样呢？"武王没有听他们的劝告，可也觉得他们是很好的人，所以没有杀死他们，而是"扶而去之"——把他们扶起来送到路边上去，然后就出发了。

后来武王消灭了纣王，统一了天下，自己做了天子，伯夷、叔齐两个人耻食周粟——他们认为吃周朝的粮食是可耻的。什么叫"周朝的粮食"？如果说周朝的土地长出来的是周朝的粮食，那薇蕨不也是长在周朝的土地上吗？所以他说的"周粟"不是指周朝土地上生出来的东西，而是说领周朝的俸禄、报酬。中国古人常常讲"俸禄"，在那时"俸禄"就是给粮食，"耻食周粟"就是说不愿意出来做官，拿周朝的俸禄。但是，你总是要生活呀，最后伯夷、叔齐二人隐居到首阳山，"采薇而食之"，就挖地上的野菜来吃。因为他们生活得很困苦，这样过了不久，他们便饿死在首阳山上，临死之前吟诵了一首歌，歌词是："登彼西山兮，采其薇矣。以暴易暴兮，不知其非矣。神农、虞、夏忽焉没兮，我安适归矣？于嗟徂兮，命之衰矣！"他说，我们登上西山，来采山上的薇蕨，我们为什么过这样的生活？因为"以暴易暴"，"暴"就是暴乱，指那些不合礼法的事情。纣王无道，没有尽到做国君的责任，他就是暴君；武王以一个臣子去攻打他的君主，这也不合乎做臣子的礼法，所以他就是暴臣。你要知道，这是用伯夷、叔齐的观点来看的。他们认为，以一个暴臣换掉了一个暴君，而天下的人都不知道这是错的，他们不知道用违背礼法的手段做成任何一件事情都是不对的。"神农、虞、夏"是中国儒家所传说的圣君贤王，"神农"是上古时代教人们种田的人；"虞"是虞舜；"夏"是夏禹王。他说，像"神农、虞、夏"这样美好的时代已经一去不复返了，现在天下没有一个是好的君主，而我又将往什么地方去，归向什么人呢？"于嗟徂兮，命之衰矣！""于嗟"是长叹一口气；"徂"是说快要灭亡了。他说，我们现在快要死去了，我们的命运真是不幸，生在这样的时代！于是二人就死去了。

关于伯夷、叔齐这两个人，在中国历史上曾经有很多人讨论过。孟子说，伯夷、叔齐当然是值得尊敬的，他们可以说是"圣之清者"。"圣"就是要完成自己美好的品格，可他们实践的品格是什么？是只要我清白，反正我没做错就行了。我不能做不孝顺的儿子，不能做不合规矩的弟弟，也不能做不够资格的臣子。天下都乱了，老百姓都受苦，我也不能杀害自己的国君，这是某一类人的品格。孟子以为圣人有好几种类型，除了"圣之清者"外，还有"圣之任者"，例如伊尹，生在夏朝最后一个暴虐的君主——夏桀的时代。那时商汤将要起来革命，据说伊尹曾"五就汤，五就桀"，"就"是往的意思。也就是说，伊尹曾经五次往汤那里去，请求汤的任用；也五次到桀那里去，请求桀的任用。他没有管你是国君还是臣子，你是暴君还是暴臣，而是什么人能够实现我的理想，我就要负起我拯救天下人民苦难的责任来，这就是"圣之任者"，所以古来做人的标准是很多的。

现在，我们还要回过来看一看王绩这首诗究竟用的是《诗经·召南·草虫》跟《小雅·采薇》中的意思，还是《史记·伯夷列传》中的意思。我自己以为，王绩所用的很可能是第三个意思比较多。他说："相顾无相识，长歌怀采薇。"现在我所见的人，牧童赶着牛羊回来了，猎人带着他猎获的禽兽回来了，每个人都有他的完成与收获，可我的政治理想哪里去了？周围没有一个人能真正理解我，我怀念当年伯夷、叔齐采薇时所唱的那首歌，于是长吟一首……什么是我的归宿？我为什么不幸生在这样一个乱世，而没有生在神农、虞、夏的时代呢？所以，我认为"长歌怀采薇"一句，其实是用《史记·伯夷列传》中这一典故的可能性更多一点。

（曾庆雨整理）

【初唐诗人】

之 二

*

杜审言

我们接下来讲唐朝初年近体诗的完成这样一个主题。上文我给大家介绍了王绩。由于时间关系，我要尽量把握一些重点，而杜审言是初唐近体诗完成之中的一个比较重要的作者，所以今天我们再来看杜审言的一首律诗。

一

　　杜审言，字必简，要推求他的祖先，最有名的一个人是晋朝的杜预。杜预是杜审言十一代的远祖，他本是一位名将，平吴有功，封为当阳侯；同时也是一个大学问家，为"十三经"里边的《左传》作过注解。据史传记载，杜预是京兆长安人。后来到了南北朝的时代，北方大乱，杜审言的一个先世的祖先就迁居到湖北的襄阳。再到后来，杜审言的父亲杜依艺，在巩县做县令，又迁到了河南的巩县，所以他的籍贯是相当复杂的。

　　杜审言诗歌的主要成就体现在五言律诗上。明朝的一个文学批评家胡应麟在其文学批评著作《诗薮》中提到：唐初五律，必推杜审言为作者。他说，如果要讲到唐朝初年五言律诗的完成，我们一定要推尊杜审言为其中的作者。为什么要这样说？难道在唐朝初年就没有其他人写五律了吗？当然不是。王绩是隋末唐初的一个人物，他的时代比杜审言还要早一些，而他那首《野望》已经是完成得很好的一首五律了，但是现在我们为什么要说等到杜审言才算完成了呢？因为杜审言的诗在对偶之间，其句法的结构更细腻、更复杂了。王绩的诗当然很好，"树树皆秋色，山山唯落晖"，就是说每一棵树都呈现出凄凉而美艳的秋色，每一个山头上只剩下落日的余晖。这两句简单而平顺，我们一看就懂了，可是杜审言的五律就不是这样了。我曾经多次说过，中国的文字是单形体、单音节，而且中国的文法也不像西方那么严格，所以特别适合于对偶。可刚刚尝试运用对偶的人，他们对于句法结构怎么样变化，安排得不是很好，因此，他们虽然也对偶，却总是对得太平顺。我们知道，对偶的复杂化是律诗发展的一个必然趋势。虽然一段历史的演进很难说是从某一个人才开始的，可整个的、根本的潮流必然有某种趋向，而杜审言的五言律诗很明显地体现了这种趋势，所以我们才说杜审言是初唐近体诗完成的一个重要作者。

我们说杜审言重要，不仅是因为他在整个唐朝的诗歌演进上有重要的地位，而且因为他对于后来的杜甫也产生了很大的影响。杜审言是杜甫的祖父，你要知道，天下很多事情都是有一定因缘的。佛家常常讲三世因缘，讲轮回转世等等，可我们还不是讲这些，而是说，一件事情的出现，一个天才人物的完成，往往是由种种机会、种种因素促成的。杜甫之所以成为唐代的一个最重要的作者，我以为这与他的家学有很密切的关系。

为什么这样说呢？我们知道，初唐诗歌注重对偶——相对的两句要平仄相反、词性相同。那时的一些诗人写了很多这样的作品，有的确实不错，具有很好的艺术性。可是，中国文学批评一直有一个传统，就是说一定要重视诗歌内容所表现出来的情意的品质和数量，也就是诗歌的思想性。而当时那些写近体诗的人，他们只注重字面上的声律和对偶，声音很好听，对得也很工整，但是其情意的质量却比较肤浅。于是后来从初唐演变到盛唐的时候，就出现了复古的一派。陈子昂就是提倡复古的一个重要作者，李白同样重视复古，他们轻视律诗，所以他们的律诗，特别是七律，都没有很高的成就。等到杜甫出现以后，他不仅对于古体诗的好处、思想性这方面有充分的认识，而且对于近体诗的好处、艺术性这方面也能够接受，以他长远的眼光和博大的胸襟，对于诗歌的各方面兼容并蓄，成为唐朝的一个真正的大家。以前哈佛大学有一个老教授William Hung，中文的名字叫洪煨莲，他曾经把杜甫的诗翻译成英文，书名就叫做"The Greatest Poet of China"，所以杜甫一直被人认为是中国最伟大的一个诗人。

杜甫不轻视律诗，他的律诗成就非常高，可以说，中国的七律是从杜甫才写出最好的作品。因为你要对偶，五个字还好对，七个字就太麻烦了，所以对的时候就容易死板。而杜甫之所以能把律诗写得这样好，这与他祖父的律诗写得好有相当大的关系。他在给他儿子所写的一首诗中曾经得意地说"诗是吾家事"，他叫他儿子也作诗，说作诗就是我们家的家传，可见他是很尊重其祖父的。不但如此，就在他早年刚刚学习写律诗的时候，就已经明显受到了杜审言的影响。比如杜审言写过这样两句诗："绾雾青条弱，牵风紫蔓长。"（《和韦承庆过义阳公主山池》之二）"绾"，就是说拿一块很软的丝绸或丝线，把一个什么东西缠绕起来；"绾雾"指缠绕着烟雾。"青条"是什么？是嫩绿的枝条。因为刚刚长出来，所以还很"弱"。这个"弱"就是说枝条 very soft，very gentle，还是很柔嫩的。"牵风"是被风牵引，是什么被风牵动了？是紫色的藤蔓。我不知道大家注意过没有，一些草木刚刚长出来的柔嫩的枝条是有点紫色的，然后才慢慢变成绿色，所以称为"紫蔓"。如果让我们用通顺的句法来说，这两句可以说是：柔嫩而碧绿的枝条被烟雾缠绕着；紫色的新生的藤蔓被风牵引得很长。可以看出，他在对偶之中不像"树树皆秋色，山山唯落晖"那样很平顺地展开，而是有了一种颠倒——他可以把动词或形容词搬到前面去说；另外，他把用散文需要很长才能说明的句子，只用了很短的两句就说清楚了，把文法浓缩而且简化了，于是有了一种颠倒错综的变化，这是杜审言在五律创作中最可注意的一点。

我们从杜甫早期的诗里边可以清楚地看到他受其祖父影响的痕迹，比如杜甫曾写过这样两句诗："林花着雨燕支湿，水荇牵风翠带长。"（《曲江对雨》）"着"是沾湿了，"林花着雨"就是说林子里边红色的花朵沾湿了雨点；"燕支湿"——朵朵红花好像是女子脸上所擦的胭脂，而那沾湿的雨点就像是胭脂色的脸被泪痕染湿了。"水荇"，《诗经·关雎》上说："参差荇菜，左右流之。""荇"是水里的一种植物。这句是说，因为风吹着水，水就向一个方向流得很快，所以水中的荇菜也被风牵动，像翠色的带子一样流得很长。前面杜审言那首诗说是"牵风紫蔓长"，这里杜甫就变成了"水荇牵风翠带长"了，你看他的变化、他的继承，他不是死板地继承，但这中间的确有受到影响的痕迹。

二

　　以上我说的是杜审言在唐诗历史演进方面的重要性，刚才我还提到了胡应麟在《诗薮》中对杜审言的评价。现在看来，他很有眼光，因为他确实看到了杜审言在五言律诗方面的了不起之处。可他只是说，杜审言是五律的作者，所以你们看了就不懂，以为谁不是五律的作者？怎么唯有他才是呢？其实，胡应麟那句话里边的含义很多。他说，杜审言是唐朝初年写五律的诗人中最有特色、影响最大的作者。明白了这一点，我们就来看杜审言的一首《和晋陵陆丞早春游望》。我还是先把这首诗读一遍：

　　　　独有宦游人，偏惊物候新。
　　　　云霞出海曙，梅柳渡江春。
　　　　淑气催黄鸟，晴光转绿蘋。
　　　　忽闻歌古调，归思欲沾巾。

不知大家注意到没有，这个诗题目的第一个字"和"，我念的是 hè。你要读中国的古书，特别是古代的诗歌，对于每一个字的声音一定要很讲究，因为它的平仄都非常重要。比如这个"和"字，当它是形容词的时候，像温和、和暖，这个我们念 hé；当它是动词的时候，我们就要念 hè 了。那什么叫"和"呢？你要知道，诗歌后来发展了，不但注重格律，而且成为一种应酬的艺术。我们讲《诗品序》时说过"嘉会寄诗以亲"，就是当你有了好朋友时，你就把你的感情寄托在诗里边，表示你们之间亲近的感情。所以你作一首诗给我，我便作一首诗回答你，这个就叫做"和"。另外，音乐里边不是常常有"和声"吗？就是说你这里有一个声音，那里就有一个反响；同样，作诗的时候，如果第一个作者作诗了，然后有第二个作者就酬答他一首诗。可是我们不说是酬答，而说是"和"，这里边就有点分别了。因为酬答是自由的，你写五言的，我可以回答你七言的；你写的是七言，我回答可以是五言的，这都没有关系。比如研究《红楼梦》的专家周汝昌先生写了一本书叫"恭王府考"，"恭王府"是北京的一个王府。据周先生考证，恭王府是大观园的一个蓝图，曹雪芹就是根据恭王府写的大观园。后来，恭王府改建成辅仁大学的女校，我就是在那里毕业的。周先生曾把《恭王府考》这本书送给我，还赋了一首诗，他说让我也给他题一首诗。他写的是七律，我没有管，我写的是三首五律。这个酬答很自由，反正我是回答你了，可是我不一定跟你用一样的体裁。另外，酬答里边也有比较严格的，就不单是酬答，而是"酬和"了。"酬和"的诗有几种不同的层次，第一种是用同一的形式，你用的是五律，我也要用五律。第二种是不只用同一的形式，而且是同一个韵目。什么是"韵目"呢？"韵目"就是给某一类同韵的字定一个名字，好管它叫什么韵。我们以前讲过，中国诗歌在南北朝时期就已经注重声韵了。发声的子音，像b、p、d等就是声，a、o、e等就是韵。比如说东、红、中、通、风，这些字都是"嗡嗡"的声音，它们都是同一个韵。可是同一个韵的字很多，那么多归成一类，就是一个group，给它起什么名字呢？于是有人把这些同韵的字排列起来，恰好第一个字是"东"，他们便把这一堆字都叫做"东"韵的字，这就是所谓的"韵目"了。刚才我们讲第二种和诗要用同一韵目，也就是说在押韵的时候，如果你的原作押的是东、红、风等字，我的和诗不必也用这几个字，我可以用中、通、空等等，我们用的韵字虽然不同，可这些字都是同一韵目里边的，这是一种和法。第三种和法是不仅用同一个形式、同一个韵目，而且要用同样的韵字。就是说你第一句如果押的是"东"字，我也要押"东"字；你第二句是"红"，我也用"红"；第三句不押韵；你第四句是"中"，我也用"中"，凡是你用什么字，我也用什么字。这是最严格的一种和法，它另外有一个名字叫"步韵"，也就是step by step，一步一步的意思。杜审言这首诗是和人家的，因为原来那首诗没有传下来，所以它究竟属于哪一类的和诗，也就不清楚了。

大家知道，近体诗的形式在初唐就已经完成了，所以初唐诗歌特别重视艺术性。重视艺术性不只是说要重视形式，而且要透过艺术的形式，在内容上也注重一种配合的艺术。什么叫配合的艺术呢？我们看这首诗的题目是"和晋陵陆丞早春游望"，"晋陵"是江苏的一个地名；"陆丞"是在晋陵县做县丞的一个姓陆的人，是这位陆丞早春时到外边去游春远望，先写了一首《早春游望》，然后杜审言也要写一首《早春游望》来和他。既然这样，他就要把回答的意思写出来，不但是写《早春游望》，而且是回答一个在外面做官的人的《早春游望》，你一定要看他回答的是什么人，这个对象是怎样的身份。这就是初唐的诗歌，它既要讲究格律及押韵等问题，又要非常切合题目的意思。现在我们就来看一看，在这么严格的形式之中，杜审言是怎么样写的。

这是一首律诗，律诗一共八句，分成四联：一、二句叫"首联"；三、四句叫"颔联"；五、六句叫"颈联"；七、八句叫"尾联"。当然我们也可以分别说成是第一联、第二联、第三联和第四联。

我们先看首联："独有宦游人，偏惊物候新。"诗的好坏，它能否使人感动，一个是看它有没有可以使人直接感受到的鲜明的形象，另一个是看它叙写的口吻和句子的结构。在这一联中，"独有"与"偏惊"相呼应，他的口气是加重的。什么叫"宦游人"？我们说"游"，你可以出去旅游观光、游山玩水，这都叫"游"，可是"宦游"呢？"宦游"是因为做官的缘故而远行在外。古代做官的人，朝廷派你到哪里去，你就应该到哪里去，而且那时也不像现在交通这么方便，你虽然离很远，却随时可以回来。在古代，到一个地方去是很艰难的，你去了之后，就要担当起那里仕宦的责任，不能够随便探亲就回来了，因为你的身体是不自由的。

在讲王绩时我曾提到中国诗歌里有仕与隐这样一个重要的传

统，用弗洛伊德的话说，就是有一个情结。我们说仕与隐这两方面都不是很单纯的，并不是说我做官就是做官，隐居就是隐居。其实，仕宦这方面有仕宦的欢喜和悲哀，隐居这方面也有隐居的欢喜和悲哀，这中间是非常复杂的。我们还是看这两句诗，他说，单单只有那些因为仕宦而漂泊在外的人，才"偏惊物候新"，"偏"就是特别（especially），他们就特别觉得"惊"，to be moved——感动、惊心。被什么感动、惊心？被"物候新"。

"候"是节候，指季节和气候。钟嵘在《诗品序》中说："气之动物，物之感人，故摇荡性情，形诸舞咏。"中国古人认为，是宇宙间阴阳二气的运行，才产生了天地万物与四时晨昏，而外物节候的转变会使人的内心也受到感动。春天是万物更新的季节，草又绿了，花又开了，而对于"春花春鸟"感慨最深的是谁？是那远行在外的游子。我可以举一个例证，晚唐诗人李商隐一生很少有机会留在中央政府做官，他一直都在各地宦游，他曾经写过这样一首诗："春日在天涯，天涯日又斜。莺啼如有泪，为湿最高花。"（《天涯》）他说，又一个春天来到了，在这美好的季节，我本该跟自己亲近的家人在一起欢聚，可现在我流落天涯，更何况又到了日落黄昏的时候，一天的日子又过去了。"莺啼"的"啼"本来是说鸟鸣，可"啼"字也可以使人想到啼哭，所以他接着说，假如黄莺鸟的啼叫真是哭泣、真有眼泪的话，那么请为了我的缘故，为我这有家不得归的游子，把你的眼泪沾湿到最高枝的花朵上——这正是"宦游人"之"偏惊物候新"，说的是春天节物惊心，宦游人在天涯的悲哀。

在杜审言这首诗中，他送的是"晋陵陆丞"，对象的身份是"宦游人"，节候是"早春"，而他把形式跟内容、跟作诗的对象结合得这么好，写得这么美！当然，"物候新"是望中所见的景象，那"物候"怎么新？他要写早春，还要游，还要望哪！你早春时如果关在家里闭门读书，那就什么也看不到了，连谢灵运都要"褰开暂窥临"——拉开窗帘一看，才看见"池塘生春草，园柳变鸣禽"（《登池上楼》）的，所以接下来他就要写"游望"了。

"云霞出海曙，梅柳渡江春"，这是很有名的两句诗。以前我说过，西方语言学家把语言传达情意的主要作用分为两种：一种是语序轴上的作用，一种是联想轴上的作用。语序轴就是说你叙述的口吻，句法、章法的结构（structure），你怎么样说的；联想轴是说语言中的每一语汇都可能引起读者的多种联想。我们从前讲谢灵运的诗，主要讲的是语序轴上的作用；讲温庭筠的词，主要讲的是联想轴上的作用。从语言学的角度来说，中国诗歌的语言在语序轴上比西方诗歌的语言更富于变化。因为西方的文法很严格，什么都要说得很清楚，而中国的文法是非常宽松的，一句话你可以颠来倒去地说，这样自然就比较适合于对句，这是中国语文的一个特色。我们一定要知道自己的语文特色是怎样的，才可以把它写得更美、更丰富，也更具艺术性。

"云霞出海曙，梅柳渡江春"就是一个很复杂的对句，"曙"是晨光，因为江苏晋陵靠近海边，所以是"海曙"。他说，你破晓之前去登山临水向远处眺望，你看到太阳是怎么样出来的？是从海上出来的。你先是看到东方灰蒙蒙的一片天空，然后从海面上透出一点红光，接着越来越亮，最后，一个大火球就跳出来了！这时，满天的云彩在朝日的映照下，金色的、红色的、黄色的，变幻着丰富的色彩。这一句写的是晨光之美。接着，"梅柳渡江春"。他说，你就看到春天来了，春天是怎么样来的？是从梅花开、柳树绿看出来的。因为中国的气候总是南方比较暖，北方比较冷，所以是江南的梅花先含苞，江南的柳树先有了朦胧的绿色，然后春天的脚步才慢慢地渡过江来，接着，江北的梅花也开了，柳树也绿了，春天也来到了。你看这真是艺术！有时候你要仔细观察就会发现，即使同一棵树，也是向着太阳的树枝先开花，背着太阳的树枝晚开花，大自然的现象确实是如此，而诗人就把这种细致精微的感受表达出来了。这一联描写的景物很复杂，但是他写得很浓缩。

同时你还要注意，这两句写了早春游望所见，他一方面写得非常精美，另一方面又写得非常开阔，有一种"气象"在内。什么是"气象"呢？"气"就是一种精神，是精神上有一种开阔博大的规模、形式，所以叫"气象"。同样是写早春，南宋的词人说："小叶两三，低傍横枝偷绿。"他说，春天刚刚来，叶子开始绿了。叶子是怎么绿的？是有两三个低低的叶芽在一个横的树枝上偷偷地绿——在没有人注意到的时候，它变绿了。也是写"物候新"，也写得非常精美真切，可是你看他写的就显得太狭窄了。人家杜审言那真是有气象！有时气象很难说，中国人常常说一个人作诗，就可以从诗中看出你这个人的胸襟、怀抱、品行，甚至于命运和未来。所以有人认为，人在小时候作一首诗，如果开阔博大，那他将来的前途就会远大；如果一下笔就显得没有生气，那他就不会有什么前途了。这个很难说，但这一定是关乎作者的。就作者个人而言，这与你自己的胸襟、气度、怀抱、修养有关系；同时，就整个时代而言，一个走上坡路的兴盛的时代与一个走下坡路的没落的时代，其作品的气象果然是不同的。南宋的后期已经是将近灭亡了，所以这时的作品缺乏一种气象；而初唐是一个大一统的时代，经过六朝对四声八病的讲求，经过了南北文化的集大成，诗人们对于自己的语言文字的反省，对于其特美的认识越来越清楚，所以初唐诗歌从一开始就表现出一种开阔博大的气象，形成了这样一个好的形势。

"淑气催黄鸟，晴光转绿蘋。"什么是"淑气"呢？《诗经》上说"窈窕淑女，君子好逑"，"淑"是和柔美善的意思；我们说"气之动物，物之感人"，春至则阳生，所以"淑气"指的是春天和暖的阳气。"淑气"就"催黄鸟"，"黄鸟"即是黄莺。这一句是说，春天那和暖的阳气使得黄莺鸟的叫声一天比一天多，也一天比一天好听了。"晴光转绿蘋"，"晴光"就是日光。日光在哪里转动？在绿色的蘋草上。"蘋"是水中的一种植物。他说，水面上绿色的蘋叶随着水波的流动而摇荡，阳光就在蘋叶上闪动，在水波中反射出美丽的光影。这一联也是一个很复杂的对句。"淑气催黄鸟"，你可以说"淑气"是subject，"催"是verb，"黄鸟"是object，是"淑气"催促得"黄鸟"都开始叫了；可是"晴光转绿蘋"并不是说"晴光"转动了"绿蘋"，而是"晴光"在"绿蘋"上转动。可见，如果详细地分别起来，这两句的性质本来不是完全相同的，只是因为中国的文法比较宽松，这个动词可以颠来倒去地用，所以这两句也就可以对起来了。

另外，这两句中"催"和"转"两个字用得非常好。在诗里边常常会有一个最重要的动词，能够使这首诗活起来，我们就管这个字叫"句眼"。人常认为眼睛最重要，孟子说："存乎人者，莫良于眸子。"（《孟子·离娄上》）用现在比较摩登的话说即"眼睛是心灵的窗口"，就是说一个人，你内心里有什么思想、什么感情，你的眼睛最能够将它表露出来。同样，诗的句眼能够把一首诗的精神，把那个感发的生命传达出来。我小时候在家里，我伯父曾教我们对句、作诗。在开始时，他让我们做过这样的练习，就是他先把一句诗里边最重要的一个字拿走，然后问我们这一句缺的是什么字。还有一个故事，说宋朝的王安石曾经写过这样一句诗："春风又绿江南岸"，当然这是最后改定的一句。在此之前，他写过"春风又过江南岸"、"春风又满江南岸"，他换了很多字，可都没有这个"绿"字好。因为你说"过"或者说"满"，那只是说明春风经过江南岸了，而你用了一个"绿"字，就把它形象化了。因此，"绿"就是这句诗的句眼。同样，在"晴光转绿蘋"这一句中，"转"是句眼。你如果换成"在绿蘋"，那就显得很死板了。所以王国维在《人间词话》中特别标举"境界"一词。所谓"境界"，就是能够引起人感动和感发的这样一个作品中的世界。他在批评宋人的词时说："'红杏枝头春意闹'，着一'闹'字而境界全出。""闹"表示花开得很繁盛、颜色很丰美的样子。他说，宋祁只用了一个"闹"字，就把那种具体而真切的感受完全表达出来了。接着他说："'云破月来花弄影'，着一'弄'字而境界全出矣。"——云彩散开后，月亮出来了。你如果说"花有影"，那等于废话，花当然有影子了；

可若是说"花弄影"：花在风中摆动，好像花自己在舞弄它的影子一样，这就使境界活泼起来了。知道了这些，我们再来看杜审言的诗就会发现，他往往能够找到几个最恰当的字，把一个原本很复杂的景象写得那么浓缩，这是杜审言五律的一个好处。

还不止如此，刚才我们说初唐诗歌讲究一种配合的艺术。其实，晋代著名文学批评家陆机在其《文赋》的序中也曾说过类似的问题。他说自己写文章的时候，"恒患意不称物，文不逮意"——使我常常感到烦恼的有两个问题：一个是没有适当的意思来配合所要写的题目；一个是有了好的意思，却不能够用文章恰当地把它传达出来。而杜审言诗的另一个好处就是他的"意"跟他的"物"是相称合的；他的"文"也是能够恰到好处地传达他的"意"的。这首诗的题目是"和晋陵陆丞早春游望"，首联的"宦游人"点出来和诗的对象是"晋陵陆丞"，"物候新"点出"早春"的季节；颔、颈两联都是写"游望"所见的景色，现在就只剩下"和"了。

"忽闻歌古调，归思欲沾巾。""歌"就是吟，指吟诵一首诗；"古调"在这里指晋陵陆丞的原作。中国儒家尊重古代，常常以古为美。比如赞美一个人，说你高古，说你的作品大有古意等等。当然，我们不能忽视古代的传统，但是你也要瞻望未来，从这个传统中向前走出去，只不过习惯上以古为美，所以这么说罢了。"思"在这里读 sì，中国的文字词性不同时，读音就不同，刚才我们已经强调了"和"字的读音。同样，"思"是动词时，比如思考一个问题，我们就念 sī；如果是名词，说你有一种情思，这时就要念 sì

了。"忽闻歌古调"就是说，我忽然间听到你作了如此高古的一首诗，于是引起了我的感动。我们可以想象，一定是晋陵陆丞的诗里边写了怀念家乡这样的感情，所以引起了作者的"归思"——我什么时候才能回到我的家乡去？于是"欲沾巾"——吟诵了你的诗，我忍不住要流下泪来，沾湿了我的巾帕。最后这个"巾"是手巾的巾，有的本子把它写成"襟"，是不对的。因为这个"襟"跟这个"巾"不在一个韵目里边，这点我们一定要注意。

下面我们再来看一看这首诗的格律。从形式上看，这首诗属于两种基本形式中的B式。如果以"—"这个符号表示平声，以"｜"这个符号表示仄声，B式就是"｜｜——，——｜｜—"。凡是律诗和绝句都要押平声韵，而这首诗的第一句是押韵的，所以这句的最后一个字要跟"新"、"春"、"蘋"、"巾"押韵，要用平声。本来按照B式，这句应该是"｜｜——｜"，现在最后一个字的仄声变成了平声，为了保持一个平衡（keep the balance），这句的第三个字，也就是可平可仄的这个字，就只能是仄声了，所以这句就成为"｜｜｜——"了。接着下句的平仄是"——｜｜—"。以下二句是"——｜｜｜，—｜｜——"。因为一、三可以平仄通用，所以第三句的第三个字和第四句的第一个字，其平仄我们不管，这样看来，它是完全合乎律诗的声调的。而对句呢？先看领联："云霞"和"梅柳"都是名词；"出"和"渡"都是动词；"海"和"江"都是大自然中地理的名物；"曙"是曙光，"春"是春色，二者都是名词。再看颈联："淑"是形容词，"气"是名词；"晴"是形容词，"光"是名词；"催"和"转"都是动词；"黄"、"绿"都是颜色；"鸟"是动物，"蘋"是植物，二者都是名词。可见，两组对句对得也非常工整。这是杜审言的一首律诗，现在我把它讲完了。

（曾庆雨整理）

【初唐诗人】

之 三

*

王 勃

王勃的诗在艺术性方面表现得非常好。所谓艺术性，就是说你怎么样能够把它说得好，说得美，说得富于感发性。文学很奇妙，有的时候，它不在于你说的是什么，而是在于你怎么去说，说出来的风格是怎样的……

一

前面主要讲的是初唐五言律诗的形成，我已经给大家介绍了王绩和杜审言。下面，我们再以王勃的诗作为一个例证。在讲王绩的时候，我对作者生平介绍得比较详细一些。因为王绩的诗里面所反映的他的生活和性格比较多，我们只有先认识了他所处的时代背景及其性格与生活，才能对那首诗有更深刻的理解。可是今天要讲的王勃这首诗，本是他送给朋友的一首应酬之作，反映作者的性格与生活也比较少，所以，我可以暂时不讲王勃的生平，而把《送杜少府之任蜀州》这首诗先给大家介绍一下：

城阙辅三秦，风烟望五津。

与君离别意，同是宦游人。

海内存知己，天涯若比邻。

无为在歧路，儿女共沾巾。

    我们先看题目。"少府"，是唐朝的一个官职的称呼。按照唐朝的习惯，一县的最高长官——县令，其尊称是明府，而对县尉则称为少府。蜀州，有的版本是蜀川，但无论哪一个，都说的是四川地方。在这里，作者是在首都长安送别一个将要到四川去做县尉的友人，这个人姓杜，但究竟是谁，已经不可考了。我们知道初唐五律比较注重艺术性，当时的一些诗人常常用这种体式来写酬赠、应和的诗篇，像上回我们介绍的杜审言和这次的王勃都是如此。他们一方面写得精美而切合题目，另一方面又表现出一种开阔博大的气象，这真是一个良好的开端。下面我们就具体来看一下这首诗。

    "城阙辅三秦，风烟望五津。""城阙"指的是城楼，城楼通常有两层，其下"阙然为道"，它的下面有一个缺口，是一条通道，这两个字交代了送行的地点。那么什么又是"三秦"呢？大家知道，长安在今陕西，陕西在那个时候被称为关中之地，即函谷关以西的地区，这里是旧日的秦地。秦朝末年，各路诸侯纷纷起兵，其中，项羽的势力最大，成为诸侯的盟主。项羽灭秦后，就将天下分封给当时起兵的十八个诸侯，而且把旧日的秦地分为雍、塞、翟三国，分给了三个秦国的降将，故称"三秦"之地。"三秦"是何等的地势？人常说"关中八百里平川"。我在大陆旅行的时候，曾经坐飞机经过西安附近，那时正值夏天，只见一望无际的平原上生长着大片大片碧绿的庄稼。"辅"，本来指车辅，有辅佐之意，这里有环绕的意思。作者说，今天我送你远行。我们登上长安城城楼向下一望，但见四面环绕着的是三秦广袤的土地。接着，"风烟望五津"。"五津"，就是杜少府要去的地方，指今四川的岷江自灌堰至犍为一段的五个渡口，包括白华津、万里津、江首津、涉头津和江南津，合称"五津"。这句是说，你就要到四川去了，我向西南望去，望不到你所去之处，那茫茫的遥远的地方，只有一片风烟而已。杜甫晚年旅居四川时，怀念首都长安，曾写过《秋兴八首》，其中第六首有两句说："瞿唐峡口曲江头，万里风烟接素秋。"他说，我站在瞿塘峡口，遥望长安的曲江江头，但见一片风烟相连。我的心是跟长安连在一起的，从瞿塘峡口到曲江江头，在我的感情上是可以接连起来的，而无论是瞿塘峡口也好，曲江江头也好，现在都被笼罩在凄凉萧索的秋色之中。

王勃的诗在艺术性这方面表现得非常好。所谓艺术性，就是说你怎么样能够把它说得好，说得美，说得富于感发性。文学很奇妙，有的时候，它不在于你说的是什么，而是在于你怎样去说，说出来以后的风格是怎样的。以王勃这首诗为例，首联两句说的就是在长安送友人到四川去这样一个简单的意思，可他语汇丰富，用了一个"三秦"，一个"五津"，这样就好像有了典故、出处，就显得文雅了。不止如此，"三"跟"五"都是数字，而数字往往给人一个"数量"的感觉，一种"多"的感觉。李太白不是也常常在诗中用些数字，说什么"白发三千丈"（《秋浦歌》之十五），还说什么"百年三万六千日，一日须倾三百杯"（《襄阳歌》）吗？还不止如此，"城阙"是很高的，登上城楼去望，能望到很远的地方。先是"城阙辅三秦"，一下子就给它提高了；然后是"风烟望五津"，一下子又将它推远了。所以，这两句诗就使人感觉到有一种气势。虽然他只是说在长安送友人赴四川，但他说得好，有一种开阔博大的气象。

颔联写二人离别的情事，也写得非常切合："与君离别意，同是宦游人。"他说，今天我跟你在长安城楼分别，我们心中都充满着离情别绪，而且我们有共同的一点，即"同是宦游人"——你是我的好朋友，我不愿意你离开，可你又不能不离开；作为好朋友，我愿意随你而去，可我却不能随你而去。因为，我们都是仕宦而漂泊的不自由之人，都是身不由己的。在这里，与朋友离别是第一层悲哀，可如果离别是自由的，二人分别后想什么时候去看对方就尽管去看，那也可以。只是"同是宦游人"，因为此身不自由，所以此地一别，将来能否再相聚，都是杳不可知的，这是第二层的悲哀。

我们知道，如果一首诗是绝句，那么它的四句是起承转合的关系；如果是八句的律诗，则首、颔、颈、尾四联也是起承转合的关系。对于本诗而言，颔联写离别的情事，写得很悲慨，可到颈联后，他突然间一转，说："海内存知己，天涯若比邻。"中国古代的人总以为自己在世界的中央，周围都是大海，所以，"海内"是指整个中国。这两句是说，虽然离别了，可四海之内只要有一个知己存在，那么即使是远隔天涯，我们仍旧像是亲近的邻居一样。

"人生得一知己，死而无憾。"如果说一个人有过这样的知己，即便后来又没有了，这和根本就没有过毕竟是不同的。禅宗的和尚讲过这样一个道理，某和尚曾经说，我年轻时看山是山，看水是水；等我修道经过一个境界后，看山不是山，看水不是水；等到这个阶段再过去后，我又回到从前，仍然是看山是山，看水是水了。佛家还讲过这样一个公案，说有两个和尚到河边去玩，看到有人用网捕鱼，而有些鱼入网后又从网里跳出去了。一个和尚说："俊哉，透网金鳞！"他说，你看那透网的金鳞真是漂亮，被网住了还能够从网中跳出来。可另一个和尚说："虽然如此，争如当初不撞入罗网的好？"如果当初根本就没有被网住，岂不是更好吗？头一个和尚听罢说："明兄，你欠悟哉。"他说，明兄，你缺少觉悟啊，没有进过网的鱼跟进过网又跳出来的鱼是不一样的。因为前者若进了网，它能不能跳出来还是大有疑问的。这个话很难讲，就是说从没有到有，再到没有，曾经有过与不曾有过，曾经经历过与不曾经历过，是完全不同的。

　　现在我们还回到王勃这首诗中来。他说："海内存知己，天涯若比邻。"你只要在四海之内有一个知己，有过那就好了。因为凡是真知己，了解和认识不是表面上的，那是人与人之间在精神、心灵或是品格方面最精微、最深刻之处的一种相通与默契。不管你的年龄、身份、地位如何，它完全不在这一切外在条件的限制之下。如果是真知己就一定应该有这样坚定的信心。并不是说今天跟你有点意见，想考验考验你；明天又有了新的意见，再想考验考验你，那都不是最高感情的知己的境界。人一旦有了这样的朋友，即使你在天的那一边，我在天的这一边，那又有何妨呢？因为我们在心灵上是相通的。所以他接着说："无为在歧路，儿女共沾巾。""无为"是说不要这样做，后边的"在歧路"应该与"儿女共沾巾"连在一起。"歧路"就是岔路，指分手的地方。"儿女"在这里是指年轻的男女。我们常常说"儿女之情"，就是年轻人彼此之间的恋情。这两句是说，我们虽然离别了，但是我们应该把眼光放得远一点，不要在临分手的路上，像那些自命为多情浪漫的少男少女们一样，一下子就伤心落泪了。

二

前面我们已经提到，初唐诗歌非常注重艺术性。通过以上的讲解，我们也可以看出，王勃这首诗所描绘的形象和叙写的口吻都很感人，具有很高的艺术性。同时，他在形式上的变化也有一些值得注意的地方。下面，我们就先来看一看他在声律上的变化。

我们知道，按照基本形式，律诗的第一句不押韵。如果第一句押韵了，那么这句的最后一个字就变成了平声。为了保持平衡，就要使这句的第三个字，也就是可平可仄的那个字必须是仄声。这个问题，我们在讲杜审言那首诗时已经说过了。王勃这首诗的第一句同样如此："城阙辅三秦"，按照B式，本应该是"｜｜——｜"，可是经过上述变化后，就成了"—｜｜——"，第一个字可平可仄，可以不管。接着，从第二句到第六句，依次是：——｜｜—。｜——｜｜，—｜｜——。｜｜——｜，——｜｜—。这都是符合基本格律形式的。最后两句“无为在歧路，儿女共沾巾”，问题又出现了。如果按照基本形式，这两句的平仄应为：———｜｜，｜｜｜——。可是，这第七句却变成了“——｜—｜”。我们知道，律诗中每句的第二、第四个字的平仄是不可以随便换的。现在，这句的第四个字由仄变成了平，为了保持平衡，就要把上边一个字跟着它改过来，也就成了“——｜—｜”了。这种情形有一个特别的名字，叫“拗救”。“拗”是曲折的意思。也就是说，它不是很顺利地下来，而是在中间有一个曲折、倒转之处。当然，拗句不是随便在哪里都可以出现的。一般而言，凡是你要用拗句的时候，一定是在倒数的第二句，拗的那个字一定是倒数的第二个字。如果这个字由仄变成了平，它就叫做“拗”；上边一字随着由平变成了仄，它就叫做“救”。你这里拗折了，格律不合了，就要在另一个地方把它救回来。有“拗”就必须有“救”，原则上是要keep一个balance，这是中国诗的一种格律变化的情形。现在我就以王勃这首诗为例，简单给大家介绍一下。

除了声律上的变化技巧之外，王勃这首诗在对偶上也玩了一些花样。大家知道，凡是律诗，其颔联、颈联应该是对偶的，前面我们讲过的，像王绩的《野望》、杜审言的《和晋陵陆丞早春游望》都是如此。可是，王勃这首诗的首联就对起来了。“城阙辅三秦，风烟望五津”，“城阙”对“风烟”，“三秦”对“五津”，“辅”对“望”，每一对词都是平仄相反，词性相同。接着二句，“与君离别意，同是宦游人”。在这一联中，“离别意”与“宦游人”还可以说是相对的，可"与君"跟"同是"则是完全不对的。因为他在首联先对了，所以颔联就放松了。这种形式有一个特别的名称，叫做"偷春格"。春天是美好的意思，把本来应该等到颔联才出现的美丽的对偶"偷"出来提到首联先对了，就是"偷春"。可是，你如果首、颔、颈三联都是对偶，那又太多了，所以颔联就要放松一步。放松一步是否就完全不对了呢？也不是。"离别意"与"宦游人"还是对的，这中间有着非常微妙的变化。最重要的一点是，凡是你要把格律破坏的时候，你一定要知道从哪里把它抓回来。

颈联二句，"海内存知己，天涯若比邻"。同样是对句，这两句与以前我们讲过的对句有所不同。比如王绩《野望》中的两组对句，"树树皆秋色，山山唯落晖"，分别说的是两种景色；"牧人驱犊返，猎马带禽归"，前一句说的是牧童的事情，后一句说的是猎人的事情，两句之间是平衡的，彼此不必有什么关系。王勃这两句则不然。他说，只要海内有一知己存在，虽然我们远隔天涯，也像是亲近的邻居。两句在形式上对偶，可意思上却是上下相承的关系。这样的对偶也有一个特别的名称，叫做"流水对"。由此可见，王勃的诗在对偶方面也是有许多变化技巧的。总的来说，唐诗在开始时非常注重工整切合，然而天下事分久必合，合久必分，所以当一些诗人在注重工整切合的同时，就已经发现了可以从这种工整之中有一个突破。

三

王勃确实是很有文采的一个人。我们一方面要承认他在艺术上的成就，另一方面也要看到他在思想方面的不足。他本身感发的生命不够，这与他死得太早有关，也与他自身性格方面的缺点有关……

到现在为止，我已经给大家讲了三首律诗，而近体诗包括律诗和绝句两种形式，律诗八句，绝句四句。下面，我们就再来看一首绝句，也是王勃写的，题目为"山中"：

> 长江悲已滞，万里念将归。
> 况属高风晚，山山黄叶飞。

这首诗是什么时候写的呢？近人高步瀛曾写过《唐宋诗举要》一书，一般认为，他对于唐诗的研究是很有成就的。按照高步瀛的说法，这首诗是在唐高宗咸亨二年，王勃寓居巴蜀时作的，所以有"长江悲已滞"这样的句子。据历史记载，王勃确曾一度离开长安到四川去，而一般的人，凡是离开首都到外地去，都会感到不得意，于是他写了这样一首诗。

"长江悲已滞，万里念将归。"他说，我悲哀，因为我滞留在长江已经很久了；我想要回去，但首都长安远在万里之外，我什么时候才能归去呢？前面我们说过，中国的诗歌比较讲究对偶，现在我们来看这两句。什么是"长江悲已滞"？在这里，长江并不是一个subject，不是说长江悲哀，长江本不会悲哀，悲哀的是"我"；同样，"万里念将归"也是说"我"想要回去，但我要回去的地方在万里之外。所以，它的句法是可以颠倒的。接着，"况属高风晚"——何况现在正是秋天，秋天的风使人感觉吹得很高；"晚"，表面上说的是傍晚，实际上也有时节晚的意思。他说，在深秋的黄昏时分，我向四周一望，但见"山山黄叶飞"，我看到每一座山上都是黄叶在飘零飞舞。

我们再来看一下这首诗的平仄是怎样的。"－－－｜｜，｜｜｜－－。｜｜－－｜，－－－｜－。"其中，第四句的第三个字可以平仄通用，所以这首诗完全符合格律。好，现在我就把近体诗的两种形式都介绍完了。

大家也许发现，我在讲诗的时候，不同的诗人有不同的重点。在讲王绩时，我比较重视其思想性，我们讨论了中国读书人对于传统的看法这样的问题。现在讲王勃，我比较偏重于他的艺术性，重点讲了他是如何表现的。为什么要这样呢？还是让我们再回过头来看一看王勃其人。

王勃，字子安，生于650年，死于676年，只活了二十几岁。所以，他虽然很有才华，在艺术性方面表现得非常好，可他对于人生没有太深入的了解，在思想性方面并没有什么深度。而且，王勃还有最应该注意的一个缺点，就是如《孟子》中所说的，"其为人也小有才，未闻君子之大道也，则足以杀其躯而已矣"（《孟子·尽心下》）。很多人有一点点小才，其实还差得很远，就以为自己知道得很多，便处处炫耀，这是很肤浅的一件事情。《论语·学而》上说，孔子当然也希望得到一个职位，以实现自己的理想，但孔子是"温、良、恭、俭、让以得之。夫子之求之也，其诸异乎人之求之与"？为什么孔子会得到很多人的尊敬？因为他的品格温和、善良、恭敬、俭朴、谦虚。他求得职位时的态度同样如此，不像有些人，是用争竞和炫耀等手段得来的。王勃在这方面做得就不太好。他是王绩的侄孙，年少而多才。当时很多王公贵人都想罗织人才，沛王看中了王勃的才华，就把他纳入自己的门下做了修撰。那时的王公贵人们喜欢"斗鸡"这种游戏，有一次沛王与英王斗鸡，王勃竟然为沛王写了一篇檄文，来讨伐英王的鸡！这不是无聊吗？他觉得自己会作漂亮的文章，找个题目就想卖弄一番。结果，皇帝看见后就不高兴了，说王勃这样做，会增加两个王子之间相互争斗的心。所以王勃被革职离开了沛王，到虢州去做参军。到虢州后，有一个官奴，也就是因犯法而被政府收容管教后来做劳工的人，这个人名叫曹达。他又犯了法，于是跑到王勃那里请求保护。当时王勃觉得自己很有办法，就接受了曹达，并把他藏了起来。可是后来，他觉得藏不住了，恐怕连累了自己，就暗地里把曹达杀死了。这是非常不对的，因为你要承诺一个人，第一要考虑你该不该承诺；第二，要想一想承诺以后你是否能够不顾一切地担起责任来。王勃先是轻率地接受了曹达，接着为了保全自己又把人家杀死了，这是不可以的，这也正是我为什么没有先讲作者生平的缘故。因为，我如果在开始就这样讲了，大家就会先入为主，在一定程度上抹杀了他的艺术价值。

当然，我们说王勃在艺术性方面是非常有文采的。据说他写文章时不打草稿，有时蒙上被子，像是在睡觉，起来后下笔立成，被时人谓之"腹稿"。他不但诗写得好，文章也写得很不错。我们知道，唐朝初年是近体诗完成的时代。近体诗讲求对偶的精工与平仄的谐调，这种风气影响到文章的写作，所以那时的文章也要对偶，也有很严格的规律，被称为"骈文"。"骈"字从马，本来是说车子由两匹马或四匹马并排来驾，这叫做"骈"；做文章也是一对一对地对起来写，这样的文章就叫做"骈文"。初唐是律诗与骈文流行的时代，王勃的骈文就写得很出色。《古文观止》这本书中收了他的一篇文章，就是非常有名的《滕王阁序》。滕王阁建在江西南昌附近，有一次，南昌府的都督在滕王阁宴请宾客，宴会上，大家饮酒作诗，收集起来，前面还要写一篇序文。本来，那个都督事先已经让他的女婿准备了一篇序文，以便在这次盛会中表现自己的才能。没想到席间王勃竟自告奋勇地写了一篇序，都督一生气，就回去了，可他叫人随时将王勃所写的内容告诉他。结果，他发现王勃的文章写得确实是好，远在其婿之上。这篇文章里最有名的两句是"落霞与孤鹜齐飞，秋水共长天一色"，说的是黄昏时分，将要沉落的晚霞在天际飘飞，伴着一只独自飞翔的鹜鸟；澄澈明净的秋水与高爽蔚蓝的秋空相互映照，水光天影融为一色。这两句当时就深为人们喜爱，传诵于众口之中。

由此可见，王勃确实是很有文采的一个人。我们一方面要承认他在艺术上的成就，另一方面也要看到他在思想方面的不足。我常常说，诗里面要传达一种感发的生命。同样使人感动，而这种感发生命却有厚薄、大小、深浅、高低等种种不同。王勃的诗虽然在艺术性上非常不错，但他永远不能成为真正好的第一流诗人，因为他本身感发的生命不够。我们现在是借着这些小诗人来看中国近体诗的完成，你一定要等到讲李白、杜甫这些人时，才能够真正认识到中国诗歌里边那种博大深厚的感发生命在哪里。

另外，要衡量、批评中国的文学，不仅要有微观的认识，还要有宏观的认识。前者是说，你要对文学作品有很细微的观察，对于其艺术性的每一个字、每一个词，以及这些字、词的每一个作用，都能够有清楚的了解与分析；后者是说对于文学要有整体性的理解与把握。苏轼说："不识庐山真面目，只缘身在此山中。"（《题西林壁》）你要是坐上飞机，往下一看，那每座山的走向就尽收眼底了。所以，做文学批评一定要有宏观与微观这两方面的眼光才够。如果我们以这样的眼光来看初唐这些写近体诗的小诗人，就会发现，在整个文学史发展的长远的洪流中，这些诗人是不能够缺少的。假如没有他们对于声律的完成，以及对于各种艺术方法的运用，就不可能产生后来像杜甫的《秋兴八首》、《咏怀古迹》那样博大深厚的律诗。他们是诗歌发展旅程上的垫脚石，是一个过渡的桥梁。

（曾庆雨整理）

【初唐诗人】

之 四

*

骆宾王

一

　　到现在为止，初唐诗人我们已经介绍了王绩、杜审言和王勃。大家也许发现，我除了讲王绩时谈到其诗歌内容的思想性，讲到他在仕与隐之间的一种选择，以及他对于当时战乱的慨叹以外，后来讲杜审言和王勃的诗，我所注重的都是他们在艺术方面的成就，因为他们的诗里边没有很深刻的思想性。西方文学批评常常反对中国人以道德标准来衡量文学家，反对所谓的"文以载道"。当然，我们也并不是要纯粹以道德的观念来衡量一个文学家，而是说诗歌里边总要有一种感发的生命，而这个生命的厚薄大小，是与一个人的思想感情有密切关系的。

　　这次我们要介绍骆宾王的一首诗，在此之前，还是先来讲一下当时的政治背景。大家知道，在初唐的政坛上发生过一件重要的事情，即武后称帝。武则天本来是唐太宗李世民的一个宫人，那时太宗已到了晚年，而武则天还很年轻，太宗的儿子李治，也就是后来继位的高宗，对武则天很有好感。太宗临死前，曾嘱咐说要让武则天在自己去世以后离开后宫。等太宗死后，武则天真的入道观做了女道士，可不久就被高宗接回来了。刚接回来时，她并没有被封为皇后，因为高宗本来有皇后，但皇后没有儿子；后来武则天生了儿子，又经过很多的宫廷斗争，她最终做了皇后。在中国过去的社会里，妇女是没有地位的，所以凡是妇女想要夺权的时候，她一定要用更厉害的手段。武则天就是这样做的。她原本有四个儿子，结果其中两个被她害死，一个被她废掉。后来，她立了最小的儿子睿宗，自己垂帘听政；不但如此，最后她真的做了皇帝，而且改国号为周，这是初唐政治上的一件大事。

同时你要知道，中国古代的读书人要想实现自己用世的理想，除了做官以外没有第二条路可以选择，而做官就有可能遇到政治上的夺权斗争，这时，你是依附夺权的这一派，还是不去依附它？你必须要采取一个立场。在讲魏晋诗歌时，我们曾提到"竹林七贤"。那时，曹魏政权快要灭亡了，司马氏一家展开了夺权的斗争。而这些诗人，像阮籍、嵇康、山涛、向秀等人，你们去依附哪一派呢？你是要保全原来的曹魏政权，还是依附司马氏这一派？同样，在唐朝有武则天夺权的斗争，而初唐的这些诗人，你是要依附武后这一派，还是要保全李唐宗室，反对武后的夺权？所以中国的诗有时讲起来很麻烦——凡是讲任何一个诗人，总会牵涉到时代、社会等种种因素。国外的一些批评家非常反对这种讲法，但是你没有别的办法，因为这些因素的确关系到诗歌的思想内容，关系到诗歌感发的生命。

好，现在我们还是回到唐朝来，看一看在武后夺权这样的政治背景下，当时的一些读书人选择了怎样的道路。先说杜审言，他在这两派的斗争中，既没有反对谁，也没有依附谁，而是站在中间的立场。另外有两个作者，我们现在还没有介绍到，就是沈佺期和宋之问，他们是依附武后的。不但依附武后，也依附武后的男宠——一般男子做皇帝，他们有三宫六院，有那么多的嫔妃；现在她女子做了皇帝，身边也该有很多的男宠。在这些人中，最有名的是张易之、张昌宗兄弟。于是当时有很多人为了升官发财，就去依附这些人。我们说，如果一个人肯卑躬屈节地跟那些属于男宠之类的人交往，你不管他怎么样，他思想品格的境界一定不会很高。所以沈、宋的诗虽然在艺术方面的成就也很高，但其内容的感发生命却是很浅薄的。再有，"初唐四杰"中，王勃二十几岁就死了，他还没有卷入到夺权的斗争中去；而且我们以前也说过，王勃这个人"小有才，未闻君子之大道"，他虽然有才气，却没有很深厚的修养。而四杰中的另一个人——骆宾王又是怎样的呢？下面我们就从他的政治立场以及为人等方面来看一看骆宾王到底是怎样一个人。

骆宾王（640—684），婺州义乌（今属浙江）人。曾为道王下属，后来入朝为侍御史。这里说得很简单，我还要给大家补充一些内容。我们知道，王勃做过沛王的下属，他曾经替沛王写了一篇檄文《檄英王鸡文》，来讨伐英王的鸡。你看王勃在沛王府的时候，那是处处炫耀自己的才能，而骆宾王在道王府又是怎么做的呢？有一次，道王下了一个命令，让所有在他王府的属官每人写一篇文章，而且特别要表现出自己的才能，把自己的好处、优点都说出来，于是大家纷纷说自己怎么好怎么好。当时只有骆宾王认为这种竞争不好，所以坚持不写。当然，在现在的西方社会看起来，这种竞争也没有什么不对。就是说，一个人不是说不要好，也不是说不要强，你自己有才能，可以表现出来。在外国，这是很公平的竞争。可是有的人，他们炫耀自己，就一定要把别人打倒，或者是说得很不真诚，或者是很夸大。所以，骆宾王拒绝做这种事情。

后来，骆宾王入朝做了侍御史，曾经屡次谏劝过武则天，因为不合乎当时的潮流，被贬为临海县的县丞。那时，有一个名叫徐敬业的人要起兵讨伐武氏。这个人的祖父叫徐勣，又叫李勣。他曾跟随唐高祖、唐太宗等人争夺天下，有战阵的功劳，后来封赠的官位很高，而且被赐姓李。李勣死后，他的孙子复姓为徐，并起兵讨伐武则天。骆宾王也反对武氏专权，于是投到了徐敬业的手下，还写了一篇传诵一时的文章——《讨武曌檄》。徐敬业失败后，骆宾王下落不明。有人说他被杀了，有人说他自杀了，还有人说他逃走后不知所终了。

清代陈熙晋的《骆临海集笺注》是最好的本子，其中记载了一段关于骆宾王逃亡以后行踪的传说。刚才我们不是说到沈佺期和宋之问吗？相传武则天失败以后，宋之问被贬得很远。有一次，他经过杭州，在灵隐寺里过夜。那天晚上的月色很好，他出来散步时，突然间得了两句诗："鹫岭郁岧峣，龙宫锁寂寥。""鹫岭"，就是灵隐寺对面的一座山峰，据说是从印度的灵鹫山飞到杭州来的，所以叫"飞来峰"；"岧峣"形容山高的样子。他说，在灵隐寺就看到对面高大雄伟的鹫岭。"龙宫"，由于灵隐寺在西湖旁边，而西湖的水中相传有龙王，又因为是夜里，所以显得格外寂静、寥廓。这两句诗气象确实不错，可是他怎么也作不出下两句来了，就在走廊上一边徘徊、一边念诵。这时，过来一个老和尚，问宋之问在干什么。等他说明情况后，那老和尚就说："好，我给你接两句：'楼观沧海日，门对浙江潮。'"他说，站在寺楼上可以看到东海的日出，而灵隐寺的寺门正对着那边的浙江潮，是那海水入潮的地方。宋之问认为这老和尚的诗作得果然是好，第二天早晨打算再去拜望此人，却不知道他到哪里去了。有人传说这老和尚就是当年的骆宾王，他讨伐武则天失败后，就隐藏起来做了和尚。当然这只是一个传说，正史上并没有记载，我们不可完全取信。大家要是真正写考证的文字，你一定要注意哪些材料是正史的，哪些材料是传说的。总而言之，这是骆宾王的一段简单生平，而下面我们要讲的是他这首《在狱咏蝉》，就有一定的思想性了。

二

西陆蝉声唱，南冠客思侵。

不堪玄鬓影，来对白头吟。

露重飞难进，风多响易沉。

无人信高洁，谁为表予心？

诗的题目是"在狱咏蝉"，注解上说，这是作者在唐高宗仪凤三年（678），因为上书议论政事，触忤了皇后武曌，因此被诬以贪赃的罪名而下狱，在狱中所作的一首诗。刚才我们说了，在初唐那种复杂的政治背景下，读书人所采取的立场是不同的。有的人站在中间的立场；有的人看到武后的权力大，就去依附她；而还有一些人比较正直，他们看到当时的政治有不对的地方，就上书谏劝，结果往往因此而获罪，被那些一心想讨好武后的人打到监狱里边去。骆宾王就属于这最后一类人，当他遭陷害而入狱的那一年秋天，有一次听到外面蝉叫的声音，就写了这首《在狱咏蝉》。

他说："西陆蝉声唱，南冠客思侵。"这两句是相对的。"西陆"对"南冠"，"西"、"南"都表示方向；"陆"、"冠"都是名词；"蝉声"合起来是个名词，指蝉的叫声，"客思"也是名词，指这个人内心的情思；"唱"是动词，"侵"当然也是动词，可有的版本是"深"，好像是个形容词的样子。这里你要注意，在中国的诗歌里边，无论形容词或者动词，它都是一个述语——可以补足完成一个叙述的，所以它们的性质相近，可以相对。这首诗的首联就是对句，我们之前已经讲过，这叫"偷春格"。

另外我们知道，中国诗歌有赋、比、兴三种写作方法，而这首诗是属于"比"的。为什么这样说呢？从形象上看，他虽然是从蝉声写起的，可是他实在都是用蝉这个形象来比喻人，来寄托自己的情志。从结构上看，第一句"西陆蝉声唱"写的是"物"，也就是蝉；第二句"南冠客思侵"写的是"人"，即作者自己。在这两句之间，人与物是对举的。当然，你要欣赏诗歌，就必须注意它的形象和结构，这是古今中外之所同的。不过，欣赏中国的诗还要注意一点，就是以前我常常提到的"传统"的问题。这在西方诗歌中也有，但与中国不同。因为中国古代的诗人都是由同一种教育培养训练出来的，他们读书的背景也大致相同，因此阅读时能产生一种传统的共鸣。这是欣赏中国诗歌很重要的一点，也是西方人读中国诗歌感到困难的一点。

我们来看骆宾王这首诗，他说"西陆蝉声唱"，"西陆"指秋天，"西陆蝉声"说的是秋天的蝉声。在中国古典诗歌里边，"秋蝉"是有一个传统的。从汉代的《古诗十九首》中就说过"秋蝉鸣树间"，这首诗写的是孤独、寂寞与悲哀；到了曹魏时期，曹植在《赠白马王彪》中也写道"寒蝉鸣我侧"，而这首诗同样表现的是悲哀的情感。还不止如此，如果我们考证一下这首诗的写作背景就会发现，曹植在表现这种悲哀之中还有一点暗示的意思。因为当时曹丕做了皇帝，非常担心他的兄弟们跟他夺权，他对于曹植、曹彪很不谅解，处处监视他们的行动，限制他们的自由，所以曹植这首诗在表现悲哀的同时还暗示了受迫害的意思。这就是"秋蝉"在中国诗歌中的传统——凡是说到秋天的蝉，就会使人联想到悲哀、孤寂，联想到受迫害。在这首诗中，作者骆宾王在狱中听到蝉的鸣叫，同样引起了这样一种共鸣，所以他接下来说："南冠客思侵。""南冠"是囚犯的代称；"客"是一个人，实际上就是作者自己，但他不说"我"，而说"客"，是为了推远一步距离。中国人常常用一两个个别的字来代替"我"，比如有些女孩子在男友面前撒娇，她不说"你为什么不给我怎么样"，而是说"你为什么不给人家怎么样"，"人家"其实就是她自己！

"西陆蝉声唱，南冠客思侵。"这两句是说，我听到秋蝉的鸣叫，就引起我做囚徒的客思。"侵"是扰乱的意思，作者的情怀显然被蝉鸣声扰乱了，这还不只因为"蝉声"这一典故能引起人悲哀的感觉。如果你在中国北方住过的话，你就会发现，夏天的蝉，它吵得很响；而秋天的蝉，它总是这么断断续续地叫，那个声音本身就给人一种凄凉的感觉。所以在这样的背景下，那凄凉的蝉声自然引起了作者内心的许多感慨。

现在就有一个问题出现了，因为这样说起来，由西陆的蝉声引起我内心的愁思，这不是"兴"吗？可是，你若从整首诗来看就会发现，他不是很自然的感发，而是有心地在"比"，他是用蝉来比喻人。"比"与"兴"有时候很难截然划分开，如果用两个圈来代表，它们中间是可以交叉在一起的。你看朱熹在讲《诗经》的注解时说"兴而比也"，"比而兴也"。他认为"比"和"兴"可以结合起来：它是"兴"，但它中间有"比"的意思，这是"兴而比"；有时候，它虽然是有心在"比"，可它是用感发的形式表现出来的，这是"比而兴"，骆宾王这首诗就是这样的。

颔联两句："不堪玄鬓影，来对白头吟。"之前讲王勃的那首《送杜少府之任蜀州》时，我们说它的首联相对，用的是"偷春格"，所以其颔联的对仗就相对放松了一些；还说其尾联的"无为"两个字贯穿下来，"无为"什么？是"在歧路儿女共沾巾"，是不要这样做。现在骆宾王这首诗也是如此。他说"不堪"——使我悲哀到不能忍受的是什么？是"玄鬓影来对白头吟"。可以看出，这两句不是左右的平衡，而是上下的相接，属于"流水对"。"玄鬓"，曹魏时有一个宫女，把头发梳成蝉翼的样子，被称为"蝉鬓"；蝉是黑色的，人的头发也是黑色的，所以他这里就用"玄鬓"——黑色的鬓来代表蝉了。"玄鬓影"，中国古人说到好的头发，常常说是"鬓影"，比如形容一个女子，说她有"衣香鬓影"。对于蝉本身而言，当然无所谓什么影不影，可是他用"玄鬓影"代表蝉，是来对"白头吟"的。这个"白头"指的是人，"玄鬓"指的是蝉，两个连起来：我所不能忍受的，就是它对着我来鸣叫。你看，首联那两句之间虽然有关系，是蝉声引起我内心情思的扰乱，可它的关系不是明白的，你可以把它分开："西陆蝉声唱"是一件事情，"南冠客思侵"是另一件事情。但是在颔联这两句中，物与人结合起来，他们之间就有了一个比较直接的关系了。

另外，关于"白头吟"还有两个出处。一个是汉乐府的杂曲歌辞中有古歌一首："坐中何人？谁不怀忧？令我白头！"他说，座中之人谁的内心没有忧伤呢？而忧伤使得我的头发都白了。当然，他此时并不见得真的"白头"了，这只是以白头来表示他忧心的深重。还有一个典故是西汉卓文君的故事。卓文君本是四川大富商卓王孙的女儿，新寡后回到娘家居住。有一次卓王孙在家里宴请当时一个很有名的文学家——司马相如，其间司马相如弹奏了一支叫"凤求凰"的曲子。那卓文君早就听说过司马相如的文名，这次偷偷一看，结果发现这个人的人品、才华、琴艺，一切都好！于是半夜跑到司马相如那里，后来两个人就结婚了。可是不久，司马相如喜欢上了另外一个女子，卓文君很悲伤，就写了一首题为"白头吟"的诗。诗中说，我本希望能跟你白头偕老，可没想到现在你对我的感情竟然改变了！所以，这"白头吟"三个字还是一首诗的题目。"不堪玄鬓影，来对白头吟"，如果按照严格的文法，"影"是名词，"吟"是动词，二者不能相对。可是在这里，"玄鬓影"之所以能与"白头吟"相对，是因为"玄鬓影"三个字结合，可以成为一个名词；而"白头吟"因为有一个出处，它同时也就相当于一个名词了，这就是中国诗歌复杂的变化之处了。

这首诗确实很妙！我们说首联一句写物，一句写人；到了颔联，人、物并举，彼此之间发生了直接的关系，但蝉还是蝉，人还是人，二者仍旧可以分开。

现在我们来看颈联两句："露重飞难进，风多响易沉。"这两句的结构，以及整首诗的变化，就又深一层了。"露重"是景物，到了秋天，晚上的露水已经很浓了。那浓重的露水沾湿了蝉的翅膀，它想飞起来的时候，是"飞难进"——再也飞不动，不能向前进了；秋季多风，秋风的力量越来越强，所以蝉所发出来的悲哀的鸣叫就"易沉"，它很容易被风吹散，没有人再听得到了。这两句表面上写的都是物，可实际上完全在喻托，是即物即人。他所说的是什么？"露重"，其实就表示他当时所处环境的恶劣——武则天专政，那个政治方面的压力很重，他想要有所作为，却不能够成功。所以说蝉"飞难进"，就是说他自己没有办法在政治上进取；"风多"，这个"风"表示外界对他的迫害和摧残，他不是被人诬陷而下到监狱里了吗？"响易沉"，他不是也曾上书武则天，提出来一些忠言的劝告吗？但结果怎样？还不是一样没有人听，一样沉落消散了！可见，他虽然表面上是在说蝉，而事实上每一句说的都是他自己。

最后两句："无人信高洁，谁为表予心？"好，他现在是写人了，"予"明明就是"我"的意思嘛。不过，他虽然表面上像是在写人，但实际也是在写蝉。他说，没有人相信我的高洁，同时也可以指蝉的高洁。为什么说蝉高洁呢？据说蝉餐风饮露，从来就不吃昆虫之类的东西，所以它没有污秽。我们知道，老虎是肉食动物，它不吃肉就不能生活。你如果与那些非吃肉不可的老虎说居然可以不吃肉，它绝不会相信的，这怎么可能呢？同样，蝉从不吃污秽的东西，可谁又相信它的高洁呢？

讲到这里，我想起我从前看过的一本小说，是一个犹太裔的捷克作家Franz Kafka（弗兰茨·卡夫卡）所写的，名为"饥饿艺术家"。他说有一个艺术家从来不吃饭，结果大家都不相信，就把他送到马戏团，用铁笼子圈起来，当做一个怪物来展览。没有人给他送饭吃，他自然也不能出来。就这样，大家还是猜测，说一定是夜里有人趁我们都不在的时候，偷偷地给他送饭了。后来，这个艺术家被放出来，人们拿了很多好东西给他吃，他说："我不是故意不吃，也不是故意要表演我的不吃给你们看，而是我看到这些食物就呕吐——我根本不能吃！"卡夫卡的这篇小说完全是一个比喻。《左传》上就说过"肉食者鄙"——那些每天只知道搜刮钱财、争权夺利的人是卑鄙的。如果周围都是些争权夺利之人，而你却说你不争权夺利，你有你的理想，那些人是不会相信的。

所以骆宾王说："无人信高洁，谁为表予心？"我真的是高洁的，可是没有一个人相信我的高洁；我真的不吃肉，可是也没有人相信我不吃肉。我为了谁，又向谁来表白我这一份高洁的情意呢?"予心",这个"予"指的是骆宾王自己,同时也是蝉,是即人即蝉。

在这首诗中,物与人起初是分开的,然后慢慢地并举,慢慢地合拢,最后蝉与人完全混合在一起,即蝉即人,即人即蝉,他是一步一步向前推进的。这是骆宾王很有名的一首诗,我们就把它在这里结束。

到今天为止,我们一直比较偏重于讲初唐诗歌的艺术性方面,比如说怎么样对偶啦,它有什么样的结构啦,它的形象跟感情有什么关系啦,等等。这些我们已经讲了很多,所以现在就要告一段落,下次开始,我就要给大家介绍陈子昂了。

(曾庆雨整理)

【初唐诗人】

之　五

*

陈子昂

一

　　到现在为止，我们一直讲的是初唐的五言律诗。像王勃、杜审言等人，他们所注重的，往往是辞采的华美、对句的工丽，以及句法结构的组织安排等形式方面的问题，我们管这种诗叫近体诗。所谓近体诗包括两部分，一种是律诗，一种是绝句。无论是哪一种，它所押的韵字都是平声的。像我们之前讲的骆宾王的那首《在狱咏蝉》，其韵字分别是"侵"、"吟"、"沉"、"心"，这都是平声字。与近体诗相对应的是古体诗，它可以押平声韵，也可以押仄声韵。比如《古诗十九首》中的第一首（《行行重行行》）：

　　　　行行重行行，与君生别离。
　　　　相去万馀里，各在天一涯。
　　　　道路阻且长，会面安可知。
　　　　胡马依北风，越鸟巢南枝。
　　　　相去日已远，衣带日已缓。

浮云蔽白日，游子不顾返。

思君令人老，岁月忽已晚。

弃捐勿复道，努力加餐饭。

前面几句所押的韵字"离"、"涯"、"知"、"枝"都是平声字，而后面几句所押的"远"、"缓"、"返"、"晚"、"饭"则都是仄声字了。由平声韵换成仄声韵或由仄声韵换成平声韵，这叫做换韵。

古诗是可以换韵的。那么词呢？词里边有时也换韵。以温庭筠的一首《菩萨蛮》为例："小山重叠金明灭，鬓云欲度香腮雪"，"灭"、"雪"，这里用的是入声韵，属于仄韵；接着，"懒起画蛾眉，弄妆梳洗迟"，"眉"、"迟"，这就换成平声韵了；"照花前后镜，花面交相映"，"镜"、"映"，又换成了仄韵；"新贴绣罗襦，双双金鹧鸪"，最后又换成了平韵，所以它每两句押一个韵，八句共换了四个韵。

至于曲，那就不是"换韵"，而是"平仄通押"了。我们再以马致远的一首小令《天净沙·秋思》为例："枯藤老树昏鸦，小桥流水人家"，"鸦"、"家"，押的是平韵，韵母是a；接着，"古道西风瘦马"，"马"，同样韵母是a，可是变成上声了；最后两句，"夕阳西下，断肠人在天涯"，"下"、"涯"，韵母还是a，只是"下"是去声，而"涯"又变成平声了。像这样把韵母相同、声调不同的韵字放在一起押，就叫"平仄通押"。这种现象一般出现在曲中，可是不同的曲种具体情况也不一样。大致说来，元曲、皮黄戏里边没有入声，只有南曲里才有入声。

好，讲到近体诗的押韵，我顺便把有关词、曲等押韵的情况也做了一个简单的介绍，这些都属于基本的常识。

大家知道，中国的诗本来是古体的，像《古诗十九首》，像曹子建、陶渊明等人的诗都是这样，他们创作时并不受严格的声律限制，只是一种自然的感发。到了齐梁之间，一些人对于中国的文字有了反省，才开始注意到平、上、去、入的四声，于是出现了"四声八病"之说。从此，中国诗歌逐渐向格律化的方向发展，到了初唐，就形成了很完整的律诗。

杜甫在评论初唐诗歌时曾经写道："王杨卢骆当时体，轻薄为文哂未休。尔曹身与名俱灭，不废江河万古流。"（《戏为六绝句》之二）其中的"当时体"指的就是律诗这种新成立的形式，而初唐的一些作者专门喜欢写这类诗，那在当时是很摩登的一件事情。这里提到的王、杨、卢、骆，即所谓的"初唐四杰"了。"四杰"是初唐诗坛上的一个群体，就是由作风比较接近、名声大致相等的一群文人结合起来的一个团体。除去"四杰"外，初唐文坛上的这类群体还有由杜审言、李峤、崔融、苏味道组成的"文章四友"以及沈、宋等等，这些人大多以写五言律诗为主，我们从前曾以"四友"中的杜审言和"四杰"中的王勃、骆宾王为例，做过比较详细的介绍。

至于沈、宋，指的是沈佺期和宋之问，他们的律诗也都写得非常工丽、贴切。下面，我们简单地来看一下宋之问的《度大庾岭》：

度岭方辞国，停轺一望家。

魂随南翥鸟，泪尽北枝花。

山雨初含霁，江云欲变霞。

但令归有日，不敢怨长沙。

　　我们知道，沈佺期和宋之问等人曾因勾结武后的两个男宠而得官，可当武后的势力倒下去之后，这些人就相继被贬了。宋之问正是因为这种不光彩的罪名而被贬出京的，当他经过大庾岭时，就写了这首诗。他说，我离开京华南行，经过了大庾岭，于是停下车来回望我的家乡。颔、颈两联写得最美。"魂随南翥鸟，泪尽北枝花"，我现在要到南方去，我的魂魄就随着那南飞的鸟一同去了；可是，我的感情是怀念北方的，所以看到北面树枝上的花朵，我不由得落下泪来。"山雨初含霁，江云欲变霞"，山上下了一场雨，在迷蒙的细雨里，刚刚透露出一点点要放晴的样子；日落黄昏时分，江面上要散未散的云彩被雨天透露的那一点点日光所反映，将要变成漫天红色的彩霞了。最后两句，"但令归有日，不敢怨长沙"。"令"在这里是动词，读 lǐng（平声）；若做名词用的时候，如命令、令箭等，则要读 lìng（去声）了。他说，只要有一天我能够回去，我绝不敢像贾谊当年被贬长沙时那样怨恨。这首诗景色写得很美，感情写得很贴切，平仄、对句也都很严格，这正是沈、宋的风格。

　　除去五言律诗以外，在初唐还形成了一种很值得注意的新形式，就是律化的七言古诗。在"初唐四杰"中，杨炯、卢照邻都写过这类诗，其中，以卢照邻的《长安古意》最为有名。因为这首诗太长，我们没有时间讲。另外有一首诗，也是属于这一类作风的，我想给大家简单介绍一下，使你们对这一类诗有一个大概的印象，这首诗就是张若虚的《春江花月夜》。我还是先把它读一遍：

春江潮水连海平，海上明月共潮生。

滟滟随波千万里，何处春江无月明。

江流宛转绕芳甸，月照花林皆似霰。

空里流霜不觉飞，汀上白沙看不见。

江天一色无纤尘，皎皎空中孤月轮。

江畔何人初见月？江月何年初照人？

人生代代无穷已，江月年年只相似。

不知江月待何人，但见长江送流水。

白云一片去悠悠，青枫浦上不胜愁。

谁家今夜扁舟子？何处相思明月楼？

可怜楼上月徘徊，应照离人妆镜台。

玉户帘中卷不去，捣衣砧上拂还来。

此时相望不相闻，愿逐月华流照君。

鸿雁长飞光不度，鱼龙潜跃水成文。

昨夜闲潭梦落花，可怜春半不还家。

江水流春去欲尽，江潭落月复西斜。

斜月沉沉藏海雾，碣石潇湘无限路。

不知乘月几人归，落月摇情满江树。

大家可以听得出，这首诗中间换了几次韵，整体上流利婉转，和谐优美，因为作者把律诗的平仄用到七言长篇古诗中来了。我们举其中两句作为例证，分析一下它的格律。比如"玉户帘中卷不去，捣衣砧上拂还来"，它的平仄是："｜｜一一｜｜｜，｜一一｜｜一一。"因为一、三、五可以通用，所以它大体上符合"｜｜一一一｜｜，一一一｜｜一一"的基本形式。再看它的对偶："玉户"对"捣衣"，"户"与"衣"都是名词，"玉"是修饰"户"的，是形容词，可"捣"是动词；"帘"对"砧"，二者都是名词；"卷"对"拂"，都是动词；"不去"对"还来"，都是助动词跟动词的关系。在这两句中，除去第一个字对得不太工整以外，其余都是两两相对的。所以，它不但是平仄合乎格律，而且用了对偶的形式，这是初唐形成的一种新古体诗。

　　总的说来，初唐诗人是注重声律的。可是，当声律刚刚形成的时候，由于作者运用得还不纯熟，他们比较容易受对偶、平仄等很多方面的拘束，所以就把注意力重点放在诗歌形式上面，这样做的结果，就使得诗歌中的感发力量相对减少了。"云霞出海曙，梅柳渡江春"（杜审言《和晋陵陆丞早春游望》），景物写得果然是美，可在内容、情意、思想方面，却显得比较空泛。"丰兹吝彼，理讵能双？"这是没有办法的一件事情。

　　历史的演进总是正反合这样一个不断发展的过程，诗歌史的演进也是如此。所以，当初唐近体诗的发展出现了过于讲究形式这样的偏颇时，陈子昂便提出了"复古"的主张。他在《修竹篇序》中说："汉魏风骨，晋宋莫传……齐梁间诗，采丽竞繁，而兴寄都绝。"陈子昂认为，汉魏时代的诗歌有"风骨"。那什么是"风骨"呢？中国传统的文学批评不像西方文学批评那样有非常周密的理论系统，它不是很逻辑性、很理论性的，而是很印象式的。它常常喜欢用一些非常抽象的词汇，比如"风骨"、"风力"、"风神"、"风采"等等。什么是"风"？什么是"骨"？你要翻成英文，说the wind and the bone，可以吗？用"风骨"来评赏作品，作品又不是大自然，你怎么能看到它里面有没有风？而且作品也不是一个动物，你又怎么能看到它里边有没有骨呢？所以，"风骨"是一种非常抽象模糊的概念。

前面我们说过，齐梁时代是中国文学的一个反省的时代。在开始时，像《诗经》、《楚辞》等创作，就是一种自然的感发，作者并没有想到比较和批评。到了齐梁时期，作家、作品越来越多，一些人就开始在反省、比较中对作品加以整理。所以在这个时期，一方面，诗歌的发展特别注重声律、对偶，走向浮华工丽的一途；另一方面，中国的文学批评也有了很大的发展，产生了两部非常重要的文学批评著作——钟嵘的《诗品》与刘勰的《文心雕龙》。在这两部书里边，他们就特别地提出"风"、"骨"两个字。我曾经写过一本书，书名为"中国古典诗歌评论集"，其中有一篇文章专门讨论到《诗品》，对于"风骨"，也有比较详细的说明。另外，我还有一篇文章讨论到王国维的《人间词话》与中国诗歌批评传统之间的关系。从齐梁之间钟嵘的《诗品》与刘勰的《文心雕龙》，一直到清末民初王国维的《人间词话》，他们写文学批评时总是喜欢用一种抽象的概念，我则想尝试一下，把他们这种抽象的概念加以整理，做出一个比较系统化、理论化的解释。从古代到近代，再到现代西方的文学批评，它们彼此之间有什么关系？我一直在做这方面的工作。关于"风骨"的详细说明，大家可以去看我那本书，现在，我只能简单地介绍一下。

"风"，如果用科学的解释，就是指空气的流动。不但风本身是活动的，而且风碰到物，也会使物活动起来：风吹在树叶上，树叶就摇动了；风吹在水上，水面就起波纹了。所以，"风"是一种动力。在具体作品中，"风"就是一种感发的力量，这是我对"风"字的比较现代化的解释。对于这种感发力量，中国古人没有用这么很理性、很明白的话说出来。在汉魏之间，在齐梁之间，他们说这个是"风"；到了宋朝的严羽，就说诗里边要有"兴趣"；再到清朝的王渔洋，又说诗里边要有"神韵"。其实归结起来，所谓的"风"、"兴趣"、"神韵"等等，其主要的要素都是说，诗歌里边要有一种感发的力量，只是他们所用的名词不同，所说的感发力量的范围也不一样。

形成感发力量的因素很多，其中的一种因素是"骨"，那什么是"骨"呢？对于人和动物而言，骨是使之能够站立起来的一种支柱。那什么东西使你的作品挺立起来呢？一个是要有非常真切、实在的内容；再一个就是要有很好的组织结构。这个结构，是包含了它的syntax的句法跟structure的章法而言的。若没有内容，你从周围说了很多，里边却是空空洞洞，按下去都是软的，那它怎么能站立起来？同样，你虽然有很好的思想内容，可没有把它有条理、有次序、有组织地说出来，而是分散成一块一块的，它又怎么能站立起来呢？所以"风骨"就是由内容思想结合了句法、章法而传达出来的一种感发的力量。我们讲到诗歌的结构（structure），说它不仅要有平平仄仄、仄仄平平这些外表文字的结构，还要有一个情意进行的情意的结构，而汉魏诗歌的感发力量，正是从它情意本质这个主干产生的。像"行行重行行，与君生别离。相去万馀里，各在天一涯"，它虽然没有平仄，没有对偶，但仍然能够从其情意主干、句法结构中传达出一种强大的感发力量。这就是陈子昂所要提倡的"汉魏风骨"，而这种传统到了晋宋时期，就"莫传"了，它没有能够继承下来。这里你就要注意了，我们从前讲晋朝的诗歌，讲到了三张、二陆、两潘、一左，而一般说起来，这个时候就已经开始注重对偶、注重形式了。我说过，以陆机的生平遭遇，本应该写出比他现在所流传下来的诗更好的诗篇，可他之所以没有能够写出这样的诗来，就是因为受了当时这种重形式的时代风气的影响。当然，也不是说凡晋宋之间的诗人都受到这种影响。因为诗歌的演进是一种有生命的演进，其中有时代的因素，也有个人的因素；而真正杰出的天才，往往能以其个人因素打破时代因素的局限。陶渊明就是这样的一个作者，他完全超越了一些外表的形式，而直接写出了自己的本心。你在平时也会看到有些人过分重视外表的一切，而内心却什么都没有；可当你真正掌握了内心的时候就会发现，外在的东西其实并不重要。我们说陶渊明之所以能够超越于诗歌的形式之上，关键就在于他在人格上是超越的。辛弃疾曾经这样赞美陶渊明，说他"都无晋宋之间事，自是羲皇以上人"（《鹧鸪天》）——晋宋之间，贪官污吏们贪赃枉法、争权夺位，而陶渊明完全超越于这种污浊之上，好像是三皇五帝时代的人。所以你一定要知道，虽然陈子昂说"汉魏风骨，晋宋莫传"，但有少数人是可以在时代中超越出来的。

接着他说："齐梁间诗，采丽竞繁，而兴寄都绝。"晋宋以后就是齐梁，而齐梁之间，就到了沈约他们讲"四声八病"的时候了。陈子昂批评这时的诗风，说是"采丽竞繁，而兴寄都绝"。"采"是辞藻；"竞"是说大家比赛，看谁写得更美；"兴"就是我们所说的感发；"寄"是指诗歌里边有深刻的含义。齐梁之际，人们只注重外表辞藻的华丽与声调的和谐，结果就产生了一种流弊——有句无篇，也就是说，他只会写一两句漂亮的对偶，却没有整篇的内容与结构的组织，没有整篇的感发的力量，是死板的文字。针对这种流弊，陈子昂提出要恢复"汉魏风骨"。他这样说还不算，我们不是说李白也受了陈子昂的影响吗？李白曾写过《古风》五十九首，其开宗明义的第一首就提出了复古的主张。他说："自从建安来，绮丽不足珍。""建安"是汉献帝的年号。他认为，自从建安以来，这些诗大多外表美丽而内容空虚，所以就不值得重视了。

本来，诗是写志言情的。由于大自然的物象与人事界的事象引起人内心的感动，在心为志，发言为诗，这是很自然的一种感发。我们知道，由外物引起人内心的感动是"兴"；内心有了感动，用外物来做比喻是"比"，这个本来很单纯，可是汉儒们解释《诗经》中的比兴时，却增加了一些内容。比如他们说"兴"，就是"见今之美，嫌于媚谀"，也就是说，现在的时代有美好的政治，而一天到晚地歌功颂德，这样直接来赞美就觉得没有意思了，所以为了避嫌疑，就用外物来起兴。"关关雎鸠，在河之洲。窈窕淑女，君子好逑"，就是说因为看到外界的鸟成双成对，从而联想到人也应该有美好的伴侣；但中国一向比较注重伦理道德，认为不应该谈爱情，于是汉儒就将《关雎》一篇说成是"后妃之德"。这还不是说那"窈窕淑女"可以做皇后或可以做皇妃，而是说"后妃"们不妒忌，要替君王选择这样的"淑女"做嫔妃。因为"见今之美，嫌于媚谀"，所以就用一个形象——在沙洲上嬉戏和鸣的一对关雎鸟来起兴。那么"比"呢？他们认为，"比"是"见今之失，不敢斥言"。也就是说，现在的政治不好了，而你因为怕获罪，不敢直接批评它，所以就用别的事物来比喻。像我们讲过的《硕鼠》："硕鼠硕鼠，无食我黍。三岁贯女，莫我肯顾。"他本来写的是那些身居上位的剥削者，可不敢直说，便用一只大老鼠来做比喻。所以经过汉儒的解释，比兴就有了美刺或讽喻的政治意味了。这个传统影响到诗歌的创作及批评方面，人们就认为，如果一首诗只写一个外物的形式而没有讽喻美刺的意思，那就是肤浅。

　　前面我们说，中国文学是从南北朝的齐梁时代才开始走向只注重形式的浮华工丽一途。初唐文坛继承了齐梁以来的这种作风，而陈子昂看到"采丽竞繁，而兴寄都绝"的这些缺点，就提倡复古，并特别标举"风雅"、"比兴"。关于"比兴"已如上面所述，那什么是"风雅"呢？"风雅"就是指《诗经》里边的《国风》以及大、小《雅》的诗篇。从《国风》中可以看到当时的民俗与人民的生活，大、小《雅》则关系到当时的政事。而且，《风》、《雅》里边有很多是有寄托的作品，像我们前面所举的《硕鼠》就是这样一个例证。

陈子昂主张追步建安、正始时代的作者。建安的诗风一般说起来，也是关心时事，而且有寄托的。正始时代，最有名的作者就是阮籍和嵇康二人。嵇康的诗比较直率，阮籍的诗则寄慨遥深。阮籍写了《咏怀》八十一首，所谓"咏怀"，就是抒发自己内心的一种感发的情意。这些诗虽然表面上写的都是眼前身畔的风景情事，可里边却有很深刻的寄托，这对陈子昂产生了很大的影响。我们说陈子昂主张复古，但任何时代都不可能是完全复古的。历史的车轮永远不会倒回来转，所谓的circle，也并非原地不动的circle，它不会再回到那个原始的起点。阮籍是魏晋之间的人，而陈子昂是初唐时代的人，他们的生平、身世、所生活的时代以及那个时代文学上的成就等等都不一样，所以陈子昂不会完全回复到阮籍的那个"古"。那么，他到底回到哪里去了呢？既然他开始注重感发的情意，那究竟是谁感发的情意？我们说这当然是陈子昂自己感发的情意。就是说，一个诗人，要写你自己内心中真正使你感动的情意，而不是把你的精神完全放在什么平平仄仄、仄仄平平的对偶上去。陈子昂之后，李白、杜甫都是从这里转出来的，他们也重视到自己感发的情意了。所以陈子昂的口号虽然是复古，可他实实在在是创新了。

陈子昂的文学主张在唐代产生了很大的影响。后来的韩愈在《荐士》一诗中写道："国朝盛文章，子昂始高蹈。""国朝"指的就是唐朝，唐朝的文学很发达，所以是"盛文章"；"蹈"本来是说人的脚步踏上一个地方，"高蹈"也就是走上了更高的一步。韩愈说，只有当陈子昂出现后，才带领人们走上了一个更高远的诗歌创作的境界。到了金代，元遗山在其《论诗绝句》中也写道："沈宋横驰翰墨场，风流初不废齐梁。论功若准平吴例，合著黄金铸子昂。"可以说，陈子昂是从初唐到盛唐的一个转折型人物。

二

自从陈子昂提倡复古以后，李太白也提倡复古，而那个时代的许多人就比较轻视初唐的律诗，也就是杜甫所说的"轻薄为文哂未休"了。可是你要知道，文学，应该是形式与内容共进的。如果只是形式进步而内容不进步，这固然是一种不好的现象；但从整体的文学演进来说，形式的进步和发展总算是一件好事情。正是因为有了初唐律诗作者对诗歌形式方面的开拓与发展，才会产生盛唐时代的杜甫、晚唐时代的李商隐这些很了不起的诗人，才会把那么丰富的思想感情写到律诗这种精美的体裁里边去。所以，对声调、对偶等形式方面的注重有它缺点的一面，也有它长处的一面。如果你能够把它进步的形式再加上很丰富的内容，岂不就更好了吗？中国人常常说，看待事物应该用一分为二的观点，我们确实应该如此。

下面我们再来介绍一下陈子昂的生平。陈子昂，字伯玉，梓州射洪（今四川射洪）人。射在这里不念 shè，做地名时应念 yè。他在武后初当政时，上《大周受命颂》，得到武后的重视，并授以官职。初任麟台正字，后迁右拾遗。好，这里你就要注意到一个问题了。我们以前说过，武后夺权是初唐政坛上的一件大事，当时很多读书人是反对武则天的。在他们看来，以一个女性而专权是第一个错误，而专权后改国号为周是第二个错误。所以，像徐敬业、骆宾王等人还曾经讨伐过武则天。当然，也有拥护武则天的人了，像沈佺期、宋之问，还有杜审言的那群朋友——崔融、苏味道、李峤这些人，他们都是逢迎武氏的。这样，作者就有了两种不同的情形；到陈子昂出现，是第三种情形。

我们说武则天这个人虽然为了夺权往往不择手段，但她有一样好处，就是真的欣赏人才。毫无疑问，陈子昂是得到了武后赏识的人。如果从中国旧日读书人很狭窄的道德观点来看这件事就会认为，这是陈子昂道德品质方面的一种缺陷。可是我们也要看一看，他依附了武则天以后究竟做了些什么？你是为了你自己的名利禄位才出来做官，还是为了国家和人民出来做官呢？有些人，他们依附一个人，是为了追求权位，是希望得到宠幸。为此，他们不惜出卖自己的人格，陈子昂是不是这样呢？

我们开始讲王绩的时候曾提到"圣之清者"与"圣之任者"。所谓"圣之清者"就是说，我要保存我一己的清白，保存我品德的完美。你现在这个国君不好，我决不在你手下做官；你现在这个政府不好，我决不在你政府之中做官，我不能让品格上留下一个污点。大家都知道追求外表的美丽，房子要造得怎么样漂亮，衣服要穿得怎么样讲究；可是你有没有把你自己的人格当做一件艺术品，要让它完美无缺呢？所以中国古代有一些人，他们宁可不要住好房子，不要穿好衣服，却要追求一种真正完美的人品，这是"圣之清者"。所谓"圣之任者"，就是说，我清白不清白没有关系，管你是什么样的朝廷，什么样的国君，我总要担负起我的责任来。你说这个朝廷不好，大家都不出来，那岂不是更坏了吗？正因为它坏，我才要出来。如果我白鞋、白袜子永远不沾泥，那我怎么能拯救那些陷入泥坑里的人？"我不下地狱，谁下地狱！"所以我要自己先跳下去，弄得一身是泥，然后才可以或者有办法把大家从泥坑里边拯救出来。这是两种不同的人格，两种不同的道德标准，两种不同的做人处世的态度。

陈子昂是一个怎样的人呢？他本来生在远离首都的一个比较偏远的地方，家里很有钱，年幼时受父母的溺爱，吃喝玩乐，不爱读书；稍大一点后，任侠仗义，无所不为，很像一个纨绔子弟。十七八岁以后，有一次，他偶然来到乡学，在外边旁听了一会儿。听别人讲古书中的道理，他非常感动，从此发奋折节读书，把过去那种嬉笑玩乐的作风都改变了。读书明理后，就有了治国平天下的理想。我最近看了明清之间的一些人物传记，说是明朝末年，当清朝的军队打进来的时候，江南有很多起义、死难的人。其中有一个人，书上说他八岁入小学，老师讲书时讲到孔子，他问："孔子是什么人？"老师回答说："孔子是圣人。"他又问："孔子现在在哪里？"老师告诉他："孔子已经死了两千多年了。"他听罢大哭起来，然后连饭都不吃了。所以，有一些人，当他们听到好的东西后，果然就感动了。这话很难说，但确实是如此的。

我们说陈子昂既然有治国平天下的理想，可他生在一个怎样的时代？他生在武周的时代。在这样的时代，你到底出来不出来？当然，你可以说不给她做官。可是你要知道，人生不过数十寒暑，杜甫说："人生七十古来稀。"你知道武则天能够做天子做到几时？如果在你死的时候武则天还没有死，那你就一辈子不出来做官吗？你既然以天下为己任，可如果不出来做官，你又如何实践你治国平天下的理想呢？所以陈子昂没有管武则天是男还是女，也没有管天下姓李还是姓武，而是毅然出来做官了。因为有才干，他受到武则天的赏识——是武则天让他做的麟台正字，武则天让他做到右拾遗。"遗"就是遗失、遗漏；"拾"是把它捡起来。也就是说，你看到国家的政治有什么缺点、疏失之处，就要进行谏劝，这是一种监察性的官职。在唐朝的诗人里边还有一个人也做过拾遗的官，就是杜甫，他做的是左拾遗。你看，有这么多的拾遗，左边也"拾"，右边也"拾"，可还是"遗"了那么多，唐朝的政治还是有那么多缺失与错误。做了右拾遗以后，陈子昂屡次上书言事。你如果看一看他的全集就会发现，他的上书都是针对国家政治的安危治乱、人民生活的各种问题而言的，没有一点是为了他自己的权位。他不是像某些人一样逢迎武后，而是专门对朝政的缺点、疏漏之处提出改善、补救的措施。为了真正为国家、人民做一些事情，他宁可牺牲自己的品格而出仕武周，这正是近于"圣之任者"的一种作风。我现在这样讲，当然陈子昂本人也不一定有这样的一种思想，他并没有用很明白的口吻说过这样的话。可是，他用事实、用平生所做的事情证明了这一点。

陈子昂的上书"言多切直"，他说话非常恳切、直率，应该说什么就说什么；他不怕"触忤权贵"，不害怕得罪当时的当权派。我在前面说过，武则天夺权往往不择手段，甚至连自己的亲生儿子都害死了。我认为这还不仅仅是她一个人的问题，是她左右那些逢迎的小人，以及她娘家的兄弟子侄们，他们想要夺权，所以就在武后的耳朵旁一天到晚不是说这个不对就是说那个不对；而武后本来也有夺权的私心，所以她听周围的人总这样说，久而久之，就信以为真，于是兴起大狱来，杀死很多人，这些你如果看唐朝的历史就知道了。所以，陈子昂在这样的政治气候中仍能直言进谏，确实是难能可贵的。不但如此，他对于当时的政治、经济措施的利弊也确实是有所了解的。他议论"益国"——对国家有好处、"利民"——对人民有好处、"刑狱"——应该怎么样秉公执法、"边事"——对于边疆少数民族的一些战争等等问题，都能够针对事实，提出自己的见解，而不是书生的空言。他曾经主张"息兵"，就是不要常常打仗，要使人民有安定的生活。可是，他并不反对所有的战争，对于契丹的叛乱，他曾经自请从军征讨；但对于中国人从亚洲去攻外边的羌人，他极力劝阻，认为无缘无故地去侵犯别人，不仅对国家人民有害，而且对于奸臣贪夫有利，因为有些人会借战争来发财。可见，他反对的是不义的战争。所有这些都证明他是有识见的。

万岁通天（武则天年号）元年（696），陈子昂自请从军，跟随武攸宜去北方与契丹作战。武攸宜是武则天本家的侄子——很多人做官都是靠裙带关系，中国自古以来就是如此的。可是，依靠裙带、依靠权势攀援上去的人往往没有什么真才实学，武攸宜这个人就是很昏庸的。陈子昂看到武攸宜带兵做了很多不该做的坏事，就请求武攸宜分配给他一万人作为前驱，一再进言，被武攸宜所憎恶，并受到降职的处分。后来，他就辞官回到了故乡。据说，陈子昂事亲甚孝，是当地有名的孝子。本来，他回到故乡，远离了政治的漩涡，按理说就应该平安无事了。但是你要知道，政治上的迫害有时是非常残酷的。我们说陈子昂不是与武氏家族结下了仇怨吗？当时武攸宜是在外领兵打仗的；在朝廷里掌权的也是武家的人，名叫武三思。所以，当陈子昂回到梓州老家之后，武三思就暗令梓州射洪县的县令段简折辱陈子昂，而段简"贪暴残忍"，听说陈家有钱，正想大捞一笔。就这样，他们以莫须有的罪名把陈子昂下到监狱，后来他就死在监狱里了。

三

　　知道了陈子昂的生平和文学主张，我们再来看一下他的文学创作。陈子昂的文章是"力矫当时浮艳之弊，虽不能尽删骈俪，大多朴实畅达"。他努力改正当时华而不实的文风，其文章多取法于古代的散文；在诗歌创作方面，他标举"风雅"、"比兴"、"汉魏风骨"，《感遇》诗三十八首代表了他实践的成绩。所谓实践的成绩，就是说你在文学上主张反对齐梁的浮艳之风，可是你所作的诗文能不能配合你这种主张呢？如果不能，那你的主张就等于空谈了。陈子昂是有主张也能够实践的，这些诗都是用古体写成，也都是有比兴与寄托的。他或者感慨身世，或者讽谏朝政，写得慷慨沉郁，里面蕴藏了深厚的感发力量，类似于阮籍的《咏怀》。我刚才不是说阮籍写了《咏怀》诗八十一首吗？中国古代有这么一个传统，就是凡抒写自己情志的诗篇，合起来给它起一个名字，叫做"感遇"啦，"咏怀"啦，"古风"啦等等，这样一写就是好几十首。当然，这几十首诗也不是说一天就写出来的，而是平常哪天有感慨就写几首，最后归到一组里边去。陈子昂的三十多首《感遇》诗都是写自己的情意，难免会"辞繁意复"——辞、意有重复之处，有时甚至"不免于拙率"——因过于不雕琢而显得比较浅薄、粗率了，但是因为这些诗的内容具有深刻的现实意义，所以不能不承认它们是革新风气的优秀作品。也正因为如此，陈子昂的诗为后来的现实主义大诗人杜甫以及主张"为时"、"为事"而写诗的白居易所极为称道。杜甫在《陈拾遗故宅》一诗中写道："公生扬马后，名与日月悬。""扬"是扬雄；"马"是司马相如，他们两个都是汉代的辞赋家。杜甫说，陈子昂生在扬雄和司马相如之后，他的名字跟日月一样光明。这首诗的最后两句是："终古立忠义，感遇有遗编。"杜甫说，他终古所标榜的是他做人态度的忠义，而他的《感遇》诗流传下来，会使很多人受到感动。这是杜甫对他的赞美。后来，诗人白居易在给他的朋友元稹写的一封信中说："唐兴二百年，其间诗人不可胜数。"这个"胜"字在这里旧读shēng（平声）。他说，唐朝建国以后两百年间，诗人多得数不过来，接着，"所可举者"，我们能够推举出来的，"陈子昂有《感遇》诗二十首，鲍防有《感兴》诗十五首"（《与元九书》）。他说二十首是不对的，应该是三十八首。另外，白居易还曾将陈子昂与杜甫并提，说："杜甫陈子昂，才名括天地。"（《初授拾遗》）可见，他们对陈子昂是很推崇的。

好，下面我们来看陈子昂的《感遇》诗。我们先看题目，什么是“感遇”？中国传统上一直很重视所谓的“知遇”，“遇”就是遇人知用的意思——你得到一个被人了解、被人欣赏的机会，这就是遇。当然，人有很多时候是“不遇”，就是说你终生也没有碰到一个真正了解并欣赏你的人。人生有遇有不遇，“不遇”当然是一种悲哀，可“遇”就一定是幸运吗？世界上的事情不是这么简单的。即使你遇了，也要看一看你所遇的是什么人。如果你遇而没有遇到一个好人，那同样是一种悲哀。武则天被中国旧传统认为是叛逆的、不道德的，如果武则天用你，你被用还是不被用呢？这是很重要的一种抉择和考验。陈子昂生在武后的时代，除非他甘心终生被埋没，那他就不用出来做官了，但是他偏偏不甘心！他是一个有才能、有理想的人，也希望使自己的才智能够有所用，他一定要实现自己治国平天下的理想。最终，他出来做官了，而武则天也欣赏他了。可是，他遭到了什么样的结果？他不是被贬官了吗？后来，他不是选择了隐，辞职回家去了吗？他回家后的下场又如何？他不还是被下到监狱里，最后就死在监狱里了吗？所以中国古代的读书人，他们在遇与不遇之间所面临的仕和隐的抉择与考验，确实有很多令人悲慨的地方，这正是陈子昂之所以写《感遇》诗的道理。在这三十八首诗之中，有的是写不遇时的悲哀，有的是写遇了以后的不幸，还有的是写所遇何人的问题，所以就把中国过去的读书人在遇与不遇、仕与隐之间的各种悲慨全写到了。

讲到这里，我想顺便提及一个问题。一般说起来，如果你不根本地去推翻那个封建官僚制度，读书人是永远没有出路可言的。因为中国封建社会从来就是"文治"占主要地位，也就是说，一个读书人想要出来做官，你一定要得到政府里那个最高领导人的知赏与任用。这样一来，你不遇自然是不幸，可遇的结果也不一定就是幸，所以才会有仕与隐之间的抉择，才会有遇与不遇的悲哀，才会有很多这种不幸的悲剧发生。以后我们继续一个个地讲下去，讲到盛唐的孟浩然、中唐的柳宗元以及晚唐的李商隐等人，你就可以看到仕、隐的抉择在他们每一个人身上所发生的悲剧的结果了。这是很值得注意的一件事情，而中国旧诗所写的内容也一直没有跳出这个圈子去，什么时候才跳出来了呢？我实在要说，那是近现代革命以后的诗歌，我还不只是说那些革命的领导人，他们是那个时代领导人们起来革命的人，他们能跳出这个圈子丝毫不值得奇怪。我认为最值得注意的是《天安门诗抄》里的诗歌，那些诗的作者既不是很有名的作家，也不是在政治上有很高地位的人，他们都是平平常常的老百姓，而他们所写的诗，都是跳出了中国过去那个限制的。我举一个大家都知道的例子："欲悲闻鬼叫，我哭豺狼笑。洒泪祭雄杰，扬眉剑出鞘。"这几句曾在报纸上登过很多次，其实并不是很好，我只是随便引来，让大家看一看它对传统的突破。我们知道《天安门诗抄》是纪念周恩来的。他说，我们全国人民流着眼泪来祭奠我们民族的一个杰出的英雄人物。如果这个政治不改变，那些与周恩来对立、想要篡党夺权的人不改变，那么我们就会"扬眉"——精神奋发的样子；"剑出鞘"——我们就会拿出剑来拼一拼、战斗一番的。从《天安门诗抄》中所看到的中国人民，已不再像从前旧传统的读书人那样，在诗中表现出一种消极退避而又悲观的感情了。古代那些读书人没有勇气，也没有机会来为自己找一条出路，所以都是没有出路的；而现在的中国人则是说，如果我们不满意你们，我们就要起来斗争，自己来找一条出路。当然，真正如何我并不知道，这种不同的精神面貌都是我从诗中看到的。

四

下面我们就具体看一首陈子昂的《感遇》诗——《兰若生春夏》：

兰若生春夏，芊蔚何青青。
幽独空林色，朱蕤冒紫茎。
迟迟白日晚，袅袅秋风生。
岁华尽摇落，芳意竟何成？

你要知道，中国的诗歌从《诗经》开始，就是注重比兴的。所谓比兴，我在开始就讲到了，说"比"是由心及物，就是你内心先有了一种情意，然后用外界的物象来表达；而"兴"是由物及心，也就是先看到外界的物象，然后引起你内心的某种情意。所以在诗歌里面，不仅要有物象，还要有情意的感发。以前我们讲杜审言的《和晋陵陆丞早春游望》，说那首诗的中间两联写得很美，因为它形象生动地表现了早春游望时目中所见的景物。可是，除此之外，它没有很深的思想感情的内容，这也是陈子昂之所以要复古的一个原因。而复古，就是说作诗一定要有比兴的意思，一定要使外在的物象与自己内心的情意密切结合起来。现在我们来看这首《兰若生春夏》，它也是从物象写起的，但是，它并非只写了眼中所见的物象。

"兰若生春夏，芊蔚何青青。""兰"是兰花，"若"是杜若，二者都属于香草，是芬芳美好的植物，而用香草来代表美好的生命、才能和理想，早在《楚辞》中就出现了。屈原在《离骚》中说："余既滋兰之九畹兮，又树蕙之百亩。"在《湘夫人》中他又说："搴汀洲兮杜若，将以遗兮远者。"诸如此类，在《楚辞》里面常可以见到。而且，这些美人香草往往是用来比喻品德美好的君子的，这是中国诗歌的一个传统。"兰若生春夏"，他说，兰花与杜若这两种香草生长在春夏之间。春天是生命萌发的季节，兰若在春天发芽长叶，到夏天就长得很茂盛了，所以，"芊蔚何青青"。"芊蔚"是指草木茂盛的样子；"何"是叹美之辞，也就是我们现在所说的"多么"；"青青"二字通"菁菁"，读作 jīng jīng，也是指草木茂盛的样子。他说，你看那些兰花与杜若，它们在春夏之间生长得多么茂盛！

在这里我还要补充说明一点。我们不是说陈子昂主张复古吗？他一方面用了《诗经》中比兴的传统，一方面用了《楚辞》中美人香草的传统；不止如此，他还用了《古诗十九首》中叠字的传统。《古诗十九首》的第一首是《行行重行行》，第二首是《青青河畔草》，第三首是《青青陵上柏》。当然，用叠字也不是从《古诗十九首》才开始的，早在《诗经》中，像什么"关关雎鸠"、"蒹葭苍苍"等等，就已经开始用叠字了。所以，我们说陈子昂提倡复古，他不仅有理论，而且有实践，他的"复古"绝不是一个空洞的口号。不过，历史有盛有衰，尽管合久必分，分久必合，看似一个循环的过程，可是它永远不是在一个地方死画圈子，永远不会回到原来的起点，这个circle总是一放一收、一开一合，不断盘旋着向前转的。陈子昂虽然反对初唐的律诗，提倡复古，也实践了复古的主张，但是他毕竟是唐朝的诗人，一定会受到时代的影响。其实，每个人都会受到自己所处的环境的影响。李太白如果不是生在唐朝，而是生在二十世纪、二十一世纪的现代，或者生在北美洲的社会，他的天才也会有不同的表现，他也许写现代的新诗、新小说，或者创作什么其他类型的作品。所以，历史绝不会重演，不同的环境一定产生不同的结果。这一点，我们往下看就知道了。

"幽独空林色"，这一句的句法相当凝练复杂，而这正是初唐近体诗的风格。如果真正是古诗，像汉朝的《古诗十九首》，人家绝不会写这样的句子。虽然说《古诗十九首》也是五个字一句，也有比兴寄托，可它所有的句法都是平叙的、直接的。比如"行行重行行，与君生别离。相去万馀里，各在天一涯"，他一直在往前说。而"幽独空林色"呢？这句诗你怎么讲？"空林"，是说空寂的山林。如果有人问，那山林中又有兰花，又有杜若，怎么能算是空？我们说，既然说是林，自然就有一大片树；有一片树，就会有草木鸟兽，这当然不空。所谓"空者，无人之谓也"，没有人来往的山林是寂寞的山林，所以是"空林"。"空林"怎么样？"空林"有一种境界，有一种情趣。你走到台北的忠孝东路，那里的情景当然完全不同于"空林"了。那么"空林"有什么样的情趣和境界？它是"幽独"的。什么是"幽独"？谢灵运说："潜虬媚幽姿，飞鸿响远音。"（《登池上楼》）王维说："独坐幽篁里，弹琴复长啸。"（《竹里馆》）"幽"就是幽静；"独"就是孤独。空林之中久无人到，自然是幽静的；兰若生长其中，无人欣赏，当然是孤独的。"幽独空林色"，什么又是"空林色"呢？我们说兰若在空寂的山林之中，幽寂而且孤独，而这种幽寂与孤独就形成了兰若的一种品质、一种丰姿，这就是它的色。你如果仔细观察周围的人就会发现，有些人能够做到安心自处，看上去和悦而且安详，像陶渊明说的："托身已得所，千载不相违。"（《饮酒》之四）可是有些人做不到这一点，他的神色永远是不安定的。因为他没有找到自己安身立命的所在，他不知道自己究竟在哪里，他总是向外驰逐，被一切外在的事物所影响、所转移。兰若也有它的"色"，有它的品质与丰姿。中国古人常说："兰生空谷，不以无人而不芳。"尽管生在无人的山谷中，没有人欣赏它，可它依旧是美丽而芬芳的，它有一种安于寂寞、不求人知的境界和情趣。如果有人欣赏，那当然好；如果没有人欣赏，它也不会因此而自暴自弃，觉得反正也没有人欣赏自己，于是甘心堕落，就此坏下去了。不过话又说回来，对于一个美好的生命而言，毕竟应该有人欣赏它，才不至于辜负它的一生。

接着一句："朱蕤冒紫茎。""朱"是红色；"蕤"，本来指草木的花叶茂盛而且下垂的样子。如果是刚刚含苞的花蕾，它是不会下垂的，所以这里的"蕤"指的是盛开的花朵。"冒"是说长出来，从哪里长出来？从"紫茎"——紫色的花茎上长出来的。我们知道，凡是很鲜嫩的草木，它的梗上常常在绿色中透着一点点暗紫的颜色。所以这两句是说，兰若在春夏之间长得很茂盛，它的红色的花朵是从那绿色透紫的花茎上长出来的。好，从第一句"兰若生春夏"一直到第四句"朱蕤冒紫茎"，他都是在讲花的美好，接着后边两句，就有了一个突然的转折："迟迟白日晚，袅袅秋风生。"

我们说一首诗之所以好，关键的一点就是它要能够传达出一种感发的生命，而且能够使读者也受到相应的感动；并不是像中国的某些道学家所说的，凡是有寄托的才是好诗。同样，陈子昂这首诗之所以好，也不只是因为他有比兴和寄托，他复古了，而是因为他表现得好，他果然在复古之中传达出一种感发的力量。诗歌毕竟是一种艺术，是一种美文的创作，所以它的内容一定要跟它的艺术技巧密切结合起来。陈子昂提倡"汉魏风骨"，反对初唐近体诗雕章琢句的作风。像我们以前讲过的杜审言的那首诗，你可以把"云霞出海曙，梅柳渡江春"两句摘出来孤立在那里，你不用管它的上下文，这就很好了。因为它对偶工整、音节和谐，写得真是漂亮！可是我们说初唐的近体诗往往"有句而无篇"、"有联而无章"，缺乏一种内在的风骨。陈子昂这首诗就不同了，你如果从中单挑出一两句来，好像没有什么，像"兰若生春夏"，这很普通，可它的好处就在于它整个情辞进行得好。怎么进行得好？我们看，它前四句一句接一句，都是在写草木的品质是如何如何美好，可是这个还不够，这首诗的感发力量不能够停止在这里：真正传达出感发力量的，是后边的一个转折。假如我们将这首诗整个的情意结构画一个图解的话，当他写到第四句时，就达到了一个顶峰，然后忽然间一跌——"迟迟白日晚",就"袅袅秋风生"。这个转折传达出很强的感发力量,他前面给了你一个美好的形象,可是忽然间一个打击——都完了。《离骚》中说:"日月忽其不淹兮,春与秋其代序。惟草木之零落兮,恐美人之迟暮。"积时成日,积日成月,慢慢地,一天天过去了。在早晨太阳刚出来的时候,你也许觉得这一天还有很长时间,那太阳似乎移动得很慢。可是,就在这慢慢的移动之间,这一天就过去了,而且永远不会再回来。"迟迟白日晚"只是说一天的消逝,而"袅袅秋风生"则是说一年之将终。"袅袅"是风吹动的样子,前面说兰若生长在春夏之间,当春天、夏天都过去后,那袅袅的秋风便吹起来了。如此日复一日、年复一年,人生转眼便到了迟暮之年。

这两句在形式上是排比的,不仅是由一天到一年,而且接连两个都是消逝,加起来后,感发的力量就非常强大。另外,这两句是对偶的,其平仄为"— —｜｜｜,｜｜— — —"。如果是律诗,其平仄应该是"— — —｜｜,｜｜— — —",其中,第三字的平仄不太严格。我们说陈子昂提倡复古,而一般说起来,古诗里边的对偶句,其平仄不像律诗中的对偶句那样严格,所以这两句诗就不是十分严格的律诗的声调,而是有一点古诗的味道了。前面我们说陈子昂在其诗中用了《诗经》、《楚辞》中的传统,而他的诗也确实体现了初唐诗歌的一些风气,他把古诗的一些特色与唐诗的一些特色、古人的寄托与他自己的生平结合得非常好。

最后两句:"岁华尽摇落,芳意竟何成?"这两句写得真是悲哀!"岁华"是一年的芳华,整整一年有多少美丽的花?我们说,春天从最早的迎春开到最后的荼蘼，一共有二十四番花信！然后是夏天的荷花、秋天的菊花，一年之中不断有花朵开放。可是等到冬天，不管你是兰花，不管你是杜若，就算你是再美的花，也"尽摇落"——都完全零落了。前面我们提到，屈原在《离骚》中曾说："余既滋兰之九畹兮，又树蕙之百亩。"他说，我辛辛苦苦地种了这些花草，可是结果怎么样？都枯干了，都烂死了。后边他又说："虽萎绝其亦何伤兮？哀众芳之芜秽。"就算我种的九畹兰、百亩蕙都枯死了、灭绝了，但我悲哀的还不是这些，而是所有的花草都死了。为什么这样的人间竟不能让一朵花开放？为什么所有美丽的花草都被风霜摧残而死了呢？这是屈原的悲哀。到了盛唐的杜甫，他写了两首《秋雨叹》，其中有几句说："雨中百草秋烂死，阶下决明颜色鲜。"他说，各种花草都在秋雨中烂死了，只有台阶下的一棵决明依旧开得很美丽。可是它真的能够活下去吗？"凉风萧萧吹汝急，恐汝后时难独立"，虽然你现在开得还很好，但风雨没有停止，那萧萧的凉风吹到你的身上，不但是"吹"，而且"吹汝急"，多么强烈地吹在你的身上，所以我担心你是否能够再支撑下去，你还能支撑多久。恐怕过不了几天，你再也不能独自开放，于是跟别的花草一样烂死了。最后他说："堂上书生空白首，临风三嗅馨香泣。"这真是神来之笔！本来是写草木的凋零，却忽然间笔锋一转，说：我很同情你，我希望能够把你留下来，可是我一个读书人，白白地过了半辈子，现在头发都白了，我甚至连自己都不能保全，又有什么办法挽救你生命的凋零呢？所以，当凉风把你的花香吹过来的时候，我闻到你那么多的馨香，想到如此美好的生命却没有办法保全，眼看着你零落却没有办法挽救，我不由得流下泪来。

所以你看，中国的诗真是很奇妙。从《楚辞》中屈原的感慨，到陈子昂的感慨，再到杜甫的感慨，他们所传达的都是因为美好生命的凋伤而引起的生命共感。现在我们还回到陈子昂这首诗中来，他说："迟迟白日晚，袅袅秋风生。"这两句带着一种警动的力量。也就是说，它使人的心里感到一种警觉。在日月的推移中，在秋风的吹动下，所有的兰花与杜若都凋零了。你开的时候不是很芬芳吗？那芬芳不是你的品质与心意吗？你有这么芬芳美好的心意和品质，你也很珍惜它，也想在这一生一世中好好地完成自我，可结果却都在袅袅秋风的摧残下完全凋落了，你的"芳意"——由本质到理想所结合起来的那种美好的情意，是"竟何成"呢？这句的"竟"与上一句的"尽"都是很有力量的字。"竟"是说到底，你到底完成了一些什么？生长在一个空寂的没有人的山林之中，你美好的姿质得到过人的欣赏没有？你发生过什么作用？没有。你白白地开了，又白白地谢了。

我们说陈子昂复古。在魏晋之间，有一个叫左思的人就写过这样的一句诗："铅刀贵一割。"（《咏史》之一）他说，刀的用处是割东西。就算你不是钢刀，只是一把铅刀，你既然叫做刀，也总应该割一下；不然，你就失去了作为刀的意义和价值了。所以一个人，不管你做什么事情，你要能够把你自己最好的品质和能力表现出来，完成些什么，这才是好的。可是，你不见得有这样的机会。有的人一生没有遇到这样的机会，所以就"岁华尽摇落，芳意竟何成"？如此看来，陈子昂这首诗毫无疑问地表现了一种不遇的悲哀。

五

我们讲了陈子昂《感遇》诗中的《兰若生春夏》，那一首诗表现的是一个有美好才能的人，其生命价值徒然落空的不遇的悲哀。今天我们要讲的这一首《翡翠巢南海》，则与上一首诗相反，说的是一种遇而不得的悲哀。你没有得到别人的知遇，那当然是一种不幸；可是，就算你得到别人的欣赏了，这也不一定就是幸运，所以人生的际遇有时是非常复杂的。

我们说陈子昂作诗注重比兴的传统。在上一首诗中，他是以植物——兰若来做比喻的；而这一首诗他是以动物——翡翠鸟来做比喻的。像这一类诗，它所写的都是中国古代读书人遇与不遇的感慨，很多人在刚刚开始读诗的时候，可能并不太喜欢这样的作品。记得我小时候最早读的是《唐诗三百首》，我喜欢的是那些念起来声音很好听、看上去文字很漂亮的诗，而像《感遇》诗这样的作品，都是讲人生的体验，讲一些思想性的东西，那时我太小，根本不知道它说的是什么，所以对它实在不感兴趣。为什么要讲这些话呢？在这里，我是想告诉大家，欣赏或品评一首诗的好坏，应该用什么标准，需要养成一种怎样的能力。也就是说，读诗的时候，你要能够辨别出哪些是好诗，哪些是坏诗，就算同样是好诗，它好的缘故不相同，好的质量和程度也不相同。我是想把自己从前读诗的一些切身感受告诉大家，给大家提供一个参考。

刚才我说，我小时候喜欢那些看上去、听起来都很美的诗。举一个例子，就是张若虚的《春江花月夜》，而我实在要说，这样的诗与《红楼梦》中林黛玉她们作的那些诗很相似。《红楼梦》是一部很了不起的小说，那些诗歌在小说中也是很好的诗歌，因为《红楼梦》的作者把不同人物的性格都从他们的诗里边表现出来了。那么多人物，宝钗是宝钗的诗，黛玉是黛玉的诗，宝玉是宝玉的诗，人物性格不同，其诗的风格也不同。一个人能够模仿各种不同的性格，作出不同风格的诗来，这一点确实很难得。可是，如果真是作为诗来看的话，《红楼梦》中的诗就不能算是最好的了。它们与中国最优秀的诗人，像陶渊明、杜甫这些人所作的诗是绝对不能够相比的。如果非要比一比的话，它顶多有点像张若虚的那一首《春江花月夜》。像这一类诗，它写得非常流利婉转，念起来声音很好听，辞藻也很美，而且很多人一看就容易受它的感动。不过，这些诗写的往往只是一般人的感情，凡是有一点才情，有一些诗歌修养的人，写出这样的作品并不是一件很困难的事情，因为他所写的都是表层的风景和感情，是非得他自己有多么深刻的思想和感受才能写出来吗？不需要。而且，他里边所写的感情，其真实的程度有多少？他只是说得很美，说春天的江水有花有月，有些人产生了离别的怀思，仅此而已。这种诗的题目也比较容易写，因为像春江、花、月、夜，都是诗意的字，他七拼八凑，说出来就非常漂亮。当然，我不是说它不好，他写得很美，只是没有很深的内容在里边，不是最高的成就。

前面我们提到，陈子昂的诗有时候"辞繁意复"，甚至"不免于拙率"，也就是说，他有些诗写得不够工整、不够美丽。现在我就要讲到批评诗歌的一个角度了。我认为，文学作品的表现有两个要素，一个是文，一个是质。文，就是说它的文辞、外表的形式；质，则是它真正的本质和内容。我屡次讲到什么样的诗才叫成功的好诗，我说第一重要的是要有一种感发的生命；第二就是你要能够把你这种感发的生命表达得恰到好处。感发的生命是你的内容的本质，属于质；表达得恰到好处是文辞的外在形式，属于文。如果文质配合得好，像中国古人说的"文质彬彬"，这当然最好不过了。可是对于一般的作者，有时却不免于两种情形：一种是文过于质，一种是质胜于文。什么叫文过于质呢？就是说他表现的方法、技巧和功力超过了他的感情。以姜白石为例，他的词就写得非常典雅，他的形象，那些image，也都非常漂亮，所以有很多人喜欢他的词。可是我认为，他虽然在表现的技巧、功力方面有很高的成就，但你只是在理性上觉得他说得很好，可他不给你一种非常直接的感发。

当然，这只是我个人主观上的看法。也就是说，我可能错了，但我一定要很诚实地说。记得我的老师从前说过这样的话："余为此言，或不我谅；虽不我谅，然余诚矣。"他说，我说这样的话，或许有人不同意、不赞成，不能够原谅我；虽然你们不原谅，但我是很真诚地说我自己的感觉。现在社会上一般人的毛病是什么？就是"你说，他说，我不说"。大家写文章著书，把古人的很多话抄袭下来，这个人这样说，那个人那样说，而他自己有没有真正的感受呢？没有。一般来说，西方人写论文的习惯一向是如此，他们用了很多工夫找了很多材料，引证了很多人的说法，却没有自己的判断。中国更是这样，从"四人帮"的时候开始，说什么"大报抄小报，小报抄梁效（两校）"，天下文章皆如雷同一响，而你自己的思想见解、你自己真正的感受在哪里呢？所以我认为，这种互相抄袭的作风就把真正的思想见解完全抹杀了。

暑假期间，我在中国讲课时曾跟他们说："现在你们大家都说实践是检验真理的唯一标准，我还要加上一条——真诚是追求真理的重要态度。"所以，大家一定要说自己的话，不能总是跟风。其实，从"四人帮"以来最坏的一种风气就是"跟风"，这会导致"天下相率为伪"，一个跟着一个学，大家都去说谎话——我没有真的感觉，我也不相信这些话，但是别人都这样说，我就跟着他说好了。这是最不好的一种态度。所以我说，我可能是错的，但我是真诚的。如果你发现了我的错误，你也以真诚的态度来批评我，那么这种真诚的态度就是我们共同找寻一个真理的态度。

刚才我说姜白石的词是文过于质，而陈子昂的诗呢？我认为，它是质胜于文，它本身的质素、它的内容情意这一方面比它外表的形式要好，所以，他们是各有好坏。如果把这两种情形做一个比较的话，我是宁可喜欢质胜于文的，我把重点放在感发的生命上，因为这才是你真正的所有。你里边先要有一定的内容，然后才能谈到表达得如何；如果你本来的内容不够，就算你表达得再好，那个生命也是没有的。而诗歌之为物，跟别的事物之所以不同，就因为它是一个有生命的东西。创作一直是非常奇妙的一件事情，它第一就要看你感发生命的多少。陈子昂的诗是有深度的，尽管很多人在开始读诗时或许不喜欢这样的作品，可是随着人生阅历的增加，你会慢慢体会到它的深度、它的价值之所在。

好，下面我们就来看一下这首《翡翠巢南海》：

翡翠巢南海，雄雌珠树林。
何知美人意，骄爱比黄金。
杀身炎洲里，委羽玉堂阴。
旖旎光首饰，葳蕤烂锦衾。
岂不在遐远？虞罗忽见寻。
多材信为累，叹息此珍禽。

"翡翠"是一种鸟的名字，这种鸟的羽毛赤青相杂，看上去非常美丽，可以用来装饰在被子上，就是翠被；装饰在首饰上，就是翠翘；装饰在车的伞盖上，就是翠盖。"巢"本来是名词，在这句诗中用作动词，是"筑巢"的意思。"南海"指中国东南沿海的地区，因为华夏文明是从黄河流域发展起来的，所以中国古代的都城大多在北方，所谓中原之地，既是朝廷的所在，也是利禄争夺的所在；而"南海"则表示远离京城、远离帝王的非常遥远的地方。他说，翡翠鸟本来是结巢在那遥远的南海之中。在这一句里，他标举出一个主题。"翡翠"，是鸟名；"巢南海"，表示此鸟所在地方的遥远。这里你就要注意了，凡是一首好诗，它每一句的每一个字，都要有一定的作用。如果你说了一大堆废话，就算你说得再漂亮，那也没有什么意义。我们说"翡翠巢南海"这一句虽然每字有每字的作用，但它还是比较空洞、比较概念化，所以下面他就要细致地加以形容了。

"雄雌珠树林。"《关雎》上说："关关雎鸠，在河之洲。窈窕淑女，君子好逑。"一对对的雎鸠鸟在一起快乐地和鸣，这表示什么？表示它们生活得安乐。同样，陈子昂这一句诗也是说翡翠鸟生活得很安乐。不仅如此，它们生活的环境还是"珠树林"。"珠树"是中国神话传说中的一种奇树。据《山海经·海外南经》上说："三珠树在厌火北，生赤水上。其为树如柏，叶皆为珠。"可见，"三珠树"是一种非常珍美的树。那么，翡翠鸟作为一种如此珍贵的鸟，结巢在那么遥远的地方，生活是这样快乐，环境是这样优美，它们或许可以保全自己，一直过着幸福安乐的生活，但是，"何知美人意，骄爱比黄金"。

本来，翡翠鸟生活在遥远的南海，它与"美人"——北方京城里的那些贵族妇女毫不相干，它们哪里料想得到那些美人内心的意思？她们怎么样？她们对于翡翠鸟"骄爱比黄金"。"骄"是骄宠的意思，我们常常说某人很骄傲，或者骄矜，因为很多人都是比较虚荣的。比如说有一些专重名牌的人，买件衣服也不管它穿在身上好看不好看，合适不合适，反正牌子响、价钱贵就好。陈子昂说，那些京城里的美人看中了翡翠鸟的羽毛，而且把它看得比黄金还要珍贵。在这里你要注意，美人骄爱翡翠鸟，并不是爱鸟本身的生命，而是爱它的羽毛；而她们之所以爱翠羽，则是为了满足自己的虚荣心，作为自己向人矜夸的资本。

那么爱的结果呢？"杀身炎洲里，委羽玉堂阴。"前面我们讲《兰若生春夏》那一首时曾经说过，陈子昂这一组《感遇》诗都是五言古体的，所以它没有很严格的对偶与平仄的限制，可是某些句子很自然地就对起来了。比如"迟迟白日晚，袅袅秋风生"，两句加起来，感发的力量非常大。这首诗也是这样，他忽然间就用了一组对句，"杀身炎洲里"，就"委羽玉堂阴"。据《十洲记》上记载，"炎洲"是南海之中非常炎热的一个岛屿，这里指翡翠鸟生活的地方；"委"是委褪、脱除的意思；"玉堂"指富贵人家华丽的庭堂。这两句是说，翡翠鸟被人杀死在南海的炎洲之上，然后有人拔掉它的羽毛，并把这些羽毛带到美人所住的玉堂之中。

上一首诗开始一直在说兰若如何美好，到"迟迟白日晚，袅袅秋风生"两句，忽然沉了下来；这首诗也是先说翡翠鸟生活得如何安乐，美人如何爱它，可是到"杀身炎洲里，委羽玉堂阴"这两句，它整个的气势就有了一个转折——它被杀死了，羽毛也被拔除了。拔除了去做什么？"旖旎光首饰，葳蕤烂锦衾。"汉字是象形文字，"旖旎"两个字都从"方"，而从方的字多与"旗"有关。一般的旗子当然是方形的，不过也有其他的形状，而且有的旗子还连着飘带，镶着花边，很是美丽。所以"旖旎"是形容美好而盛多的样子。"光"本来是名词，在这里用作动词，指增加光彩。增加什么的光彩？增加首饰的光彩。你看中国的仕女图或者京戏，那些女子的头上总是戴着各种各样的首饰。因为女人总觉得她最重要、最漂亮的是脸，所以在头部附近就装饰得很多、很仔细。白居易的《长恨歌》说杨贵妃死后，是"花钿委地无人收，翠翘金雀玉搔头"，像"翠翘"、"金雀"和"玉搔头"都指的是首饰,其中的"翠翘"就是用翠羽做成的头饰,因为羽毛很轻,所以当人行走的时候,就随风摇动,好像旌旗在迎风招展。除了做成翠翘一类的首饰以外,翠羽还有什么用处呢?"葳蕤烂锦衾。""葳蕤"二字都是从草字头,是草木茂盛而且枝叶下垂的样子。这里他说的不是草木,而是说翠羽像草木一样茂盛。"烂"本来是形容词,"灿烂",这里也用作动词,指增加它的灿烂。增加什么的灿烂?"锦衾"——锦缎做成的被子。前面我们不是提到过翠被吗?葳蕤的翠羽装饰在被子上,就增加了被子的灿烂,使它看上去更好看了。

到此为止,陈子昂一直是在叙述,接着,他就要发表议论了:"岂不在遐远?"他说,那翡翠鸟原来岂不是在很遥远的南海炎洲吗?可是它万万没有想到"虞罗忽见寻"。"虞"指的是虞人,《周礼》上说,虞人是掌山泽之官,也就是说,他要负责给朝廷里的贵族搜集高山大泽中珍贵的物产;"见"是被的意思,我们常常说见怪、见谅、见笑等等。这句是说,尽管翡翠鸟在遥远的南海,可是因为那些贵族看中了它的羽毛,它最终没有能够避免杀身之祸;忽然有一天,它被虞人找到并且用网罗捕获了。

接着他感叹道:"多材信为累。""信"是果然、诚然的意思。他说,一个人有美好的才能,果然就成为他自己的连累。因为你若是一个平凡的人,大家都不太注意你,所以你还可以生活得很太平;但是,你如果太好了,大家都看到了你的优点,于是众目所视、众手所指,而这个时候你若没有很好地持守住的话,就会被别人利用,就会遭到不幸的事情。所以最后他说"叹息此珍禽",我叹息这么珍贵的鸟，生来有这么美好的资质，却被这样杀死了。

陈子昂在这首诗中确实是有他自己很深刻的一份悲慨的。我们知道，陈子昂本是一个才智之士，而且希望对于国家社会有所贡献，所以，虽然武则天做了皇帝，改了国号，很多人反对她，但陈子昂依旧出来做了官。尽管武则天也曾经欣赏过他，可他毕竟没有真正实现自己理想的机会，最后卷到政治斗争中，被人迫害而死在监狱里。所以有些人网罗人才，并不是真的要按照你的理想来任用你，而是希望你给他作装饰。其实，何止陈子昂是如此呢？就连中国历史上最有名的诗人李太白也有这样的经历。历史上说，唐玄宗曾把李白请到朝廷，让他坐在七宝床上，由皇帝亲手调羹，赏赐饮食，这难道说玄宗不欣赏李白？可是，他让李白做什么？有一次，玄宗与杨贵妃去沉香亭畔看牡丹，他说："这么美好的春天，这么美丽的妃子，这么娇艳的牡丹，我们不能再唱一般世俗的曲调，把那个天才李太白叫来，给我们写几首漂亮的新歌。"这就是李白之被玄宗的知用！所以就像美人喜爱翠羽一样，他是把你的天才作为他享乐的装饰。

六

到现在为止，我们已经讲了陈子昂的两首《感遇》诗，一首是写不遇的悲哀，另一首是写遇而不得的悲哀。这两首诗反映了陈子昂仕隐抉择的一个根本的情意结，而遇与不遇、仕与隐是人生的一个大问题。我常常说诗歌最关键的是要有感发的生命，而且这种感发的生命有大小、多少、深浅、厚薄之分。凡是文学作品，它所反映、所触及的人生与社会的领域越广、层次越深越好，如果只是反映了个人的悲欢离合、喜怒哀乐，也许它很动人，但是这在文学的层次上永远不会是最高的。我曾经提到过卡夫卡，在西方，他被称为"现代小说之父"。他的小说从表面上看，有时很奇怪，甚至很荒谬，但是往往反映了人世间的某个最基本的问题。他曾写过一部名为"变形记"的小说，说某推销员一天早晨起来，忽然发现自己变成了一只大甲虫，他焦虑万分，却又无可奈何。本来，他一个人工作，维持一家人的生活，父亲、母亲、妹妹都对他很好；自从变成甲虫后，起初，家人还很同情他，可是天长日久，大家都觉得很痛苦，连最亲近的人、最爱他的人都在这种特殊的环境中转变了，那真是很悲哀的一个故事。如果从表面上看，人怎么会变成甲虫？可是他所探寻的，是人生人世之间某种最基本的状况，就是像家人父子之间，他们也有某种自私的心理。卡夫卡是悲观的，他对此毫无办法。当然，也有比较乐观的人，可以反映人生中美好的一面。苏东坡说："自其变者而观之，则天地曾不能以一瞬；自其不变者而观之，则物与我皆无尽也。"（《赤壁赋》）确实，人生有痛苦的一面，但也有美好的一面。

二十多年以前，我看过一部好莱坞电影，中文译名好像叫做"春风秋雨"，说的是一个黑人妇女与一个白人男子结合，生下了一个女儿，看起来跟白人一样。由于种族歧视，那个女儿长大后不愿意让别人知道她有一个黑人母亲。尽管母亲那么辛辛苦苦地把她抚养成人，那么关心她、疼爱她，可越是这样，她就越反对母亲。总之，这个故事里边既反映了人情温暖的一面，又反映了人世间痛苦、不平的一面。台湾把这部电影译为"春风秋雨"，其实译得很不错。

我们说陈子昂的这两首诗反映了人生遇与不遇之间的两种情况。遇，当然可能是幸，但也有不幸的时候。为什么中国古人写诗常提到诸葛亮？就是因为在中国古代的君主与臣子之间，像刘备对诸葛亮，那真是信任他、欣赏他、尊重他，而这种遇合在旧传统中是不多见的。武则天这个人不是不识人才，她也很欣赏陈子昂的才华，可她的欣赏是将其作为自己的装饰。像娜拉的出走，她的丈夫表现得很悲哀，说什么哎呀，我的金丝雀，你怎么怎么样之类的话，好像很爱她，但是他并不尊重娜拉自己真正的思想和意愿，妻子只是他的装饰而已。在社会上，很多丈夫希望有个美丽的女子做他的装饰，很多女子也心甘情愿地给人家去做装饰，这跟那些有才能的人心甘情愿去给君主做装饰是一样的情形。武则天上台后，很多人依附她，利用自己的才能为她歌功颂德，被人利用却心甘情愿，对此，你无话可讲。而且，古今中外都有这种现象发生。所以在遇与不遇的去取抉择之间，确实包含了人生的一个大问题，你究竟怎么样选择自己的道路？陈子昂的这两首诗没有给我们做出明确的解答。

我说过，文学作品有很多的层次，欣赏起来也有不同的角度。像陈子昂的那两首《感遇》诗，他所表现的思想情意有一定的深度，而且从情意结构的转折中传达出一种感发的力量，这是它的好处。但这两首诗也有一个缺点，就是理性的安排设计太多了。当然，我不是说有心地安排设计就一定不好，因为很多人还要学习这个，我要说的是在中国诗歌里边有一类作品，它没有经过有心的安排设计，而是不假思索地脱口而出，出口成章，自然就表现了一种很丰富的感发力量，这是更高一层的作品。就像一大锅开水，那蒸气自然很盛，你想用盖子压都压不住，它自己就直接往上喷涌；若是水很浅，你用勺子盛半天才盛出一点儿，那么它所产生的蒸气也就绝不会有很大的力量。所以诗歌的感发生命不仅有质量的深浅厚薄，还有力量的强弱大小。有些诗歌，虽然其感发生命的本质也多，也深，也厚，也博大，可是理性的安排太多了，其本能的感发力量就相对减弱了一些。像陈子昂的这两首诗，他的感发就是透过思索来表达的。所以，我们也要透过思索才能很好地感受、欣赏这一类作品。

七

下面我要讲的是陈子昂的另外一首诗，题目是"登幽州台歌"，这首诗就是以情意本质取胜，带着很丰沛的感发力量的一首诗。我的老师曾经写道："幽州台上陈伯玉，不尽千年万古情。"好，我先把这首诗读一遍：

　　　　前不见古人，后不见来者。

念天地之悠悠，独怆然而涕下。

这里你要注意，我把"者"读成zhǎ，"下"读成"xiǎ"，因为这首诗押的是上声韵，所以"者"和"下"的读音就与现在普通话的读法不同了。我们说诗的好坏，它的感发力量，除了与它的意义有关之外，它的声音也是非常重要的。上声的字读起来中间有一个转折，好像拐了个弯儿再上去的样子，在原理上确实是如此的。

这首诗只有四句，前两句各五个字，后两句各六个字。前面我们讲中国诗体的演进，从《诗经》的四言体讲到《楚辞》的骚体和楚歌体，再讲到五言诗的成立。我曾经说过，五言诗的兴起是因为受到了汉朝新兴的一种乐府诗的影响，而汉乐府又可以分为几种体式：一种是继承《诗经》四言体的，一种是继承《楚辞》楚歌体的，最多的当然还是五言的体式。另外，诗歌中还有一种杂言体。所谓杂言，就是每句的字数不一样，中间可以有很多长短参差的变化。现在陈子昂的这首诗，正是属于杂言的古歌体。

知道了这首诗的体式，我们再来看一下它的题目。"幽州台"在什么地方？陈子昂又是什么时候登上了"幽州台"呢？"幽州台"在现在北京的大兴区，它还有一个别名叫燕台。据历史记载，战国时期，燕国在齐国的侵略之下，国势日益穷蹙，国土逐渐缩小。公元前311年，燕昭王继位，"卑身厚币"，以招揽天下的贤能之人，所以"士争趋焉"，很多贤士就都到燕国来了。后来，燕国逐渐强大，终于打败了齐国，而燕昭王也成为燕国的中兴之主。历史上还传说，燕昭王当年礼聘贤士，曾筑了一个台。因为在中国古代，你如果想表示对一个人的尊敬，就要开一个盛大的聚会；同样，国家要想任用一员大将，也要先筑一个坛，搭起一个高台，然后举行隆重的典礼，这就是所谓的"登坛拜将"了。传说燕昭王不仅筑了一个高台，还以很贵重的黄金来当做奖赏，所以这个台后世又叫"黄金台"。因为是燕国的昭王筑的，而且地点在蓟北，即古代的幽州所在的地方，所以又叫"燕台"、"蓟北楼"、"幽州台"。

在介绍作者生平时我说过，陈子昂在万岁通天元年，也就是公元696年，曾随建安郡王武攸宜北征契丹。像武攸宜这班人，虽然地位高、权力大，可都是些不学无术的贪生怕死之徒。当他带兵走到蓟北时，尽管离契丹还很远，他却犹豫不敢向前了。武攸宜不但自己没有勇气，他对手下的将官兵士也非常恶劣，当时陈子昂屡次向他进言都不被采纳。陈子昂郁郁不得志，经过蓟北时，他游访古燕都遗迹，登上幽州台，感慨于历史上燕昭王招贤纳士的往事和自己不得知用的现实，写下了这首《登幽州台歌》。

"前不见古人，后不见来者。"在这里，你要注意它的停顿。一般的五言诗每一句都是二、三的停顿，像"青山／横北郭，白水／绕东城"、"云霞／出海曙，梅柳／渡江春"等等都是如此。可是陈子昂这两句诗虽然也是五字句，但它的停顿，不是二、三，你说什么叫"前不"呢？它是"前／不见古人，后／不见来者"，或者是"前／不见／古人，后／不见／来者"，也就是一、四或三、二的停顿。现在，我就要把节奏的重点告诉大家了。我说一般的五言句是二、三的停顿，它最后一个节奏有三个字；而五言句的第二、四两个字更重要，因为它是节奏停顿的地方。可是，像陈子昂的这两句诗，它的停顿是一、四或者三、二，所以它最后一个节奏就是两个字或四个字了。在诗歌研究中，我们按照诗句最后一个节奏中字数的奇偶，把奇数的句子叫"单式句"，偶数的句子叫"双式句"。这些本来在讲诗的时候不需要讲，要到讲词的时候才需要重点介绍，因为五言诗基本上是二、三的停顿，七言诗基本上是二、二、三或者四、三的停顿，这都是单式的。词就不同了，在一首词中，或者单式句，或者双式句，它是有很多变化的。现在陈子昂这首诗用的是双式句，所以是诗中的一个例外，接着两句："念天地之悠悠，独怆然而涕下。"本来，"念天地悠悠，独怆然涕下"就可以了，可他在这两句中加了两个虚字——"之"和"而"，表示了某种语气。我们知道，一般的诗句往往是名词、动词、形容词等实词组合而成的，它不用什么"之、乎、者、也、已、焉、哉"之类的虚词，虚词常常出现在散文之中。现在，陈子昂这两句诗用了类似于散文的句法，这是第二个例外。可见，这首诗之所以有特色，一个原因是它的字数不整齐，属于"杂言"；另一个原因是它的节奏属于"双式"的停顿；再有一个原因就是它用了类似于散文的句法。正是由于这首诗用的不是陈言滥调，它与一般的诗有很多不同之处，所以它才给了我们一种很直接、很鲜锐的感受。

以上，我们是从外表的形式讲这首诗的，下面，我们就来看一下它的情意内容了。

"前不见古人，后不见来者"，你回头向从前看，你看不到古代的那些豪杰圣贤；你向以后的历史看，你也看不到未来的圣贤豪杰，因为在历史长流之中，你的生命是非常短暂的。俄国作家屠格涅夫曾经写过一部名为"父与子"的小说，其中写到一个年轻人，说他躺在一堆稻草上，然后就想到一个人在天地之间是何其渺小，在历史的长流之中是多么短暂。其实，很多诗人都写过这种悲哀。比如杜甫说："摇落深知宋玉悲，风流儒雅亦吾师。怅望千秋一洒泪，萧条异代不同时。"（《咏怀古迹》）他说，我真的能够深深了解当年屈原、宋玉他们的悲哀，像屈、宋这些才人志士，他们不仅"风流"——感情丰富，而且"儒雅"——文辞美好，他们能把内心这种摇落的悲哀写成如此美好的文字，使得千载之后的人都受到感动，所以他们堪称我的老师。今天，我杜甫何尝不是风流儒雅呢？我欣赏屈、宋，屈、宋如果有知的话，他们也应该欣赏我杜甫，可是我不能见到他们，他们也不能见到我，因为我们生在不同的时代。当年，没有人欣赏屈、宋，他们都曾遭到贬逐，屈原最后不是还跳到汨罗江里自杀而死了吗？他们生前是萧条寂寞的；现在，我满怀着对国家、人民的缠绵忠爱，却一直流落在外，始终没有得到实践自己政治理想的机会，我也是寂寞萧条的。怅望千秋茫茫，我禁不住洒下泪来。在另一首《梦李白》中，杜甫还写过这样的诗句："冠盖满京华，斯人独憔悴。"他说，你看，在长安的大街上，满是那些戴着乌纱帽、坐着华贵车子的人，可单单是李白，这个最有天才的诗人，现在却落得如此憔悴的境地！我们在前面说，玄宗很欣赏李白的才华，但实际上却是以倡优畜之，把他的天才作为宫廷里的点缀。李白对此很不甘心，后来就辞官不做了。杜甫写这首诗，已经是李白被流放，而且死生不明的时候了，所以杜甫才有"斯人独憔悴"的感慨。最后他说："千秋万岁名，寂寞身后事。"我相信你的天才、你的诗歌一定会有人欣赏的，你的才名会流传到千秋万代之后，可是生前，你毕竟是孤独的。千年后的今天，我们都知道李白和杜甫，可那些达官贵人的名字，你还知道几个？

西汉史学家司马迁在其《报任安书》中曾提到自己写《史记》的用心，说是要"藏之名山，传之其人"。他说，就算你们现在都不看我的书也没有关系，我要把它藏在名山之中，将来说不定有什么人看到它，内心就会产生一种共鸣。人，假如你果然是一个才智之士，就必然希望在自己所生的时代遇到与自己志同道合的人；可是你越杰出，找到同等杰出之人的机会就越少。中国古人说："五百年然后有王者兴。"如果五百年才出一个人才，你能活五百岁吗？

到了南宋，辛弃疾写过这样两句词："不恨古人吾不见，恨古人不见吾狂耳。"（《贺新郎》）他说，我所遗憾的还不是我不能看见古代那些英雄豪杰，而是他们早已作古，不能见到我辛弃疾的狂态了。所以你看，越是这些真正伟大的诗人，越有这种千秋寂寞的悲慨；而一般的人，往往计较于眼前的利益得失，计较于那些鸡毛蒜皮的小事。比如有些女子，专门喜欢在外表上跟人家争奇斗艳；还有一些人，为了弄一个汽车牌，老早就要用很多钱去登记，说让别人一看，就知道你是百万富翁，其实这有什么意思呢？可是现实中很多人就把眼光放得这样短浅，说什么你比我多一分、少一分了，我一定要胜过你。你若仔细想一想，就算你胜过那个人，而他将来很可能也是默默无闻的，你又有什么了不起的地方呢？

王国维曾经用叔本华的学说分析过天才与一般人的不同。他说，天才所在乎的往往是一种更高远、更长久的东西。他举了一个例证，说人与昆虫相比，有些昆虫有成千上万个复眼，可是只能看到几步之内的东西，在短距离内，它看得比人要清楚得多；而人虽然只有两只眼睛，却能看见那高山远海，天才与庸人的区别正是在这里。那么天才果真就完全没有计较了吗？不是。他的计较不在这眼前的一切，而是在更高远的方面。中国古人说："舜何人也？予何人也？有为者亦若是。"（《孟子·滕文公上》）舜、禹不是也有两只眼睛、一个鼻子、一张嘴吗？我不也是这样吗？所以凡是有作为的人，就应该像舜、禹那样，而且不是不能够做到这一点。文天祥说："孔曰成仁，孟曰取义。……读圣贤书，所学何事？"（《宋史·文天祥传》）陶渊明也说："何以慰吾怀？赖古多此贤。"（《咏贫士》之二）古往今来，有这么多才人志士，你应该把你的标准放得高一点、远一点。当然，你可以要强，也可以要好，可要强、要好的目的不是为了赢得别人的赞美，也不是为了胜过前后左右的人，而是因为你原本就把自己的标准悬得很高，你有一种要好的本心，你不能不要好。屈原说："亦余心之所善兮，虽九死其犹未悔。"（《离骚》）他说，我所追求的标准是我的内心以为好的标准；我既然认为它好，就会不惜付出任何代价来追求它，即使遭到怎样的挫伤都绝不后悔。这才是中国古代才人志士真正的精神品格，而陈子昂的这首诗可以说是道出了千古才人共同的悲哀，所以它的感发力量非常强大。前面我们不是说感发的生命有质量吗？你生命的本质是什么？精金美玉是一块，朽木粪土也是一块。你这一块究竟是什么？你一定要写出整个人类最深广的思想和感情，才会引起更多人的共鸣，你的作品感染人的力量才会越强大。

后边两句："念天地之悠悠，独怆然而涕下。"这是前面两句的延展。茫茫天地，悠悠宇宙，你，一个生不过百年的渺小生命，尽管你有多么美好的理想与才智，但你究竟完成了什么？你一旦消失了，你美好的生命也就白白地落空了，以前没有你，以后也不会有你，你就在这个长久的时间与广远的空间中永远地消失了。千百年以前的屈原早已作古，而后来的人，像杜甫、韩愈等人，尽管他们都是那样推崇、赞美陈子昂，可在当时，他居然冤屈地死在监狱之中！"前不见古人"，想当年，燕昭王筑黄金台礼聘天下贤人，最终使燕国复兴，打败了齐国；今天，如果有燕昭王那样的君主，他会欣赏我陈子昂吗？我还有这样的机会吗？唐王朝还有这样的转机吗？面对茫茫天地，个人的生命显得如此微渺，我悲怆欲绝，流下泪来。这里你要注意，同样是写悲哀，你可以说悲凄、悲惨，而陈子昂说的是悲怆。文学作品的感发生命的传达是非常细致的，"凄"字显得很纤细，李清照是一个女子，她写自己晚年的孤苦，说"寻寻觅觅，冷冷清清，凄凄惨惨戚戚"（《声声慢》）；而陈子昂的悲哀跟李清照的悲哀一样吗？比较起来，李清照的悲哀就显得狭小了。而且，"怆"字的声音很响亮，给人一种广阔苍凉的感觉，所以是"独怆然而涕下"。

（曾庆雨整理）

之 六

*

张九龄

张九龄，字子寿，韶州曲江（今广东韶关）人，擢进士后又以道侔伊吕科策高第。"擢"，就是擢第，指通过进士的考试。在唐代，一个人考中了进士以后，并不是马上就可以给他官做的。所谓考中进士，就是说你够进士的资格了，如果要让你担任一定的官职，还需要再经过一次考试。张九龄考中进士后，又参加了"道侔伊吕科"的考试。"策"也叫"策问"或"对策"，是唐朝的一种考试方法。通常是先出一个与国家的政治、经济等问题有关的题目，让你来回答相应的对策。看一看除了读书读得不错以外，你在行政方面还有什么能力。这种"对策"分为很多特科，你参加并通过了哪科的考试，将来就要按照这一科来分配给你一定的官职。张九龄参加的是"道侔伊吕科"。"道"是指一个人各方面的修养，"侔"是说相等。"道"与谁"侔"？与"伊吕"。"伊"指伊尹，他是辅佐商朝开国的一个最好的臣子；"吕"指吕尚，也就是姜太公，他是辅佐周朝开国的一个最好的臣子。在这科的考试中，张九龄考得名次很高，后来授官为左拾遗，累官至中书侍郎同平章事，这就相当于宰相的地位了，所以孟浩然有一首《望洞庭湖赠张丞相》，就是写给张九龄的。

张九龄为官直言敢谏，是玄宗朝有声誉的宰相之一。他曾经预料到安禄山一定会谋反，并主张早一点消除这个隐患，可是玄宗没听他的话。后来安禄山真的叛乱了，玄宗已是后悔莫及。玄宗晚年时宠信口蜜腹剑的李林甫，而张九龄被李林甫所忌恨、排挤，最终被罢免了宰相之职，去荆州做了长史。

张九龄的作品不事雕琢，不求华艳，超越了当时的风气，一向为世人所推重，大家都以为他的文章诗篇真的有挽救时世的功效。当时的另一位文人张说曾经赞美张九龄的文章，说它如"轻缣素练"，也就是说，它好像一匹轻软的丝绸、洁白的丝练，并不是织得很花俏，染得很绚丽，却有其实实在在的用途。他还说张九龄的诗"和雅清淡"，也就是写得很平和、淡雅而且清丽。有人认为，他开了王（维）、孟（浩然）、储（光羲）、韦（应物）等山水田园诗人这一派比较轻逸的作风。他也写了一些《感遇》诗，大多运用比兴来寄托讽喻，继承了魏晋的优良传统。他的作品收入了《曲江集》。

我们知道，初唐诗歌注重平仄对偶的形式，但缺少了思想情感的内容，为此，陈子昂提倡复古。张九龄正是在陈子昂所提倡的复古风气之下受到影响的一个作者。可是我还要补充一点，就是一般说起来，张九龄的作品可分为前、后两期。他前期因为在朝廷做官做得很大，所以写了很多应制的诗篇。所谓应制，就是陪着皇帝作诗。陪皇帝作诗，就要歌功颂德，那根本不能写出自己真正的思想感情，所以他在这一阶段所写的诗歌并不是很好的。至于被贬荆州以后，他就可以写自己内心真正的思想感情了，这一时期的诗篇表现出鲜明的个性，我们从中可以看到，他确实受了陈子昂的影响。

一

好，下面我们就来看他的一首《感遇》诗：

> 兰叶春葳蕤，桂华秋皎洁。
> 欣欣此生意，自尔为佳节。
> 谁知林栖者，闻风坐相悦。
> 草木有本心，何求美人折？

前面我们讲过陈子昂的两首《感遇》诗，其中，《兰若生春夏》一首说的是不遇的悲哀；《翡翠巢南海》一首说的是遇而不得其人的悲哀。尽管悲哀，可他一直在期待，一直是希望遇的。好，这里涉及一个问题，就是人，你应该怎么样完成自己？这有两种不同的情形：一种是向外求，既然向外求，你就要等别人认识你、欣赏你、给你机会，这永远是有待于人的；另外一种完成不是向外求，而是向内求——你追求一个自我要求的最高标准，而你自己达到了这个标准，你既不需要别人的赞美，也不需要别人给你机会，你自己本身就可以完成了，这自然是无待于人的。由此看来，陈子昂所写的遇与不遇，都是有待于人的，他的功业要建立在外面，这是一种追求；可是，现在张九龄的这首诗，则是写的一种向内的、无待于人的追求。

"兰叶春葳蕤，桂华秋皎洁。"前面我们说，形象与情意之间的关系永远是诗歌中最重要的问题之一。这首诗同样是以两个对举的形象开头的：一个是兰，一个是桂；一个是叶子，一个是花朵；一个是春天，一个是秋天。这两句写得非常简劲，而且它的概括性很强，它虽然只说了一兰一桂，却代表了不同时节的各种草木植物：有兰也有桂，有花也有叶，有春也有秋。"葳蕤"，我们在前面已经讲过，是形容草木茂盛的样子。兰叶在春天长得很茂盛，而且这种叶子本身就带有香气。"皎洁"是有光彩的样子，桂花在秋天开放，多是黄白色的，所以看上去显得很有光彩。

接着，"欣欣此生意，自尔为佳节"。我们都说草木欣欣向荣，所以"欣欣"是指生命蓬勃而有生意的样子。无论是兰叶的葳蕤还是桂花的皎洁，不管是春天还是秋天，它们都欣欣向荣，表现了一种生命的力量。"自尔"，"自"是自己，"尔"是对方，"自尔"就是彼此、各自的意思。"自尔为佳节"就是说它们各自形成了一个属于自己的最美好的季节。这一句说得很有哲理：兰花，你不用跟桂花去比，你在你自己应该生长的季节——春天，好好地生长，完成你的使命就可以了。同样，如果是荷花，它只是在夏天的几个月中开得最美好，它也完成了自己。它并没有跟兰花去比，说，你在春天就开花了，那时候我怎么还没有长出来呢？它也没有跟桂花去比，说，你到秋天还在开放，可到那时我却零落了。它只是在它应该开花的六七月间开得很完美，这样就已经完成了它自己美好的生命、美好的季节。人也是如此，我们不必跟别人去比，也不必向外去求，关键一点是看你有没有把自己最美好的本质发展和完成。

"谁知林栖者，闻风坐相悦。"本来草木的开花是草木生命本身的一种规律，可是谁想到有"林栖者"——那些在山林之中隐居的人，就"闻风坐相悦"。"闻风"在这里有事实的和比喻的两层意思：事实的意思是说，因为兰叶与桂花本身就有芳香，所以吹过兰、桂的风自然是香风，于是这种香风就被林栖者真的闻到了；至于比喻的意思则是说，这种"风"即兰桂的风格——一种芬芳美好的品格，所以这里的闻就不一定是用鼻子闻，而是说他们知道并欣赏了这种美好的品格、美好的事物。"闻风"怎么样？就"坐相悦"。"坐"是因此，"悦"是爱慕欣赏。赏爱的结果如何？一般人爱花，往往要把花折下来，插在自己的花瓶中；或把它从山里挖出来，种在自家的花盆里。因为凡是带有爱赏感情的同时，往往也就带有某种程度的自私心理，我们不是常常说"爱是自私的"吗？他爱赏了，就想据为己有。所以这两句是说，它们没有想到，那些隐居山林的人闻到兰叶、桂花的香风，产生了一种爱赏的心理，就要把它折走，移到自己的家里去。

最后，"草木有本心，何求美人折"？我们说兰桂之开花是为了让别人欣赏吗？是为了让别人把它折下来作为装饰吗？当然不是。草木有它的本性，它开花是它的一种本能。中国古人说："兰生空谷，不以无人而不芳。"兰花即使生在一个空寂无人的山谷中，它也不会因为无人欣赏就不香了，因为芳香是它的本性。屈原在《离骚》中也曾经说："不吾知其亦已兮，苟余情其信芳。"他说，如果我的感情确实芬芳美好，就算你们都不了解我，那也就算了，这都是向内求的。所以张九龄说："何求美人折？"何必要求有一个美人把你折去？不用说不好的人，就算是好的人——美人来折你，你也不需要了，因为你已经完成了自己。

从这首诗中我们可以看出，张九龄确实受到了陈子昂的影响。只是陈子昂所写的都是向外追求，有待于人才完成自我价值的；而张九龄所写的，则是无待于人，不需要别人欣赏而自己完成自己的价值。

二

另外，张九龄还有一首《望月怀远》，写得也很好。下面我们再来看一下这首诗：

> 海上生明月，天涯共此时。
> 情人怨遥夜，竟夕起相思。
> 灭烛怜光满，披衣觉露滋。
> 不堪盈手赠，还寝梦佳期。

到现在为止，我们已经讲了三首《感遇》诗。大家也许发现了，无论是陈子昂的《感遇》诗，还是张九龄的《感遇》诗，他们都是先经过有心的思索，然后才举出某种物象来做喻比的。他们所举的物并不见得是眼前的景物，比如《兰叶春葳蕤》一首，你看到兰叶就看不到桂花，看到桂花就看不到兰叶，所以它不是由眼前所见的兰叶、桂花来起兴，而是用它们来做一个比喻；而现在的这首《望月怀远》，它用的不是"比"，而是很有"兴"的意味了。

"海上生明月，天涯共此时。"在这里，他真是看到海上的明月，然后由明月引起了他的感兴、他的怀念。像李太白的《静夜思》，说"床前明月光，疑是地上霜。举头望明月，低头思故乡"，这也是一种感兴。中国的诗词常常写到明月，而明月非常容易引起人的怀思与感发。因为，你如果跟你所亲近的人不在一起，那么包围你的环境与包围他的环境完全不同，而且是完全隔绝的；可是在它们之间有一个共同的、美好的事物，那就是明月。

刘宋时的谢庄在其《月赋》一文中就曾说："隔千里兮共明月。"他说，我们现在虽然远隔千里，但是今天晚上当我看到月亮的时候，你也可以看到这轮明月。当然，现在人类已经登上月球，看到月亮实际上并不是很美观的，可是月亮本身给人的直观感受，是那样高远、那样光明；尤其是月圆的时候，就更加皎洁、更加圆满！所以从古到今，月亮一直是能够引起人怀思的一个形象。苏东坡说："但愿人长久，千里共婵娟。"（《水调歌头》）"婵娟"指的也是明月。

现在张九龄说"海上生明月"，我们可以想见：从纵的空间看，天是那样高远；从横的空间看，海是那样辽阔，所以这一句给人以非常旷远的感觉。我们常常说，一个人登高就可以怀远。总之，你的世界就是你之所见，如果你的世界是广远的，那么你的怀思也会是广远的。"海上生明月"这一句写望月，接下来是怀远："天涯共此时。"这真是"兴"！

李太白说："举头望明月，低头思故乡。"这两句，我看到海上升起明月，就想起我所怀念的那个人，当我对着月亮怀念你的时候，我绝对相信你也在对着月亮怀念我。两个人如果真正是知己，就应该有这样的信心，有这样一份经得起考验的感情。如果二人在一起时一天到晚吵架，你也猜忌我，我也怀疑你，这永远不会达到最完美的境界。杜甫写过一首《月夜》，他说："今夜鄜州月，闺中只独看。遥怜小儿女，未解忆长安。"那时，他正被困于安禄山所占领的长安城，而他的妻子则远在鄜州的乡下。当他看到月亮，就想起了妻子，可是他没有这样写，而是说，我的妻子今天晚上在闺房中独自望月时，一定会怀想我的。她的身旁当然围绕着小儿女，可是孩子们又怎能懂得母亲怀念父亲的感情呢？况且又是在战乱之中。所以你就知道，我们常常说"推己及人"，就是说我这样想，我相信你也这样想，而诗歌里边那种同情、共感，甚至于一些联想，都是从这种感情推广而来的。

以前我们讲王勃的《送杜少府之任蜀州》，其中有两句是"海内存知己，天涯若比邻"，说的也是两个知己朋友虽远隔天涯却彼此怀念的感情，可那两句说明的成分多，而"海上生明月，天涯共此时"这两句则是感发的成分多，它不是理性的说明。

接着两句："情人怨遥夜，竟夕起相思。""情人"就是有怀远之情的人，它并没有现在的白话文中所说的"情人"的含义。古人所说的"情人"是指有情之人、多情之人，它不一定只限于男女，凡是彼此间相互关怀的有情之人都可以称为"情人"。《世说新语》中说："圣人忘情，最下不及情；情之所钟，正在我辈。"他说，最高的有道之士，是"忘情"，就像佛教中所说的，你要把你一切的悲欢爱恶斩断；而那些愚痴、迟钝的人，他们根本不懂得感情；感情之所凝聚的，正在我们这一辈人——我们既不是愚蠢到"不及情"，也不能做到超然忘情，所以我们都是有情之人。宋朝的欧阳修写过两句词："人生自是有情痴，此恨不关风与月。"（《玉楼春》）说得真好！人，有时候真是无可奈何，有些人天生就有一种痴情。你为什么看到月亮就想起远人？为什么会有这种感情？是月亮让你想起来的？月亮与你根本不相干，这都是因为你有情、多情的缘故。"情人怨遥夜，竟夕起相思"，"遥夜"就是长夜。这两句是说，你是有情之人，所以在月夜就不能不产生一种怀念远人的离情别恨。你整夜都在相思怀念，不能安眠，于是怨恨夜是如此悠长。

"灭烛怜光满，披衣觉露滋"，这两句写得很细致。他说，我把蜡烛熄灭了，就看到满屋子、满院子里都是月光，因为有灯光或烛光时就看不清楚月光了。在这里，"怜"不是可怜，而是爱怜的意思。这一句写的是望月的深情。接着，"披衣觉露滋"，他披上衣服到外边望月，不知不觉，夜已经很深了，当露水渐渐打湿他的衣服时，他才感觉到深夜的寒意。这一句写的是望月的长久。

"不堪盈手赠，还寝梦佳期。""盈"是满的意思。他说，我怎么能够把这轮美好的月亮用手满满地捧起来，送给我所怀念的那个人呢？《古诗十九首》中说："涉江采芙蓉，兰泽多芳草。采之欲遗谁？所思在远道。"人，常常看到一个喜爱之物，就想到远方自己所怀念的人，就想把这个东西送给他。《古诗十九首》中说的是赠送芳草，不仅古人如此，现代人也常常这样。比如加拿大的枫树很多，秋天，当你看到枫叶变红时，就怀念起远方的朋友，于是摘两片枫叶压平后就可以寄给你所怀念的人了。无论是红叶还是芳草，都是可以把握住的，可是月亮，你抓不住它！所以是"不堪"，不堪就是不能；既然不能，那也就算了。不过，我"还寝梦佳期"，"佳"是美好，"期"是约会。他说，我希望自己回房入睡之后，能够在梦中与你有一个好的约会，在梦中与你相见。

我们不难看出，这首《望月怀远》不像《感遇》诗那样，用了比兴寄托的手法，而是纯粹的一种感发。大家知道，中国过去有一个传统，就是常常强调"文以载道"，对于一首诗或一篇文章，首先要看看你的思想内容如何如何。像陈子昂的那些《感遇》诗，说它内容好，有思想性，讲了遇与不遇的问题，所以是"终古立忠义，感遇有遗编"（杜甫《陈拾遗故宅》）等等。当然，诗歌有思想、有内容是不错的，可是片面地强调"文以载道"，就容易陷到一个窠臼之中。我们说，诗歌不一定非要载道，更重要的是要有一种感发的生命，要使读者内心产生一种感动和启发。以前我讲了杜审言的《和晋陵陆丞早春游望》，说他虽然把景物写得很美，却不能使你有很深刻的感动，这样的作品不会达到最高的境界。另外，我讲了陈子昂的《感遇》诗，它的确给我们感动和启发了，可他是通过思索而得，是诗人先有了某种思想，然后假借一种草木鸟兽等等来表达的。现在张九龄这首《望月怀远》，既没有"终古立忠义"，也没有"载道"，他只是写了人在月光之下的一种兴发感动，那么这样的诗算不算好诗呢？当然算。因为文学价值不是建立在道德价值之上的。固然，诗歌的感发生命有大小厚薄之分，而道德价值有时可以影响诗歌感发生命的厚薄大小，但是，我们绝不是说，凡写忠义、写道德的就都是好诗。如果你说的都是忠义，却不能给读者感发，这也不能算是好的作品。

明确了这一点，再看张九龄的这首《望月怀远》。我们之所以说它是好诗，是因为它确实给了我们一种感动和启发。不管他所说的是谁，所怀念的是谁，究竟是一个女子还是一个男子，是一首写爱情的诗还是写友情的诗，你都不用管它。"海上生明月，天涯共此时……"，读完之后，你内心自然就产生了一种对更美好、更高远的境界的向往和追寻的情意，这在诗歌中是很好的一种境界。所以王国维在《人间词话》中说："《蒹葭》一篇，最得风人之致。"什么是"风人"？我们知道，《诗经》有风、雅、颂三类。其中，"风"一般是民间的歌谣。而且，"风"有一种感发性的作用，"上以风化下，下以风刺上"，所以"风人"就是最富于感发的诗人。王国维认为，在《诗经》的三百零五篇之中，就是《蒹葭》这一首诗最富于诗人的，而且是特别有感发性的诗人的一种意境。那么《蒹葭》怎么说的？"蒹葭苍苍，白露为霜。所谓伊人，在水一方。溯洄从之，道阻且长。溯游从之，宛在水中央。"秋天的时候，水边的芦苇开了白花，与叶子相映衬，白白绿绿的一片；气候转凉，露水也凝成寒霜了。就在这样凄清的季节，我想起了一个人，她在水的那一边。我逆流而上，想去追随她，可路上有很多阻碍，而且太遥远了；我顺流而下去追随她，她好像离我并不太远，就在水的中央。似乎看见她了，可是真要跟她见面，却又找不到她了。人的内心常常有一种向往和追寻的感情，它可以使人向上、向前，可以提升人的思想的某种境界，而张九龄的这首诗，正写出了这样一种不断地向往和追寻的感情，所以是一首好诗。

以上，我们讲了张九龄的两首诗，大家可以看出，他的诗不仅有思想、有感情、有内容，而且很富于感发的力量，所以张九龄的诗虽然不是很多，但在唐朝算得上是一个不错的诗人。

（曾庆雨整理）

之 一

*

孟浩然

一

　　在唐代诗坛中，人们一般将孟浩然与王维并称，因为他们有
很多作品，或者写名山胜水，或者写田园风光，所以又被称为山水
田园派诗人。不过，同样描写山水田园，但每个作者的性格经历不
同，心灵感情也不同，因此作品的风格面貌也有很大的差异。唐代
的山水田园诗人除了盛唐的孟浩然、王维等人以外，到中唐以后，
比较有代表性的还有韦应物和柳宗元。等介绍到这些作者时，我们
互相做一个比较就会发现，他们的作品具有不同的面貌和风格。既
然作品的风格与作者有着密切的关系，我们要理解某人的诗，首先
就要理解作诗的人。那么，孟浩然是怎样的一个人呢？下面我们来
看一看他的生平。

　　孟浩然，湖北襄阳人。传记上记载得很简单，只是说他生于
武后永昌元年（689），卒于玄宗开元二十八年（740）。早年隐居
在湖北的鹿门山，四十岁以后才来到首都长安求仕，失意而归，
等等。

前几天有一位教授对我说，你看西方或日本的电影和文学，常常会探讨到人的心灵深处的一些非常深隐的情感意识，可是中国的一些传记，往往只是写外表，写某人生于何年，卒于何岁，一生都做过什么官。所以有时候你看某些传记，一大篇都是那人的官职，而真正的心灵感情的活动，却没有谈到。

我们现在看孟浩然的生平，虽然书上写得很简单，但是你如果真的读过孟浩然的诗，再结合他的诗来看他的生平，就知道这里边有非常复杂的情况。一般以为孟浩然是一位不甘隐沦却以隐沦终老的诗人，这不完全正确。我们从一开始讲唐诗，就提到中国读书人的意念中所不能摆脱的仕与隐的情意结：你是求仕呢，还是求隐呢？在我们讲过的诗人中，王绩属于清者的品格，当他看到隋末天下大乱的社会现实，就辞官退隐了，所以他是一个勇于退隐的代表；陈子昂属于任者的品格，即使在武后当权的时代，他为了实现自己的政治理想，仍然勇敢地出来求仕了。所以，他是一个勇于仕进的代表。那么孟浩然呢？我认为，就其本性来说，他是喜欢自然放旷的隐士生活的。事实上，他早年也一直在鹿门山过着隐居的生活。而且，孟浩然的故乡——襄阳这个地方的风景很美。在中国古代，这是一个隐居风气特别盛的地方。有一本书叫"襄阳耆旧传"，就记载了很多终生没有出仕、隐居襄阳以终老的人。另外，孟浩然有一首《夜归鹿门山歌》，也可以证实这一点。他说：

山寺钟鸣昼已昏，渔梁渡头争渡喧。

人随沙岸向江村，余亦乘舟归鹿门。

鹿门月照开烟树，忽到庞公栖隐处。

岩扉松径长寂寥，唯有幽人夜来去。

你看他笔下的襄阳多么美丽！日暮黄昏后，山上的寺庙里传来晚钟的声音，在渔梁那个码头的渡口，很多渔船争相划过，一片喧哗。这时，人们沿着沙岸向江村走去，我也要坐船回鹿门山了。鹿门山上的月亮出来了，月光照在烟霭迷蒙的树上，忽然间，我来到庞公隐居的地方。"庞公"是谁？庞公即庞德公，是东汉的隐士。据《后汉书·逸民传》记载："庞公者，南郡襄阳人也。……荆州刺史刘表数延请，不能屈……后遂携其妻子登鹿门山，因采药不反。"所以，襄阳自古以来就盛行隐居的风气，而且大家都尊重那些隐居的人。从这首诗还可以看出，孟浩然也是喜欢隐居生活的。

我们还可以再举一首他早年所写的，反映隐居生活的诗，题目是"秋登万山寄张五"：

北山白云里，隐者自怡悦。

相望始登高，心随雁飞灭。

愁因薄暮起，兴是清秋发。

时见归村人，平沙渡头歇。

天边树若荠，江畔洲如月。

何当载酒来，共醉重阳节。

"万山"是襄阳附近的一座山。他说，我登上万山向北望，看到对面的山峦隐约在云雾之中，这样的景致使我们这些隐居的人从心底产生了一种欣喜愉悦之情。李白也写过类似的诗："众鸟高飞尽，孤云独去闲。相看两不厌，只有敬亭山。"（《独坐敬亭山》）他说，我看到辽远的天空中好多鸟都飞走了、消逝了；一片没有伴侣的孤独的云，在空中飘走了，而它飘动的姿态是那样悠闲。在孤独寂寞之中，我能与之面对面相看而永远不会感到厌倦的，只有敬亭山了。红尘内，官场中，人与人之间勾心斗角，尔虞我诈，正如嵇康所说的："千变百伎，在人目前。"（《与山巨源绝交书》）你看一看反映晚清官场腐败的那些小说，像《二十年目睹之怪现状》、《官场现形记》等等，那真是官场千态百怪的现形！你再看一看中国现当代小说家所写的那些官僚的贪污腐败，那一切的竞争，真让你觉得厌倦！而大自然的山水，这么真诚，这么美好，没有虚伪，没有欺诈，故隐者之所以不愿意求仕，正是因为对于尘世间所有这些怪现状的深深的厌倦。他们寄情山水，则能获得精神上的一种真正的"怡悦"，这是隐者的怡悦。接着他说，我看到山这么美，就想爬上去；当我爬山的时候，高高的秋空上有飞翔的鸿雁，而我那种高远开阔的心怀，就仿佛与鸿雁一齐在天上飞翔。暮色降临了，我被那种黑暗、孤独的氛围所侵袭，心中不免哀愁，而我的感发是秋天引起的。有时，我看见在村外劳动的人归来了，他们走累了，便坐在沙滩的渡头那里休息。天边的树本来很高，可因为距离我太远了，看上去如同荠菜一样矮小；而江边的一片圆圆的河洲，就像天上圆圆的月亮。最后他对张五说，你什么时候才能带着酒来，到了重阳佳节，我们就可以在这美好的大自然中开怀畅饮，一醉方休了。

所以，你看他早年所写的诗，真的有一种悠闲的情趣。那时，他是能够在隐居生活中自得其乐的。这不仅是因为襄阳的地理环境好，适合于隐居，而且，孟浩然之选择隐居生活，更与他放旷自然的天性有关。

关于孟浩然自然放旷这方面的天性，我们还可以引用与之同时代的其他诗人对他的评价来证明。王士源与孟浩然同时而比较年轻，他也是湖北人，非常仰慕孟浩然的才华。当孟浩然死后，他觉得孟浩然既然没有正式做过官，历史上不一定会有他的传记，而这么风流文采的一个人，从历史上默默无闻地消失了，是件很可惜的事情。所以他就搜集孟浩然散佚的诗篇，编成一本诗集，这样才使孟浩然的诗得以流传下来。在这本集子的序中，王士源是这样叙写孟浩然的，他说，这个人"骨貌淑清，风神散朗"。所谓"貌"，是指人外表的形貌；"骨"，是指人的风骨精神，是由内向外表现出来的一个人整体上的风度。有的人，也许他的眼耳口鼻的面貌长得很好，可是他整体的风度不好。有些男孩子评论起女孩子来很刻薄，说某某女生是"半截美人"，什么是"半截美人"？就是坐在那里不动，她的面貌很不错，可站起来一活动，这个风度就不行了。"淑"是美善的意思，《诗经》上说"窈窕淑女，君子好逑"，所以这个"淑"不只是形体之美，而是一种品格之美表现出来的美好，是美与善的结合。"清"就是很清秀而不落尘俗的样子，有的人你一看就是凶恶的面貌，而有的人一看就是和善的面貌，这就是骨貌的差异了。再看"散朗"。"散"，是不受拘束、潇洒自然的样子。有些人当然人品不错，也很规矩，可是太缺少情趣，太死板了。你跟他说话时，因为他不自在，你也就跟着他一起不自在了。"朗"，就是光明磊落。有的人，你一看他，或者一跟他说话，就觉得他怎么老是勾心斗角、隐隐藏藏的？中国儒家说"君子坦荡荡"，"小人"才"常戚戚"呢。因为君子"仰不愧于天，俯不怍于人"（《孟子·尽心上》），你内心没有亏欠，表现出来才是光明磊落的样子。从王士源这两句话可以看出，孟浩然不管是内在的骨，还是外在的貌，都给人一种潇洒自然、不落尘俗的印象。

后边接着写孟浩然的为人，他说："行不为饰，动以求真，故似诞。"他无论做什么事情，都不虚伪，不作外表的装饰，一举一动都是以真诚与人面对的，所以从一般的世俗人看起来，就觉得他好像太放诞了。你看有些人故意造作，讲话的时候总要拿一个调子，觉得这样做才显出他有权威。接着说他做文章"文不为仕，伫兴而作，故或迟"，他写文章不是为了求做官，也不去写那些时髦的追随风尚的文章，而是等到自己内心真的有了感发才写，所以他不是写得很多很快的那类诗人。

最后说他的交游："游不为利，期以放性，故常贫。"中国人说，"游"有几种情形：一个是宦游。这在以前讲王勃、杜审言时我提到过了；另一个是游学或交游，就是交朋友的意思；再有，我们现在不是常常说旅游、游览吗？而"游不为利"的游，在这里应该指交游。他说，孟浩然交朋友不是为了一些自私自利的目的，他无论到哪里去，都不是为了升官发财，也不是为了找机会赚钱。他虽然也到过很多地方，结交了很多朋友，但那都是任凭自己天性的自然——我喜欢谁就是谁，我愿意怎么做就怎么做。有些人交朋友总是看对方有没有可利用的价值，而孟浩然不是这样，结果游来游去，越来越穷。这就是王士源笔下的孟浩然，从以上描写可以看出，他是很欣赏孟浩然的。

不但王士源这样赞美他，就连被称为"谪仙"的天才诗人李太白，都写过这样一首诗来赞美他（《赠孟浩然》）：

> 吾爱孟夫子，风流天下闻。
> 红颜弃轩冕，白首卧松云。
> 醉月频中圣，迷花不事君。
> 高山安可仰，徒此揖清芬。

他一开口就说"吾爱孟夫子"，这话说得多么坦率，多么真诚！你不必用什么风花雪月的雕章琢句，也不必用什么草木鸟兽的比兴寄托，你只是直接说出来，那种感发的作用就在你的口吻中自然而然地流露出来了。他说，我真的是赏爱孟夫子，因为孟浩然比李白年长，属于前辈的诗人，所以他称孟浩然为"孟夫子"，而"夫子"两个字便带有了无限赏爱的意味。李白欣赏孟夫子的什么？"风流天下闻。"中国古人所说的"风流"是"风行水流"的意思。风为什么吹？水为什么流？是它不得不如此，自然要如此，它不是故意做给你看的。同样，一个"行不为饰，动以求真"的人，就像风吹过去、水流下去一样，自然潇洒，这就是"风流"，也就是中国古人常常说的，"唯大英雄能本色，是真名士自风流"。接着，"红颜弃轩冕，白首卧松云"。"红颜"就是年轻；"轩"是做官的人所乘坐的车子；"冕"是做官的人所戴的乌纱帽。他说，孟浩然从年轻的时候就看清了世间的功名利禄，不出来求做官，等到他头发白了，仍然在山中隐居。"卧"并不是说他每天都睡在床上，而是极言其闲适的生活——不是我追求不到功名，是我不要它，主动放弃了它，而甘愿过隐居的生活，整日与青松白云为伴。"醉月频中圣"，什么叫"中圣"呢？我们说"圣人"是指品德很好的人，而这里的"中圣"不是指品格道德的圣。古人往往把酒分成两等：一种是滤过的酒，叫清酒；另一种是刚刚酿好还没有过滤，酒上还有浮沫的，叫浊酒，所以你看，古诗里边常常说什么"一壶浊酒"、"浊酒一杯"等等。诗人们喜欢喝酒，就把清酒称为圣人、浊酒称为贤人。当你找不到圣人的时候，只好去找贤人了。人喝酒喝醉了就叫"中酒"，那么"中圣"就是喝清酒喝醉了。李白说，孟浩然很喜欢喝酒，每当他看到美丽的月光，心里就很感动，于是常常饮酒赏月，以至于频频醉酒。李白他自己不是也说过，"举杯邀明月，对影成三人"（《月下独酌》之一）吗？接着，"迷花不事君"。春天，他迷恋于万紫千红的花朵，宁肯去欣赏大自然的良辰美景，也不肯做官去侍奉国君。最后他赞美道："高山安可仰，徒此揖清芬。"他说，像孟浩然这样的人，就如同一座高大的山，"高山仰止"，我怎么能达到他的高度呢？所以我只好站在下面，徒然地敬仰他的品德了。"清芬"指的正是品德的芬芳美好。

从李白、王士源等人的描写中，我们不难看出，孟浩然早年的隐逸并不是故作高姿态，是他果然有风流浪漫、任性适意的一面，他在本质上确实有喜爱自然放旷的接近于隐居生活的那种性情。所以，孟浩然早年的求隐并不是虚伪的，我们很难说这不是出于他自己的选择。

二

可是，现在问题就出来了。你既然不愿意受束缚，一直隐居在鹿门山，诗作得好，人又潇洒，可为什么在四十岁时忽然来到长安，而且表现出很强烈的求仕的愿望呢？要知道，长安是名利之处、纷争之处。所以有时候人真的是很矛盾、很复杂的。大家可能看过歌德的名著《浮士德》，说浮士德本来是一个学者，他把世间一切的荣华利禄等属于情欲上的享受完全摆脱掉了，一直在孜孜不倦地做他的研究工作。可是，到了老年，他发现自己平生所学毫无用处，并为此苦恼不堪。这时，一个魔鬼乘虚而入，对浮士德说，如果你把灵魂出卖给我的话，我可以让你得到你从前所未曾得到过的一切。于是浮士德与魔鬼订了契约，他的学者生涯就这样结束了。所以，人有时候真的很难说。孟浩然本来一直隐居在鹿门山，可是有一天，当他警觉到自己的生命将要落空的时候，忽然间产生了一种急于求用的感情。按照中国儒家的传统，"学而优则仕"，也就是说，一个读书人应该在政治上有所成就。孔子说："后生可畏。"又说："四十、五十而无闻焉，斯亦不足畏也已。"（《论语·子罕》）就是说年轻人很可怕，你要尊重他们，因为他们的未来不可限量，你不知道他们将来会有多大的成就，会完成怎样了不起的事业。可是，一个人如果到了四五十岁还没有完成任何事业，你就不必再对他抱多大的期望了，因为他大半辈子已经过去了。所以一个人要完成自己的事业，在四十岁就应该立下一定的基础，如果过了四十岁还什么都没有完成，你这一生一世就难以完成什么了。杜甫在他四十岁那年的除夕曾经写过这么两句诗："四十明朝过，飞腾暮景斜。"（《杜位宅守岁》）他说，今天晚上我虽然还是四十岁，可明天一早，我的四十岁就永远不会再回来了。就算我本来是一只大鹏鸟，有飞腾的能力，可是当落日西斜的时候，我又能飞到哪里去呢？人，常常年轻的时候总认为来日方长，一天到晚不知道天高地厚，爱怎么做就怎么做，可当他有一天忽然意识到生命的短暂，自己一事无成时，就会有一种深沉的失落感。

所以，孟浩然在四十岁时游京师，一个原因可能是因为他恐怕生命的落空，像陈子昂所说的"迟迟白日晚，袅袅秋风生。岁华尽摇落，芳意竟何成"，当人生开始走下坡路的时候，他忽然想要出来做一点事情；另外一个原因，可能是因为他的"家贫亲老"。据历史上记载，孟浩然中年以后，"慈亲羸老"，他的母亲病弱而且衰老了。当然，求仕的动机有很多不同，一般来讲，第一是为了实现治国平天下的政治理想，可是还有别的情形呢？孟子就曾经说过："仕非为贫也，而有时乎为贫。"（《孟子·万章下》）也就是说，读书人求仕本来不是为了解决贫穷问题，你不应该把做官当成赚钱的手段；但是有的时候，人确实是因为贫穷为了养家才出来做官的。尤其是中国儒家的传统非常讲究孝道，你说你自己甘愿挨饿受冻，这个别人无话可说，可是你怎么能忍心让你的父母跟你一起挨饿受冻呢？那就是不孝了。所以，"家贫亲老"可能是孟浩然出来求仕的第二个原因。那么第三个原因呢？我认为，第三个原因与当时的历史背景有关。当孟浩然早年隐居襄阳时，正是武后当权、朝廷多乱的时候。到了后来，玄宗继位，开元年间的政治清明，可比美于太宗的贞观之治，所以被称为"盛世"，这个时候，你出来还是不出来？《论语》上说："邦无道，富且贵焉，耻也。"如果皇帝昏庸，政治腐败，你在这个时候为了个人的私利去做官，去逢迎拍马，虽然富贵了，但这是可耻的。又说："邦有道，贫且贱焉，耻也。"如果皇帝重用贤人，励精图治，真的要使国家走向美好的道路，这时候你应该出来做些事情，而你不肯尽你的力量，你没有出来，以至于贫贱，这也是可耻的。中国古人从小就读《论语》、《孟子》等书，满脑子里都是这些古圣先贤的话，孟浩然当然也不例外，所以无论是他早年的求隐，还是中年以后的求仕，我认为都与当时的政治背景有很密切的关系。

总的看来，孟浩然早年之求隐，一方面是因为他自己本来的性格是比较喜欢放旷的；另一方面是因为他的故乡——襄阳这个地方的山水很美，隐逸的风气很盛；再有一方面则是政治上的原因，先是武后称帝，接着便是中宗时韦后弄权、朝廷内党派纷争等等。而孟浩然晚年之求仕，一则是因为对生命落空的恐惧，再则是因为生活贫穷的逼迫，三则也是由于政治上的变革、开元盛世的出现等等。所以一个人之形成，既有他个人的因素，也有他所生长的地理的因素，还有他所处的时代的因素，一定是多方面作用的结果。

而你要批评、欣赏一个诗人，也应该从不同的角度、多方面地去评赏。

三

　　既然孟浩然的本性并不适合求仕，而他最终还是出来求仕了，那么求仕的结果又如何呢？我们知道，孟浩然诗写得好，人的风度也好，所以他来到长安后，马上就得到很多人的欣赏，像王维、张九龄、张说、王昌龄以及我们刚才提到的李太白等，都是非常欣赏他的人。历史上记载了这样一件事情，说是有一天，孟浩然与京师的很多人在省中聚会。什么是"省中"呢？在唐朝，中央政府的机关有三大部门，分别是中书省、尚书省和门下省，大致相当于现在中央的各部。因为当时王维、张九龄等人都在中央政府工作，而孟浩然是他们的朋友，所以才有机会一同来省中聚会。那时正值秋天，秋霄雨霁，于是他们就要即景联句，联到孟浩然这里，他念道："微云淡河汉，疏雨滴梧桐。"他说，雨停后，天上的云慢慢散开了，最后，只剩下几片极薄极淡的云彩，在银河周围飘荡；因为雨刚刚停止不久，大片大片的梧桐叶上还积有残留的雨水，所以风吹过来，叶子翻动，传来稀稀疏疏的雨点自桐叶滴落的声音。这两句诗没有雕琢造作，没有用什么漂亮的辞藻，而是用很平淡的句子，把秋霄雨霁这样的景物写得自然贴切、高旷广远而且不落尘俗，他真的是能够一下子就掌握到大自然中的一种精神美丽的地方。所以，当他说完这两句后，"举坐嗟其清绝，咸阁笔不复为继"（《孟浩然集·序》），在座所有的人都慨叹地说"啊，这两句太好了"，都很佩服他，于是纷纷放下笔，不敢再往下联了。由这件事可以看出，来到长安后，孟浩然确实以其风流文采使首都的文人而为之倾倒了。

孟浩然一共到过京师两次，第一次去参加考试，他本以为自己能够考中，结果偏偏落榜了。当他失意而归，经过河南南阳时，天又下了大雪，于是他写了一首《南阳阻雪》的诗，其中有这么两句："十上耻还家，徘徊守归路。"什么叫"十上"？在古代，你到首都来，叫"上京"；你给皇帝写一份奏疏，叫"上疏"，所以"十上"就是屡次上疏的意思。他说，自从来到首都后，我干求了多少次，我付出多少努力，可我失败了。现在，我应该回家去了，但是，就这么贫困潦倒地回去，我有什么面目见家乡父老？所以，人的悲哀是很复杂的。有时候，是你自己没有完成，你落空了，这属于你个人的悲哀；而悲哀有时还来自于别人对你的看法，你能够胜过别人对你的看法吗？比如考不上大学，如果你能够完成别的事情，这不是一样好吗？可是你认为可耻，你父母认为可耻，你们都受不住周围的亲戚朋友对你们的看法。台湾有一个年轻人写过一本小说叫"拒绝联考的小子"，不管怎么样，这个人还是有点志气的：你们都参加联考，说考不上就不好意思了，而我根本就不要联考、拒绝联考，管他别人怎么看！但是，这样的人毕竟只是很个别的例子，对于一般人而言，是很难做到这一点的。所以，当孟浩然在南阳阻雪时，他的感情是很矛盾的。此时此刻，阻雪对于他来说，一方面是阻碍，另一方面也未尝不是一个借口——因为阻雪，我可以暂且守在这里徘徊，考虑考虑究竟是回去还是不回去。所以不久以后，他又回到长安，做了第二次的努力。可是，他一直没有能够找到一个做官的机会。

有这样一个传说。一次，孟浩然去省中拜访王维，不料玄宗皇帝亲自到这里来视察了。本来，省中是办公的地方，怎么可以随便招待朋友呢？所以王维就让孟浩然暂时藏在床底下——因为工作人员有时要值夜，所以省中有床，这在唐朝是有记载的。等到皇帝来了以后，王维一想，我把他藏起来，有一天万一被皇帝知道了，这可是欺君之罪。于是他马上就向玄宗禀报说，今天有一个朋友孟浩然来这里了，他知道本不该来，不敢见您，所以藏在了床下。玄宗说，我也听说过孟浩然，这人的诗写得不错，叫他出来好了。等孟浩然出来后，玄宗就让他念一首诗给自己听，孟浩然就念了一首《岁暮归南山》：

> 北阙休上书，南山归敝庐。
> 不才明主弃，多病故人疏。
> 白发催年老，青阳逼岁除。
> 永怀愁不寐，松月夜窗虚。

"北阙"是指北方的朝廷。因为他来到长安考试没有考上，所以很不得意。他说，从此后我不要再上书求仕了，我要回南山隐居到我的草庐之中。我这个人真的是没有什么才干，所以虽然是圣明的君主也不用我；因为我体弱多病，老朋友们也跟我疏远不来往了。现在，我头上已经长了白发，催促着我一步步走向衰老了。春天已经来到，和暖的阳气逼走了旧年的寒冷。我心中有一种长久的怀思向往，这使我不能成眠。晚上辗转床榻间，就看到窗外月光下松树的影子，只觉得一片空虚。这本来是他贫穷、衰老、不得志的一些牢骚话，结果皇帝听罢就说："卿自不求仕，朕何尝弃卿！"——当初是你自己不出来做官，不参加科举考试，怎么说是我抛弃了你呢？所以玄宗很不高兴，而孟浩然也一直没能得到一个做官的机会，他的第二次长安求仕又失败了。

当然，孟浩然也曾经向当时的一些有权位的人求过机会，比如他曾经干谒过张九龄，但张九龄做丞相时并没有机会能够给他安排一个职务，等到张九龄在政治斗争中失败而被贬到荆州后，才聘请他在自己手下做过短期的一个卑微的小官。后来，张九龄离开了荆州，他也就失去了这个职务，所以，孟浩然平生没有什么仕宦。起初，他耻还故园，到处漂泊，因为他出来是想解决家里贫穷的问题，可游来游去，不仅贫穷问题没有解决，一官半职都没得到，就连带出来的路费也花光了，因此他曾经贫困潦倒，在旅途上漂泊了很久。最后，他实在不得已，终于又回到了故乡。

因为他的天性本来是求隐的，不得已而出来求仕，既然出来求仕了，便破坏了原来求隐的那一份修养，从此不能安于隐居生活了。孟浩然写过两句诗，恰能表现这种矛盾的心情，他说："朱绂恩虽重，沧洲趣每怀。"（《奉先张明府休沐还乡海亭宴集探得阶字》）"朱绂"指古代做官的人所穿的衣服，代表求仕的心；"沧洲"

就是水中的沙洲，代表隐居的生活。他说，虽然我求仕的心很重，但同时，我那种隐居的兴趣也很浓，隐居生活还是令我十分怀念的。结果，他放弃了自己原来所一向持守的隐，而去追求另外一种仕的完成，最终仕隐两空，什么都没有得到。所以孟浩然在晚年真的是有一种落空的悲哀：不但精神上有落空的悲哀，而且在物质生活上也是极度贫穷。

杜甫曾写诗说："吾怜孟浩然，裋褐即长夜。"（《遣兴》之五）他说，我真的很同情孟浩然，他老年时贫病交迫，穷到什么程度？在冬天寒冷的夜晚，他连被子都没有，冻得不能安眠，于是披着"褐"——一种粗布衣，眼睁睁地守住那漫长的冬夜，等待天亮。同是写孟浩然，你看前面我们讲过的李白那首诗，他说："吾爱孟夫子，风流天下闻。"李白比杜甫大十一岁，他所写的还是比较追求隐居的早期的孟浩然，他看到了孟浩然性格中潇洒放旷的一面；可是杜甫写的是求仕失败后的孟浩然，他看到了孟浩然落魄失意的那一面。所以，不同性格、不同经历的人，即使在同一个环境中，他们对于生活的反映和吸收也是不同的。杜甫这个人常常注意到民间的疾苦，因此他的诗常常反映的是人间的艰苦患难的生活；而且杜甫本人也曾经流离失所，备尝生活的艰辛，所以他眼中的孟浩然自然不同于李白眼中的孟浩然了。

就在这种贫苦不幸、仕隐两失的折磨中，孟浩然在故乡襄阳度过了自己的残年。祸不单行，后来他背上又生了疽。"疽"就是一种毒疮，北京的俗语称之为"搭背疮"，据说长了这种疮很不容易治好，而且这种病人不能吃海鲜之类的食物。开元二十八年

（740），诗人王昌龄来襄阳拜访他，二人相聚甚欢。因为襄阳这里盛产鱼类，所以孟浩然吃了一些海鲜，致使本来已经稍稍平复的毒疮重新发作，不久便死去了。那一年，他六十二岁。

以上，我们简单介绍了一下孟浩然的生平，知道他在仕隐方面其实是相当复杂的一个人，并不像一般人所简单认为的，"他是一位不甘隐沦而却以隐沦终老的诗人"。下面，我们继续来看《诗选》（本书所据教材为台湾戴君仁先生所编《诗选》）中对他的评价。他说："孟浩然与王维、李白、王昌龄等很多诗人都有互相投赠的作品。此外，他还与当时的一些隐者有过交往，常常聚在一起谈学论道，所以他的隐逸生涯并不寂寞。"这不太确切，孟浩然虽然有很多朋友，但他还是相当寂寞的。因为他的某一种愿望始终没有完全圆满地达成，尤其是中年以后，在他"白首卧松云"的时候，何尝没有一种失落的悲哀呢？

四

接着谈孟浩然的作品。《诗选》中说："孟浩然的诗已经摆脱了初唐的应制、咏物的狭窄的境界，更多地抒写了个人的怀抱，给开元的诗坛带来新鲜的气息，并以此博得时人的倾慕。""开元"这个时代在中国诗歌历史上属于盛唐的阶段。盛唐诗歌有一种特色，而孟浩然是形成、开展这种特色的一个人。关于这种特色，以后在介绍孟浩然的诗歌时，我们再具体地讲。至于"时人"对他的倾慕，前面我们已经提到了一些，像李白曾用礼赞的口吻称赞他说"高山安可仰，徒此挹清芬"；此外，王维还曾经把他的像绘在颍州的刺史亭里边，后来这个亭子就叫做"孟亭"。他的诗在他生前就已经被很多人所欣赏，在他死后不到十年，这些诗就经过两次编订，并且被送到当时的国家图书馆——秘府里保存。所以，无论是生前还是死后，孟浩然都是享有盛名的。第一个给他编订诗集的王士源曾赞美他说"文不按古，匠心独妙"，说他的文章并不摹仿古人，而是有自己的独特作风，这很能代表"时人"对于孟浩然的评价。《诗选》上还说："他的诗所表现的生活不够丰富，喜欢用五言诗反复描写幽寂的景物及个人的失意和苦闷。"因为孟浩然的诗主要是写自己的求仕、求隐，写他在仕隐两方面的矛盾、两方面的落空，在这一点上，他不像杜甫。杜甫不只是写自己，他更关心所有的人民大众。你看他的"三吏"、"三别"等很多诗，都写到人民的疾苦，所以他的诗反映了整个时代。而孟浩然则偏重于写他个人的感受、个人的心情。另外，他的确喜欢写幽微的景物，像我们在前面引了他早年所写的《夜归鹿门山歌》以及《秋登万山寄张五》等诗都是如此的。前面我们还说，唐代有一派诗人，被称为"山水田园派"，有人称孟浩然为"山水田园诗人"。《诗选》上说："他的田园诗并不多，在仅有的几首田园诗中所表现的对于劳动人民的感情是很隔膜的。"

究竟是不是这样呢？其实，我的老师当年讲课的时候，也注意到了这一点。他不喜欢那种"看人获稻午风凉"（黄庭坚《新喻道中寄元明用觞字韵》）一类的诗，说什么看别人在田里割稻子，就觉得这种田园生活真是舒适，隐居是多么萧散清凉，这简直是全无心肝。他认为，一个诗人的关怀有广狭大小之分，你的关心面越广，你的感发生命就越丰富，这正是杜甫之所以伟大的缘故。此外，我的老师还说，人的心胸要能够推广，不仅对人要关心，就是对于草木鸟兽，对于大自然也要有一种"民胞物与"的精神。什么叫"民胞物与"？中国古人说"民，吾同胞；物，吾与也"，就是说他人是我们的同胞，我们应该关心他们的疾苦；万物是我们的"相与"——在一起相互交往的朋友，我们对万物也要有一种关怀。像南宋词人辛弃疾就曾经说过："一松一竹真朋友，山鸟山花好弟兄。"（《鹧鸪天·博山寺作》）你真要做一个好的诗人，就一定要有这种关心。诗的感发生命从哪里来？钟嵘在《诗品序》中说："气之动物，物之感人，故摇荡性情，形诸舞咏。"如果你对什么都不关心，那你有什么感动？所以人应该有这种同情和关怀，而不应只局限于一种自私狭隘的情感中。这本来是不错的，可有些人说起来让人觉得很教条化，你看《诗选》中接着说："孟浩然一则说'乡曲无知己'，再则说'农夫安与言'，流露了他对劳动人民的轻视。"他说这是"孤高自赏"。

这里你就要分辨了。我们说孟浩然在故乡没有知己，是因为他受过教育，属于士人，有修身、齐家、治国、平天下的理想，可农夫们没有受过这样的教育，因此他们在谈话时，难免会缺少共同语言。这一点，我们一定要承认。所以很多人赞美陶渊明，就因为陶渊明不是隐居田园、"看人获稻午风凉"的那种自私的诗人，他自己真正地躬耕了。他说："晨兴理荒秽，带月荷锄归。"（《归园田居》之三）每天早晨，他很早就起来，到田地里铲除那些荒芜的杂草，一直到晚上，他才带着满身的月光，背着锄头归来。他又曾经说："时复墟曲中，披草共来往。相见无杂言，但道桑麻长。桑麻日已长，我土日已广。常恐霜霰至，零落同草莽。"（《归田园居》之二）他说，我常常一次又一次地走在墟曲——田间的小路上，分开杂草与农夫们走到一起。相见后，我们没有张家长李家短的那些杂言谈说，只是互相询问对方种的桑麻长得好不好。我们的桑麻一天比一天长得高大了，我们的土地也一天比一天广大了，这是种田人的欢喜和快乐。可是，我们也有烦恼和忧愁，有一天忽然下起严霜来，我们所种的庄稼就会变成一片荒草了。报纸上常常登出来，说某农村快要收获了，忽然下了一场冰雹，把庄稼完全毁掉了。所以农民有时会遇到一些难以预防的灾害，人事都尽到了，可天灾确实让人没有办法。一旦遭遇天灾，你所有的劳动、所有的期待都落空了。可见，陶渊明与农夫有共同语言是因为他们有共同的劳动与收获，有共同的忧虑与欢喜。现在我们要说的还不只是这一点，陶渊明还写过什么诗？"欲言无予和，挥杯劝孤影。"（《杂诗》之二）他说，我要跟别人讲话，但没有一个人真的了解我，与我有共鸣，所以我只有举起酒杯来，对着自己孤独的影子来喝酒。此外，他还说："知音苟不存，已矣何所悲？"（《咏贫士》之一）如果这个世界上真的没有我的知音，那也就算了，我不会因此而悲哀，我知道自己要选择的是什么。在这里，陶渊明不是没有官做，是他有官却不做了。他宁可亲自劳动，忍受饥饿与寒冷，无论付出多大的代价，都是心甘情愿的。所以你看，就算陶渊明与农夫有共同的劳动，也有共同的语言，他有时仍然会觉得没有知己，那么，难怪孟浩然会说"乡曲无知己"，又说"农夫安与言"了。孟浩然固然有孟浩然的缺点，但他的缺点并不像有些人说得那么简单，应该从多方面来看才可以。

《诗选》中还说："孟浩然是唐代第一个创作山水诗的人，是王维的先行者。他的旅游诗描摹逼真，少数诗作如《临洞庭湖赠张丞相》气势磅礴，格调浑成，是颇为传诵的。总的说来，他的诗比不上王维的精致完整，更没有王维那样讲究色彩和构图。"这又是很肤浅的批评。刚才我说王维与孟浩然各人有各人的风格特色，你不能说孟不如王，也不能说王不如孟。讲完孟浩然之后我们马上讲王维，到时候再做一个比较。总之，有些人的评论总是太简单化、教条化，因为他不懂诗，没有真赏，对于诗中感发生命的优劣得失没有自己真正的感受和了解，所以只是人云亦云，教条化，不管是中国的还是外国的，就拿出来乱套一气，这是不对的。

五

现在我们就来看一首孟浩然的诗，题目是"望洞庭湖赠张丞相"：

八月湖水平，涵虚混太清。
气蒸云梦泽，波撼岳阳城。

欲济无舟楫，端居耻圣明。

坐观垂钓者，徒有羡鱼情。

　　这首诗的题目有的版本是"临洞庭湖赠张丞相"，"临"其实就是临望的意思，登高而下望叫做临望。"张丞相"指的是张九龄，以前我们讲过他的两首诗，知道他是一个有理想、有品格的人。他非常欣赏孟浩然，孟浩然也曾在他手下做过一段时间的小官，这点我们已经提到过了。

　　"八月湖水平，涵虚混太清。"八月的湖水是平的，什么是"平"？湖水其实没有平的，因为那么大的一片湖，永远有波浪在上面，"平"只是远观所见；同样，他说"天边树若荠"，树有很多枝干，可你远看那些树，就像连成一片的"荠"了。所以，"平"不是很科学的说法，而是极言其广远的意思。"湖水平"前面是"八月"，这可以给我们两个提示：一个是点明他写诗的季节；另一个是给人一种联想。《庄子·秋水》中说："秋水时至，百川灌河，泾流之大，两涘渚崖之间，不辨牛马。"他说在秋天，下了几场秋雨之后，秋水都涨起来了。很多小河流入黄河，于是黄河之水涨得很宽，在两岸或者水中的洲渚之间"不辨牛马"——牛马的体格本来是动物中很大的，可是此时，你连对岸走的那个动物是牛是马都分辨不出来了。所以"八月"可以使人联想到《庄子》的《秋水》篇，就把那片大湖想象得更广远了。"涵虚混太清"，"涵"字从"水"，我们把来信也叫做函，因为"函"本来指匣子，古代的信是用丝绸写成，然后放在一个匣子中。在这一句里，"函"字旁边从一个"水"，就是放在水中，为水包含之意。"虚"指虚空；"太清"是天的代称，这一句极写洞庭湖的广远辽阔，使整个天空都仿佛落到湖水中了。欧阳修有一首小词，说他的小船在湖面上行驶而过，于是"疑是湖中别有天"（《采桑子》），说的也是这个意思。在中国古代的文章中，有一篇写洞庭湖的很有名的文章，就是范仲淹的《岳阳楼记》，其中有两句中国人很喜欢的话："先天下之忧而忧，后天下之乐而乐。"他说，一个有理想、有作为、关心自己国家的人，应该在大家都没有忧虑以前先看到祖国的危难并为此而忧虑；等到天下人都安乐以后，自己才能够有真正的快乐。在写到洞庭湖时，他说："上下天光，一碧万顷。"洞庭湖是一片大湖，如果是小的水池，旁边的建筑物、树、石头等等杂乱的影子就会倒映其中，可洞庭湖不仅广远，而且澄澈，所以在晴朗的日子，上面是阳光与蓝天、白云，下面的洞庭湖面上反映出天光云影，"上下"都是"天光"。另外，他还说洞庭湖"朝晖夕阴，气象万千"。在诗歌里边凡是有朝夕或者春秋的对举，都是遍言的意思，也就是无论早晨还是晚上，无论晴天还是阴天，洞庭湖的气象变化万千，大自然的景色变化万千，每天都有不同的景象。

接着两句："气蒸云梦泽，波撼岳阳城。""云梦泽"，上古时代本来有云、梦两个大湖泊，在湖北的大江南北，江南的叫梦，江北的叫云，后来湖水越来越浅，两片大湖连成一片低洼潮湿的陆地，这就是"云梦泽"。"岳阳城"在洞庭湖的东北。洞庭湖面这么广阔，而且常刮西南风，夏秋之际水涨，涛声喧如急鼓，昼夜不息。这两句是说，站在岳阳楼上远望洞庭湖，一直可以看到那边的云梦泽；在水天交接之处，常常可见一片烟霭迷蒙之气，蒸腾而上。洞庭湖的波浪打在岳阳城的城楼底下，好像使整座城楼都摇撼了。

以上四句写景，他不仅写得开阔博大，而且自然浑成。可他不只是"望洞庭湖"，还要"赠张丞相"呀，所以后边一转，就开始直接地言情了。"欲济无舟楫，端居耻圣明。""济"就是渡过，它有两种情形：一个是追求自己的成功，另一个暗示救济天下的理想。"舟"是船，"楫"是桨。他说，我想要渡过这一大片湖水，可是无船无桨我怎么渡过去？我何尝不想为国家做一番事业，可是没有人帮助我，给我一个援手，我又如何能够实践自己的政治理想呢？既然如此，就不要渡了可以吗？"端居耻圣明"，"端"指坐在那里一动不动，"端居"是无所作为的样子。如果什么都不做，白白地过日子，我觉得是可耻的，特别是生在这样一个圣明的时代。大家读中国的诗，一定不能不懂得儒家的观念。前面我们也引了《论语》中的话："邦有道，贫且贱焉，耻也；邦无道，富且贵焉，耻也。"诸葛亮为什么不肯出来做官？因为他要"苟全性命于乱世"（《前出师表》）。乱世可以苟且保全生命，可治世呢？要知道，孟浩然写此诗时正是玄宗开元之治的时代，所以他才会"耻圣明"。这两句诗，作者已经从大自然的景物形象过渡到自己比喻的情意了，也就是说，他开始有了一种喻托。以前我们讲陈子昂的《感遇》诗，知道他无论写禽鸟还是草木，都是他意念之中一种假想的物象；而且从一开始，他就是借这种物象来喻托的。现在，孟浩然的这首诗就有所不同了，他在开始两句所写的物象并不是他意念之中的物象，而是大自然中实有的物象，所以一开始是"兴"。到五、六两句则由"兴"转到"比"，因为他看到的大自然的景象是湖水，然后就由湖水联想到济渡，而"济"就是有所作为的意思了。这两句实际上说的就是想要做官，但他是用说明的方式抒写的，尤其是"端居耻圣明"这几个字，他把自己想要做官的那一份感情完全用很平俗的方式说出来了。当然，我们也不是说凡写做官的就是俗，像李白的《行路难》就非常好。人真的是奇怪，像孟浩然，有时候很是风流潇洒，有时却写出这样笨的句子来。

最后两句，"坐观垂钓者，徒有羡鱼情"。"坐观"是说我自己没有动，我只是看人家在钓鱼；"徒"是徒然的；"羡鱼"是羡人得鱼之意。当然，这里的"羡鱼"还可能有另外一种解释，是说我羡慕那些鱼能够被人钓上去。我认为这样解释不妥，因为钓上来的鱼就被人吃掉了，它们并不幸运，你为何还要去"羡"呢？所以我认为这句是说，我只是羡慕人家能够钓上鱼来，有所收获，而我自己什么也没有得到。像王绩那首诗中所说的"牧人驱犊返，猎马带禽归"——人家都得到了，你得到了什么？人，常常到了中年以后，假如什么都没有完成，就会有一种生命落空的感觉；而且，这样的人一定还不是一般的人。一般的人只是追求物质生活方面最现实的享受就好了，每天吃饱了去睡觉，升官发财打麻将，他根本想不到生命落空还是不落空。往往是真正有才能、有理想、想要做点事情却没有完成的人，是才人志士才有生命落空的悲慨。前一段时间，有一个学生给我写了一封信，她是我二十多年前在台湾教过的学生，那时她在班上经常考第一名，很用功，也很有才气。在信中，她说忽然觉得自己作诗、做人两方面都没有完成。她本来期待自己可以完成，没有完成才产生了落空的感觉。

以前我也曾经说过，像张九龄的那一首《望月怀远》，他不像陈子昂那样写什么感遇，什么理想，什么志愿，他是直接引起人内心中的一种追寻向往的感情，让你从尘世生活中上升，使你知道还有更高一层的东西。当代小说家阿城曾写过一部小说《棋王》，在结尾处他说，我现在知道了，人除了吃饭穿衣服以外，还应该有一点东西。无论什么，只要它能够引起你对高一层理想的追寻向往，就是一件好的事情。我个人认为，像孟浩然这首诗，他虽然喻托得很恰当，但是他恰当就只是恰当，它不能引起你更丰富的联想，他只是说希望能够求得别人的帮助，仅此而已。

不仅如此，从题目上看，这首诗也是不能够写得很好的。为什么呢？"望洞庭湖"是你自己直觉的一种感发，而"赠张丞相"则是另外的一件事情，它好像是一个截搭体，不是一块完整的东西。如果以一般诗歌来说，这首诗还是不错的，他把两部分结合得很巧妙；可是你若以最高的标准来要求，这就不是一首最好的诗。所以王国维在《人间词话》中说，诗人不应该作那些歌颂投赠之篇。你若给一个达官贵人写诗，把他赞美一番，然后再向他有所要求，你的第一个动念，就包含了某些功利因素，所以你在感情、品格上就已经有一段落空的地方了。这是很难解释的一件事情，而一般说起来，中国诗的风格与诗人的品格往往结合着很密切的关系。

六

　　下面我们再来看他的另外一首诗，题目是"早寒江上有怀"。这首诗没有一句是落空的、失败的，它每一句都有每一句的感发作用，句与句之间互相生发，连成一个感发的整体，所以是很完整的一首诗。

　　木落雁南渡，北风江上寒。
　　我家襄水曲，遥隔楚云端。
　　乡泪客中尽，孤帆天际看。
　　迷津欲有问，平海夕漫漫。

　　这真是孟浩然开拓了盛唐诗风的一首诗！盛唐诗风的特色在哪里？你要掌握一个人，就一定要掌握他的时代。唐朝有这么多诗人，同样写山水田园，王、孟、韦、柳每个人都不一样，更何况山水田园之外的李、杜呢？所以各人有各人的诗风，这就如同天下人都是两只眼睛、一个鼻子，可人人不同。若自其异者而观之，每一个个体都是"个相"，是不同的生命；若自其同者而观之，则一个时代有一个时代所形成的共同诗风的一种"共相"。当然，也不是说每个时代都是如此，一定是这个时代有它自己的开创和拓新，而且一定要有多数的作者。一个人，你怎么能形成一个时代的诗风呢？在中国诗歌史中，如果说有形成共同诗风的时代，而且引起后人共同注意的，有两个时代，一个是建安时代，另一个就是盛唐。

先说建安时代。我们知道,《诗经》是四言的。从汉朝有了乐府诗开始,就有了五言诗的兴起,而建安时期是五言诗成熟的时代。此时的诗风很盛,作者众多,有三曹父子来提倡,建安七子等很多人追随他们,于是形成了建安的诗风。建安的诗风是什么?就是所谓的"汉魏风骨"。关于"风骨",我们在以前讲陈子昂时已说得很详细了,这里不再重述。至于盛唐时的诗风,我们要详细介绍一下。

大家知道,初唐是从齐梁近体诗到盛唐诗的一个过渡,盛唐则是近体诗成熟的时代。近体诗是讲韵律和声调的,而中国古代的诗人一向注重吟诵的传统。所以当他们吟诵的时候,他的情思的感发,就结合着声调和韵律的感发一起出来了。凡是真正有作诗经验的人都是如此,所以杜甫说"新诗改罢自长吟"(《解闷》之七),又说"诗罢能吟不复听"(《题郑十八著作虔》)。如果说汉魏诗的特色是以"风骨"为好,那么盛唐诗的特色则是以"兴象"为主。什么是"兴象"?就是结合了内心感发的大自然的景象。盛唐的近体诗最注重直接的感发,它往往不是思索出来的。你看陈子昂的《感遇》诗,他注重思想性,用了"比"的手法;可盛唐的诗歌常常是由大自然的景象引起诗人内心的一种感动,"兴"的成分比较多。不但如此,盛唐的开元盛世,整个国家这么强大,开阔博大的政治气象自然影响了诗人及其作品的风貌。还不只是说写高兴的、写崇高伟大的诗有这种气象,就算是写悲哀,他们的悲哀也是开阔博大的。所以一个国家、一个时代的运命,常常与文学的风气结合在一起,这真是没有办法。

"木落雁南渡"，古人讲"木落"的"木"，就是树叶的意思。《淮南子》中说"木叶落而长年悲"，当树叶黄落的时候，年龄老大的人就会感到悲哀。中国自古以来就有悲秋的传统，从屈原、宋玉到我们刚刚讲过的陈子昂，都曾有过这样的悲慨。所以你看，他虽然写的是景物，但"木落"两个字本身，在中国就有这么久远的传统。另外，中国的古书中还常常提到雁。早在《汉书·苏武传》中就有这样一段记载，说苏武本是汉朝人，他作为使者去了匈奴领地，匈奴逼迫他投降，他不肯，于是被扣留在匈奴最北边的一个湖旁，据说就是现在的贝加尔湖附近，当时叫做北海。后来，汉朝的人听说苏武还活着，就派使者去匈奴那边要人，匈奴人说苏武已经死了。汉人说，我们曾经在天子的上林苑中打猎，射中了一只雁，雁足上系着一封帛书——因为雁是候鸟，所以它从北方的匈奴领地飞到南方的汉朝来了。于是，匈奴人放苏武回到汉朝。所以，此后凡说到雁，就容易引起鸿雁传书的联想。此外，曹丕写过一首《燕歌行》，写一个女子在南方，而她的丈夫到北方的燕地去当兵，其中有这样一句："群燕辞归雁南翔，念君客游思断肠。"天上的雁可以自由自在地飞来飞去，而客居他乡的人却不能像鸿雁一样，想回家便可以回家，所以这就又多了一重联想。"木落雁南渡"就是说，当树叶黄落的时候，天气转凉了，这时北雁南飞。它可以找到一个温暖的地方栖居，而我什么时候才能归去呢？在这一句中，"木落"是时间上的感觉；"雁南渡"是空间上的感觉，简单的五个字，虽没有一字言情，却在景物中蕴含了这么久远的传统，带出一种感发力量来。

接着，"北风江上寒"。他说，当北风吹起来的时候，我，一个在江边的旅客，就感觉到特别寒冷——这种寒冷还不只是身体上的寒冷，而且有心灵上孤寂寒冷的感觉。此时，北风的寒冷、江边的孤旷、时间的无常、空间的漂泊，都凝聚在这两句诗所描绘的背景中了，自然能引起人的感动，所以他接着说："我家襄水曲，遥隔楚云端。"在古代，湖北是楚国的地方。中国东南部地势低，所以长江从西到东，一直向下游流去。如果从长江下游回望上游，那就是往高处望，也就如同在"楚云端"了。他说，我家就在襄水的水边上，从长江下游回望家乡，仿佛隔着天上人间那么遥远；我望不到家乡，只看到水天相接处的一片白云。

这两句不就是直接的叙述句？可是他写得非常好。我们先看他叙述的口吻"我家襄水曲"，这是直接的，而且很平常的几个字。先是"我家"。有的诗里边用了很多典故，像王勃的那首《送杜少府之任蜀州》，说"城阙辅三秦，风烟望五津"，他用典用得不错，这当然很好；而孟浩然这句诗没有用任何典故，写来却是如此亲切。所以凡是文学或者艺术，没有绝对的好坏。不是说都用古典就好，也不是说都写得通俗就好；应该古典的时候就用古典，应该白话的时候就用白话。再看"襄水曲"，那真是写得美！"襄水"是很美的名字；"曲"是水边，你可以想象那里的风景之美，而且襄阳果然是一个山水风景非常优美的地方。这句话把自己的家乡写得那么亲切，那么可爱，充满了怀念的感情，但是后边马上说"遥隔楚云端"——如此美好的家乡，却被远远地隔在楚云的那一边。

"乡泪客中尽，孤帆天际看。""乡泪"是思乡的眼泪。当一个人刚刚与亲人离别，忽然到了一个人生地疏的地方，什么生活习惯都不一样了，这时你回忆起你在故乡的日子，有那么多可怀念的人和事，所以就流下泪来了。越是在离别不久的日子，你的这种感情就越强烈，如果已经在外乡漂泊了很久，再谈到故乡，也就不那么容易激动了。所以他说，我已经飘零了这么久，眼泪都在旅途中流尽了。这是更深一层写自己的悲哀。"孤帆天际看"，我的家在襄水的水边上，而我现在却在长江的下游，我可以坐船回去，可究竟坐哪一条船呢？我什么时候回去？我看到广阔的江面上，一艘孤独的船帆向南方飘去了，于是我目送它的船影一直流到了天边。五代词人孙光宪也写过江边的帆影，他说："蓼岸风多橘柚香，江边一望楚天长，片帆烟际闪孤光。"（《浣溪沙》）在开满蓼花的岸边，秋风吹得很紧。此时，橘柚的果实都成熟了，风中送来阵阵的清香。站在江水边远望，但见湖南湖北一片辽远的天空。烟水渺茫处，一个白色的帆影在那里闪动。孙光宪这首词只是写景，因为写得清新、活泼、生动，所以也很不错。

刚才我说过，这首诗的前两句写景，但景里边充满了感发——它先带给你一种孤独寒冷的感觉；三、四句是景、情之间的一个过渡，有了这四句，后面"乡泪客中尽，孤帆天际看"才更加使你感动，因为诗人把他自己眼中所见的景物、身上所感的感觉，先传达给你，于是把你也带到了他的环境之中。

最后两句："迷津欲有问，平海夕漫漫。"这两句把景与情完全结合在一起了。首先，"津"是指江边的码头、渡口。我不知道从哪一个渡口上船，也不知道坐哪一条船回去。这本来是现实的，可是他在"津"前加上一个"迷"字，就不只是说他在现实中找不到一个渡口了，而是说他在感情上也找不到一条出路——我到底是求仕还是求隐呢？如果求隐，家贫亲老，而自己已经过了四十岁，难道一生就此落空了吗？如果求仕，哪里又有一个机会给我？活了大半辈子，忽然间觉得自己已经无路可走，这真是一种悲哀。所以我常常说，一个人，你应该知道如何完成你自己。像陶渊明，他虽然也贫穷，可是他在精神上最终完成了自我，他没有迷失，那就不再是"迷津"。他曾经说："知音苟不存，已矣何所悲。"又说："贫富常交战，道胜无戚颜。"（《咏贫士》之五）也许你贪赃枉法、卑躬屈节就可以升官发财，但是他不甘心这样做，所以他选择了一条艰难的路。他的内心不是没有过贫富的斗争，但最后理想获胜了，所以脸上就没有忧愁的颜色。这就是中国儒家所讲的修养。孔子曾赞美他的学生颜回说"一箪食，一瓢饮，在陋巷，人不堪其忧，回也不改其乐。贤哉，回也！"（《论语·雍也》），说的正是这种修养。当然，现在说起来，求富贵也并不见得就是一件可耻的事情。孔子也曾说过："富而可求也，虽执鞭之士，吾亦为之。"（《论语·述而》）但是，如果你用不正当的手段，或者出卖自己的人格来追求富贵，那就不对了。所以你可以通过自己的劳动来追求富贵，但一定要坚持住做人的准则。我们知道，虽然陶渊明在现实的仕宦方面算是失败者，可是陶渊明的失败不同于孟浩然的失败：孟浩然是求而不得，陶渊明则是人家给他，他不要了，这是二人心理上完全不同的一点。所以，孟浩然最后真的是陷入了迷津。前面我提到了我的一个学生，她曾写信给我，说自己忽然间有了一种迷津的感觉，不知道应该如何走下去。但是，这不是老师可以帮你选择的，是你自己内心要有一种真正的修养，如《论语》中所说的"朝闻道，夕死可矣"，要达到这样一种境界才行。可孟浩然当时真的是无可奈何。他说，我想问一个人，我应该怎么办呢？但我所面对的是什么？"平海夕漫漫。""平海"，指长江下游快要进海处宽阔的水面。一般说来，江水入海的地方，江面都很广阔，所以古称镇江以下的长江为"海门"，也就是入海的海口。那么什么是"平海"呢？其实，海没有平的，江也没有平的，"平海"是极言其广远的意思。这一句是说，已经黄昏了，我面前是那么茫茫的一片大海，我究竟应该走哪一条路呢？总之，这首诗表达了孟浩然求隐和求仕两方面落空的悲哀，而他把这种茫然的、落空的悲慨写得非常好。"迷津欲有问，平海夕漫漫"，情与景完全结合到一起了。

到现在为止，我们已经讲了孟浩然的两首诗——《望洞庭湖赠张丞相》和《早寒江上有怀》。这两首诗都有自然浑成的一面，体现出盛唐诗歌重兴象的特点。从前我的老师常常说，有些人写诗，总是写得比较落实。什么叫"落实"呢？我现在说"落实"很容易引起人的误会，因为中国人往往说把什么政策实行了，就是落实，所以落实是好的事情。我的老师当年所说的落实并不是这个意思，他所谓的"落实"就是说，你把你的感情很死板地说出来了，而没有一种感发的生命。凡是好的诗歌，都要给读者一种感动，而这种感动还不只是说一就是一、说二就是二的死板的感动，它能给你很多的启发和联想，使你的内心也产生了一种生命。落实与真实不同，你写作的时候一定要真实，《易经》上说"修辞立其诚"，你要想把文章写得好、写得美，第一个条件就是要真诚，要能够把你切实的感受写出来。我曾经说过，文章的雕琢修饰本来不是坏的事情，可是第一，你要先有一个真诚的根本，而你的雕琢修饰都是为了恰到好处地表现你的本质。但实际上，很多人的修饰、描写都是在外表上下功夫，他内心并没有真正的感动。比如"云破月来花弄影"，王国维说："着一'弄'字而境界全出。"为什么？因为你用了一个"弄"字，就把你对于景物的感受表现出来了。那花影不是死在那里，而是在摇动；不仅在摇动，而且有人的感情，仿佛它在那里赏玩自己的影子一样。如果说成"花有影"，就成了死板的说明了。不但写景物如此，写情意也是这样。像"欲济无舟楫，端居耻圣明"这两句就写得太死板了。这是一件很难说清楚的事情，不过我一定要很诚实地告诉大家，你写诗的时候，真的就是差一点点，给人的感受就是不同的。所以说到写作，你写得不真实当然不好；你写得真实，但把那个真实写得太死板了，这样也不好，你要让读者在你所说的以外引起很多联想来，这才是真正的诗的好处。所以我们看孟浩然的诗，像"微云淡河汉，疏雨滴梧桐"、"八月湖水平，涵虚混太清"、"木落雁南渡，北风江上寒"这样的诗句，都能让你产生很多的联想和感动；可是，像"欲济无舟楫，端居耻圣明"，他完全用说明，就显得太落实了。孟浩然这个人真是很奇怪，他有非常超逸的一面，也有非常落实的一面。

不止如此，他落实的这一面还可以分成两种情形：一种是在情意上写得落实，像"欲济无舟楫，端居耻圣明"这样的句子；另一种是在景物上写得落实，比如他的《彭蠡湖中望庐山》一诗中有这样的句子："黯黮凝黛色，峥嵘当曙空。香炉初上日，瀑布喷成虹。"庐山在江西，彭蠡湖在庐山附近。"黯黮"是黑沉沉的样子。他说，庐山本来是黑沉沉的一片，可是在黑暗中已经包含着天要亮的那种光色。慢慢地，天亮了，一座座高山的黑影当着破晓的天空，越来越清楚了。在最高的香炉峰上，太阳刚刚升起；此时瀑布正流而下，阳光斜射过来，似乎形成了一道彩虹。在这几句中，他所描写的都是外表的景色，从中你看到孟浩然是欢喜的，还是悲哀的？是快乐的，还是忧愁的？你看不到，这里没有表现他情意方面的感发。而且，它给你什么感发了吗？我们可以做一个比较。像"木落雁南渡，北风江上寒"这两句写的同样是景物，可是，即使我们不看他下边写情感的句子，也能产生一种感动。再比如王绩的《野望》，说"树树皆秋色，山山唯落晖"，我们只从他所写的景物之中，就知道他是有感受的。而现在孟浩然的这几句诗，写的只是客观的风景，就像照相机照下来的一样。画家就不同了，画家画的也是山水，但山水之中有画家自己的感受在里边；而照相机照下来的山水，则山水就是山水，其中没有人的感受。当然，有些摄影师也会在大自然中选取使他感动的景物，而且他能够从所拍摄的景物中表现出他的品格与感受，不过，这得是最好的摄影家才能做到。所以，诗人写景物也有这么两种：一种是非常客观地描摹景物的外表，他也可以写得很细致、很真切，但不表现自己主观的感受；另一种就是在景物之中包含着个人的感受。

刚才我们说到，王国维曾赞美"云破月来花弄影"一句。此外，他还说："'红杏枝头春意闹'，着一'闹'字而境界全出。"本来，"闹"指的是喧哗、喧闹，是声音；而枝头的"红杏"是颜色的红艳与花朵的盛多，可诗人从中体会出一种喧闹的感觉——用形容这种感觉的词去形容另外一种感觉，这是诗人常用的手法。比如李贺有一首诗中说"东关酸风射眸子"（《金铜仙人辞汉歌》），"酸"是味觉，"风"能使人有寒冷的感觉，可是他却用"酸"形容风，你尝过哪里的风是苦的，哪里的风又是酸的呢？再比如人们常说"凄风苦雨"，什么样的雨是苦的？他之所以这样说，为的是使读者有一种真切的感受。花开得那么多，就像很多人在一起，非常喧哗的样子，一个"闹"字更能够使你想象到花的盛多与颜色的红艳，传达了诗人对于枝头红杏的一种感受。我们再看"木落雁南渡，北风江上寒"两句，一个"寒"字加上前面的景物描写，使读者不仅体会到诗人身体上的寒冷，而且体会到他心理上孤独寂寞的感觉，它本身就有这样一种提示。可是像"黯黯凝黛色"这样的描写中没有渗透作者自己的感受，所以也就不能暗示给读者某种感情了。

除此之外，孟浩然的某些诗句在写景之中还有一种象喻的意味。比如"迷津欲有问，平海夕漫漫"两句，他所写的并不只是说他眼中所见的渡口迷失了，而且象征着他人生的航路迷失了。不但我自己迷失了，我要找一个人，问一问我应该走哪一条路，可是那么广远的一片大海，包围在我身边的、展现在我眼前的只是迷茫的一片。像这一类诗，往往能给读者更丰富的暗示和联想。

七

前面我们说，中国的山水田园诗中关于景物的描写有两类：一类只是刻画外表的形貌；另一类是写山水给诗人的感发。我们举了一些例子，知道孟浩然的诗并没有仅仅局限于刻画形貌的那一种，他也有写山水感发的一类诗，所以杜甫曾经赞美他说："赋诗何必多，往往凌鲍谢。"（《遣兴》之五）他说，孟浩然的诗虽然不多，可是他常常有超过鲍照和谢灵运的地方。谢灵运的诗有什么特色？就是比较喜欢刻画山水的形貌。《文心雕龙》上说"物色之动，心亦摇焉"，外物景象的变化会使你的内心随之变化，产生一种感动。而谢灵运的诗只是刻画山水的外表，不表现这个"心亦摇焉"。以他的《从斤竹涧越岭溪行》为例，大家看他写景物的句子："岩下云方合，花上露犹泫。逶迤傍隈隩，迢递陟陉岘。……蘋萍泛沉深，菰蒲冒清浅。"他说，山岩下的白云刚刚聚拢在一起，花上的露水还没有干。我在曲折而又狭窄的山路上行走，已经走了很远。我登上最高峻、最危险的山岭，看到深水上漂荡着蘋萍，浅水中已经长出菰蒲了。所以你看，他写的只是外表，这里边有他的感动吗？没有。这是谢灵运写景的一个特色。但是谢灵运不是不写感动，他要把景物与感动分开，写景的时候就单纯写景，而最后他说"握兰勤徒结，折麻心莫展"，这个就是他的感动了。因为他的这种感动没有与山水结合起来，所以从这一点而言，孟浩然的确超过了他。

综合起来，孟浩然写景的诗有三种：第一种是只写景物的形状而没有情意的感动；第二种写的还是风景，可是从外表的形状引起了内心的感动，在写实中表现了某种感受；第三种既是写实，也是象征，从表面的写实之中表现了象征的意思。所以孟浩然的诗很难讲，就是因为他表现了不同的层次、不同的方面。

知道了他如何写景，下面我们再看他如何写情。前面我们已经提到过，像"欲济无舟楫，端居耻圣明"这样的句子，他写情只是一种说明，也就是直接叙写自己的情意，如同写风景只描写外表一样，这是他写情的第一种。第二种是情景相生，把景物与感情打成一片来写，比如"我家襄水曲，遥隔楚云端"，这两句他想说的是什么？思乡。可是他并没有说："思乡欲断肠。"你如果只是说明，告诉人家说"我很想家"，而人家不能够真正感受得到。所谓情景相生，是说在写感情的时候，不是很笨地说什么"端居耻圣明"或"思乡欲断肠"，而是很形象地表现。"我家襄水曲"，"曲"者，水边。杜甫说"春日潜行曲江曲"（《哀江头》），指的就是在曲江江边散步。"襄水曲"指襄水的水边，你可以想象那个水边，那种很遥远的感觉。下边的"遥隔楚云端"就更好了，隔得很远，在那蓝天白云的尽头，就是我的家乡。他也写情，但真的是情景相生，不是死板地说明他的情，而是用一种很形象的"襄水"、"楚云"来表现他的情。再比如"乡泪客中尽，孤帆天际看"两句，"乡泪客中尽"表面上看起来像是落实的说法，说我思乡的眼泪在客居的时候都流尽了，可这句话还是很好，它表现了漂泊时间的长久。而且，他接着说"孤帆天际看"——一句点明思乡的主旨，另一句用形象来补充；一句写情比较多，另一句写景比较多，两句互相呼应，互相陪衬，所以是情景相生。这样的诗当然很好，但现在我要讲他更好的一首诗——《与诸子登岘山》：

> 人事有代谢，往来成古今。
> 江山留胜迹，我辈复登临。
> 水落鱼梁浅，天寒梦泽深。
> 羊公碑尚在，读罢泪沾襟。

我们刚刚讲到孟浩然写情的两种方式，除此之外，孟浩然写情还有第三种方式，就是写情的本身。他不假借风景，也不划定框框来说明，而只是单纯写感情的活动，就自然透出一种感发的力量。像我们以前讲的陈子昂那首《登幽州台歌》就是如此，他整个的感情是在进行的、活动的。这一点很难说明，可对诗歌而言非常重要，尤其你要是学作诗的话，就应该知道怎么样能写得好，怎么样才能使感情有生命。孟浩然的这首诗也是这样写情的，他说："人事有代谢，往来成古今。""代"是更替，"谢"是消逝。人间的事物向来是更替的、消逝的，春天来了，冬天走了；夏天来了，春天走了。人也是这样，一代又一代，小孩子长大了，年轻的变老了，年老的死去了。去的尽管去，来的尽管来；每一天每一天地去，每一天每一天地来，在来去匆匆之间，就形成了古今。你说孟浩然已经是千年前的古人了，他怎么过去的？一天一天地过去，他就成了古人；一天一天地来了，就来到了现在。这两句写得很好，他不但写出了个人的悲慨，更写尽了人世间所有的盛衰变化，表现了一种古今循环不断的哲理。表面上看起来，这两句虽然是说明，可是他所说的是人世间一个最普遍的现象，所以它能给读者很多的感发，任何时代的读者，都在这种现象的包笼之中，都可以因读此诗而产生一种共鸣。

对于这两句诗，宋朝的刘辰翁曾评价说"起得高古"，起句一出来，就把古往今来都打入网中了。而且，"略无粉色"，"粉"是一种装饰，像那首《望洞庭湖赠张丞相》，气象确实高远，可他对于景物是一种描绘，说湖水怎么样，天光怎么样，波浪怎么样。这首《与诸子登岘山》也是写大自然，可山怎么样，水怎么样，他都没有写，他只是主要写了古往今来盛衰兴亡的悲慨，而没有用这些景物来描绘修饰，所以刘辰翁说它"情境俱称，悲慨胜于形容"（《王孟诗评》）。我们说这两句写得好，但这还只是一个概念，说人世间有生老病死的代谢，岁月的往来之间就成为古今。下边，他要把这个概念用一个很具体的事件表现出来。

"江山留胜迹，我辈复登临。"这首诗的题目是"与诸子登岘山"，"岘山"也叫岘首山，在湖北襄阳县的南边，是襄阳的名胜之一。这座山之所以有名，不仅是因为这里的江山美丽，而且还因为这美好的江山结合了很多历史上的事迹。这也是在中国欣赏风景的一个特色——你所看到的不只是江山的外表，还有一种更深层的情意上的感受。不然的话，山就是山，水就是水，山水能成为古迹，是因为山水中曾经结合了历史，有些事情值得我们纪念并传留下来。也正因为如此，山水才更加丰富起来了，所以是"胜迹"。那么，江山留下了什么"胜迹"呢？这就关系到中国古代的一个人——羊祜。据《晋书·羊祜传》记载，羊祜镇守荆襄的时候，常常到岘山上去饮酒赋诗。他曾对同游慨叹道："自有宇宙，便有此山。由来贤达胜士，登此远望，如我与卿者多矣！皆湮灭无闻，使人悲伤。"他说，自古以来，贤德而有才能的读书人登上这座山向远处瞻望，像我与你们这样的朋友，历代有多少呢！可今天有哪个还在？有的人登上山后，找个地方刻上自己的名字，但后来人又知道你是谁呢？更何况有的人连名字都没有刻下来，所以"湮灭无闻，使人悲伤"。那么，羊祜是怎样的一个人？历史上说，他是一个非常宽大慈爱的人。他的品格好到什么程度？可以举一个例子。大家知道，三国中蜀最先被魏灭亡，其后魏又被晋所篡夺，最后只剩下南方的吴国与北方的晋国相对峙。而荆州襄阳一带正是晋、吴两国对立的所在，是晋的国防前线，所以这里的政治好坏关系重大。晋朝的羊祜就是在这里镇守，他以身作则，推行教化，把荆襄一带治理得非常好。羊祜是军政长官，除了当地的民政外，还要管理军事。有一次，孙吴大将陆抗生病了，羊祜派人送药给他。陆抗的手下人说，这是敌人给的药，你不能吃。陆抗答道："岂有鸩人羊叔子哉？"羊祜，号叔子。他说，哪里有给人药里边下毒的羊叔子呢？他绝不是这样的人。所以你看，连敌人都这样相信他！羊祜生前深得人民爱戴，在他死后，襄阳的老百姓为了纪念他，就在岘山上立了庙，树了碑，据说，"望其碑者，莫不流涕"，所以又叫"堕泪碑"。可见，谁对人民好，人民一定会知道，也一定会感激他、怀念他。现在孟浩然登上岘山，看到当年遗留下来的古迹，他何尝不想能够有机会做一番事业，建立羊祜那样的事功，有那样的德业流传下来，可是他没有。在古代，羊祜与他的朋友曾登临此山，有过江山依旧、人生短暂的感伤。这里的江是羊祜看到的江，山是羊祜望过的山；而今天，我与我的朋友也来登临此山了。在这两句中，诗人没有把他的悲慨直接说出来，说我孟浩然如何如何，他只是做了一个对比，却又没有指明对比的意思，可是自然流露出一种很含蓄的感动。

以上四句，作者都是写古今的悲慨，下面开始写景物。

"水落鱼梁浅，天寒梦泽深。""鱼梁"是岘山下的一片沙洲。夏天常常下雨，所以水很深；到了秋天，雨水少了，当水落下去的时候，就浅浅地露出了鱼梁。这句表明了时节的改变。当四时春夏秋冬变化的时候，你会看到大自然的景物也有所变化，而诗人喜欢写春秋两个季节，陆机就曾说"悲落叶于劲秋，喜柔条于芳春"（《文赋》），所以有时候人的生命与大自然的生物的生命有一种共鸣的感受：当你看到季节的变化，就会有一种内心的感动。"水落鱼梁浅"这一句写的是景物的变化，它与刚才我们所说的古今之感慨是相应和的。"人事有代谢"就"往来成古今"，古往今来就形成了历史，而雨水从深到浅这种季节的变化不也是人世间的一种代谢吗？接着，"天寒梦泽深"。"深"在这里有两个意思：一则是说云梦泽的水很深；再则是指遥远的意思。已经是寒冷的秋天了，从岘山上俯瞰下面，可以看到云梦泽在那么遥远的看不清楚的地方。

最后两句，"羊公碑尚在，读罢泪沾襟"。"碑"就是前面我们提到的堕泪碑。多少年过去了，多少季节消逝了，在古今的盛衰代谢中，在春秋的季节变化中，羊祜的碑仍然在这里。所以，宇宙之中有变者，有不变者。这一句中，"碑"还在，"碑"是不变的；可是羊公呢？羊公早已经作古了。当我读了堕泪碑的碑文后，不由得泪落沾襟。这句的"泪沾襟"有两种可能：一个是说羊公这么好的人已经不在了，而无论是在历史上还是在将来，都难以找到像羊公这样值得人们怀念的人了；还有一个原因，他很可能是因感慨自己的一事无成而落泪。人家羊公虽然死去千百年了，可他的碑还在这里，而我孟浩然呢？前面我说过，孟浩然死后，他的诗就散佚了，是王士源搜集了他的部分作品，然后整理出来的。不然，若真的都散失了，我们今天谁还知道历史上有过孟浩然这么一个人呢？不管他有过多么好的生命、多么好的感情、多么好的理想，不都消逝了吗？所以我认为，这首诗的最后两句一个是慨叹羊公的不在，同时也可能是感慨自己的无成。但究竟怎么样，孟浩然并没有说，他只是告诉我们，他处在这种情境之下，就流下泪来了。

以上我们讲了孟浩然的几首诗，大家可以看到，孟浩然的诗歌真是很复杂。从诗的内容上看，他早年追求闲适的隐居生活，写了一些反映这种生活的诗；中年来到长安求仕，这时的诗多表现追求仕用的心情；晚年求仕失败后，他的作品则表现了这种失志的迷惘。所以，结合生活经历的不同，他的诗可以分成这样三个阶段。从诗的风格来看，无论是写景还是言情，他都有不同风格的表现，这一点我们前面已经说得很详细了。

我们知道，孟浩然的诗风是复杂的，而他的个性也是复杂的，有时甚至是矛盾的。一方面，他早年求隐，求隐的缘故，是因为他天性中讨厌世界上那些庸俗的事情；可到了中年之后，他有一种落空的悲哀，于是返回来求仕。这使我想到很久以前看过的一个故事，而这个故事，就是我的老师顾随先生翻译的一篇小说。顾先生教我们古典诗词，可他本来是学习外国文学的，他曾经翻译过俄国作家安特列夫的短篇小说《大笑》。鲁迅先生也翻译过安特列夫的作品，一篇叫"瞒"，一篇叫"默"。安特列夫这个人很奇怪，他写的故事都不是真的写一个现实的故事，而是在故事中表现一个概念，他把这个概念很具体、很形象地表现出来，用故事的形式寄托了对于人生的某种感受和看法。比如《瞒》就是说隐瞒、欺骗，整部小说都是表现作者对于人生的一种虚幻的感觉。他觉得什么都是假的，一切都在欺骗之中。《默》就是说寂寞、沉默、没有声音，是写人生的一种孤独寂寞，人与人之间不能够彼此交流的痛苦感受。所以这两篇小说都是写人生的某种感受、某种概念，而他是用故事的形式写出来的，而且写得很好。在这里，我只能把这两篇小说所表达的感受告诉大家，不能做更为详细的介绍了。

下面，我比较详细地介绍一下《大笑》这篇小说。故事的大意是这样的，有一个男子，在路边等他的女朋友，两人事先约定，那天晚上要去参加一个舞会。起初，他看手表，离约定的时间还差十分钟，后来还差五分钟，等时间到了，女友还没有来。又是五分钟、十分钟过去了，依旧不见女友的影子，于是他决定不再等了。因为那是一个化装舞会，要换上衣服，戴上面具，所以他先来到一个租衣服的店里。进店以后，人家给他拿出一件很庄严、高贵的礼服，可他穿上后觉得太肥大，好像人都看不见了，不合适，就换了一件工人的工作服。为了劳动时方便，这种衣服的袖子和裤腿都是绑起来的，他穿上这一件后，又觉得太紧，手脚都被束缚住了，于是店主拿出了第三件。这是一件舞台上小丑穿的衣服，为了要逗人发笑，看上去花花绿绿的，非常滑稽。他试了试，觉得这件还可以，就穿上了。然后还要戴一个面具，店主把各种面具拿来让他试，结果都不合适。最后，他选了一个中国人脸孔的面具——大家要注意，在这篇小说中，中国人的脸孔代表的是没有任何感情，这应该是对我们中国人的讽刺了。记得有一次南开大学组织旅游，一路上我就发现那些外国的同学实在是很活泼。同行的一位南开的老师说，我觉得外国人往往能够很勇敢地表示他们的感情，而我们中国的学生从来不是这样的。总而言之，一般人的感觉是如此的。所以，小说写那个人最后戴上了一个中国人脸孔的面具，就是没有表情，好像白痴一样的脸孔。在舞会上，他发现了那位他一直在追求、等待的女友，于是他想走上前去对她说"我等你很久了"之类的话。可是，每次到了这个女孩子面前，当他要倾诉自己最悲哀、最痛苦的感情时，那女孩子一见他的衣服和面孔，就大笑不止，他尝试了很多次，都失败了。《大笑》写的就是这么一个故事，但它有很多象征意义，就是说一个人，你既不能穿上庄严华贵的那个阶层的衣服，你觉得不合适；也不能真正穿上工人的衣服，你也觉得不合适。所以，你既不能归属到这样的生活，又不能归属到那样的生活；既不能令，又不受命，于是陷入了夹缝之中，变成一个不被人接纳的可悲的人。当然，这篇小说还有别的暗示，就是说有时候，人与人之间，无论你内心有多么深刻的或者沉痛悲哀的感情，但在别人看起来，你是可笑的，你没有办法让别人了解你。

我现在讲孟浩然，为什么讲到这篇小说呢？其实，孟浩然最后何尝不是落在夹缝之中。如果真的让他去做官，我们知道他是一个不喜事务的人，而官场上的种种虚伪的应酬、官僚的腐败，这些他都不能够忍受。有这么一个故事，说韩朝宗曾经做荆州一带的地方长官，他很喜欢推荐贤才，也愿意推荐孟浩然去做官。有一次，他与孟浩然约好，说某日要带他去见一个人。可是到了那天，孟浩然把这件事忘记了，正好他遇见几个好友，于是喝起酒来。后来有人提醒他，说韩荆州在等你，你怎么不去？他回答道："业已饮，遑恤他。"就是说我已经喝酒喝得很高兴了，哪里来得及顾念其他的事情！由此可见，孟浩然不能够适应官场中的生活。可是，你如果让他安心去隐居，像陶渊明那样，"托身已得所，千载不相违"（《饮酒》之四），他又做不到。陶渊明做到了，他当然也贫穷劳苦，也有寂寞的时候，但他有他自己的完成，他能够在隐居生活中体会到一种自得的快乐。而孟浩然呢？他不能一直坚持下去，他放弃了原来所持守的完成，去追求另外的完成，而另外的也终归没有得到，他两方面都落空了。所以，他最后落入了求隐与求仕两方面都不能够心安理得的夹缝之中，迷失了自己的方向。"迷津欲有问，平海夕漫漫"，正是这种心境的写照。

（曾庆雨整理）

【盛唐诗人】

之 二

*

王 维

一

　　我们讲孟浩然，说他的天性本适合于隐，早年也能够安心于隐。可是中年以后，由于种种原因，他出来求仕，求仕没有成功，而原来隐的那一份自得的心境也被破坏了，所以他是仕隐两失。今天我们要介绍王维。他与孟浩然不同，王维是仕隐两得。但我所说的仕隐两得，只是他外表的生活，在他内心深处，还是有很多矛盾和痛苦的，不过王维从来不把他的矛盾、痛苦很真诚地表现出来。人家孟浩然表现出来了："迷津欲有问，平海夕漫漫。"我失落迷惘就失落迷惘了。当然，王维不是不写感情，像大家都知道的那首《九月九日忆山东兄弟》，难道写的不是感情？但是感情有很多种类型，有的感情是可以对人说的，比如怀念兄弟，这光明正大，有什么不可以说？可更深隐的一种感情呢？比如你内心的矛盾、痛苦，有些人是不肯说出来的。王维就是如此，至少在诗里边，他总是深藏不露，只表现那种可以言说的感情。王维也是一个相当复杂的人。

王维，字摩诘，人称摩诘居士，太原祁人。中国古人除去有姓名外，往往还有字和号。比如孔子有一个最得意的学生颜回，孔子常叫他回呀回呀什么的，可是他的同学却要说颜渊如何如何。回是他的名，他的字是子渊。父母和老师可以直呼其名，而一般的朋友要称呼他的字。有时候，一个人的字或号起得非常有意思，比如欧阳修号醉翁，我们不难看出他是怎样的一个人了。再比如王维，他的名与字合起来是维摩诘，这是梵文的音译，本来是指一个印度人的名字，这个人是佛在世时的居士。所谓居士者，就是相信佛法，但没有出家剃度而在家修行的人。出家就要离开家庭，离开人世间的一切关系和挂碍；而且出家的人就不能再要自己本来的姓氏，而以释迦牟尼佛的姓为姓，比如释法云、释皎然等等。释迦牟尼本来是净饭王的太子，他看到人间的生老病死，有这么多痛苦，于是离家去修行，结果成佛了。在他还活在世间的时候，有一个叫维摩诘的居士。我为什么要讲王维的名、字，而且特别介绍他的名与字之间的关系呢？因为我要提醒大家，王维是一个信佛的人，而王维之信佛有他家庭的因素。

我们知道，王维是太原人，而太原王氏是很有名望的家族。中国古代很讲究门第。我们讲魏晋诗歌时曾经说过，魏晋时代还没有科举考试，选拔人才用所谓的"九品中正制"。就是把人分成上、中、下三品，然后每品再继续划分出上、中、下三等，所以共有九个品级。当时流传着这么一句话："上品无寒门，下品无世族。"也就是说，凡是分到上品的人，没有一个贫苦人家的子弟；出身于名门贵族的人，也不会被分到下品中去。所以中国从魏晋时代开始，就很注重一个人的门第出身了。为什么研究李白的家世有那么多问题？因为李白的家族没有名望，所以他制造了很多传说，以提高他自己的身份。而王维生在一个有名望的家族，他家出自太原王氏，他母亲又出自博陵崔氏，都属于世家望族，而且他母亲笃信佛教，这是一种潜存的因素，对王维以后做人、作诗都产生了相当大的影响。

由于从小受到良好的教育，王维有多方面的修养。他能诗、善画，书法写得好，而且懂音乐，可以说凡文人士大夫所有的修养他都具备了。据说他九岁时就可以写出很不错的诗文，前面我提到的那首《九月九日忆山东兄弟》，就是他少年时的作品。诗人真的很奇怪，凡写诗写得好的，一般多是很小时就会作诗的。最近我收到南京大学程千帆教授寄来的两本集子，是他的亡妻沈祖棻所写的，一本是《涉江诗稿》，另一本是《涉江词稿》，其中所收录的作品最早是她二十岁左右时写的。另外，上海有一位叫陈小翠的女诗人，在她的集子前面有她哥哥作的一篇序，序中说她四岁时说话还说不清楚，她母亲就叫她背诵司空图的《诗品》。陈小翠的诗集叫"翠吟楼诗草"，我发现她十几岁时的诗就写得很好了。那时她父亲不在家，她给父亲写信时常常要在后边附上几首诗。开始，她父亲以为是她母亲写的，或者是她写后由她母亲改的，其实，那就是陈小翠本人的作品。当然，有早慧者也有晚成者，像苏东坡的父亲苏洵，《三字经》上说"苏老泉，二十七，始发愤，读书籍"，他是很晚才读书的。还有唐朝的另外一位诗人高适，少年时狂放不羁，中年以后才折节读书，也成为一位很不错的诗人。所以每个人的具体情况不同，在这里我只是要说，有些人感觉非常敏锐，他们在很小时就能写出很好的作品。

另外，王维还有一首诗，也是他少年时的作品，题目是"洛阳女儿行"。下面我们就来看一看这首诗：

洛阳女儿对门居，才可容颜十五馀。
良人玉勒乘骢马，侍女金盘鲙鲤鱼。
画阁朱楼尽相望，红桃绿柳垂檐向。
罗帷送上七香车，宝扇迎归九华帐。
狂夫富贵在青春，意气骄奢剧季伦。
自怜碧玉亲教舞，不惜珊瑚持与人。
春窗曙灭九微火，九微片片飞花琐。
戏罢曾无理曲时，妆成只是熏香坐。
城中相识尽繁华，日夜经过赵李家。
谁怜越女颜如玉，贫贱江头自浣纱。

这是写得很美的一首七言歌行体诗。七言歌行体可分成两类：一类字数不整齐，换韵没有一定的规律；另一类字数整齐，换韵有一定的规律，平仄与近体诗相近。最初的古诗本来不讲究平仄对偶，后来逐渐律化了，于是在唐朝初年形成了格律诗。格律诗包括四句的绝句和八句的律诗，我们将其统称为近体诗。近体诗是相对于古体诗来说的。当近体诗产生之后，有一些长篇的古体诗，也自然而然受到了近体诗的影响，中间也偶然有了平仄对偶的句子。这样的诗念起来婉转流利，很容易打动人。我曾经以张若虚的《春江花月夜》为例证，给大家简单介绍过这一类诗。现在这首《洛阳女儿行》也属于这类受律化影响的七言歌行体，一般人会以为他写得很好，可事实上这并不是最好的诗。我以为，这首诗是取意于古人的。梁武帝有一首《河中之水歌》，他说："河中之水向东流，洛阳女儿名莫愁。莫愁十三能织绮，十四采桑南陌头。十五嫁为卢家妇，十六生儿字阿侯……"他写的是一个很幸福的女孩子。而王维的《洛阳女儿行》就是取意于这首诗的。此外，王维早年还写过一首《桃源行》，全篇取意于陶渊明的《桃花源记》。可见，王维在早年学习作诗的时候，确实受了古人的很多影响。下面我们就来分析一下这首诗。

"洛阳女儿对门居，才可容颜十五馀。"他说，洛阳城里有一个美丽的女孩子，就住在我的对门。看她的容貌，不过只有十五岁多一点的样子。在古代，女子十五岁就到可以结婚的年龄了，所以他说这个女孩子就结婚有了"良人"。"良人"就是她的丈夫。她的丈夫骑的是"骢马"，也就是一种很名贵的马，马上还有"玉勒"。所谓"勒"，指马嘴上套的皮带，如果皮带上装饰着金玉珠宝，就叫做"玉勒"。可见，这个女子所嫁入的是一个很富贵的人家。不但她丈夫骑着佩有玉勒的骢马，而且她家里还有侍女。侍女怎么样？"侍女金盘鲙鲤鱼。""鲙"是细切的意思。你看元曲《望江亭》，中间有一大段曲子就是写谭记儿怎么切鱼片的。这一句是说，当她们家吃饭的时候，侍女就用黄金盘端来了细切的鲤鱼片。她的住所什么样子呢？"画阁朱楼尽相望。"她住的是很豪华的朱红色的楼阁，而且不只是一楼一阁，是楼阁"相望"，这边一所，那边一所，互相对望的。不但有很多的画阁朱楼，楼前还有"红桃绿柳垂檐向"，桃花、柳树就在屋檐前边，彼此相对。如果这个女子要出门的话，"罗帷送上七香车"，她坐的是上边有很多香料的香车，而且车上还有"罗帷"。因为中国古代的女子不能随便让别人看见，贵族妇女尤其是这样，所以她们坐的车上要有一个帘子，然后把帐幕拉得严严的才能出行。这句是说，这个女子出门时，有人把她送上七香车。那么回来呢？"宝扇迎归九华帐。""宝扇"是什么？你看皇帝上朝的时候，两边都有侍女，手里拿着羽毛做成的长长的扇子为他遮蔽着，等他坐好了，再把扇子打开。这是一种仪仗。"九华帐"就是上面装饰着美丽图案的帐子。这句是说，当她回来的时候，侍女就会拿着美丽的羽扇，把她迎回卧室的帐幕之中。这句的"九华帐"与上句的"七香车"相对，是说她无论出门还是回家，都是如此气派，如此讲究。

接着说她的丈夫是怎样的一个人。"狂夫富贵在青春"，她狂放的丈夫富贵而且年轻，所以"意气骄奢剧季伦"。"季伦"是石崇的字。石崇是晋朝有名的富翁，他常常喜欢跟人家斗富。有一次，另外一个有钱的人请石崇到他家里去，让石崇参观他家里收藏的珊瑚树。你要知道，一般人拿一小块珊瑚镶在首饰上就很贵重，而人家是有几尺高的像树一样的珊瑚！哪里想到石崇看罢说，这算什么？然后举起手杖乒乒乓乓把那些珊瑚都打碎了。接着对那人说，比你家这些珊瑚更高、更好的，我家里有无数，你可以去挑，要多少我赔多少。于是把那人带到他家里一看，果然如此。所以你看，石崇的这种骄奢就是以富贵来向人家夸耀。这句是说，那个女子的丈夫"意气骄奢"，甚至超过了当年的石季伦。"剧"是超过的意思；"意气"是指那种骄傲的神色。我们常说一个人意气用事，所谓"意气"者，是感情用事的那种气——我不在乎把你的珊瑚打碎多少，反正我有更多、更好的。这只是外表上夸张的感情用事。我以为，气，应该是人内在的精神本质，像孟子所说的"我善养吾浩然之气"（《孟子·公孙丑上》），它应该是从你的品格修养上逐渐培养起来的。接下来还是写她的丈夫："自怜碧玉亲教舞，不惜珊瑚持与人。""碧玉"指的是出身寒微的小户人家的女子，因为她美丽，所以被这个年轻的贵族看中，对她很怜爱，亲自教她唱歌跳舞。他从不吝惜把珍贵得像珊瑚一样的东西送给别人。

他们两个人过的是一种怎样的生活呢？"春窗曙灭九微火，九微片片飞花琐。"在春天的早晨，当曙光渐渐明亮起来的时候，他们就把家里所点的九微的灯火吹灭。古代没有电灯，古人都点油灯或者蜡烛的。"九微"是上边有很多华美装饰的灯，灯上有芯，如果灯芯点得久了，烧成灰，当你吹灭灯火时，就会有很多细碎的灯灰落下来，像片片的飞花一样。"戏罢曾无理曲时，妆成只是熏香坐。"天亮以后，他们就游戏，本来应该学习歌舞的，可有时候因为游戏，连整理曲子的时间都没有了。这个女子化妆完毕后，不劳动也不工作，只是把衣服熏得很香，打扮得漂漂亮亮，闲坐在那里。"城中相识尽繁华，日夜经过赵李家。"因为他们是贵族，所以城中凡与他们认识的，都是有钱人。他们每天所往来的，也都是"赵李那样的人家"。赵李用的是汉朝的典故，即赵飞燕和李婕妤，她们都是汉皇宠爱的女子，所以"赵李家"便是指贵族的皇亲国戚了。

截止到这里，都是写这个洛阳女子富贵奢华的生活，最后两句就要表现一点讽喻的意思了。这种做法并不是从王维开始的，卢照邻的那首《长安古意》，就是先写长安城中富贵人家奢华的生活，最后写一个读书人寂寞的生活："寂寂寥寥扬子居，年年岁岁一床书。独有南山桂花发，飞来飞去袭人裾。"他是把这几句与前面的内容做对比的。王维也是这样，他说："谁怜越女颜如玉，贫贱江头自浣纱。"这两句用了春秋时的一个典故。据说那时吴国与越国打仗，把越国灭亡了。后来，越王勾践想要复国，就在越国找到一个非常美丽的女子西施送给吴王。吴王得了美女，每天沉醉在歌舞享乐之中，国势逐渐衰落下去，于是越国趁机把吴国灭亡了。中国古典诗歌的用典有几种情况，有时用的是整个故事，有时只是部分的取意。王维用的是后一种，他只是取"美女"之意。他说，越地有一个女子，她的容貌非常美丽，肌肤像玉一样洁白温润，可是因为没有找到欣赏她的人，所以一直生活在贫贱之中，每天要亲自到江畔浣纱。

从《洛阳女儿行》这首诗我们可以看到两个方面，一是王维对于形式美的掌握和运用。刚才我们说，这是一首结合了律化现象的七言歌行体长诗，它每四句是一个段落，在每个段落中，都是一、二、四句押韵，第三句不押韵的；而且，上一段押平声韵，接下来一段就换成仄声韵，这样轮流使用，在声音上和谐优美。不但如此，他偶尔也用对偶的句子，如"良人玉勒乘骢马，侍女金盘鲙鲤鱼"两句，"良人"对"侍女"，"玉勒"对"金盘"，"乘"跟"鲙"都是动词，"骢马"跟"鲤鱼"都是名词，对仗十分工整，而且合乎格律诗的平仄。可见，王维在艺术形式美这方面相当敏感，他的继承、模仿能力很强。不管是用图画的颜色、音乐的声音来表现，还是用诗歌的文字来表现，他都能把那种艺术形式表现到最好、最美、最精微的程度，这使他成为多方面的天才。

另一方面，从作者的用意来看，他不免有用心安排之处。什么用心？求仕之心。你看这首诗的最后两句："谁怜越女颜如玉，贫贱江头自浣纱。"同样是美女，为什么有人遇有人不遇？也许她比西施还美，却因无人赏爱而终生处于贫贱劳苦之中。所以你看，他还很年轻的时候，对于遇与不遇、得意与不得意的问题就已经非常关注了。我以为，这种对于是非得失的计较正是王维未能免俗之处。关于这一点，我们以后还要举一些别的诗作为例证。

二

我们说《洛阳女儿行》一诗表现了王维求仕的用意，他早年也确实去干求名利了。在不到二十岁的时候，他就来到了长安，与当时的王公贵族相交往。为什么呢？前面说过，魏晋时没有公开的考试，而是用九品中正制来推荐人才；到了唐朝，虽然有了科举考试，但一个人能否考中仍然受到有名或者没名的影响。如果你有名，就容易考中，否则很可能屡试不第，于是考生在考试之前，总是先要打出个知名度来。当时流行着"行卷"的风气。什么叫"行卷"呢? 因为唐代的文字都是写在丝帛上然后卷起来的,所以有些考生事先把自己的诗文写下来,然后一卷一卷地送给当时的名公巨卿,这叫做"行卷"。当然,打出知名度的手段很多,像我们以前讲过的陈子昂,他的做法更妙。我们知道,王维出身于名门望族,要想出名相对容易些;而陈子昂是四川人,你读李白的《蜀道难》就知道蜀地向来是与外界交通十分不便的地方。而且,陈子昂是四川射洪一个土财主家的子弟,十八九岁才用功读书,你从四川经过千山万水来到长安,谁认识你陈子昂呢? 可是,陈子昂这个人非常聪明。来到长安后,他在大街上闲逛,看见有人卖一张古琴,价值千金,大家都在那里观望,却没人买得起。他家里不是有钱吗? 所以他当场把琴买了,并且对大家说,我特别懂得音乐,知道这是一张好琴,明天某个时间我会到这里来表演。于是这件事很快传开了,第二天果然去了一大群听琴的人。陈子昂拿着琴对众人说,这不过是小小的才艺,有什么了不起? 我本来有更大的理想、更高的才智。接着他拿出自己的文章分送给大家。就这样,一日之间,他在长安城便声名显赫了。

那么王维是怎么样打出知名度的? 你看他有这么多本钱:工书、善画、能诗、能文,又懂得音乐,而且在进京考进士之前,就已经在乡试中考取第一名的解元了。所以他来到长安以后,就与王子公主们交往,人家都很欣赏他。据说有一次,岐王叫王维扮成一个音乐家的样子,把他带到公主府中,演奏了一支叫做"郁轮袍"的曲子。他演奏得很动听,演奏完毕,他又拿出自己的诗文来。公主觉得这个年轻人真是博学多才，就极力推荐他，于是王维高中进士。那是开元九年（721），他当时不过只有二十岁。

当然，这段故事只是出自野史传闻，不一定可信。不过，王维虽未必与公主有什么交往，但他确实与王子们有往来，有一首诗可以为证。当时有一个宁王，自以为是王子，便仗势欺人，胡作非为。他看见一个饼师的妻子长得漂亮，就把她带回了王府。带回去就算了，可过了一段时间后，他竟然把那个饼师召来，让他们夫妻再见一面。更过分的是，他还召集了很多宾朋参加这个聚会，并且叫大家作诗来歌咏这件事情。天下竟有这样无法无天的人，一朝权在手，不知道会做出些什么事情。当时王维就写了一首诗。你要知道中国诗的妙用，就是你不必直说，因为中国历史这么长久，而日光之下本无新事，好事坏事古典上都有。王维这首诗的题目是"息夫人"，他用了春秋时的一个典故。息夫人是古代息国国君的夫人，长得非常美丽。楚国是当时强大的霸主，当楚王得知息夫人的美丽以后，就把息国灭了，把息夫人带入自己宫中。后来，息夫人都已生了两个儿子了，却始终不讲一句话。有一次楚王逼问她，息夫人说，我以一个妇人，不得已而依从于你，还有什么脸面再讲话呢？历史上有这么一段故事，而这恰好跟那个饼师妻子的遭遇相合，所以王维写了这样一首诗：

莫以今时宠，能忘旧日恩。

看花满眼泪，不共楚王言。

这首诗写得真是好！当时你能说什么？宁王当然不对，可是你如果批评他，骂他一顿，就把他得罪了。王维很聪明，他说，我没有否定你，你现在对她很好，她可能对你也有感情，可是这个女子不能够因为你现在对她的宠爱，就能够忘记旧日的那一份感情。当她跟你赏花的时候，也是良辰美景，现在的主人对她不错。但她满眼都是泪水，什么话也不说，因为她毕竟难以忘怀过去。这首诗写得真是委婉，你从中可以看到王维在抒情方面的艺术化。像那首非常有名的《相思》，也是如此：

> 红豆生南国，春来发几枝？
> 劝君多采撷，此物最相思。

相思本来是指男女之间的爱情，可是有一种植物叫相思树，可以结出红心一样的相思豆，于是相思豆就成为爱情的象征。他说，红豆是在南方生长的。在中国诗歌里边，凡是说到"南"，常常有一种热情浪漫的色彩，这是它的文字品质给人的联想。作者先说红豆，又说南国，这些词语所传达出来的都是热情浪漫的爱情。当春天来的时候，红豆就生长了，这是写爱情的萌发。我们说过李商隐的两句诗："飒飒东风细雨来，芙蓉塘外有轻雷。"（《无题》之二）春天不仅是草木萌生的季节，也是爱情萌生的季节。接着，"劝君多采撷，此物最相思"。我劝你在你的人生中应该尽量投注爱情、生发爱情，在爱情方面有所完成。我劝你多多地采集红豆。为什么？因为它最能代表相思。这首诗从红豆写起，写到爱情的萌生以及对爱情的珍重爱惜，写得委婉动人，所以到今天一直传诵于众口之中。

通过这两首写感情的小诗，我们可以发现王维是很善于言情的。将来我们还要讲他写景的诗，在艺术表达方面就更有特色了。王维确实是把各方面的诗都写得很好。我们从开始的小家如杜审言、宋之问等人讲起，到名家的孟浩然，再到大家的李白和杜甫，而王维是从名家到大家之间的一个人。

前面我们说，王维的母亲信佛，所以王维受母亲的影响也信佛，但年轻人有年轻人的理想志意，所以他早年还是去积极求仕了。到长安以后，他以高超的才艺与王孙公子交往，而声名显赫，二十岁就考中了进士。因为他有音乐的天才，所以做了太乐丞。太乐丞是掌管皇家音乐的官职。本来他可以一帆风顺地做高官做下去的，可中间经过了一段挫折，因为他排演了一个黄狮舞的表演。中国的舞狮由来已久，但黄狮舞是不可以随便舞给任何人看的。在古代社会，等级划分得很严格，不单是舞狮子，就是人，你穿什么样的衣服，上边有什么样的花纹，也是不可以随便乱穿的。所以，黄狮只能舞给皇帝看，而王维私自舞了黄狮，因此就获罪被贬到济州，这是他第一次受到挫折。可是，年轻人总是想再追求的。恰好那时的宰相是张九龄，而张九龄是玄宗朝一个非常有作为的宰相，于是王维给他写了很多书信，希望得到援引。张九龄当然也很欣赏王维，不久，在张九龄的帮助下，王维回朝做了右拾遗。后来，张九龄在与李林甫的政治斗争中失败，被贬到荆州，这对王维来说也是一个打击。在给张九龄的诗中，王维对他表示了同情，但王维并没有随他一齐隐退。人家李太白做官做到翰林待诏，玄宗对他那么欣赏，可他还是说"安能摧眉折腰事权贵"（《梦游天姥吟留别》），后来他辞官不做了——既然不能实践我的理想，我为什么要这样苟且地生活下去？陶渊明也说自己"质性自然，非矫厉所得，饥冻虽切，违己交病"（《归去来兮辞》），我宁可在家忍受贫苦饥寒，也不愿与那些官僚委曲求全地应酬，所以马上就"归去来兮"，回家躬耕去了。王维不然，他对于自己不喜欢的，甚至是厌恶的东西不能够采取一种决裂的态度，他始终不能放下他的官位。我认为，这种个性的软弱才是他最大的缺点。从前有一些学者，只是从出身方面来批判王维，认为他过着贵族奢华的生活，如何如何可耻之类的，其实这种批评实在是受了"文革"唯出身论的影响，把问题简单化了。你看陶渊明的出身，他的先世还封过长沙公呢，可他不还是躬耕了吗？所以，不是说什么出身就注定了什么人，是你自己的个性如何，这才是起决定作用的因素。王维因为个性的软弱不能毅然决然地隐退，他始终是亦官亦隐的。他是张九龄所推荐的，当张九龄被贬以后，他一样给李林甫写诗，与他应酬周旋。我常常说，一个人不是别人说你好你就真的好，说你坏你就真的坏，最大的缺点不是别人能加在你身上的，而是你自己用你的作品留下来的缺点，这才是永远不能洗刷掉的。

王维做了右拾遗后，中间一度出使到塞上，但他不是真正带兵打仗，而是奉朝廷的使命，去前线慰劳将士们。"劳"字有两个读音，如果说劳动、劳苦，我们读láo；如果说别人劳动，叫你去感谢、安慰他们的辛苦，这就念lào，人家已经劳（láo）了，你怎么能不劳（lào）呢？王维本是一个感受很敏锐的人，当他来到塞上，看到大漠的风光，于是写了一首《使至塞上》。下面我们把这首诗看一下：

单车欲问边，属国过居延。

征蓬出汉塞，归雁入胡天。

大漠孤烟直，长河落日圆。

萧关逢候骑，都护在燕然。

"单车欲问边"，因为他不是将军或元帅，所以没有大队兵马相随，他只是一个使者，只有"单车"——一辆车。"属国过居延"，"属国"是什么？书上说："凡言属国者，存其国号而属汉朝，故曰属国。"（《汉书》颜师古注）也就是说，这类属国依附于中国，却可以保留自己的国号。"居延"是唐朝的一个属国。这两句是说，他乘坐着一辆车去边疆慰问，经过了边塞上很多依附于唐的外族小国。

"征蓬出汉塞，归雁入胡天。"这联的上一句有两层意思：一是写现实的景物。所谓"征蓬"者，是说有一种草叫蓬草，头长得很大，茎却很细，到了秋天风一吹，随风飘转，满地乱滚，可以飘到很远的地方。所以这一句是说，我在塞外看到很多蓬草随风翻滚，离开了我们中原地带，来到汉的边塞。"汉"，代表的是中国；第二层意思是暗示作者的出塞。他说，我就像蓬草一样离开中原来到塞外了。"归雁入胡天"，"胡天"指北方的天空。杜甫描写过胡天，他说："陇草萧萧白，洮云片片黄。"（《寄彭州高三十五使君适虢州岑二十七长史参三十韵》）你看山坡上的草，到了秋天一片枯干的白色；洮河上每一片云彩都是黄色的。"洮河"是中国北方的一条河流，因为塞外都是黄沙，风卷沙飞，连云都被染成黄色了。这一句说，秋冬之际，北雁南飞，消逝在胡天的黄云之中。

接着一联是千古名句："大漠孤烟直，长河落日圆。"《红楼梦》中有这么一段故事，说香菱跟黛玉学诗。黛玉说，你如果要学作五言律诗，应该把王维的五律多看几首，好好琢磨它的滋味。过了几天，香菱来找黛玉，她说，我一看"大漠孤烟直，长河落日圆"两句，马上就想起有一次我所见到的景物就是如此。像"圆"字，乍看觉得很笨，太阳当然是圆的，它还能像月牙一样变成方的不成？还有"直"也是这样，表面上看起来都是很简单的字，可你想不出更好的字来替代它。据说莫泊桑跟福楼拜学写小说的时候，福楼拜曾经给莫泊桑写过一封信。信中说，你要描写一个人、一个物或一件事，不必用一大堆的形容词，只要能够找到最恰当、最正确的一个字就可以了，这就是法国文学理论史上有名的"一语说"。于是，莫泊桑受到启发，把从前写的很多东西都烧掉了。所以你看，莫泊桑的短篇小说写得那么精练，那么能够掌握重点。就是说，你要能够用最精致、最恰当的字掌握景物的特征，把景物鲜活地展现在读者眼前。这一联写的是塞外风光，你如果不来到塞外，哪能看到这么广远的景色！沙漠上的烟，不管是烽烟还是炊烟，如果是在静定的空气之中，它就一缕缕直直地向上升；河水从天边流过来，一轮红日显得那么大、那么圆。王维真是有艺术家的眼光，他不仅掌握了景物的特征，而且这么真切地表达出来了。

最后两句："萧关逢候骑，都护在燕然。"什么是"候骑"呢？古代军队里有斥候，就是那些站岗放哨、侦察敌情的士兵；"都护"指当时边疆重镇都护府的长官，他可以统领很多属国；"燕然"指燕然山，据《后汉书》记载，大将军窦宪曾与匈奴北单于在稽落山打仗，大破匈奴，于是他登上燕然山，"刻石勒功而还"。王维用这个典故是为了赞美镇守边塞的将军，赞美他的武业功绩。像这种写法，我以为，也属于王维的未能免俗之处，因为这既不是真感受，也没有真感情。我们曾讲过王勃的《送杜少府之任蜀州》，他说"与君离别意，同是宦游人"，这里边有一种朋友间的真感情，而现在王维与这个镇守边塞的将军并没有什么感情，也许他们都从来没有见过面，王维只是觉得，我到塞上来，就应该歌颂歌颂他。所以我觉得，尽管王维具有艺术家的手眼，既能感受又能表达，但总有些未免俗情之处。不过，这似乎也不能完全算他的缺点，你说什么才叫不俗的情？人世之间，你只要有感情，是否就是俗情？杜甫说"致君尧舜上，再使风俗淳"（《奉赠韦左丞丈二十二韵》），我要使国君成为尧舜之上的国君，使民风再度淳朴起来；还说"穷年忧黎元，叹息肠内热"（《自京赴奉先县咏怀五百字》），看到老百姓过着艰难困苦的生活，我不禁忧从中来，叹息不已。这是不是俗情？当然不是。常人的感情未必都是俗情，只要你的感情果然真诚深挚，那就不算是世俗的感情，你尽可以写出来的。李商隐说："身无彩凤双飞翼，心有灵犀一点通。"（《无题》之一）他说，有一个人与我相爱，但受社会伦理道德的约束，我们不能像凤凰一样比翼双飞，真正生活在一起。尽管如此，我们的心灵是相通的。人与人的心灵是否相通，你一定可以感觉得到：有的人天天与你在一起，但你们没有一点相通之处；有的人也许离得很远，彼此的心灵却息息相通。古人说"相视而笑，莫逆于心"，说的正是这样的知己境界。你看李商隐这两句诗，也许人家以为这甚至连伦理道德都不符合，但这种感情真挚而且深厚，决不是世俗的感情。再比如杜甫怀念他的弟弟、妻子的诗，写的虽只是人之常情，但也不能算是俗情。俗情之所以为俗，是因为它缺乏诚挚深厚的品质。世俗是什么？是虚伪的礼法，是对利害得失的计较衡量。不用说诗文俗不俗，你看有的人，也许他长得并不美丽，穿着也不讲究，但他有他的一份本色；而有的人长得很美丽，穿着也讲究，却失去了真诚的自我。人，从外表上看起来都差不多，但关键还要看你的本质如何。感情也是如此，常人都有常人的感情，只要你果然真诚，什么感情都不算俗；如果你内心有虚伪的计较，无论你说得多么冠冕堂皇，也免不了一个俗字。王维这个人就很奇怪，他一方面有这么好的艺术家的手眼，另一方面却也免不了世俗的衡量计较。这就是王维，他的好处在这里，遗憾也在这里。我们刚刚讲过的这首诗如此，下面这首《送梓州李使君》同样如此。

万壑树参天，千山响杜鹃。

山中一夜雨，树杪百重泉。

汉女输橦布，巴人讼芋田。

文翁翻教授，不敢倚先贤。

我们先看题目，梓州在今天的四川三台；"使君"是唐朝对于州刺史的尊称。王维是送一个姓李的人到梓州去做刺史。我们以前讲王勃时曾经说过，凡是作应酬的诗，一定要写得贴切。比如送人，你首先要把这个人所去之地的特色写出来。

"万壑树参天，千山响杜鹃"，这两句是想象梓州的景物。李白说"蜀道之难，难于上青天"（《蜀道难》），白居易也说"蜀江水碧蜀山青"（《长恨歌》），蜀地的特色，第一个就是多山，而且因为气候温暖湿润，草木特别茂盛。中国北方的山与南方的山不同。我到过泰山，那里树很少，到处可见光秃秃的山石；我也到过峨眉山，满山都是葱郁的树木，所以是"万壑树参天"。"壑"就是山谷，有峰才会有壑，而这里是千岩万壑，这也是与北方的山不同之处。你去爬泰山，可以从山脚一条道爬到山顶，然后从山顶爬下来；如果去峨眉山则不然，你翻过一个山头又是一个山头，它是层层叠叠的。他说，在万壑千岩之中，有参天的树木。这是想象中眼之所见的景物。那么耳之所闻呢？"千山响杜鹃。""杜鹃"是鸟名，这种鸟在四川特别多。相传古代蜀国有一个国君叫望帝，当时发生了水灾，望帝让宰相开明去治水，然后与开明的妻子私通，等到开明完成任务回来以后，望帝惭愧不已，就让位给开明了。望帝死后，魂魄化为杜鹃，每到春天的时候，整日在林中悲啼："不如归去，不如归去。"它说我这一辈子有很多遗憾，我想重新活一遍，但怎么可能呢？它就这样一直叫到嘴角流血，有人说红色的杜鹃花就是杜鹃鸟的血染成的。这是有关杜鹃鸟的一段故事。很多人喜欢用这个典故，有人把重点放在望帝的憾恨之上，放在他"不如归去"的对于往事的怀念之上，可是王维这首诗没有憾恨的意思，他只是点明了蜀地的特色而已。一、二两句中，"万壑"与"千山"是一个对比，"万"和"千"都表示很多的数量，首先给你造成了一种气势。下边两句同样是这样："山中一夜雨，树杪百重泉。"他说，深山里下了一夜雨，第二天早晨一看，树梢上都是大大小小的瀑布。瀑布怎么可能从树梢上流下来？这一句只是极言山之高——你看山上的泉水，好像是从树梢上流下来的。上一联是"万"和"千"对比，两个都是多的；这一联是"一"与"百"对比，一少一多，以少来陪衬多，只需一场雨，泉水就已百重之多了。这四句写得真是有艺术家的手眼，因为他真正掌握了蜀地的特色。

前四句是想象中梓州的景物，后边就要写梓州的风土人情了。"汉女输橦布，巴人讼芋田。""汉"指的是嘉陵江；"橦"是一种树，它的花可以织成布。他说，嘉陵江附近的女子用橦花织布，织完以后要"输"——向国家纳税。"巴人"指四川的老百姓，他们常常"讼"，"讼"就是诉讼，打官司。为什么打官司？为了"芋田"。在种芋头的时候，什么某人多占些田地某人少占些田地啦，人们往往因为这些事情引起争端，这是当地的风俗。最后王维赞美那位李使君说："文翁翻教授，不敢倚先贤。""文翁"是汉景帝时蜀郡的太守，他到四川以后，看到那里的地方文化不高，读书人太少，就派蜀人到首都长安去学习，又在当地创办学校，培养人才，使文化大为发达。其实，要想使一个地方有好的政治，教育一定是根本。有好的教育才会有好的法治，人们懂得遵守礼法，才能长治久安。如果你既不重视教育，也不重视法治，那么社会永远不能走上一个有秩序的轨道。王维说那个李使君，你要像当年的文翁那样教化梓州的百姓，使那里的面貌焕然一新，而不能够只倚仗先贤已经取得的成就，懈怠下来。

这几句讲起来没有什么意思，因为这不是他心里要说的话。他只是觉得应该说，他就说了。说完也就没意思了，前面四句写景却写得那么好，所以这首诗也是他艺术家的手眼与俗情相结合的一个例子。

三

当然，王维是一个比较全面的诗人，他的诗歌也有多方面的成就。从体式方面而言，像古体、近体、楚歌体、五言、七言，甚至于六言，各种体式他都写过；就内容方面而言，他早年与贵族们交往，写了像《洛阳女儿行》、《西施咏》那样的宫廷派诗歌；此外，像边塞诗、山水诗以及一些抒情小诗，他写得都很不错。他之所以有这样多方面的成就，与他的才能禀赋有关。每个人所禀赋的天才都是不同的，例如李白，毫无疑问是最富于开创的天才，他当然也有继承模仿，可是他的开创胜过了他的继承。他的特色是"不羁"，他不能够被成规习俗所束缚，而是任凭个性的自由发展，所以他在各种体裁中，唯有七律写得不太好，因为七律所受的限制最多。我曾经做过这样一个比喻：同是一个笼子，一只小鸟可以在笼中飞来飞去，如果把一只老鹰放在里边，它连动都不能动了，李白正是这样。杜甫是兼擅众体的人。在杜甫之前，多种体裁写得都有相当的可观性的，就要数王维了。如果说王维也有特殊的天才，那么我认为他的才能就在于敏锐的观察和感受。他有很精微的辨识能力，这使他成为一个很好的画家；同时，也使他成为一个有特色的诗人。当他接触到一种艺术形式以后，很容易就掌握了，所以他特别善于模仿和继承。但是，对于古人已有的成就，就算你模仿、继承得再好，也只能是跟别人一样；你要在对传统的继承中有自己的独创，这才是关键所在。

我本来是把王维的生平与他的诗歌结合起来讲的，已经讲了他的几首诗，可是他的生平还没有介绍完。像以前讲过的《洛阳女儿行》，我说过，那是王维继承、模仿得很不错的作品。现在提到独创，我们还要再介绍几首其他的诗。

先看《山居秋暝》。"山居"就是在深山中居住；"暝"就是日暮黄昏的意思，它有两个读音：一是读平声míng，一是读仄声mìng，在这个题目中，我把它读成mìng。因为在中国古典文学中，凡四个字连用时，如果第二个字读平声，第四个字一定是读仄声才好听。以这个题目为例，"暝"字若念成míng，那么这四个字就都是平声了。那样就与中国古典文学声律方面之特点不相合了。现在来看这首诗：

空山新雨后，天气晚来秋。

明月松间照，清泉石上流。

竹喧归浣女，莲动下渔舟。

随意春芳歇，王孙自可留。

"空山新雨后，天气晚来秋。""空山"不是说山完全空了，而是极言其寂静的意思。因为山中人烟稀少，没有车马喧哗，自然显得格外寂静。山里的气温本来就比外边低，而且是傍晚下过一场雨之后，真让人感觉到有些秋天的意思了。

"明月松间照，清泉石上流。"天黑了，月亮慢慢升起，月光从松树的枝叶间照下来。黑夜里你的眼睛看不太清楚时，你的听觉会变得更加灵敏，于是听见山石上水流动的声音，比白天更清楚了。

"竹喧归浣女，莲动下渔舟。"我听到竹林外一片喧哗，知道是洗衣服的女孩子们回来了；我远远看到莲叶一阵摇动，原来是一个打鱼的小船顺着水划下来了。这两句写得很有特色："竹喧"与"莲动"是直接的感受，"归浣女"和"下渔舟"是理智上的认识。他先把感受写出来，然后再加以说明，给人一种很新鲜的感觉。李白和杜甫都很欣赏王维，王维死后，杜甫还曾写诗说"不见高人王右丞"（《解闷》之八），因为王维确实有他的特色，而他的特色是从他作为艺术家的一种特别的禀赋而来的。

前几句都是写山中的景物，最后两句，他说："随意春芳歇，王孙自可留。"从字面上讲，"王孙"指古代帝王的子孙，与公子是一样的。《楚辞》中有一篇《招隐士》，就是招山中隐居的人回来出仕的意思，其中说："王孙游兮不归，春草生兮萋萋。"又说："王孙兮归来，山中兮不可以久留。"那个地位高贵，学问、修养都很好的人出游了，大家都盼望他回来，在他离开时经过的那条路上，每年春天都长满了青草，可他一直没有回来。王孙呀，你还是回来吧，山里的生活不可长久地流连！从前，我在讲中国诗人仕与隐的观念时，曾引过孔子的一句话："鸟兽不可与同群，吾非斯人之徒与而谁与？"（《论语·微子》）我们不能够撇开我们的同类，到山中与鸟兽同居，所以山中不是你应该久留的地方。这是"招隐士"的意思，而王维在这里是反用其意，因为《楚辞·招隐士》的原意是说，在春草生的时候招隐士回来，是让他出山的意思；可王维是说，我不愿出山，任凭你春天草生草长，秋天草枯草黄，王孙自可在山中久居。

如果说《山居秋暝》给我们一种闲适的感受，那么下边这首《观猎》则会带给我们另一种完全不同的感受了。

> 风劲角弓鸣，将军猎渭城。
> 草枯鹰眼疾，雪尽马蹄轻。
> 忽过新丰市，还归细柳营。
> 回看射雕处，千里暮云平。

"风劲角弓鸣，将军猎渭城。"秋天，风吹得很强劲，在秋风中，你听到角弓的鸣声。弓有很多种，"角弓"是用牛角做的。牛角当然比较坚韧，这样的弓在发射的时候会发出非常清脆响亮的声音。这时候，王维还没有看见将军，也不知道发生了什么事情，他只是听到风中一阵阵弓弦的响声，然后就把这种直接的感受写下来了。一般人写文章，常常先把某件事情告诉你，然后再描写，这其实是很笨的一种做法，而王维是按照他自己感觉的层次来写的。如果拍电影的话，我们先看到一片猎场，然后听到角弓的响声，紧接着一转镜头，将军就出来了。"渭城"在今天西安的西北，渭水的北边，秦朝时叫咸阳，到汉朝就改名叫渭城了。这两句写得很妙。刚才我们讲《山居秋暝》中的"竹喧归浣女，莲动下渔舟"两句，说他每句中前两个字写直感，后三个字是说明。这两句也是先写鲜明的感受，再把情事告诉你，只是这种关系不在一句之内，而在两句之间。是先听到"风劲角弓鸣"，然后才知道原来是"将军猎渭城"了。所以，他把理性的说明与感性的感受结合得非常好。不但是结构层次上安排得好，你如果单独看每一句，就会发现他的用字也相当贴切。比如第一句的"劲"与"鸣"，仅仅两个字，就把那个特色掌握住了。还不止如此，我们再看每一句中各个字之间的关系，一样结合得好，一样有特色！比如"将军猎渭城"，"将军"是人物，"渭城"是地点，"猎"是动作行为。他如果说的不是将军，而是一个普普通通的人在打猎，就缺少了将军特有的那种威武的精神。如果是将军在打猎，却不是在渭城是在苏州，这种感觉也不大对，江南水秀山明、温柔旖旎，好像不适合打猎。而渭城在中国的西北，多了一份粗犷，少了一份柔媚，整句诗读起来就协调了。如果人物还是将军，地点还是渭城，但将军不是打猎，而是做其他事情，那种威武的气势就又减少了。所以，只有"将军"——"猎"——"渭城"才最好。从艺术方面来说，王维确实有很好的成就，无论是用字方面、结构层次方面，还是字与字之间、句与句之间，他都能够使之相互彰显、相互影响，加强整首诗给人的感受。

接着两句："草枯鹰眼疾，雪尽马蹄轻。"因为是秋天，草已经枯萎了，所以地上的动物可以看得很清楚；如果是夏天，草木非常茂盛的时候，就不太容易看清楚地上的动物。古代打猎的人喜欢左手臂上架一只鹰，发现猎物以后，把鹰放开，鹰就在空中盘旋，看到猎物后马上就扑下来。"疾"是快的意思，这个字用得很好，他说鹰眼快。你怎么知道鹰的眼快呢？因为它的动作快——看到猎物后马上就扑下来了。除猎鹰以外，还有猎马呢。"雪尽马蹄轻"，秋天的雪很快就融化了，所以猎马跑起来就显得"轻"。你怎么知道马蹄是"轻"的？因为它跑得快，看起来像飞一样。当然，王维并没有直接说出鹰与马的动作，他只用了"疾"与"轻"两个字，就使我们很鲜明地感受到了。

"忽过新丰市，还归细柳营。"表面上看起来，这两句只是直接的叙述，而且他用了典故。一般说起来，在王维的五言律诗中，叙述容易落实平板，用典容易造成隔膜，像我们以前讲过的那首《送梓州李使君》，最后两句"文翁翻教授，不敢倚先贤"就是一个例证。但是，我并不是说诗歌里边就不能有叙述，不能用典故，而是要看你怎么样叙述，用什么样的典故。因为作诗没有绝对的方法，会作的人怎么样都可以写出好诗的。就像这两句，同样是叙述，同样是用典，可它其中有一种作用，有什么作用呢？你看，"忽过"是说很快地经过，经过什么地方？"新丰市。""新丰市"在陕西临潼东北，是古代产美酒的地方，所以王维还有"新丰美酒斗十千"（《少年行》之一）的名句。"忽过新丰市"是说，这个将军不但出猎了,而且可能在匆匆路过新丰市时在那里饮酒。然后怎么样?然后归来,回到"细柳营"。"细柳营"在陕西长安县,是汉朝名将周亚夫的屯军之地。作者用这个典故,是说这位将军用兵的功绩可以媲美于汉代的周亚夫。这两句分别用了两个典故,表示两个地点,不但用得很贴切,而且在"忽过"与"还归"的叙述之间,给人一种短暂匆忙的感受。既可使我们感受到将军猎罢归来的迅疾,还可以使我们想见将军意气风发的气度。

最后两句仍然值得我们注意:"回看射雕处,千里暮云平。"一般说起来,很多诗人常常犯的一个毛病就是意尽于言,结句没有余力。该说的话都说了,结尾也就没有什么意思了。不但一般诗人如此,王维自己的诗有时也会有这样的缺点。像前面提到的那首《送梓州李使君》最后两句"文翁翻教授,不敢倚先贤",就缺乏一种感发的力量,因为没话可说了,他只能用典故来补充。这样的例子还有很多,例如另一首《送邢桂州》,他送一个姓邢的人到桂州去,前边几句写得很好,最有名的两句是"日落江湖白,潮来天地青",当太阳渐渐落下去的时候,天上有很多晚霞,水边都是金光闪闪的余晖;等到太阳完全沉落了,江湖之上一片灰白的颜色。而海水是青蓝色的,当海潮涌上来的时候,好像把天地都笼罩在这一片茫茫的青色之中了。这两句有诗人的感受,有画家的眼光,把形象与颜色掌握得非常好,体现了王维的特色。但是最后两句他说:"明珠归合浦,应逐使臣星。"这里用的是一个典故。"合浦"是什么地方?据书上记载,"合浦"是一个靠近海边的地方,此地不生五谷,只产明珠。东汉时这里有一个官吏,常常逼迫人们去搜寻明珠,结果把明珠搜刮净尽。等到另一个好官来了以后，这个地方又重新出产明珠了。我们常常说"合浦珠还"，就出自这个典故。在这首诗中，王维是送他的朋友去桂州。桂州在现在的广西桂林附近，那里不产明珠，但也是靠海的，所以王维就用"合浦珠还"的典故赞美他的朋友说，你到桂州去，一定会把那里治理得很好，像当年合浦那里的好官吏一样，使明珠重新回来。什么时候回来呢？"应逐使臣星。"古人迷信，说每个人头上都有一颗星。那个使臣从陕西长安出发，到沿江的桂州，天上与他相关的那颗星星也就随着他一起到桂州去了。王维说，等你的使臣星随你到达桂州后，那里任何物产都会很好，人民也都会快乐。

所以我觉得王维的五言律诗很富于诗意和美感，但他在诗意和美感之后，会忽然间出来几句很煞风景的话。但我并不是说，他每一首五律写到最后都是失败，像这首《观猎》的结尾处就写得很好："回看射雕处，千里暮云平。"你要知道，他的题目是"观猎"，而"射雕"正是一种猎的行为，他从开头的打猎，经过新丰市的饮酒，回到他自己的细柳营，然后回头看一看刚才射雕的地方，只见一片遥远的天空，天上是日暮黄昏时的云彩，一直积压到地面上来。这首诗从一开始就使我们感受到一种强劲的力量，你可以感受到将军那种意兴与豪情，一直到最后射猎完毕，将军意兴犹存，豪情尚在，那种强劲的力量始终没有消失，所以这首《观猎》是王维写得很完整、很好的一首诗。

我们已经讲了王维的两首比较有特色的诗——《山居秋暝》和《观猎》，这一次我们再来看他的另外两首诗——《终南山》与《过香积寺》。先看《终南山》：

太乙近天都，连山到海隅。

白云回望合，青霭入看无。

分野中峰变，阴晴众壑殊。

欲投人处宿，隔水问樵夫。

"太乙近天都，连山到海隅。""太乙"是终南山的别名，"天都"就是首都。他不说"终南近天都"而说"太乙近天都"，有两个原因：一是因为声音的关系，"终南"是平平，而这首诗是仄起的五言律诗，前边两个字应该是仄仄，所以"终南"两个字声音不对；二是因为"太乙"两个字给人的感觉与"终南"不同，"太"是极的意思，我们常常说太怎么样了，就是程度已到极点了。"乙"通一，有开始、唯一的意思，"太乙"连起来给人一种很鲜明、很强烈的感受，所以"太乙"不只是声音上合于这首诗的平仄，在感觉上也比"终南"二字显得更有力量，好像是天下第一山的样子。另外，"天都"本来就是首都，他说"太乙近天都"而不说"太乙近首都"，也有两个原因：一是用"首"字不符合平仄；二是"首都"给人平凡的感觉，而"天都"则使人觉得崇高伟大。古人认为天上有天宫，所以创造出孙悟空大闹天宫的故事。这一句是说，终南山山势高峻，好像要接近天上的都城了。接着，"连山到海隅"。"连山"是说山势连绵不断，你看桂林的山都是一座一座孤立的山峰，终南山不是这样的，它的连绵一直到"海隅"。"海隅"就是海角。其实按照地理上讲，终南山根本没有连接到海，可是你在长安附近望终南山，你望不到它的尽头，你的视野不能达到很远的地方，你只是在直觉上有一种想象，以为像这样连绵不断的山，一定会直通到海边，所以说"连山到海隅"，他只是极言其广远的意思。古人常常有这样的诗，李白说："白发三千丈，缘愁似个长。"（《秋浦歌》之十五）他以夸大白发之长来比喻愁绪之多。李清照说："只恐双溪舴艋舟，载不动、许多愁。"（《武陵春》）愁本没有重量，她却说，我只担心那双溪上的小船载不动我这么多的愁绪。这也是夸大。杨万里说："接天莲叶无穷碧，映日荷花别样红。"（《晓出净慈寺送林子方》）莲叶怎么可以接天？碧绿的颜色怎么可能无穷？只要是荷塘，就一定有边界，他说"无穷"，那只是诗人在感觉上的夸大。像这样的夸大在科学上或许是不真实的，但在诗人的感觉上是真实的。王维的这两句诗同样是夸大，既把山写得这么高，又把山写得这么远，这样就在艺术上形成了一种张力、一种声势，而他用这种夸张的声势就把终南山的崇高伟大表现出来了。

首联二句当然写得不错，下边两句就更好了："白云回望合，青霭入看无。"你站在山上回望，觉得周围都是白云笼罩；你远远地看山，山上好像烟霭迷蒙的样子，可是等你真正到了那里，一切草木山石都看得很清楚，而远望时的烟霭已经不见了。他的观察真是细致，上山时给人的感受的确如此。

"分野中峰变，阴晴众壑殊。"中国古人把地上的区域配合天上二十八宿的星座，地面上的某处都可以在星空中找到某一对应的范围，天上和地下配合的分界就叫做"分野"。"分野中峰变"就是说，终南山绵延很远，在中间的最高峰那里，分野就改变了，山的这边是一个地区，属于一个星宿；山的那边是另一个地区，属于另一个星宿。"阴晴众壑殊"，因为山很高大，有很多的山峰和山谷，有的山谷是向着太阳的，那就是晴；有的山谷是背着太阳的，那就是阴，所以每个涧谷的阴、晴都不一样。

最后两句："欲投人处宿，隔水问樵夫。"他说，我想找个有人家的地方去休息，但山中人烟稀少，于是，我隔着山涧中的水，问对面的樵夫，哪里有人住的地方。这首诗同样是前面写得好，最后两句就比较弱了。

下面再看一首《过香积寺》：

不知香积寺，数里入云峰。
古木无人径，深山何处钟？
泉声咽危石，日色冷青松。
薄暮空潭曲，安禅制毒龙。

香积寺是当时长安附近一座庙的名字，他写的是香积寺，可是第一句说的却是"不知香积寺"，还没有看见香积寺在哪里，"数里入云峰"，只是从山下走了好几里的路，一直到了白云缭绕的山峰上。

"古木无人径，深山何处钟？"他说，当你在山路上走的时候，你就看到旁边都是高大而古老的树木，没有什么行人往来。在没有看到庙以前，先听到庙里的钟声在山谷间回荡，却不知道那钟声是从哪里传来的。这两句写的是山寺之高与山中的幽静。

"泉声咽危石，日色冷青松"，这两句也是名句。"咽"有两个读音：一个读yàn，是说把东西咽下去；再一个读yè，是说呜咽、哭泣的声音。在这一句中，应该读第二个音。他说，山泉的声音好像是在呜咽。为什么呜咽？因为它流过了"危石"——高高突出来的石头。接着一句"日色冷青松"，说太阳的光线显得这样寒冷。为什么寒冷？因为山上都是茂密的松树林，松树的枝叶是绿色的，日光从枝叶间射下来，无论在温度上还是在颜色上都有冷的感觉了。这两句用字用得很好，像"咽"、"冷"，都传达了他对大自然锐敏精微的体验。不但如此，这两句在结构层次的安排上也很有特色。他先把直觉的感觉告诉你，然后再把造成这种感觉的原因告诉你。不只是这两句，像我们以前讲过的《山居秋暝》中的"竹喧归浣女，莲动下渔舟"，以及《观猎》中的"风劲角弓鸣，将军猎渭城"都是这样的，这实在是王维很好的成就。

我们说诗歌重表现而不重说明，但王维常常忍不住要在诗的最后说明几句。如果是送人的，他最后两句会说一些赞美人的话，像我们之前讲过的《送邢桂州》"明珠归合浦，应逐使臣星"，以及《送梓州李使君》中的"文翁翻教授，不敢倚先贤"，都是这样。在这首诗中，他写的是一座庙，所以他在最后说"薄暮空潭曲，安禅制毒龙"。将近黄昏的时候，在潭水的旁边，和尚们就"安禅制毒龙"。"安禅"是说僧人坐禅时心神晏然入于禅定；"制毒龙"，《涅槃经》上说："但我住处，有一毒龙，其性暴急，恐相危害。"在我的住处，有一条龙，它的性情很暴躁，恐怕会造成什么危险的害人的事情。所以，"毒龙"指的是人心中那些七情六欲的杂念，"制毒龙"即制服妄念、杂念的意思。可是也有人说，这两句是借一个佛教的典故想象僧人禅修的生活，既然是"薄暮空潭曲"，可见香积寺里一定有一个水潭了。而一般人的观念总认为有潭水的地方就应该有龙，现在是"空潭"，就是说现在潭中的水已经没有了，"毒龙"已被老和尚制服了。我认为，这两句其实不用这么现实地去解释，你不用说潭里边有龙还是没有龙，他只是从潭水联想到龙，然后用"制毒龙"来象征僧人们心意的澄清安定，他们控制了自己的妄念就如同把潭中的龙制服了。表面上看起来，这个典故用得很贴切，但我觉得，王维的五言律诗，其最后两句常常是说明而不是表现，而且他的说明之中往往表现出一种是讲人我、是非等等非常世俗的意识。以这两句为例，他说的是修行、安禅，这样的事情当然是超越人间世俗的，可是他的说法却是非常人间世俗的。王维的很多首诗都有这种表现，就是显得有些落实，落实不是说真实的现实，而是说他在写现实的时候，没有真正的感受，只剩下外表的事实了。我们已经讲了他的几首诗，领略了他在艺术方面的诸多好处，也知道了他的某些缺点和遗憾之处，我们一定要很公平地看王维的诗。

前面介绍王维的生平，说他曾经出使到塞上，我们还讲了他的《使至塞上》这首诗。从塞上回来以后，唐朝的政治已经逐渐走向下坡了。本来，玄宗早期的政治是很好的，可是自从张九龄被罢免，李林甫专权以后，国势日渐衰落。王维这个人就很妙了，他早年曾经热衷于求仕，不但他作的诗流露出求仕之意，就连他交往的人也大多是一些王公贵人。但是，他毕竟在幼年受了源自母亲的佛家思想的影响，所以，当他看到国家政治日趋腐败之时，就有了隐退之心。

前面我们说，与孟浩然相比，王维是仕隐两得。一方面，他始终没有彻底地隐，即使在李林甫做宰相的时候，他仍然保持着自己的官爵，而且越升越高，以至做到了监察御史。另一方面，他虽然做着官，却一直有隐退之志。他曾经两度去山中隐居：一次是在终南山，还有一次是在蓝田的辋川。所以，他既有做官的俸禄，又有隐居的闲适，那当然是仕隐两得了。关于终南山，我们以前已经讲过，是距离首都长安不远处的一座山；辋川在陕西蓝田附近，离长安也不太远，这里本来有宋之问的别墅。我们简单地介绍过宋之问，他是武后时的一位诗人，曾谄事武后所宠爱的两个男子——张易之、张宗昌兄弟。我们说女子有以色事人者，男子也有以色事人的。据说张易之长得很俊秀，人称"荷花五郎"。宋之问用逢迎讨好的办法赢得张氏兄弟的信任，在当时很有财势，于是在辋川置了一处田庄。后来王维就把这处田庄买下来，建造了他的辋川别墅，并在其中设置了很多景点。你要知道，凡是好山好水的地方，它的景物总有一些重点。像《红楼梦》中写大观园建成以后，贾政带着贾宝玉和众清客们游览一番，然后给各个景点起上名字，说这个叫怡红院，那个叫潇湘馆，等等。王维的辋川别墅也有很多景点，他常常请他的一位朋友裴迪到这里来游山玩水。两个人以那些景点的名字为题目，吟咏酬唱，各写了二十首五言绝句的小诗，编成一本集子叫做"辋川集"。这是王维最有特色的一组诗，而且是前无古人的。我们知道，王维观察、感受的能力很强，所以他特别长于继承、模仿。但是对古人已有的某一种成就，就算你模仿得再好，也只能做到与别人一样。你要从古人已有的成就中有自己的独创，这才是最值得注意的特色。王维也写歌行体，但他的歌行不如李白；也写五言古诗，但他的五古不如杜甫。可是，这一组写山水的小诗确实是别人没有而为他所特有的一种成就。我们现在既然说他的这一类诗超过了古人，就先要对古人有一个大概的认识，看一看古人写了怎样的山水诗。

在一开始时我就说过，中国诗歌是以抒情言志为传统的，所谓"诗者，志之所之也"，"情动于中而形于言"（《毛诗序》）。那么，什么使人情动于中呢？一个是自然界的物象，一个是人事界的事象。如果再进一步分析，鸟兽草木是自然界的一种物象，山水也是自然界的一种物象，可是这两种物象又有所不同。因为鸟兽属于动物，草木属于植物，不论植物还是动物，只要是有生命的，你就可以看到它有一个从生到死的过程，你就容易与它产生一种生命的共感。所以，当你看到草木零落，就会想到美人迟暮，想到人的衰老与死亡。可是山水呢？它是无生命的，没有生命的过程，不能给人生命的共感，因此在中国早期的诗歌里边，写山水的非常少。你看《诗经》，像什么"关关雎鸠"、"桃之夭夭"、"硕鼠硕鼠"等等，这都是从自然界的现象引起人的感动的。但他所写的都是草木鸟兽，而这些草木鸟兽的物象，也只是作为人表达内心感动的一种媒介。比如《关雎》这首，他真正要写的不是雎鸠鸟，而是"窈窕淑女，君子好逑"。所以中国最早的诗歌没有单纯写山水花鸟的，尽管有些诗中写了草木鸟兽，它也是作为比兴的媒介出现的。

四

那么什么时候开始有了以写景为重点的诗呢？是在魏晋以后。刘勰在《文心雕龙》的《明诗》篇中把中国诗歌发展的历史做了一个简单的介绍，其中有一句说："宋初文咏，体有因革；庄老告退，而山水方滋。"他说，当老庄思想从诗歌中减少了，山水诗的内容就逐渐增加了。他为什么这样说呢？我们知道，东汉末年，群雄蜂起，魏、蜀、吴三足鼎立，然后是曹魏灭蜀篡汉，司马氏又篡魏平吴，建立晋朝。后来晋朝发生了内乱，中国北方就此沦陷在外族人手中；而东晋偏安南方，后来被刘宋灭掉，接下来的宋、齐、梁、陈都是非常短暂的朝代，所以这是中国历史上变乱频繁的一个时代。在这样的时代背景中，人们开始对人生有了一种反省和思索，自然滋生了一种消极的思想。这时的士大夫们也不再以儒家修身、齐家、治国、平天下作为人生的重点，而是热衷于清谈玄理，于是老庄哲学盛行起来。不仅如此，那些士大夫们一天到晚觉得这个世界太俗了，为了表示超然的态度，他们还要服食一种叫做"五石散"的药。这种药是用很多种矿石提炼出来的，据说吃了以后可以长生。可是，吃这种药还会引起身体上的反应，感到全身从里到外都发热。这时，皮肤就变得特别敏感，如果穿的衣服里边有一点不平的地方，都会使人觉得痛苦。所以你看，魏晋人物的服装常常是宽袍大袖，看起来好像挺逍遥自在的，实际上都是他们身体上的需要，非这么宽松不可。

现在我们就要讲了，那些魏晋名士们讲究养生，想要隐居、求仙，而在中国，凡提到隐士，总让人联想到神仙，因为他们隐居、修炼、求长生，就是希望能够成为神仙一样的人物。本来，老庄思想还只是单纯的哲学，并不是迷信，可是自从道家思想和古代方士们的修炼方法一结合，就产生了道教，认为你可以服食、可以长生、可以羽化而登仙。所以东晋文学家郭璞曾写过一组"游仙诗"。郭璞是什么人？你如果看一看《晋书》中郭璞的传记，就会发现都是些神话传说。我们现在还不是讲这些，而是要通过介绍时代背景，来进一步了解这样的时代产生了什么样的诗歌。

一般说来，"游仙诗"主要写山居的生活，写山水自然、道家哲学等等。因为他们吃了五石散以后不能久坐，而要去散步，这叫做"行散"。"行散"就要在山水之间徜徉，他们看到的都是大自然的山水景物，所以他们在诗歌里不再只写有生命的草木鸟兽，也开始写无生命的山水了。于是，中国诗歌里描写山水景物的成分越来越多，山水诗慢慢发展起来了，这就是刘勰为什么说"庄老告退，而山水方滋"的缘故。当然，早期的山水诗并不是单纯只写山水，而是常常与神仙宗教的信仰、与老庄的哲理结合在一起的。下面我们就举两首诗作为例证。先看郭璞的一首《游仙诗》：

京华游侠窟，山林隐遁栖。

朱门何足荣？未若托蓬莱。

临源挹清波，陵冈掇丹荑。

灵谿可潜盘，安事登云梯。

漆园有傲吏，莱氏有逸妻。

进则保龙见，退为触藩羝。

高蹈风尘外，长揖谢夷齐。

　　"京华"是指首都。"游侠"是有侠义心肠，关心世事而且干涉世事的人。游侠到京城去，往往为的是建功立业。"窟"本来是动物聚居的洞穴，这里指游侠要来住的地方。"山林"是隐居之处。"遁"是逃的意思，这里指逃走，离开尘世。"栖"，本来鸟落在树上叫栖，这里引申为栖居、休息。这两句是说，建功立业的人聚集在京城，而隐遁的人栖居在山林。这两句是对比而言的。究竟哪一个好？郭璞写的是游仙，当然要赞美隐居了，所以他说："朱门何足荣？"一般喜欢隐居的人都看不起富贵。富贵人家有什么了不起？"未若托蓬莱"，与其过富贵的生活，不如离开尘世的干扰祸患，到蓬莱仙岛上去隐居。

　　到这里为止，他讲的是隐居的好处，以下一句，他就开始写山水了。"临源挹清波，陵冈掇丹荑。灵谿可潜盘，安事登云梯。"他说，我来到溪水的源头，用手捧起澄清的水波；我登上山岗，掇拾草木刚长出来的红色嫩芽。有一条溪水汇聚了天地之间最美好的精神，充满了神灵之气，你可以在这里盘桓、徘徊，为什么还要爬上一个"云梯"呢？"云梯"在这里指什么？有人说是指"升天成仙"，我认为是不对的，我们不能这样死板地去理解。这首诗前两句把京华与山林做对比，也就是把出来做官与隐居不仕做对比，所以我认为，这个"云梯"不是上天成神仙的天梯之梯，而是代表升官的青云梯。一个人升官了，我们不是常常说他"平步青云"吗？他的意思是说，你在山林之间隐居就很好了，为什么还要去追求那升官的富贵呢？我认为只有这样理解，这首诗才完整。否则，他既然游仙，就是追求神仙，为什么又说不追求了呢？

"漆园有傲吏，莱氏有逸妻。""漆园"就是漆树园。有一种树，割了以后流出来的汁液可以炼成油漆，所以叫做漆树。中国古代的一位很有名的哲学家就曾做过管漆树的小官，那就是庄子。庄子很骄傲，有一次楚威王派人拿着厚礼去请他做宰相，却遭到了他的拒绝，他自愿放弃升官发财的机会。还有一个人叫老莱子，是周朝时的一位隐士，夫妇两个在蒙山耕种，也是楚国国王要请他出来做官，老莱子有点动摇，他的妻子却坚决反对，所以说，老莱子有一个品格超逸的妻子。

这些人为什么拒绝做官？"进则保龙见，退为触藩羝。"什么是"龙见"呢？《易经》的《乾》卦九二的爻辞说："见龙在田，利见大人。"你本是一个隐居的人，现在你"出潜离隐"，离开原来隐藏的地方，被大人物看到，于是机会来了。像王维一下子考中了解元，大家都知道了，他被王公贵族所重视，从此可以安保富贵。"触藩羝"也是《易经》中的话，《大壮》卦的爻辞说："羝羊触藩，不能退，不能遂。""羝羊"是比较勇猛善斗的公羊，当它向前冲的时候，犄角被篱笆勾住了，想进进不了，想退退不出。这是什么意思？这是一个比喻，一旦你陷在荣华富贵中以后，再想脱身归隐，就像那只被篱笆卡住的公羊一样，不容易退出来了。这两句是说，你做官就有了享受荣华富贵的机会，你前进就像龙被发现，就会有人重用你；可是有一天你倒霉了，别人惩罚你、批判你，你都没有办法，就像那犄角挂在篱笆上的羊一样进退不得了。所以为什么要做官呢？倒不如"高蹈风尘外，长揖谢夷齐"。"高蹈"是说置身于一个更高的境界；"风尘"代表污秽的世界；"夷齐"的典故我们在讲王绩时已经说过了，他们是首阳山上的两个隐士，但隐居得不彻底，当武王要伐纣的时候，这两个人就出来干涉了，所以千秋万世以后，大家都知道伯夷和叔齐。他说，如果我做一个隐士，我就要高蹈于世俗之外，向伯夷和叔齐深深一揖，说，对不起，你们做得还不够，我要比你们隐居得更彻底，做一个真正不为世人所知的隐士。

在这首《游仙诗》中，只有"临源挹清波，陵冈掇丹荑。灵谿可潜盘"几句写山水，其他都是玄理，这是早期山水诗的一种现象。我们还可以再看谢灵运的一首诗，题目是"登江中孤屿"：

江南倦历览，江北旷周旋。

怀新道转迥，寻异景不延。

乱流趋正绝，孤屿媚中川。

云日相辉映，空水共澄鲜。

表灵物莫赏，蕴真谁为传？

想象昆山姿，缅邈区中缘。

始信安期术，得尽养生年。

谢灵运出生于世家，家里很有钱，他喜欢游山玩水，几乎把永嘉的山水看遍了。这首诗写的是永嘉附近的一个小岛，他开头"江南倦历览"四句就说，江南水边的景物我都看厌了，江水北边很远的地方我也都游过了。为了寻找更新鲜的山水，我转来转去，越走越远，那些奇异的景物、不平凡的山水，我一处一处地看过去，到哪里都没有停留。

然后他说："乱流趋正绝，孤屿媚中川。"我坐着一条船，顺着那些杂乱的支流来到一个孤独的小岛上，这小岛就在河水的中间，显得那么美丽。怎么美丽呢？"云日相辉映，空水共澄鲜。"在天气晴和的日子，上面是碧蓝的天空，底下是碧绿的流水，天水交相辉映，如此澄澈，如此鲜明！

"表灵物莫赏，蕴真谁为传？""表灵"就是表现得灵异。中国人常常说美好的山水钟灵毓秀，溪水很美就叫它"灵溪"，不管它的名字是不是这样，因为它看上去像有灵异的样子。所以，河水中有河伯，深山中有山鬼——山水之间都被认为是有神灵的。"蕴真"，有人把这个"真"解释为仙人，你看道教中不是把成仙的人都叫做某某真人吗？但我认为不一定要这样讲，这个"真"不用讲成真人或仙人，真就是一种质朴纯真的美。这两句是说，小岛那么灵异，可是尘世的人不能欣赏它；山中蕴藏了这样质朴纯真的美，但谁又替它传播呢？

"想象昆山姿，缅邈区中缘。""昆山"就是昆仑山，据说是神仙居住的地方；"缅邈"就是遥远；"区中"指尘世中，尘世之中人与人之间的关系都是缘。他说，我把这个小岛想象得像昆仑山一样美，于是人世间一切悲欢爱恋的尘缘都离我远去了。

最后："始信安期术，得尽养生年。""安期"就是安期生，是古代的一位神仙。他说，现在我才相信，要学到安期生的求仙养生之术，就可以尽自己的力量活得更长久些了。

在这首诗中，"乱流趋正绝，孤屿媚中川。云日相辉映，空水共澄鲜"几句是写山水的；除此之外，都是讲玄理、讲神仙的，早期的山水诗都是如此。

我们已经讲了郭璞的一首《游仙诗》和谢灵运的一首山水诗作为例证，这两首诗虽然写得不错，但作为例证都不算是最好的。下面我再给大家讲谢灵运的另一首诗。我认为，这一首更能代表他的特色，作为早期山水诗的例证也更合适一些（《从斤竹涧越岭溪行》）：

> 猿鸣诚知曙，谷幽光未显。
> 岩下云方合，花上露犹泫。
> 逶迤傍隈隩，迢递陟陉岘。
> 过涧既厉急，登栈亦陵缅。
> 川渚屡径复，乘流玩回转。
> 蘋萍泛沉深，菰蒲冒清浅。
> 企石挹飞泉，攀林摘叶卷。
> 想见山阿人，薜萝若在眼。
> 握兰勤徒结，折麻心莫展。
> 情用赏为美，事昧竟谁辨。

观此遗物虑，一悟得所遣。

在讲魏晋六朝诗歌的时候，我曾对谢灵运做过简单的介绍。大家知道，谢灵运是一位贵族公子，性情任纵，喜欢奢华，不愿过那种谦卑委屈的生活。他在刘宋朝廷中放言高论，批评新朝，被贬为永嘉太守。因为仕宦不得意，他满腔悲愤，曾经一度学佛，也曾清谈老庄的玄理，但这一切都没有使他得到宁静。他想通过游山玩水来排遣心中的愤怨，结果还是徒劳。谢灵运与陶渊明并称为"陶谢"，但两个人的作风完全不同，谢灵运是一个不知道怎么样安排自己的人。人家陶渊明不管多么贫穷困苦，他的内心是平静的；可是谢灵运，无论游山玩水也好，学佛谈玄也好，他始终没有得到平静，所以他最后造反被杀了。你要欣赏一个人的诗，一定要知道他的关键之处在哪里。谢诗中之所以没有什么感发，就是因为他不能与山水打成一片。而陶诗呢？"山气日夕佳，飞鸟相与还。此中有真意，欲辩已忘言。"（《饮酒》之五）他说，山上的烟气在傍晚时分格外美丽，我看到很多鸟儿结成伴侣飞到那一片山林里去了，我从景物之中了解到一种宇宙人生的微妙的道理，也想让你知道，但我不知道用什么话才能说得明白。陶渊明在山水之中是有所得的，他能在山水自然中得到内心的平静，因为他心中本来就有一份平静。但谢灵运不然，山水是山水，他是他，他游山玩水一天到晚累得不得了，但他始终不能融于大自然中，不能得到真正的平静。这正是他的特色，所以他常常把对于山水的刻画与谈玄的哲理结合在一起，这首《从斤竹涧越岭溪行》就是如此。

"猿鸣诚知曙"，当我听到山里的猿猴开始叫，我就知道天已经亮了。天亮了动物就叫，你看小鸟夜里不作声，天亮时不就叽叽喳喳地叫起来了吗？"谷幽光未显"，这时的曙光还不太亮，尤其是山谷底下，当太阳刚刚升起的时候，曙光是照不进来的。"岩下云方合，花上露犹泫"，山岩底下聚拢在一起的一大片云彩还没有散开，露珠在花上依旧闪动着。他不是喜欢爬山吗？所以这么早就出来，看到了这些景物。"逶迤傍隈隩，迢递陟陉岘"，"逶迤"是弯弯曲曲的样子；"傍"是靠近；"隈隩"是山谷；"陉岘"是高山。他说，我曲曲折折地随着山谷向里走，走了很远，经过很多高山。我从这座山到那座山，经过山涧的时候，就"厉急"。什么是"厉急"？"厉"是徒步越过急流的涧水。走过去以后还要"登栈"。什么是"栈"呢？中国古人说四川有栈道，所谓"栈道"，就是用一些树枝、藤萝之类的东西绕山搭成的小道。谢灵运爬山是真的寻幽探胜，他非要爬到最艰难、最危险的地方不可，所以他说，我登上栈道，"亦陵缅"——要爬到很远很远的地方去。

不但爬山，他还要过水。"川渚屡径复"，"川"是流水；"渚"是水中的沙洲；"屡"是说不止一次。我经过一个又一个的河流和沙洲，有时也坐着船"乘流玩回转"，乘船在流水之中；或者"玩回转"，上岸欣赏河中水流回转的样子。水中有什么？"蘋萍泛沉深，菰蒲冒清浅。""蘋萍"、"菰蒲"都是水中的植物。他说，我看到很深的水面上漂浮着蘋萍等水草，很浅的水中冒出来菰蒲的叶子。

我还做了什么呢？"企石挹飞泉，攀林摘叶卷。"我爬到一块山石上，提起脚后跟来，用双手捧住飞下来的瀑布泉水；有时候爬上树去摘树上刚刚生长出来的卷着的嫩叶。当我在山中这样游览时我就想象，想象什么？"想见山阿人，薜萝若在眼。"我仿佛看见了山岩底下有一个人，身上带着很多树叶薜萝。"握兰勤徒结，折麻心莫展"，山中有很多兰花，我很殷勤地把这些兰花编结在一起，想送给一个我所爱的人，可是没有人可以送。我还折下疏麻来，心却不能够舒展，因为我找不到我所爱的人。接着他说："情用赏为美，事昧竟谁辨。"以人的感情来说，你要有所赏爱，同时也有人赏爱你，这才是世界上最美好的事情。当然，你可以赏爱一个人，也可以赏爱山水自然，可是"事昧竟谁辨"，这种道理到底谁能够分辨清楚呢？最后，"观此遗物虑，一悟得所遣"。"观此"的"此"代表前边所写的这些山水。他说，当我看到这些美好的山水时，就遗忘了尘世的事物给我带来的忧虑，于是一下子就觉悟了——我得到了一个能排遣忧虑的方法。

谢灵运这首诗也说排遣，也说觉悟，可是你就看到，他所说的排遣和觉悟都是空话，都是说明，而不是他内心真正有了一种感动、一种觉悟，这与陶渊明的"采菊东篱下，悠然见南山"（《饮酒》之五）是不一样的。我们还可以看出，谢灵运写山水只是刻画形貌，他写得非常仔细、繁富而且美丽，对仗也很工整，这种作风与王维是不同的。王维与谢灵运的山水诗的不同风格，就好像绘画中的两种不同的风格流派。你看王维的诗，所描写的景物都是平淡幽静的，而王维的画所描绘的，也都是平淡悠远的水墨山水，笔致非常空灵。那么谢灵运呢？他的风格是密丽工整，一切都展示在眼前，让你看得很清楚，而且色彩鲜明。唐朝有两种绘画的流派：一个是王维这一派，我们称之为南宗山水；另一派是李思训的北宗山水。你看李思训的画，都是涂了颜色的金碧山水，亭台楼阁密密麻麻的一大片。所以王维的诗接近于南宗平静淡远的水墨山水，而谢灵运的诗更接近于北宗密丽工整的金碧山水，这是他们最主要的不同之处。而且，我还说过，中国的诗歌从《诗经》开始就写草木鸟兽，因为它与人有一种生命的共感，能引起人的共鸣。现在你就发现了，谢灵运写山水而谈哲理，可是他诗里边的山水与哲理并不相干，他只刻画出山水的形貌，而山水之间没有感发，也没有觉悟，他的觉悟都是他自己说出来的。他说："观此遗物虑，一悟得所遣。"到底有没有排遣？没有。他最后还是因造反而被杀了。这就是谢灵运，所以他写山水已经没有生命了。那么唐朝呢？唐朝的诗人也写山水，而山水中是带着感发的，"撩乱边愁听不尽，高高秋月照长城"（王昌龄《从军行》之二）、"羌笛何须怨杨柳，春风不度玉门关"（王之涣《凉州词》之一），这些景物都是与感发相结合的，山水都是与人有关系的。

现在要接着讲王维的诗了。前面说，草木鸟兽有生命，所以跟人有共鸣；山水没有生命，但它可以给人一种感发。我们不是说诗歌要写人内心的感发生命吗？谢灵运写山水没有生命，名理也没有生命，可是就在山水与名理都没有生命的矛盾之中，反映出那种矛盾就是他的生命。王维就不同了，他写没有生命的山水，却要把山水的生命写出来。他不需要从山水过渡到人，也不需要从山水过渡到感情的感发，更不需要从山水过渡到觉悟明理，他写山水自然就是山水自然。山水自然本没有生命，人家王维写出来的山水自然本身就是生命，这才是王维最了不起的一种成就。而王维所写的这一类的诗，我要说，是他的五言绝句的小诗，特别是《辋川集》中的作品。在正式讲这些作品之前，我们再看一看五言绝句的几种类型。

按照风格的不同，五言绝句可以分为三种类型：乐府绝句、古体绝句和律体绝句。律体绝句的平仄声调与律诗相同，它有固定的格律，最基本的形式有A式和B式两种，A式平起，B式仄起，这在以前我们已经讲过了。以王维的《相思》为例：

红豆生南国，春来发几枝？
劝君多采撷，此物最相思。

它的平仄是：

—｜——｜，——｜｜—。
｜——｜｜，｜｜｜——。

按照标准格式，第一句的第一个字应该是仄声，第三句的第一个字应该是平声，但每句的第一个字和第三个字不是音节的停顿之处，平仄是可以通用的。所以，这首诗完全符合BA的格式，像这种绝句就是律体绝句。

那么什么是古体绝句呢？我们以王维《辋川集》中的一首诗为

例（《栾家濑》）：

> 飒飒秋雨中，浅浅石溜泻。
>
> 跳波自相溅，白鹭惊复下。

这首诗的韵字是"泻"和"下"，押的是"马"韵，"马"韵属于仄声韵，而近体的格律诗一定要押平声韵。再看它的平仄：

> ｜｜—｜—，｜｜｜—｜。
>
> ——｜—｜，｜｜—｜｜。

这既不符合AB式，也不符合BA式，所以无论就押韵而言，还是就平仄而言，这首诗只能是古体诗，而不可能是律体诗。

还有一种叫乐府绝句，就是借用乐府诗题、模仿乐府风格而写的五言小诗。比如李白写过一首《玉阶怨》：

> 玉阶生白露，夜久侵罗袜。
>
> 却下水晶帘，玲珑望秋月。

如果你翻开《乐府诗集》就会发现有很多首《玉阶怨》，所以李白是借用了乐府诗的题目。不但如此，《玉阶怨》本来是写什么的？是闺中女子在玉阶上的哀怨。她为什么不到高山大河去哀怨？因为古代的女子被束缚在闺中，她没有办法到外边的高山大河中去。如果她被遗弃了，也只能在庭院之中，站在闺房的台阶上表示哀怨。所以《玉阶怨》这个乐府诗题本来是写闺怨的，而李白就是以这个诗题为题目，并且模仿它的风格写了一首闺中女子哀怨的诗，这样的绝句叫做乐府绝句。我已经把绝句的三种类型介绍给大家了，下面就来看王维的绝句。

先看《栾家濑》：

颯颯秋雨中，浅浅石溜泻。

跳波自相溅，白鹭惊复下。

"濑"是水石相击之所，如果只是平静的水流或只有岩石而没有流水，都不能叫"濑"。至于它叫"栾家濑"，可能是有什么姓栾的人曾在这里住过。总之，这里是以水石相击为景物特色的。

"颯颯秋雨中"，"颯颯"是风雨之声，当秋雨颯颯而至的时候，雨水从山石间哗啦哗啦地流下来。"浅浅石溜泻"，"浅浅"是说这不是一条很深的河，只是浅浅的流水。一般说来，越是浅水，从石上流下来，水石相击的声音就越大。

下面我们接着看王维的诗。"颯颯秋雨中"，是耳之所闻；"浅浅石溜泻"，是目之所见。还不止如此，"跳波自相溅"，当水从上边的石头流到下边的石头时，水波就跳起来，所谓"自相溅"，是说这边的水珠溅到那里，那边的水珠溅到这里，两边的水珠就这么跳来跳去。这时，一只白色的鹭鸶鸟被溅动的水珠惊起，在天上飞了一圈又落下来了。这首小诗真的是妙！它写的是静态之中的一种动态，是大自然生命本身的一种活动。这里边有没有人的感发？有。但是别人一写，就有了自己的喜怒哀乐。这首诗里也有喜怒哀乐吗？没有。它是喜怒哀乐之未发。你说既然没有喜怒哀乐，那么他的心是动的还是静的，是活的还是死的？有人说，喜怒哀乐都没有，那他跟石头一样没有感情，他的心是死的。可是这首诗，妙就妙在他写出了大自然的生命动态之中的人心里的动，虽没有形成喜怒哀乐的感情，但我们确实能感到他的心是动的，而这种心动，我实在要说，在日本的俳句中也有类似的表现。像松尾芭蕉曾写过这样的俳句："青蛙跃入古池中，扑通一声！"（《古池》）"青蛙跃入古池"与你何干？你听到"扑通一声"后心中有没有喜怒哀乐？没有啊！就是大自然的生命活动引起人内心的一动，它没有喜怒哀乐，这是很微妙的一种境界。而王维的这一类小诗最能够表现出这样的境界，这是别人没有写过而为王维所特有的成就。我们看一个诗人，一定要对中国诗歌的演进有一个整体的认识，然后把他放在整个历史背景中，看他究竟占怎样的地位。我们已经介绍了在王维以前中国山水诗发展的概况：魏晋六朝人写山水诗并不是纯粹写山水，而是从山水自然过渡到哲理；唐朝人写山水往往从山水自然过渡到感情。那么王维呢？王维写山水既不需要过渡到哲理，也不需要过渡到感情，他的特色就是把本来没有生命的山水自然写出生命来。在这一点上，他既不同于谢灵运的刻画形貌，也不同于孟浩然的情景相生。如果说前面我们所讲的王维的某些五言律诗是他艺术家的手眼与俗情的结合，那么现在讲的像《辋川集》中这样的小诗，则是他艺术家的手眼与禅理的妙悟相结合了。

"妙悟说"最早是由宋朝的严羽提出来的，他在《沧浪诗话》中说："大抵禅道惟在妙悟，诗道亦在妙悟。""妙悟"就是忽然间得到一种超妙的觉悟。那么，为什么说"禅道惟在妙悟"呢？我们说佛教分成很多宗派，有的重视戒律，有的重视诵经，而禅宗主张顿悟。就是说，你不用一天到晚地诵经，也不用一天到晚地修习戒律，有时候因一个偶然的机会，一种偶然的现象，也许是一个动作，也许是一个声音，就会忽然间引起你心里边一动，于是你对于佛教的哲理就有了一种使你豁然开朗的觉悟。这种觉悟的方式最早源于释迦佛。据说有一次灵山大会上聚集了众多佛门弟子，大家都等待释迦牟尼上台说法，可是当佛来到台上以后，一个字都没有说，只是拿起一枝花来微笑。大家不懂这是什么意思，只有佛的大弟子迦叶会心地一笑，也什么都没有说，于是佛以心印心，就这样把法传给了迦叶。这就是"世尊拈花、迦叶微笑"的故事。所以，禅宗是不立文字的。不管你会背多少经文，如果你在精神感情上没有真正的觉悟，那文字只是文字、只是知识，它对你不发生任何作用。

　　后来，禅宗由达摩祖师传到中国，一代一代传下来，就传到了五祖弘忍。弘忍年纪大了，想找一个继承人。在他的众弟子中，有一个叫神秀的和尚，念了很多经书，知识非常渊博，大家都以为五祖一定会把法传给神秀。五祖叫所有的学生每人作一首偈子。所谓"偈子"，就是类似于诗的很短的几句话，僧人们往往以偈子的形式来表达自己觉悟的道理。当时神秀作了一首偈，众和尚认为作得很好，后来这首偈被一个烧火的僧人惠能听见了。惠能本来生在非常贫苦的人家，没有读过书，不认识字，靠砍柴来奉养他的母亲。有一次，他去山里砍柴，在庙门口休息时，听到里边有人在念诵《金刚经》，他只听到其中的一句话，马上就觉悟了。于是，他料理好家事，来到庙里做了一名烧火的僧人。现在，他听到神秀的偈子，就说这个写得不好。大家质问他，你连字都不认识，怎么能随便批评人家？惠能说，我念给你们听，你们帮我写下来。他果然作了一首偈，而弘忍看到这首偈后，认为这个和尚比神秀觉悟得更高，就把法传给了惠能。这是中国禅宗里一个很有名的故事，这个故事说明了什么呢？就是刚才我所说的"顿悟"——偶然的一个机缘，就使你觉悟了。

这话很难讲，就是说，你内心本来是平静的，可是忽然之间，大自然中的某个现象就引起你一时的心动。我常常说，诗歌最主要的是要有一种感发的生命，有一种生命的感动，而这种生命的数量、质量、深浅、厚薄，乃至于清浊都是因人而异的。去年暑假期间我去南开大学讲课，讲的都是很好的作者，像陶渊明、杜甫，他们的思想、人格当然是很崇高的，他们的作品也有很大的感发力量。另外，我还讲了温庭筠的词。温庭筠的词写得很精美，但词与诗性质不同。诗从《诗经》开始，就常常写一种情志，所以《诗经》表现的是作者的思想与人格。词就不同了，像温庭筠的词，他的文字、声音都很美，但是你要说它有什么真正了不起的思想感情和人格，就很难找到。所以有学生就问我说，你说诗歌要有感发的生命，像温庭筠的词有什么感发生命呢？我说，这样的词一样有感发的生命。所谓感发，就是说除非你的心已经死了，只要你心中有任何一种动，这都是一种感发。后来我给他举了一个例证，是我不太好的一首诗。那是在唐山大地震以后不久，我来到天津，当时天津的很多房子都震坏了，人们没有地方住，就临时搭起许多棚子。有拆房子的，有盖房子的，街上非常杂乱，到处尘土飞扬，所以我平时很少出去。有一次雨过天晴，我出去散步，因为不认识所走的是哪一条马路，我就问一个过路的妇女，她告诉我叫"大鼓路"，后来我继续往前走，看到路牌上写的明明是"大沽路"——因为她是天津口音，所以把"沽"说成"鼓"了。我觉得很有意思，就写了几句小诗：

狂尘微浥雨初晴，偶向长街信步行。

却误大沽成大鼓，乡音乍听未分明。

我说，飞扬的尘土被雨打湿而沉落下去，我偶然到大街上散步。因为我刚刚到这里不久，对于乡音不熟悉，所以听不太清楚，结果把大沽错听成大鼓了。你说这首诗有什么道理？我只不过是偶然听到这么一句话，觉得有趣，然后就写下来了。虽然有感发，但是很小。可是，像屈原、杜甫这些人，他们有非常伟大的思想和人格，他们的生命是深厚博大的，作品的感发力量也是深厚博大的。那么，像日本的俳句呢？"青蛙跃入古池中，扑通一声"（松尾芭蕉《古池》），这有什么感发？它只是突然间使你内心有了一种活泼真切的感动和惊醒。而我要说，这一点跟禅宗的顿悟很相似。

我曾给大家讲过"透网金鳞"的故事。两个和尚在水边散步，一个人看到有些鱼从网中跳出来，就说："俊哉，透网金鳞！"从表面上看，他是赞美他所见的一种现象，但是他从这种现象得到一种禅理上的妙悟：人，如何能从世网中解脱出来。因为在佛家看来，尘俗的世界就像一张网，不管是物质的还是感情的，你被网在里边难以解脱。而你怎么样才能不被它所网而跳出来呢？这就要靠觉悟。所以严羽说："禅道惟在妙悟。"而且他接着又说："诗道亦在妙悟。"诗，最可贵的也是你要有一种真正的精神感情上的觉悟。然后严羽举了一个例子。他说，譬如"羚羊挂角，无迹可求"。据说，羚羊在休息的时候要把犄角挂在树上，它的身体是悬空的，所以是"无迹可求"——你在地上找不到它的形迹。其实，这个譬喻与禅宗所说的"不立文字"、"直指本心"是一样的意思。你读了一首诗以后，心里有一种感觉、一种体会，而这种体会不是外表的文字所讲的内容，而是你内心当中对文字以外的一种觉悟。

我现在所讲的是中国诗歌里边很重要、很独特的一派，而严羽是用禅理来讲诗的一个比较早的文学批评家，他的"以禅喻诗"是文学批评史上一个很重要的问题。那么，"以禅喻诗"的主旨是什么呢？好，我们接着看严羽是怎么说的。他说："汉魏晋与盛唐之诗，则第一义也。"为什么汉魏晋与盛唐的诗体现了禅宗妙悟的最高一层道理？它是怎么个好法？

中国文学批评的缺点就在于它不用系统理性的分析说明，而是用一些象喻性的暗示。你乍看之下，简直不知道他在说些什么。我现在是把严羽的《沧浪诗话》比较系统地整理出来，归纳出一个要点。从表面上看起来，严羽的某些话是矛盾的，他先是说诗与禅一样贵在妙悟，而且汉魏晋、盛唐的诗是禅宗妙悟的第一义，又说汉魏的诗"不假悟"——不用你假借妙悟，就达到了最高的一层道理。既然是"第一义"，就应该有妙悟，可为什么又"不假悟"呢？这不是前后矛盾吗？好，现在我们就解释这个道理。

我个人认为，诗的好处在于能够传达一种感发的力量，这其实是我批评诗词的一个系统。我在开始时就引用《诗品序》中的话："气之动物，物之感人，故摇荡性情，形诸舞咏。"是什么使你感动而要作诗的？一个是自然界的物象，另一个是人事界的事象。可是，如果你内心只有感动，却没有写出诗来，你也不是一个诗人，你要把你内心的感动用文字表达出来，而且带着一种感发的力量，也使别人感动，这才是好诗。像"鱼跃练波抛玉尺，莺穿丝柳织金梭"（叶梦得《石林诗话》卷下），平仄协调，对仗工整，看起来很美，但其中没有诗人感发的生命，它只是一个外表。既然是感发，就要使你感动生发，从心里生出一个东西来，这才是最基本的。所以我认为，严羽所说的妙悟就是指诗歌的这种感发的生命。如果这样讲下来，我们就会发现，严羽对于中国诗歌其实有很好的辨识能力，只是他说得不太清楚而已。

下面我又要说了，既然诗歌重在感发，那么这种感发怎样传达出来？概括起来，有几种不同的情形。一种是意象结合，也就是说，你内心的感情与外在形象结合了。比如孟浩然那首《早寒江上有怀》。他说，我失去了过去隐逸的生活，而我现在的求仕也失败了，我要问一问这个世界，何处才是我的归宿。可是日暮黄昏，已是来日无多了，我的眼前只有一片茫茫的大海。在这首诗中，他把情意与景物结合起来，带着强大的感发力量，我们一读，就体会了孟浩然那一份失落、茫然与悲哀的感情。这就是严羽所说的"盛唐诸人，惟在兴趣"，它的好处就在于"兴趣"二字。什么是"兴趣"呢？我们说"兴"，就是用大自然的一些物象来传达我们的某种感动。像这首诗，从"木落雁南渡"一直写到"平海夕漫漫"，"木落雁南渡"是大自然的景物，"平海夕漫漫"也是大自然的景物，他所有的情感都在与大自然的结合中表现出来了，而且他所结合的景象都是开阔博大的，这是盛唐诗的一个最大的特色。

刚才我们说，传达感发有不同的方式，情意与大自然的形象相结合只是其中的一种，那么另一种呢？比如汉魏古诗，又是靠什么来传达感发呢？我要说，它靠的是句法的结构与叙写的口吻。比如《古诗十九首》中说："行行重行行，与君生别离。相去万馀里，各在天一涯。"我只举几句，你看他说了景物没有？他说花开花落了吗？说山水了吗？没有。他开头就没有用"兴"，而是用"赋"来说的。"赋"就是不假借别的景物而直接地叙述。他写的是离别，"行行重行行"，一个人走了，不是走走停停，而是不停地走。"与君生别离"，如果是两个相爱的人，现在一个人走了，这种分离是不断在扯开的感觉。"生别离"有两层暗示：一个是与死别对举，如果是死别，天命不可违，没有人可以战胜死亡，那我们无可奈何，只好屈服了；可是现在不是死别，而是生离。如果两个人相爱，为什么要分别？《古诗十九首》中还有一句说："同心而离居，忧伤以终老。"既然同心就应该共同生活在一起，可是偏偏却要离居，这种被扯开的张力非常强大，因为这是我们人类应该挽回而且可以挽回的事情，我们为什么不能挽回？“生别离”的第二重暗示指硬生生的分离，本来连在一起，你硬生生地把他们掰开了。所以你看，他不是从大自然的景物形象写起，透过景物传达感发，而是在他叙述的口吻之间，他的句法结构本身就已经使你感动了，所以严羽才说，汉魏之诗是“不假悟”的。

现在我们来看严羽说的到底是什么意思。我认为他是说，汉魏与盛唐的诗都能传达出一种感发的力量，都是好诗，可是二者传达感发的方式不同：盛唐之诗借助于景物；汉魏之诗借助于叙述的口吻与句法的结构。本来严羽说得一点都不错，只是他说得不很清楚，一会儿提出来一个“禅”字，一会儿又提出来一个“妙悟”，以至于使后来的评诗人产生了这样那样的误解。他们以为诗歌只有表现出一种真正的禅理妙悟才算是好诗，其实不是这样的，因为汉魏的诗哪里有禅宗的妙悟？没有。就是孟浩然的诗也没有禅宗的妙悟，他写的只是自己求仕不得的悲哀。可是后来就有人误解了严羽的本意。谁？就是清朝的王渔洋。他说：

严沧浪以禅喻诗，余深契其说。而五言尤为近之，如王、裴辋川绝句，字字入禅。他如“雨中山果落，灯下草虫鸣”，“明月松间照，清泉石上流”……妙谛微言，与世尊拈花、迦叶微笑，等无差别。通其解者，可语上乘。（《画溪西堂诗序》）

他说，严羽用禅理来比喻诗，我非常同意他的话。特别是五言诗，更能够接近禅宗的妙悟。你现在就要注意了，王渔洋所说的诗歌理论实际上已经自己给自己一个限制了。严羽所讲的是中国诗歌最基本的几种现象，包括了所有不同风格种类的诗，可是王渔洋理解错了，他把它限制在一个小的范围内，认为五言的、短小的诗才更接近于禅理的妙悟。如果真是这样，中国有那么多好诗，只要不是五言的，难道就不好了吗？所以他现在已经有了一个局限。另外，他说"如王、裴"，"王"就是王维，"裴"就是裴迪。我之前已经说过，王维与他的朋友裴迪各写了二十首五言绝句，合成了一个集子叫"辋川集"。王渔洋说，这样的小诗"字字入禅"，它里边有一种最神妙的道理。佛家把精微的道理叫"谛"，所以王渔洋说："妙谛微言，与世尊拈花、迦叶微笑，等无差别。"这种不明白地说出来的语言、这种隐微地传达的方法与"世尊拈花、迦叶微笑"没有什么分别。所谓"世尊拈花、迦叶微笑"我们已经说过了，这是禅宗最初的缘起，就是不立文字、直指本心的一种传法的方式。他说，王、裴的辋川绝句有这样一种禅理的妙悟，这是我们开始就已经说过的。何以见得确实有这种妙悟呢？有诗为证。我们再来看王维的《栾家濑》。

他说，山中下着飒飒的秋雨，浅浅的泉水从岩石上哗哗流过，于是水珠就"自相溅"。是你叫它"溅"的吗？不是。它是非常自然地、没有什么目的地溅起来。这时，在灰蒙蒙的秋空下，忽然有一只白色的鹭鸶鸟被跳动的水珠惊起，在空中盘旋了一圈，又落下来了。你看他写得真的很美，一般人写景物不是这样的，像谢灵运的"岩下云方合，花上露犹泫"、"蘋萍泛沉深，菰蒲冒清浅"，好像是一个照相机照下来的景物。但王维不是，他所写的大自然，不管是声音、颜色还是形象，一切都在动，这就很妙了。灰暗的天空下，忽然腾跃起一点白色，然后转个圈又落下来。你心里有什么感动？是欣喜还是悲哀？是快乐还是忧愁？你都说不出来。"白鹭惊复下"与你何干？但是你内心动了没有？一下子就动了。禅宗公案中说的，不是风动不是幡动，是仁者心动，正是这个道理。

下面我们再看辋川绝句中的另外几首诗。先看《鹿柴》：

> 空山不见人，但闻人语响。
> 返景入深林，复照青苔上。

"鹿柴"也是辋川别墅中的一个景点，"柴"字读zhài，与"砦"意思相同，就是我们普通说的篱笆，"鹿柴"可能是一个养鹿的地方。与之前讲的《栾家濑》一样，这首诗也是押的上声韵，韵字是"响"和"上"，"上"在这里读shǎng。上声是普通话的第三声，我们说不同的声调有不同的声音效果：平声比较平，是拖长的；入声有一个收尾，不拖长；去声是降下来的；而上声好像是沉下去再高起来，中间有一个转折的样子，这一转折就有了一种悠远的感觉。诗歌之所以能唤起人的感发，除了形象以外，就是它的声音，声音跟形象结合得好，才能算是好诗。这首《鹿柴》正是声音与形象结合得很好的一首小诗。

"空山不见人"，"空山"就是寂静无人的山。"但闻人语响"，这句话有不同的解释。中国旧时说诗的人都喜欢对每首诗的每一句话做出明白确定的解说，是一就不是二，是二就不是一，可是现代西方的诗论，有重视ambiguity的一派，认为诗歌有多种可能的解释。知道了这种理论，我们再反观中国诗歌就发现，其实中国诗歌也存在这种多义的情形。因为不论古今中外，诗歌总是一种很精练、很唯美的语言艺术，它给你的往往不是理性的说明，而是直觉的联想，所以，多义是诗歌本身就有的一种可能性。中国过去的说诗人不承认这一点，现在大家都承认了。我认为王维的这句诗有两种可能的解释：一种是现实的，山中有很多峰峦涧谷，有很多转折之处，有时候你看不见人影，却听得到人说话的声音。而且山里的回声很大，有时你听到很清晰的回声，却找不到说话的人，这是现实的；还有一种是非现实的，就是说在空山之中，你虽然看不见人，可是你仿佛听到有人讲话的声音，这只是感受、想象的真实，而不是现实的真实。

刚才我们说王维善于把没有生命的大自然写出生命来。大自然的山山水水当然是没有生命的，可是山中有这么多草木鸟兽的活动，而且流水也是长久不停地在流动，所以大自然的景物实在没有一时一刻是静止的。宋朝的范仲淹在他的《岳阳楼记》中说过这样两句话："朝晖夕阴，气象万千。"从前，我在亚洲系任教，我办公室的窗户是向着山跟海那一边的。你如果看到过山和海，就知道它的景色从早到晚、从春到秋，真的是"朝晖夕阴，气象万千"，因为不同的时刻，天上的云彩不一样，气候不一样，大气中的水分也不一样，所以每一天所呈现的景色都不相同。从这一点说来，大自然其实是有生命的。王维诗的好处，就在于他既有画家对色彩、光影的细微观察，又有音乐家对于声音的敏锐感受，所以能够把大自然本身的生命掌握住。不只是掌握大自然的活动，他也能把自己内心喜怒哀乐之未发时的活动写出来，这才是他的诗最大的特色。他说"空山不见人，但闻人语响"，这可以是写实的，山里边确实有人说话；或者不一定有人说话，但是诗人可以感受到山里边传来仿佛人语的声音。接着，"返景入深林，复照青苔上"。"返景"是落日的余晖，也就是太阳快要沉下去时反射回来的日光。他说，反射回来的日光照到深林之中；山石上长满青苔，所以那日光又照在青苔之上。这两句写的是寂静之中的一点动态，暮色之中的一点亮光，就是我刚才说的，突然间使你的内心有一种感动和警醒。这个很难说，也很难表达，但王维却把它很微妙地传达出来了。

下面我们再看一首《辛夷坞》：

> 木末芙蓉花，山中发红萼。
> 涧户寂无人，纷纷开且落。

"木末"就是树杪、树梢的意思。他说，在很高的树的枝头开着花，好像是芙蓉。一般中国人所说的芙蓉有两种：一种是木芙蓉，一种是水芙蓉。水芙蓉就是荷花；木芙蓉是种在陆地上的。这一句中的"芙蓉花"既非木芙蓉也非水芙蓉，而是辛夷花，因为这一处景点种的主要是辛夷花，所以才叫辛夷坞；因为辛夷花的颜色与芙蓉相近，所以他才说"木末芙蓉花"。有一个证明，在裴迪的《辋川集》的和诗里边也有《辛夷坞》，其中两句是："况有辛夷花，色与芙蓉乱。"他说，何况这个地方有辛夷花，它们的颜色与芙蓉花的颜色几乎不能分别，这已经说得很清楚了。那么，辛夷花是什么？辛夷是木兰花的一种，它的花瓣比较大，是紫红色的。"木末芙蓉花"这一句给你怎样的感受？你要知道，一首写景诗写得成功与否，就看你能不能用很少的字把景物的性质、特色掌握住。王维的诗你不用往下讲，就是"木末芙蓉花"这五个字，看起来虽然平常，其实是很好的。因为"木末"极言其高，而"芙蓉"花朵较大，色泽鲜明，在那么高的地方，开着那么鲜艳的花朵，它的目标很明显，不是吗？如果真的是"芙蓉花"，它开在水上，尽管花朵大，却比较矮；如果开得高，但花瓣像海棠、桃花那么小，也不会很引人注目。而现在，这么大、这么美艳的花朵居然被搬到树梢上去了，这自然给人一种非常鲜明的感受。同样写高处的花，杜甫怎么说的？"花近高楼伤客心。"杜甫与王维绝对不一样，你看他接下来就是人的感情了："万方多难此登临。"（《登楼》）整个国家都在灾难之中，多少百姓饥寒交迫、流离失所，而现在春天这么美丽，高处的花朵又开了。杜甫不是为自己伤心，是为"万方多难"而伤心。"国破山河在，城春草木深。感时花溅泪，恨别鸟惊心"（《春望》），花这么美，大自然这么美，更显出人间的悲惨！这就是杜甫，他一张口，感情就投入了。而王维呢？"木末芙蓉花"就是"木末芙蓉花"，是伤心？是快乐？他都没有说，可是不管怎么样，有一点是共同的，杜甫说"花近高楼"，所以才"伤客心"，就是说高处的花朵，它的形象和位置明显，特别引人注目。

接着王维又说了："山中发红萼。"这首诗跟前面两首有一点不同：《栾家濑》和《鹿柴》写大自然就是大自然，你无须联想到人间任何的感情，它本身就有一种自足的诗意和美感。这首《辛夷坞》是另外一种，它第一层的意思虽然没有喜怒哀乐，但是它可以引起你喜怒哀乐的联想。哪里可以引起你的联想？"山中发红萼。"刚才我说了，辛夷的花瓣鲜明而浓艳，是非常美丽的，可是它开在山中。山中怎么样？山中是寂寞的。所以这一句透露了一种寂寞的感情。何以见得？第三句就点明了他的寂寞："涧户寂无人。""涧"是山涧；"户"是两山中间凹下去的山口。他说，这片花开在山中的涧户之间，虽然这么美丽，可是没有人欣赏，就"纷纷开且落"了。"纷纷"是多的样子，辛夷花开了，过了一段时间花季过去，它们又纷纷零落了。有人看见吗？没有。它是自开自落的。

这首诗与前面的两首诗不一样，因为它透露了一点点感情：不仅有生命的寂寞之感，而且是一种生命从生长到凋零的整个过程——一个美好的生命就这样结束了。王国维有一首咏杨花的《水龙吟》，开头两句说："开时不与人看，如何一霎濛濛坠！"你看到哪棵树上开了很多杨花？没有看见过，因为杨花、柳絮只要一开，就被风吹走了，你看不到它在树上开放。它开的时候没有给一个人看见，为什么这么短的时间就濛濛坠落了？王国维把没有感情的杨花当作有感情的对象来写，他很清楚地写出了一种生命没有得到知赏的寂寞与悲哀，我们一眼就可以看出来。但王维的这首《辛夷坞》，它的第一层意思没有表现出喜怒哀乐的感情，它只是一种平静的叙述，而这种叙述可以引起读者的某种联想，这一类小诗也是王维很有特色的作品。

以上我们讲了王维辋川绝句中的三首小诗，我还要再补充一首，这首诗不在《辋川集》里边，但与那些诗有类似的境界，它的题目是"鸟鸣涧"。王维的一位叫皇甫岳的朋友在云溪有自己的山庄，王维为他的居所题了五首绝句，《鸟鸣涧》是其中的一首：

人闲桂花落，夜静春山空。

月出惊山鸟，时鸣春涧中。

第一句："人闲桂花落。"一般讲到桂花，我们总想到秋桂，柳永有一首词说："三秋桂子，十里荷花。"（《望海潮》）其实，桂花有不同的品种，除去秋桂以外，还有春桂。他说："人闲"——"桂花落"。不同的人写花落的感情也不一样。像李后主的词："林花谢了春红，太匆匆。"最后他说："自是人生长恨水长东。"（《相见欢》）再比如杜甫说："一片花飞减却春，风飘万点正愁人。"（《曲江》之一）通常情况下，一写到花落，就让人联想到春天的消逝、生命的哀伤、人生的长恨。王维这首诗也写花落，但完全不同了，"人闲桂花落"，这里边没有一点哀愁，他只是写人在闲静之中，看到花瓣一片一片地飘落，就是这样一种非常自然而美丽的景色给人的一种感动。花落就是花落，他表现得闲适而且幽静，但并不死板，它里边有一种动态。谢灵运说："蘋萍泛沉深，菰蒲冒清浅。"那只是眼前所见的景物，而"人闲桂花落"妙就妙在他没有很强烈地写出他到底是什么感情。他内心本来很平静，忽然间一阵微风吹过，也许是听到一声鸟的鸣叫，也许是看到一片花的飘落，于是心中一动，刹那间与大自然中那些活动的生命一拍即合了。接着，"夜静春山空"。半夜的时候，山里一个行人都没有，所以是"空"。后边两句："月出惊山鸟，时鸣春涧中。"就在这样寂静的深夜里，月亮出来了，很明亮的月光把山鸟惊醒，你常常可以听见它们的叫声在春天的山谷间回荡。王维所写的境界大都是非常闲适、安静的，也只有在闲适、安静的境界之中，你才能够体会到大自然中这种微妙的变化，这是很奇妙的一种境界。

五

除去这些最能代表王维特色的作品以外，王维还有一些虽不代表他的特色，但也很不错的作品，这些诗因为写出了人之常情，所以很容易使一般人感动。像我们前面提到的《九月九日忆山东兄弟》、《相思》，都属于这一类作品。另外还有一首诗，也是王维很有名的作品，题目是"送元二使安西"：

渭城朝雨浥轻尘，客舍青青柳色新。
劝君更尽一杯酒，西出阳关无故人。

唐朝诗中许多七言绝句都是可以配乐歌唱的，这首诗曾被人配上乐曲，称为"渭城曲"。"渭城"就在陕西长安附近。他说，早晨刚下过雨，雨点打湿了地面上的尘土。在一个小客栈的旁边，柳树刚刚发芽，看上去一片青青的新绿色。我劝你再喝干这一杯酒，因为你向西北走下去，出了阳关以后，就再也看不到故乡的老朋友了。"阳关"在现在甘肃敦煌的西南，是唐朝与西北少数民族之间交通往来的必经之处。这首诗写的感情很有普遍性，而且写得真切动人，所以当时凡是出塞的人读到他这首诗都会受到感动的。

王维这个人真的是有多方面的成就，我们前面讲的《洛阳女儿行》是七言古诗；《观猎》、《使至塞上》、《山居秋暝》、《送梓州李使君》、《终南山》、《过香积寺》等诗是五言律诗；而《辋川集》中都是五言绝句。一般说起来，在王维的诗作中，五言诗比七言诗写得好，绝句比长篇写得好。什么缘故呢？因为王维是以感觉取胜的诗人，而感觉都是刹那间的直觉，你不能把它扩展。因此，王维的诗在思想感情方面就缺少了一种深度和广度。

我们一直是结合王维的生平来讲他的诗歌的。大家知道，王维少年时追求仕进，中年以后既仕且隐，那时李林甫专权，对于那些忠直的大臣或杀戮，或贬逐，迫害得非常厉害，所以，唐朝的政治日益腐化。王维一则不能够坚决地和李林甫、杨国忠他们决裂，再则也不愿意依附他们，一起做贪赃枉法的事情，于是处在一种矛盾和妥协之中。后来就发生了安史之乱。安禄山是唐代的军阀，身兼河东、平卢、范阳三郡的节度使。他本来是胡人，很会讨好玄宗，据说他来长安朝见玄宗时，玄宗就问他："你为什么这么胖，有这么大的肚皮？"安禄山回答说："没有别的，只有一颗忠心。"不但讨得了玄宗的欢喜，他还讨得了杨贵妃的欢喜，被杨贵妃认作义子。认作义子不说，还有这么一段故事，说有一天后宫之中一片欢笑，为什么呢？因为贵妃认了干儿子，今天要给这个义子洗三。按照中国的风俗，小孩子生下来三天要给他洗澡，这叫做洗三，现在安禄山这么胖大的一个胡人、军阀的将领，居然也要洗三，洗完三后，还要把他像婴儿一样包裹起来抬着在宫里走来走去，以为欢笑。天底下竟有这样的事情！后来，安禄山的野心越来越大，终于发动了叛乱。天宝十四载（755）的冬天，安禄山从河北起兵，第二年，洛阳、长安相继陷落。在长安陷落前不久，玄宗看到情况危急，就出奔逃往四川，这一段历史大家都了解，我现在顺便讲一讲，因为以后还要讲到李白和杜甫，都要牵涉到这个时代背景。古代皇帝无论到哪里去都叫"幸"，去四川就是幸蜀。玄宗幸蜀离开长安城一百多里时，就到了马嵬坡。这时，三军不肯前进了，他们说，因为玄宗宠爱杨贵妃，就把杨家一门都分封了很高的爵位，她的哥哥杨国忠做了宰相，胡作非为，结果国家发生变乱，所以要诛杨国忠以谢罪于天下，于是把杨国忠杀了。杀了之后，六军将士们还是不肯前进，因为杨国忠虽然死了，但杨贵妃还在。为了消除后患，也要杀死杨贵妃。那玄宗虽贵为天子，可现在连所爱的一个妃子都不能保全了，不得已赐杨贵妃几尺白绫将她缢死，保她一个全尸。这当然是历史上有名的悲剧了。玄宗临走时，为了安抚后方，就把太子留下来抵抗敌人，后来太子在甘肃灵武自己主动继位做了皇帝，这就是唐肃宗。当然，以后还发生了很多事情，我们暂且不讲。

在玄宗匆匆离开长安时，文武百官中有少数人跟他一起走了，而大部分人并没有跟他走。等安禄山攻占长安以后，这些没走的人沦陷在贼中，王维就是其中的一个。陷贼以后，安禄山逼迫这些人给他做官，王维这时就又表现出他的矛盾和妥协了。一方面，他当然不甘心依附安禄山事奉伪朝，但他没有勇气去牺牲，只能做到消极抵抗，当时他吃了一种药，服药后"伪瘖"，就装作不能讲话了。但另一方面，他还是接受了安禄山所授予他的给事中的官职。尽管事实上他以生病为理由不去执事，但名义上毕竟是接受了伪署。

安禄山做了皇帝以后，在皇宫的凝碧池畔大宴群臣，庆祝胜利。他召集了很多乐师为他演奏，这些人不得已就演奏了，可是一时"举声泪下"。你要知道，玄宗是懂音乐的，他曾经成立了一个音乐的官署——梨园，在这里学习的人叫做梨园子弟，所以这些人对玄宗很有感情，不得已为安禄山演奏，大家都流下泪来。虽然是泪下，可还是演奏了，唯独有一个叫雷海青的琵琶师不肯演奏，把琵琶摔在地上，结果当场被杀死。当时王维被囚禁在菩提寺中，没有参加这个聚会，听到这个消息后，他非常感慨，写了一首诗（《凝碧池》）：

万户伤心生野烟，百官何日再朝天。
秋槐叶落空宫里，凝碧池头奏管弦。

他说，千门万户的人家在战乱中被叛贼焚烧杀掠，现在只剩下劫后的青烟缭绕。文武百官在敌人的控制之下，什么时候才能再朝见天子？秋天，槐树的叶子落了，皇宫之中一片凄凉的秋景，在这样的背景下，叛贼正在凝碧池头庆祝胜利，让乐工们为他们演奏音乐。这首诗还不是用笔写下来的，是裴迪到菩提寺去看他，他把这首诗念给裴迪听，裴迪就记住了。因为它反映了当时一般人的悲慨，所以就传诵出去，而且流传得很远，一直传到玄宗那里。当肃宗任用郭子仪、李光弼他们收复长安以后，玄宗与肃宗又都回来了。回来以后，按照律法，凡在沦陷区曾接受过伪署的人都要被"三等定罪"。王维虽做过伪朝的给事中，却没有被定罪：一是因为他作了那首《凝碧池》的诗，玄宗认为他对朝廷还是有一份忠爱之情的；二是因为王维的弟弟王缙没有沦陷在贼中，后来他参加了收复失地的战争，是个功臣，他替哥哥求情，所以王维就这样被赦免了。不但如此，朝廷还授予他太子中允的官职。这时他就要写一篇谢表，我们看他是怎么写的。

他说："臣闻食君之禄，死君之难。"（《谢除太子中允表》）我听说古人有这样的教训，如果你享用了君主的薪水米粮等俸禄，当君主有了灾难的时候，你就应该保护他，必要时为他而殉死。"当逆胡干纪，上皇出宫，臣进不得从行，退不能自杀。""逆胡"指的是安禄山。当安禄山干犯法纪而叛乱的时候，玄宗离开宫殿逃到成都，如果我真的对国家忠爱的话，就应该跟随皇帝一起走，但我没有走。刚才我说过了，玄宗当年走得很匆忙，而且是在半夜三更时偷偷摸摸地跑掉的，走到半路上，连他自己最爱的杨贵妃都不能保全，还能管得了其他的人？所以很多人都没有跟他走，王维也没有能够追随。可是你要知道，有人追随呀，谁？杜甫。当长安陷落的时候，杜甫和他的家人正在奉先县。听到长安陷落的消息，杜甫马上就去投奔肃宗了，他觉得这个时候，自己应该和政府在一起。杜甫从奉先跑到大后方的灵武，中途经过沦陷区的时候被叛军劫留，押到了长安。他怎么样？他不但没有接受伪朝的官职，而且从长安逃出来，经过九死一生的艰难险阻逃到了自己朝廷的所在地。所以王维说，你要真正是忠心的，皇帝没有带你去，你自己也应该逃出来追上去。即使不能追随政府到后方抗敌，退一步说，也应该自杀，可是我进不得从行，退不能自杀，现在真是追悔莫及，想起来惭愧得都要出汗了。当然，每个人的作风是不同的。总而言之，王维是陷入贼中并接受了伪署，而玄宗原谅了他。可是王维说："情虽可察，罪不容诛。"人，本来是可以原谅的，人生一死谈何易，千古艰难唯一死，生死之间不是件简单的事情。在生死攸关的时刻，你究竟怎么样，这是很难说的。

杜甫有一个好朋友叫郑虔，长安陷落时，郑虔因为年岁大，家里又有妻儿老小，他没有办法出去，只好留在长安，并接受了安禄山给他的官职。后来"三等定罪"时，郑虔被贬到台州，杜甫听到这个消息后还送给他一首诗，对他十分同情。这是很好的态度，《论语》上说"躬自厚而薄责于人"，你要用最严格的标准来要求你自己，用比较宽大的标准去要求别人。可是现在的人正好相反，是"躬自薄而厚责于人"，这当然不是孔子的道理了。王维说，虽然皇帝原谅了我，但是我确实"罪不容诛"，现在居然又让我做官！我本来是应该判罪、应该处死的人，而今只残留下来一具尸骸，可我还在靦颜苟活着，"伏谒明主，岂不自愧于心？仰厕群臣，亦复何施其面"！当我低下头去拜谒这样贤明的君主时，我心中难道没有惭愧吗？当我抬起脸来，跟别的大臣站在一起时，人家有的是跟随政府打回来的，有的是当年表示忠贞没有投降的，而我是投降的人，我又应该把我的脸往哪里放呢？你看王维，他内心相当矛盾，我们不能说他这种感情是假的，可他还是接受了肃宗的任命。一直到晚年，他依然过着半仕半隐的生活。他有一篇文章，最可以解释他既做官又隐居的心情，就是《与魏居士书》。

前面我们说过，居士是在家里修习佛法的人，王维自己不是也称为"摩诘居士"吗？可是他出来做官了。这个魏居士不肯出来做官，于是朝廷就让王维给他写了一封信，请他出来。朝廷的意思是，人家王维也是居士，人家怎么做官呢？你可以同时做官也做居士呀！王维不就是个很好的榜样吗？可这个魏居士是一位真正的隐者，他连名字都没有留下来。

好，下面我们就看一看王维在这封信中所说的道理。

他说，"古之高者曰许由"，古代有一个自以为品格清高的高士名叫许由，"闻尧让"，尧想让位给许由，但许由很清高，不肯接受，不接受就算了，他还"临水而洗其耳"。他认为尧的话玷污了他的耳朵，就跑到河边去洗耳朵。当时还有一个更清高的高士叫巢父，巢父牵着牛去河中饮水，看见许由洗耳朵，就问他为什么这样，许由说明原因，巢父说，你这一洗把水洗脏了，它会把我的牛的嘴巴弄脏，于是把牛牵走了。这种人太过分、太做作了，人的高洁与污秽不在表面上的洗耳，所以王维说："耳非驻声之地，声无染耳之迹。"说话的声音又不是一块污渍，它怎么会停留在你的耳朵里，把耳朵污染了？"恶外者垢内"，凡是你讨厌的外在，你说它污秽，那是因为你内心先有了污秽。本来佛家有这种道理，说什么"才说无，便是有"，你说不怕不怕，正是因为你有点怕；你如果根本没有想到怕，你就不用说怕还是不怕了，对不对？这个道理是不错的，所以王维说："病物者自我。"如果你以外物为病，觉得这也不对那也不对，这也不好那也不好，都是因为你心里边先有了好、坏的计较了。如果一个人有了这种心理，"此尚不能至于旷士，岂入道者之门欤"，他连做一个旷达的人都不够格，哪里是学道的入门呢？一个真正学佛的人，什么都不能使你污秽，你怎么能说这样就污秽了呢？

这样说有一半道理，按照这个意思说下去，他评价了两位古人，"降及嵇康"。许由是尧时的人，嵇康是魏晋之间的人了。他说，后来到了嵇康，"亦云顿缨狂顾，逾思长林而忆丰草"。嵇康为什么说这段话？他有一个朋友叫山涛，山涛做了官后，也推荐嵇康出来，而嵇康本来与曹魏结有婚姻，所以不肯出来给司马氏做官。他说，我就像一匹被捆绑的野马，跳来跳去总要把绳子挣断，好找一个地方逃走，这时就更加怀念原来做野马时所驰骋的那一片茂密的树林和丰茂的草地了。后边王维又说了："顿缨狂顾，岂与俛受维絷有异乎？长林丰草，岂与官署门阑有异乎？"你一心要挣脱出去，这与你低下头来接受别人的捆绑有什么分别？你一心要回到自由的长林丰草之地，这跟你坐在衙门里有什么区别？王维以为这没有什么分别，只要心里没有分别就都没有分别了。其实，这是截然不同的事情，如果反对与妥协投降都没有分别了，这岂不是黑白不分，什么事情都可以做了？不止如此，他接着说："近有陶潜。"比嵇康更晚一点，在晋、宋之间，有一个人叫陶潜，他怎么样？"不肯把板屈腰见督邮。""督邮"就是上边派下来视察的人。当时陶渊明只是一个县令，如果上边来人视察了，你该怎么做？你就拍马屁呀！你对他又鞠躬又叩首，好吃好住好招待，再给他一些礼物，他回去就会报告说你一大堆好话，你就可以安安稳稳升官发财了。可是陶渊明呢？他看到这样的小人，就不肯手拿笏板躬着腰去叩拜他，结果"解印绶弃官去"——这官我不做了。他不肯行贿赂，不肯卑躬屈节，于是回到田园去躬耕。种田并不像某些人诗中所写的那么悠闲，而且有了天灾，粮食不够了，他还要去乞食。所以陶渊明写过一首《乞食》的诗，诗中有这么一句："叩门拙言辞"——我敲人家的门，要借一点粮食，可真是不好意思，我不知道怎么样开口才好。王维说"是屡乞而多惭也"，如果你常常贫穷，总要跟人家乞食，这不是要有很多惭愧吗？"尝一见督邮，安食公田数顷。"假如当年你去见一见那个督邮，给他拍拍马屁，送点礼，你现在就可以平平安安地享用国家给你的田地，而且有数顷之多。你根本用不着亲自去种地，就会有吃不完的粮食，所以"一惭之不忍，而终身惭乎"？当初不愿做一件惭愧的事情，结果却是常常乞食，终身惭愧。

像这样的话，完全是狡辩，混淆是非！你要知道，一个人贫穷不是耻辱，穷得没有饭吃跟人乞食也不是耻辱，这虽然有时令人感到惭愧，但这与出卖自己的品格，跟那些贪赃枉法的小人同流合污，是两种完全不同的耻辱。难道王维就没有一点愧疚之处？他年轻时来到长安，曾得到张九龄的推荐，后来张九龄被李林甫排挤，被贬到荆州，尽管王维同情张九龄，但他并没有辞官；不但没有辞官，他还曾写诗赞美李林甫。可是，你如果真的说他不分忠奸善恶也不对，因为他不曾真正和李林甫合作，一齐做贪赃枉法的事情。李林甫上台后，唐朝的政治日益腐败，最后终于爆发了安史之乱。当时，杜甫为天下的安危有多少忧虑，而王维没有一首反映安史之乱的诗歌。

安史之乱平定后，肃宗封他做了太子中允，你看他写的那篇谢表，他也惭愧，也有很多的矛盾和痛苦，可是他并没有把这种感情在诗歌中表现出来。南北朝时有位诗人叫庾信，他本是梁朝人，后来被迫留在北周，而且做了很高的官，但他的很多诗赋都写出了这种终生的痛苦。当然，我不是说你一定要写你的罪恶才好，而是说，作为一个诗人，你只有写得真诚才能够动人。

我以前读魏晋之间的诗，直觉上对潘岳、张华这些人总不能够完全喜欢。有一次开会时我就说，魏晋之间是中国文学从古朴转向华丽的转折时期，太康时代本来应该写出结合了古朴与华丽这两种美感的最好的作品来，但很可惜，这个时代没有一个第一流的诗人。当时我说，那是因为他们才不够大，可是后来我仔细把魏晋之间的历史读了一遍才发现，潘岳、张华这些人的缺点还不仅是才小的问题，而是他们的品格修养不好。潘岳就曾受了一个想夺权的妃子的利用，写假信把太子逼死了。因为品格有欠缺，写出诗来，在心灵感情上就会突然有一段落空的地方，这是一件无可奈何的事情。我从很小时就读王维的诗，但总不能够有一种深厚的感动，当时我不知道为什么，后来经过反省才明白，他缺少一种很真挚的感情的力量。诗歌永远是以感发为第一义的，只有感情深厚博大的诗人，才能写出深厚博大的第一流的作品。而王维是以感受为第一的，尽管他天分很高，具有艺术家的眼光和技巧，但他始终不能够扩大、加深起来。当然，王维也不是没有感情，你看他的一些小诗也是比较善于言情的，只是他不敢真诚地面对自己。《易经》上说"修辞立其诚"，要想成为一个好的作者，不管你写什么，第一重要的是真诚，你一定要说自己的话。

（曾庆雨整理）

之 三

*

李 白

一

　　如果说世上有天才的话，那么现在就有一个真正的天才作者出现了，那就是李白。不过，天才也有不同的类型。李白这个天才是属于"不羁"类型的天才。这个"羁"字上边从"网"，下边一个"革"字，一个"马"字。"网"是网罗的网，"革"是皮带。就是说，在马的身上加以一种约束，比方说给它加上络头和缰绳，然后就可以驾驭驱使了。然而，李白的类型属于"不羁"——他就像一匹野马，是不肯受羁束的。李白第一次到长安时碰到一个人叫贺知章。此人很有名，官居太子宾客，也很有文学才能。贺知章见到李白并读了他的诗文之后就说："子谪仙人也!"什么是"谪仙人"？"谪"一般指做官的人被贬降，他说李白是从天上被贬降到人间的一个仙人。也就是说，李白本来是属于天上而不属于人间的。在中国古代的诗人中，有两个人得到过"仙人"的评价：一个是李白，一个是苏东坡。苏东坡被称为"坡仙"，他的文章、诗词、书法都非常好，古人说他有"逸怀浩气"——一种超出了尘世一般之人的辽阔高远的精神气质；说他的诗像"天风海雨"——天上那种无拘无束的风，海上那种没有边际的雨。可是倘若以李白和苏东坡相比，还是有一个分别的，我认为这个分别在于：李白是"仙而人者"，苏东坡是"人而仙者"。

什么是"仙而人者"？我们说，李白生来就属于那种不受任何约束的天才，可是他不幸落到人间，人间到处都是约束，到处都是痛苦，到处都是罪恶，就像一张大网，紧紧地把他罩在里边。他当然不甘心生活在网中，所以他的一生，包括他的诗，所表现的就是在人世网罗之中的一种腾跃的挣扎。他拼命地飞腾跳跃，可是却无法突破这个网罗。因此，他一生都处在痛苦的挣扎之中。而苏东坡呢？他本来是一个人，却带有几分"仙气"，因此他能够凭借他的"仙气"来解脱人生的痛苦。这和李白是完全不同的。

不过，说到解脱人生的痛苦，我还要说几句题外的话。我刚刚讲完了王维。王维也是一个能够自我解脱的人，因为他对佛理有一种觉悟。佛教认为，人间的一切都不是真实的，都是可以摆脱的，所以他就推衍出他自己的一个做人的道理，并且用这个道理去评论古人中的嵇康和陶渊明。嵇康在《与山巨源绝交书》中曾把自己比作野鹿，说野鹿是不能够被羁束的，如果你羁束它，它一定会"狂顾顿缨"，"逾思长林而志在丰草"。就是说，它一定要狂蹦乱跳，企图挣断绳索回到山野中去。陶渊明的事情大家也都知道，他不肯为五斗米向督邮折腰，因而辞官归隐，后来生活很贫困，曾经写过《乞食》的诗。于是，王维就指责嵇康说："顿缨狂顾，岂与俛受维絷有异乎？长林丰草，岂与官署门阑有异乎？"又指责陶渊明说:"尝一见督邮,安食公田数顷,一惭之不忍,而终身惭乎?"(《与魏居士书》)在王维看来,受约束与不受约束本来就没有什么不同,保持清白与同流合污也没有什么不同,陶渊明与其后来沦落到乞食,当初还不如向督邮折腰以保住自己的俸禄。是何言也!做人怎么能够做到黑白不分、是非混淆的地步!古人曾说过"彼君子兮,不素餐兮"(《诗经·魏风·伐檀》),你拿着国家的薪水,吃着老百姓种出的粮食,却不为国家和老百姓做事情,这难道是超脱吗?这难道是得道吗?

苏东坡的超脱就与王维完全不同,他可以对自己遇到的艰难和挫折持超然态度,但在朝时职责所在却绝不肯缄默不言。为争论变法的事,他既得罪了新党也得罪了旧党,因此被一再贬官,最后被贬到海南岛,没有房子住,不得不睡在槟榔树叶底下,那真是饥寒交迫。可是他毫不在乎,他说:"云散月明谁点缀,天容海色本澄清","九死南荒吾不恨,兹游奇绝冠平生"(《六月二十日夜渡海》)。那才是一种真正的得道和超脱!

现在我们还是回过头来说李白。李白之所以成为一个不受约束的天才,和他与众不同的成长环境也有一定关系。关于李白,有许多不同的传说,其中之一就是他的籍贯。据一些历史资料记载,李白一家曾经生活在西域的条支碎叶。在他五岁的时候,他的父亲李客带领全家迁徙入蜀,在绵州彰明县的青莲乡安家。他家在西域时本不姓李,后来他的父亲"指天枝而覆姓"。"天枝",指帝室的支派,就是说,他们和大唐帝室是同宗。而且他父亲的名字"李客"也很奇怪:"客"是客居的意思,说不清是真名还是对客居者的泛称。所以李白的家世一直是个疑问，很多人曾对此做过考证。有的人认为李白不是汉人，是西域胡人；有的人认为他家是流居西域的汉族商旅；有的人认为他的祖先是因获罪被流放到西域的，但又有人说，条支碎叶在唐朝早期并不属于中国版图，怎么能把罪人流放到国外去？那么李白自己怎么说呢？他说自己出自陇西李氏。陇西是郡望，陇西李氏是汉将李广的后代，与大唐皇室同宗。不过古人喜欢自托显赫的郡望，李白自己的说法也不一定就完全可靠。台湾还有一位学者说，李白可能是建成或元吉的后代，建成和元吉被李世民杀死之后，他们的后代就改名换姓逃到西域去了，直到神龙初年才回来。现在我们不必管这些说法哪个是真哪个是假，也不必管李白到底是汉人还是西域胡人，总而言之，我们从这里可以知道，李白幼年所受的家庭教育与一般中原家庭是不同的。一般中原家庭的小孩子先要读孔子的书，学儒家的礼法，而李白说他自己是"五岁诵六甲，十岁观百家"（《上安州裴长史书》）。"六甲"是讲道术的书，"百家"当然不止于儒家。此外他还说过，他"十五好剑术"（《与韩荆州书》）。可见李白小时候所受的教育就是一种不受拘束的教育。那么李白难道完全没有接受儒家思想？当然不是。所谓"十岁观百家"，其中自然也包括儒家的书。对儒家，李白有肯定的一面，也有否定的一面。

朱自清先生在他的《唐诗三百首指导大概》里曾说，"仕"与"隐"是唐诗作者们内心之中的一个情意结。其实，这一情意结在孔子的时代就有了。孔子有一天曾对颜回说："用之则行，舍之则藏，惟我与尔有是夫！"（《论语·述而》）一个人，平时要读书求学，培养自己的才能，一旦国家需要你，你才有可以拿出来贡献的东西。那么如果国家不需要你呢？像颜回，他怎么办？颜回他"一箪食，一瓢饮，在陋巷，人不堪其忧，回也不改其乐"（《论语·雍也》）。这其实也就是陶渊明的那种"任真"和"固穷"的境界。这种境界，现代能够理解的人越来越少了，所以现代很少有人欣赏陶诗。不过西方也并不是不讲这种境界，西方人本哲学家马斯洛（A. Maslow）所讲的"自我完成"（self-actualization），其实也就是颜回、陶渊明他们的境界。一般来说，向外的追求不一定都有成功的把握，因为那有一半的决定权掌握在别人手中。而"自我完成"的目的能不能达到，则完全掌握在你自己的手中。当然，对内对外的追求都能够成功是很好的，可是倘若对外的追求不能成功的话，你至少也要完成你自己，因为这完全可以由你自己来决定。所以"用之则行"是兼善天下，是仕；"舍之则藏"是独善其身，是隐。这两种观念在儒家思想中本来就不是对立而是互补的。唐代诗人，尤其盛唐诗人，心中都有这个"仕"与"隐"的情意结，但每个人的情况又各有不同。孟浩然仕隐两失，王维则仕隐两得。而李白呢？他是把仕和隐结合在一起去追求的。我们可以看他的诗，他说："所冀旄头灭，功成追鲁连。"（《在水军宴赠幕府诸侍御》）"旄头"是星名，这里代表叛乱的胡人。"鲁连"是鲁仲连，战国时代的高士。当时秦国包围了赵国，魏国不肯救赵，却派人劝赵国奉秦为帝。鲁仲连正好在赵国，遂挺身而出，义不帝秦，因而鼓舞了赵国的士气，秦将为之退军五十里。适逢信陵君夺晋鄙军来救赵，打退了秦军。事后，赵相平原君以千金酬谢鲁仲连，鲁仲连不肯接受，说:"所谓贵于天下之士者,为人排患释难解纷乱而无取也。即有取者,是商贾之事也。"(《史记·鲁仲连列传》)因此后世钦佩他的不慕荣利,视之为高士的榜样。李白诗中多次提到鲁仲连,在另一首诗中他还曾以鲁仲连自比,说:"终然不受赏,羞与时人同。"(《五月东鲁行答汶上翁》)他希望建立一番功业,但又认为追求名利是可耻的。所以他的理想是在建功立业之后飘然而去,不接受任何名利和禄位的奖赏。

刚才我说过,李白对儒家思想有肯定的一面和否定的一面。他否定的是什么?是那种拘守礼法的"俗儒"。他常常在诗中嘲笑儒生的迂腐,甚至说"我本楚狂人,凤歌笑孔丘"(《庐山谣寄卢侍御虚舟》),对孔子也不怎么尊敬。这是因为他本身是一个"不羁"的天才,所以不愿意遵守那些死板的礼法。可是儒家思想中有一样东西打动了他,那就是儒家用世的志意。儒家是追求不朽的,一个人怎样才能不朽呢?儒家认为"太上有立德,其次有立功,其次有立言"(《左传·襄公二十四年》)。最高一级的不朽是立德,像孔子有伟大的品德,可以成为万世师表,所以是不朽的。再次一等是建立不朽的功业,像我上次去四川参观的都江堰,是战国李冰父子修建的水利工程,直到现在人们还受其益,那也是不朽的。如果这两样都不行,再次一等还有立言,如果你有好的作品流传后世,那也可以不朽。总之,你为人在世,不能白白度过这一辈子,你要给这个世界留下你的贡献,这是儒家所追求的。李白的求仕,大致可以总结为三个原因:第一,是出于追求不朽的愿望,这显然受儒家影响;第二,他是一个天才,他不甘心使自己的生命落空;第三,在李白生活的时代，前有李林甫、杨国忠对朝政的败坏，后有安史之乱的战争，可以说是一个亟待拯救的危乱时代。所谓"才生于世，世实须才"（刘琨《答卢谌书》），他是把拯救时代危乱视为自身使命的。

在唐朝，一般人求仕必须通过科举考试。但李白是个"不羁"的天才，他求仕的方法也和常人不同。其实孔子也求仕，当初孔子是怎样求仕的？他的弟子说："夫子温、良、恭、俭、让以得之。夫子之求之也，其诸异乎人之求之欤？"（《论语·学而》）孔夫子之所以得到别人的尊敬与重视，是因为他有温厚、善良、恭敬、节俭、谦让的品德。当大家慢慢认识了他这些美好品德的时候，也就开始承认他、尊敬他了。这是孔子的方法。李白也"温良恭俭让"，让大家三十年之后才承认他？他才不那么做。他要一下子打出一个知名度来。古代的读书人一般都把自己关在书房里下帷苦读。"十年寒窗苦"嘛！然后才可以去考进士，一年考不上就再考上十年，像晚唐的韦庄，五十九岁才考中进士。李白也不屑于那样做。他认为，以他的天才，根本就不需要去考进士。那么他怎样做？他的方法是学道求仙和周游天下。李白的一切追求和理想都带有他自己的一份天才的狂想，他觉得他要取得君主的欣赏与任用那真是易如反掌，只要能得到任用，以他的天才一定马上就可以平定天下。而你要知道，在唐朝，学道和求仙真的是可以出名的。因为唐朝的皇帝尊奉老子为其始祖，唐玄宗曾下令让每一家都要备有《老子》这本书，甚至连科举考试也加入了《老子》的科目。所以道家很时兴，道士也很出名，许多宗室都出家学道。李白就是通过道士司马承祯认识了出家学道的玉真公主，另外他还认识一位很有名的道士叫做吴筠。这些人在唐玄宗面前赞扬李白，于是唐玄宗就召见了他。据说召见的时候天子"降辇步迎"，并且"以七宝床赐食，御手调羹以饭之"（李阳冰《草堂集序》），然后他就做了翰林待诏。翰林待诏就是皇帝的御用秘书，皇帝需要写什么东西随时请他去写。天子这样的赏识，对一般人来说是一种荣耀，可是李白后来就发现，这对他来说其实是一种耻辱。

为什么说是耻辱呢？因为，这个时候的唐玄宗已经不是开元初励精图治的唐玄宗了。他宠信杨贵妃，任用李林甫和杨国忠，政治已经开始败坏。他用李白，并不想向李白请教什么治国平天下的策略，只是在歌舞游乐的时候需要他写些助兴的诗文。比如，有一次沉香亭的牡丹花开了，玄宗带贵妃去赏花，说："赏名花，对妃子，焉用旧乐辞焉？"（《李太白集》）马上就把李白召来，要他写了三首《清平调》，由梨园弟子配乐演唱。还有一次玄宗在白莲池饮宴，也把李白召来写一篇序文。皇帝对待李白的这种态度，用文人的话来说就叫做"以倡优畜之"，就像是用很好的食物养活一只猫或一条狗，用来当做娱乐的玩物。这对胸怀大志的李白来说，当然是耻辱，所以他就恃酒狂放。野史记载，他当着皇帝的面伸出脚来让高力士给他脱靴子。杜甫的《饮中八仙歌》则说他曾经"天子呼来不上船，自称臣是酒中仙"。他的这些做法当然招致了很多人的不满，比如高力士就在杨贵妃面前说过他的坏话。李白自己曾写过两句诗："安能摧眉折腰事权贵，使我不得开心颜。"（《梦游天姥吟留别》）而事实上的情况是，如果你不肯摧眉折腰，那么你就无法在朝廷中立身。所以李白很快就"恳请还山",而皇帝也就"赐金放还",同意他辞官了。这就是李白第一次求仕的结果。

李白的第一次求仕失败了,天子虽然给了他富贵,可是他不能忍受那种逢迎权贵的生活,因此辞官而去。此后不久,就发生了安史之乱。李白在安史之乱期间写过很多首诗,这些诗表明,他那用世的志意并没有消退。比如他说:"抚剑夜吟啸,雄心日千里。誓欲斩鲸鲵,澄清洛阳水。"(《赠张相镐》之二)他还说:"俯视洛阳川,茫茫走胡兵。流血涂野草,豺狼尽冠缨。"(《古风》之十九)他虽已不在朝廷,却仍然怀有那种拯救时代危难的责任感——"余亦草间人,颇怀拯物情"(《读诸葛武侯传书怀赠长安崔少府叔封昆季》),"谢公终一起,相与济苍生"(《送裴十八图南归嵩山》之二)。"谢公"指谢安,字安石,淝水之战时东晋的宰相。那一战,晋军打败了前秦苻坚,取得了以少胜多的辉煌胜利,保住了东晋的江山。谢安本来隐居在东山,不肯出来做宰相,可是国家危难的局面需要他出山,大家都说:"安石不出,如苍生何!"于是谢安终于出山了。李白崇仰谢安,他的求仕也不是为了功名利禄,而是像谢安一样,为了对天下苍生的一份真正的关怀。他始终相信,只要有人能用他,他就可以平息胡兵的叛乱,恢复天下的太平。怀着这样的渴望,他做了第二次求仕的尝试。

大家知道,当安禄山的叛军打到长安时,唐玄宗逃到成都去了,他的儿子唐肃宗李亨在灵武即位做了皇帝。可是玄宗还有一个儿子永王李璘,当时以平乱为号召,也在江南起兵。永王一起兵,唐肃宗就紧张了,他命令永王收兵,到成都去见玄宗。永王不接受他的命令，擅自率军东下，有意与肃宗争夺天下。这个时候李白正在庐山隐居，永王途经浔阳时邀请李白加入他的幕府，李白欣然接受了永王的邀请，因为他以为永王是要与胡兵作战，要去收复洛阳和长安的。但实际上永王并不是一个能够成事的人，很快就被肃宗打败。李白也因此获罪，被判长流夜郎，但他还算比较幸运，正好赶上肃宗立太子，并因为旱灾而大赦天下，他刚刚走到巫山就遇赦得归。关于跟随永王的事，李白后来曾在一首诗中为自己辩解："半夜水军来，浔阳满旌旃。空名适自误，迫胁上楼船。"（《经乱离后天恩流夜郎忆旧游书怀赠江夏韦太守良宰》）他说，当时是被永王以武力胁迫加入幕府的，但事实上并不一定是这么回事，因为他在加入永王幕府之后曾给永王写了一些诗，情绪十分高昂，比如有一首说："三川北虏乱如麻，四海南奔似永嘉。但用东山谢安石，为君谈笑静胡沙。"（《永王东巡歌》之二）"三川"指洛阳，因为洛阳附近有洛水、伊水和黄河，所以叫三川。"北虏"指安禄山的叛军，当时洛阳已被叛军占领。"永嘉"是西晋怀帝的年号，当时北方大乱，中原士人纷纷逃往南方。"胡沙"代表战尘。李白还是以东晋谢安自比，他说，你只要用我为你指挥策划，我可以在谈笑之间就把胡人的战乱彻底平定下来。这真是天才的狂想，缺乏一个冷静政治家的眼光。

李白一生都在追求为世所用的机会。他第一次的遇合是玄宗请他到长安做翰林待诏，但他后来不是辞官不做了吗？这第一次的追求落空了，不过这次虽然是失败，却不失为一个光荣的失败。而他第二次的追求，即参加永王李璘的军队，又失败了。这一次就是一个耻辱的失败了，因为他为此而成了叛逆，受到了惩罚。但尽管遭受了这么大的挫折，李白的用世之心却至死未改。在他六十一岁的时候，李光弼率领大军出镇临淮，追击安史叛军的残余势力。李白还想做第三次的尝试。他写过一首题目很长的诗，叫做"闻李太尉大举秦兵百万出征东南懦夫请缨冀申一割之用半道病还留别金陵崔侍御十九韵"。"请缨"，用了西汉终军的典故；"一割"，是东汉班超的话。左思也曾说过："铅刀贵一割。"（《咏史》之一）李白的意思是，自己虽已衰老，但还是希望能够为国家建功出力。可是这一次也没有成功，他在半路上得了病，只得返回。第二年，他就病死在他的族叔、安徽当涂县令李阳冰处。关于李白的死也有不同的传说，有的人说他是因喝醉了酒，跳到水中去捞月亮而被淹死的。总之，这位绝世的天才，本身也是一个具有传奇色彩的人物。李太白临死的时候还写了一首《临终歌》，"大鹏飞兮振八裔，中天摧兮力不济"，把自己比作一只在中天摧折的大鹏鸟。其实不仅他把自己如此比喻，后来范传正给他写过一个墓碑，也曾说："天风不来，海波不起，塌翅别岛，空留大名。"（《李太白集》）说他白白有展翅高飞的天才，白白有建立功业的愿望，可是却不逢时机，虚度了一生，因而表示深深的惋惜。

杜甫曾经写过一首《赠李白》的诗，我以为，这首诗真正把握住了李白的特点，为这位不羁的天才勾画了一幅传神的小像。现在我们简单地看一下这首诗：

秋来相顾尚飘蓬，未就丹砂愧葛洪。

痛饮狂歌空度日，飞扬跋扈为谁雄。

我们欣赏一首诗，不仅要对它的文字有细微的分辨，对它内容的情意有敏锐的感受，而且一定要和中国悠久的历史文化传统结合起来。我在讲柳永词的时候曾经说过，在中国文化中有一个"悲秋"的传统。屈原《离骚》说"日月忽其不淹兮，春与秋其代序。惟草木之零落兮，恐美人之迟暮"，陈子昂《感遇》说"迟迟白日晚，袅袅秋风生。岁华尽摇落，芳意竟何成"，都是在秋天草木摇落的时候感受到生命落空无成的悲哀。杜甫与李白相识于天宝三载（744），那正是李白自翰林放归之时。天子已经欣赏了李白，给了他玉堂金马的厚遇，难道可以说他"不遇"吗？可是，那些荣华富贵并不是他所追求的。他的理想是要像谢安那样为天下苍生建功立业，然后像鲁仲连那样飘然而去。李白本是神仙中的人物，并不了解人世的艰难；他抱着天才的狂想，却一次又一次折辱于现实之中；他的理想太纯洁、太高远，根本无法在现实中实现。因此，他的落空无成，是命运早就注定了的。所以这"秋来相顾尚飘蓬"一句，不但是对这位不幸的天才的深深的理解，而且道尽了他的追求落空和飘零落拓的悲哀。这是写李白"求仕"的失败。

第二句"未就丹砂愧葛洪"，是写他求隐的失败。李白的学道求仙，既有他天才的狂想，也有受时代影响的因素。中国从战国时代就开始有方士，他们的炼丹和炼金术可以说是最早的化学实验。在汉朝的时候，方士的方术和中国的道家结合起来了，于是就产生了道教。到了唐朝，由于皇帝姓李，道家的始祖老子也姓李，所以就特别尊崇道教。上至王公贵族，下至平民百姓，很多人都烧金炼丹或者出家学道，渴望成为长生不死的神仙。李白在感情上也有对神仙的向往，因此他说："五岳寻仙不辞远，一生好入名山游"；又说："遥见仙人彩云里，手把芙蓉朝玉京。"（《庐山谣寄卢侍御虚舟》）他炼过丹，甚至还受过"道箓"。可是从理智上，他却很明白神仙是不可得的。他曾讽刺秦始皇的求仙说："徐市载秦女，楼船几时回？但见三泉下，金棺葬寒灰。"（《古风》之三）那么他既然不相信能长生不老，为什么还追求神仙呢？这就要从更深的一层去探究了。在古代，求隐和求仙常常是结合起来的，古人往往把求仙作为失望于尘世之后的精神寄托。例如郭璞的《游仙诗》就曾说："京华游侠窟，山林隐遁栖。"京城是追求仕宦者聚集的所在，山林是隐逸者居住的地方。居住在清静的高山茂林之中就可以学道，学了道就可以成仙。而人世间本来就有那么多的患难和挫伤，一个人对现实失望之后总要有一个寄托和逃避之处。我在讲宋词的时候曾讲到晏殊、欧阳修，他们对患难和挫伤都各自有排遣的方法。尤其是苏轼，他已经达到了一种哲学的境界，能够轻而易举地从痛苦悲伤中超脱出来。李白对神仙的追求，未始没有一份努力挣扎以求解脱的深意，但他并不是一个能够冥心学道的人。他既失望于世，又不能弃世；既不能弃世，又怀有对神仙的向往；既怀有对神仙的向往，又明白求仙之事的虚妄。"未就丹砂愧葛洪"，正是写他这一番挣扎的徒劳和失败。

所以你看，杜甫这首诗，第一句是写他求仕的失败，第二句是写他求隐的失败。那么他还剩下什么？那就是"痛饮狂歌空度日"

了。这真是杜甫对他这位天才朋友的深刻了解！这种了解是抓住了重点的。杜甫还有一首《寄李十二白二十韵》说："昔年有狂客，号尔谪仙人。笔落惊风雨，诗成泣鬼神。""狂客"指贺知章，贺知章自号"四明狂客"。他说，当年贺知章一见到你就说你是从天上贬降下来的神仙，你的笔一写出诗来，不但我们所有的人都被你感动，连天地间都会发生狂风暴雨，鬼神都会感动得流下泪来。这首诗很长，中间叙述了李白被"赐金放还"后在洛阳和杜甫的相遇。"五四"时期有名的诗人闻一多曾经说，李白和杜甫的相遇是中国文学史上的一件大事，就像太阳和月亮在天空中走到了一起，我们应该敲三通锣，打三通鼓，来庆祝这两位大诗人的相逢。古人说"文人相轻"，文人总是抬高自己，贬低别人。这是一种对同行的嫉妒。但凡这样的人都不是大家，因为他自己的才情确实有比不上人家的地方，所以才会嫉妒。而真正的天才，一定有他自己的东西，并不需要跟别人去比较。而且，一般的人往往不能认识一个天才的好处，只有才气相近的人才能理解真正的天才。所以，真正的天才必然是互相欣赏的。杜甫和李白就是如此。杜甫说李白对自己的态度是"乞归优诏许，遇我夙心亲"，又说自己对他的感受是"剧谈怜野逸，嗜酒见天真"。他们两个人虽然初次见面，却好像很久之前就有交往一样。李白这个人高谈阔论，爱喝酒，有的人因此不喜欢他，可是杜甫说，我就是赏爱你这种纯真、豪放和不受约束的作风！他们两人相识之后，曾一起高谈阔论，饮酒赋诗，度过了一段千古以来犹使人们艳羡不已的相知相得的日子。直到他们长久分别之后，杜甫还曾说"世人皆欲杀，吾意独怜才。敏捷诗千首，飘零酒一杯"(《不见》),对这位痛饮狂歌的天才诗人表现出深深的赏爱和痛惜。一个人在痛苦的时候应该有一个办法来安慰自己。像苏东坡,他就有一种哲学的境界。无论在什么样的挫折和患难之中,他都能够换一种眼光、换一个角度来看这个世界,因而能在苦难中超脱出来。可是李白不行,他唯一的方法就是借沉醉来遗忘他的痛苦。在李白的诗中,凡是写"酒"的时候往往同时也写"愁"。比如,"抽刀断水水更流,举杯销愁愁更愁"(《宣州谢朓楼饯别校书叔云》)、"呼儿将出换美酒,与尔同销万古愁"(《将进酒》)。但酒真的能够使他从尘网中解脱出来吗?杜甫在"痛饮狂歌"之下接以"空度日",这真是极为沉痛的三个字。李白既失望于人世,又幻灭于神仙,除了"痛饮狂歌"之外已经一无所有。然而,"痛饮狂歌"也只是一种暂时的逃避,并不能抵消那种人生落空的悲哀与痛苦。

第四句"飞扬跋扈为谁雄",则是继这种人生落空的悲苦之后,写这位绝世天才的寂寞。李白年轻的时候写过一篇《大鹏赋》。大鹏的典故出于《庄子·逍遥游》。所谓"逍遥游",是说要使你的精神进入一种逍遥自在的境界,摆脱尘世间一切羁绊,不受尘世间一切挫折和忧患的损伤。庄子的那只大鹏鸟,是由北海的一条叫做鲲的大鱼变的,它的背有几千里那么宽,它张开翅膀飞起来的时候,那翅膀就像天上的云。它用翅膀在海水上一拍,那水就射出去有三千里远。它一飞起来,就有九万里那么高。李白所向往的,就是这样一只大鹏鸟。他的《大鹏赋》在庄子那只大鹏的基础上做了进一步描写,说它"脱髻鬣于海岛,张羽毛于天门。刷渤澥之春流,晞扶桑之朝暾。焕赫乎宇宙,凭陵乎昆仑。一鼓一舞,烟朦沙昏。五岳为之震荡，百川为之崩奔"。他说，北海那条大鱼化作鸟之后，张开它巨大的翅膀，在海水中把羽毛冲洗干净，在早晨的阳光下把羽毛晒干。它一飞起来，整个宇宙都被它震动了。而这么大的一只鸟，"怒无所搏，雄无所争"——世界上没有一个与它相近的同类，甚至想找一个搏斗的对手也没有。这是多么寂寞！后来它终于有了一个被称为"希有鸟"的朋友，这两只大鸟"我呼尔游，尔同我翔"，一起飞上了高天，"而斥鷃之辈空见笑于藩篱"。"鷃"是一种小鸟，它最高只能飞到篱笆墙上，所以它都不明白两只大鸟为什么要飞那么高、那么远。这是世俗与天才的对比，世俗是永远也不能够理解天才的。李白喜欢以大鹏鸟自比，这里边怀有一种天才的恣纵与自信。可是他在一生的腾跃和挣扎之后，终于寂寞地陨落。尘世中并没有大鹏所期待的天风海涛，也没有可以相伴的"希有鸟"，只有那无知窃笑的"鷃"。他的一生都生活在寂寞中。孔子曾说："沽之哉，沽之哉，我待贾者也。"（《论语·子罕》）宋代晏殊说："若有知音见采，不辞遍唱阳春。"（《山亭柳》）而李白的"飞扬跋扈"，又有几个人能够相知相赏呢？杜甫这短短的四句诗，真是淋漓尽致地写出了李白这一位不羁的天才和天才的悲剧。

　　介绍了李白的生平之后，现在我们要看他的乐府诗。以前我在介绍中国诗歌的演变时曾经说过，中国的诗，最早是四言的。后来有了《离骚》，所以有骚体；有了《九歌》，所以有楚歌体。再后来，就有了乐府诗。乐府诗有继承《诗经》四言体的，有继承楚歌体的，有当时新兴的体裁五言体，另外还有一种杂言体。杂言体的歌行，李太白写得特别好。所谓杂言体，就是说它的字句没有一定的数目，从诗歌的形式来看，它变化莫测。它可以忽然之间有一句很长，也可以忽然之间有一句很短。我以前曾经讲过，中国诗歌为什么最早形成的是四言？为什么到汉朝又有五言诗流行？为什么后来又有了七言？这些都是我们中国文字的特色所造成的。中国文字单音节、单形体，所以念起来就比较平，不像英文有轻音、有重音，一个字读起来有许多高低抑扬。因此中国的诗歌就要特别注意韵律和节奏。隋唐以后流行的近体诗——仄仄平平仄，平平仄仄平。平平平仄仄，仄仄仄平平——就是建立了一种声律节奏的固定形式，所以又叫律诗。它是经过很多人的试验，大家都认为这是一种最好的形式，然后才渐渐固定下来的。所以，它是大众化的，是诗人们普遍使用的一种形式。那么，如果你不愿意按照这种死板的形式来写诗，如果你自己要独创一种自由体，可以吗？那并不是不可以，但自己独创一定要有个条件，就是你要真的有那种能力。你要真的能够掌握那种声律节奏的美才可以。现在有很多人以为写诗可以随便写，但他写出来的那句子真的是不美，不管是文法上啊，韵律上啊，长短上啊，都不美。那就是只有破坏而没有创造了。李太白是一个不羁的天才，他也要打破这个约束。而且李太白是有资格打破这一约束的。因为，他掌握了声律节奏之美的原理和原则，而不只是声律节奏之美的外表形式。他知道哪一句应该长，哪一句应该短。中唐古文家韩愈给他的朋友李翱写过一封信，信中说："气盛则言之短长与声之高下皆宜。"(《答李翱书》)就是说，如果你的文气很强盛，那么，你的句子长一点或是短一点，你的声音高一点或是低一点，你都能控制得恰到好处。李太白就是如此。杜甫说他的诗是"笔落惊风雨，诗成泣鬼神"。清代沈德潜《说诗晬语》中说他的诗是"大江无风，涛浪自涌，白云卷舒，从风变灭"。他完全没有一个固定的法则，他也不想遵守什么法则，完全是自由的，但他真是写得好。我先给大家读一首他写的乐府诗《鸣皋歌送岑徵君》，大家要注意听他的声音节奏和句子长短的变化：

若有人兮思鸣皋，阻积雪兮心烦劳。洪河凌兢不可以径度，冰龙鳞兮难容舠。邈仙山之峻极兮，闻天籁之嘈嘈。霜崖缟皓以合沓兮，若长风扇海，涌沧溟之波涛。玄猿绿罴，舔谈崟岌，危柯振石，骇胆栗魄，群呼而相号。峰峥嵘以路绝，挂星辰于岩嵲。送君之归兮，动鸣皋之新作。交鼓吹兮弹丝，觞清泠之池阁。君不行兮何待，若返顾之黄鹄。扫梁园之群英，振《大雅》于东洛。巾征轩兮历阻折，寻幽居兮越巇嵼。盘白石兮坐素月，琴松风兮寂万壑。望不见兮心氛氲，萝冥冥兮霰纷纷。水横洞以下渌，波小声而上闻。虎啸谷而生风，龙藏溪而吐云。冥鹤清唳，饥鼯嚬呻。块独处此幽默兮，愀空山而愁人。鸡聚族以争食，凤孤飞而无邻。蟪蛄嘲龙，鱼目混珍；嫫母衣锦，西施负薪。若使巢、由桎梏于轩冕兮，亦奚异于夔龙蟉蟉于风尘。哭何苦而救楚，笑何夸而却秦。吾诚不能学二子沽名矫节以耀世兮，固将弃天地而遗身。白鸥兮飞来，长与君兮相亲。

这首诗太长了，我们没有时间讲这么长的诗。我只是想给大家一个大致的印象，以李白这样的天才，他那种掌握和运用文字的能力、他那种想象力的丰富，绝不是我们一般人所能有的。一个人，倘若你果然是天才，果然有李白这种掌握的能力，天下什么事情都可以做，天下文章什么形式都可以写。我从来不主张用一些条条框框把人框在里边。只要你真的是一个天才，真的能给人们留下不朽的东西，那么岂止文章的格律可以打破，连道德的格律也一样可以打破！可是，你只会打破，自己却什么都没有建立起来，那就不是打破而是破坏了。人家李白，打破之后有树立。这就好比盖房子，你可以随便把它设计成尖的、圆的、高的、矮的、长的、方的，可是你一定要把地基打牢固。这样不管盖起一个什么样的房子，在狂风暴雨中也不会倒塌。如果你只顾标新立异，盖成稀奇古怪的样子，底下的地基却没有打好，那么一阵风过后你的房子就倒了。地基是什么？就是你自己的根基。李太白他是掌握了所有的格律才能够破坏格律，你连基本的格律都不懂就先谈破坏，那怎么可以？孟子说过："君子深造之以道，欲其自得之也。自得之则居之安，居之安则资之深，资之深则取之左右逢其原。"（《孟子·离娄下》）求学，就要真下功夫。现在大家都想速成，浮光掠影地看两本速成的书，赶快把考试通过了。可是什么叫"造诣"？诣是达到。你一定要达到一个高深的境界，然后你才能够领略其中种种微妙的变化。别人告诉你写诗要"仄仄平平仄，平平仄仄平"，你只知道跟着这样写，却没有真正了解这个原则。什么时候你真的自己有体会了，你能够掌握和运用它了，你就有了一个很深的功底。我们班的一个同学告诉我，他过去的一个老师说，背书是很重要的，因为你不背下来，它就不给你用。这话听起来很奇怪，其实是深有体会之言。总之，你一定要烂熟于心，用的时候它自然就出来了，你就"取之左右逢其原"。那些材料都跟你融会到一起了，不管你往左也好往右也好，都有取之不尽的源头。孟子还说过："原泉混混，不舍昼夜，盈科而后进，放乎四海。有本者如是，是之取尔。苟为无本，七八月之间雨集，沟浍皆盈，其涸也，可立而待也。"（《孟子·离娄下》）他说，人的学问要如同有源之泉水，那是从你自己内心生发出来的，是源源不断的。而有的人，他的学问就像一个小水沟，夏天一场大雨，你看那些沟都满起来了，两个小时之后太阳出来一晒，这些水就都不见了。很多人读书就是这个样子，开两天夜车应付考试，第三天过后，什么都忘了。所以，不管学什么都要从根底学起。如果你不肯花时间去学，总是表面的浮光掠影，你就永远也达不到"取之左右逢其原"的地步。李太白之破坏格律，是因为他真的深入到格律的那种最微妙的境界之中了。所以不管他怎么变化，中间都有一种美，都有他自己的一种节奏韵律在里边。这和现在有些人写的那种完全不成句子的诗，是不可同日而语的。

二

　　下面我要讲的这首诗是《远别离》。这是古乐府的一个诗题，因此我要做一些说明。以前讲中国诗的发展时讲过乐府诗，它起源于汉朝，汉朝官府有专门负责音乐的部门，叫做乐府，乐府把很多歌词都配上音乐来唱，叫做乐府诗。可是后来到了唐朝的时候，有些音乐已经不存在了，但诗还在，还有很多乐府诗的题目保留下来，这就是乐府旧题。像《远别离》、《古别离》、《长别离》、《生别离》，这些都是写别离的乐府旧题。李白就常常喜欢用古乐府的旧题来写他自己的新诗。在唐朝的乐府诗中，除了李太白的这一类旧题乐府之外，还有另外一些诗人写新题乐府。像杜甫的"三吏"、"三别"，白居易的《卖炭翁》，都是古乐府里没有的题目，而这些诗在内容上大多是反映民间疾苦的，在风格上比较朴素，常常是直接的叙事。因此可以说，他们是模仿了古乐府的内容和风格，却没有模仿古乐府的题目。李白的乐府诗则是模仿了古乐府的题目，却没有模仿古乐府的内容和风格。像这首《远别离》，它并不是像古乐府的《远别离》一样单纯写男女之间的别离，而是另有他寄托的深意，内容完全是创新的。我现在把这首诗念一遍：

　　远别离，古有皇英之二女；乃在洞庭之南，潇湘之浦。海水直下万里深，谁人不言此离苦？日惨惨兮云冥冥，猩猩啼烟兮鬼啸雨，我纵言之将何补？皇穹窃恐不照余之忠诚，雷凭凭兮欲吼怒。尧舜当之亦禅禹。君失臣兮龙为鱼，权归臣兮鼠变虎。或云尧幽囚，舜野死。九疑联绵皆相似，重瞳孤坟竟何是？帝子泣兮绿云间，随风波兮去无还。恸哭兮远望，见苍梧之深山。苍梧山崩湘水绝，竹上之泪乃可灭。

你们看，他这首诗完全是不规则的，中间变化非常多。有时是接连押韵，有时是隔句押韵，有时忽然就换了韵。前边一大段很长，"女、浦、苦、雨、补、怒、禹、虎"，这是一个韵；"死、似、是"，这三个字是一个韵；"间、还、山"是一个韵；最后"绝、灭"是一个韵。

现在西方的语言学也讲，一个句子有它表层的结构，还有它深层的结构；而句子的内容也有一个表层的意义和一个深层的意义。李白这首诗表层的意义是什么？当然是别离。讲《古诗十九首》里的"行行重行行，与君生别离"，那是总体来写一般性的别离。两个人都活着，是"生离"，不是"死别"。李白写的是什么别离？是死别，是天下最遥远的、再无重逢可能的别离。而且别离的主人公不是一般性的人物，是"皇英之二女"。皇英之二女是谁？是中国古代帝尧的两个女儿娥皇和女英，她们也是帝舜的二妃。这首诗所写的是娥皇、女英与舜的离别。古代传说，舜在晚年曾南巡，有人说是为了讨伐南方有苗的叛乱。天子出游叫"巡狩"，舜南巡死于苍梧之野。苍梧是山名，在湖南零陵的附近。舜死在苍梧，连尸骨都没有运回来，就把他埋葬在那里的九疑山中了。为什么叫九疑山？因为那山有九个样子都差不多的山峰，难以辨别。有的人死在外边，可以把他的尸骨运回来埋葬；就算尸骨没运回来，葬在外边了，至少也知道葬在什么地方。可是帝舜和娥皇、女英的离别，不但是从生离变成死别，不但尸骨没有运回来，而且连埋葬的地方也不知道。因为那九疑山的九峰皆相似，所以莫知葬所。连寻找坟墓的希望都没有了，这真是天下最悲惨的离别！为什么李白要用这样一个形象？我说"形象"，是因为形象包括物象和事象，这里是历史上发生的一件事情，所以是事象。中国的旧诗最喜欢用典故，每一个典故都是一个事象。李白为什么要用舜与娥皇、女英的离别这样一个事象？那不仅因为他们的离别是最悲惨的离别，而且你要知道，舜是贵为天子的，这件悲惨的事情发生在最高贵的人身上，它的悲剧性也就更强。因为高贵的人有地位、有权力、有钱财，很多灾难可以避免。而当他们也不能避免的时候，就说明这灾难是最可怕的。另外，舜得到所有人的景仰，是大家都知道的人，因而引起的震动也更大。西方有很多悲剧故事都是发生在宫廷，发生在贵族之间，就是因为选择这样的背景可以加强其悲剧性的缘故。

他们是在哪里别离的？"乃在洞庭之南，潇湘之浦。"洞庭、潇湘也是在湖南。洞庭湖，多么美的地方！孟浩然的诗说："八月湖水平，涵虚混太清。气蒸云梦泽，波撼岳阳城。"（《望洞庭湖赠张丞相》）潇湘，古人有《潇湘水墨图》，我以为那是中国画里最美丽的山水。而且还不止如此，潇水和湘水还给人一种浪漫的联想。一直到现在人们还说，湘女是多情的。你看《楚辞》里边，《九歌》都写了什么？都是对爱情的追寻。洞庭和潇湘，是浪漫的，是狂想的，是美丽的，是多情的。这就是皇、英二女和舜别离的环境背景。那么潇水和湘水流到哪里去了？"海水直下万里深，谁人不言此离苦？"中国的地形是西北高，东南低，所以百川最后都要流归大海。你看，在这么美丽、浪漫的地方离别，留下了这么沉痛的离别的悲哀，而潇水和湘水，就带着娥皇、女英的悲哀一直东流到海了。这就是李后主说的"自是人生长恨水长东"（《相见欢》）。海水可以量吗？他说，海水有万里那么深，是不可以量的。而现在这万里之深的海水，都染上了娥皇和女英的离愁别恨：从生离到死别，死后连坟墓的所在都找不到，谁能说这种离别不是最悲哀、最痛苦的？

下边他说："日惨惨兮云冥冥，猩猩啼烟兮鬼啸雨，我纵言之将何补？"就因为人间发生了这样悲哀的事情，所以连阳光都变得惨淡了，天上的云也变得阴沉黑暗。不但阳光和云被感动，就连动物和鬼神也都被感动了。猩猩这里是指猴子，据说猴子的叫声最悲哀。有一首民歌里说："巴东三峡巫峡长，猿鸣三声泪沾裳。"猿指的是四川的猴子。其实不管四川的猴子还是湖南的猴子，叫声都一样，悲伤的人听了会流泪。现在你们要注意这首诗节奏的变化：他的开头几句都是一句停顿，一句押韵。"远别离"，虽然不是一个完整的句子，但读完要有一个很短的停顿，然后"古有皇英之二女"，"女"字押韵。"乃在洞庭之南"——暂短的停顿；"潇湘之浦"，"浦"字押韵。"海水直下万里深"——停顿；"谁人不言此离苦"，"苦"字押韵。"日惨惨兮云冥冥"——停顿；"猩猩啼烟兮鬼啸雨"，"雨"字押韵。可是接下来，没有停顿就忽然楔入了一个押韵的句子"我纵言之将何补"。什么叫"楔入"？木匠做工有楔子，就是一块三角形的木头，把它插进两块木头之间。"我纵言之将何补"，在声音节奏上就起了这样一个作用。而且它不仅是在节奏的形式上起作用，在内容的情意上也结合得非常好。因为前边他都是很客观地写历史上的一个悲剧事件，作者都是站在外边来讲的。可是讲到这里他忽然自己参加进去了，作者在诗中出现了。而且，这句话说得非常沉痛。所以说，他是把句法章法的结构、声音的结构和沉重的感情结合在一起了。天地间为什么要发生这样的悲剧？为什么要充满这样的悲哀痛苦？难道我们不能够挽回吗？他说，我也希望挽回，可是我没有力量挽回，因为我说了没有用，他不会接受——"皇穹窃恐不照余之忠诚"。"穹"是苍穹，就是苍天的意思。苍是天的颜色，穹是天的形状。"穹"是一个圆形屋顶的样子，蒙古人的帐篷就叫穹庐。你站在旷野之上，看到天从四面垂下来，就好像一个圆的帐篷顶一样。"皇"是对天的尊称，意思是伟大的、光明的或者尊贵的。"窃"，是私心以为。就是说，我自己就这么想。诗歌的文法，它不一定非得把动词放在宾语的前边，有时也可以放在后边。"皇穹窃恐不照余之忠诚"，其实就是"窃恐皇穹不照余之忠诚"。这是因为，皇穹是上天，放在前面是表示对上天的尊敬，同时也有呼唤上天的意思。"照"是洞照，真正透彻的理解。他说，苍天哪，我害怕你不能够真正理解我的忠诚！你看，李太白这感情是多么强烈！而且，岂止是不能够理解，岂止是不听而已，是"雷凭凭兮欲吼怒"，天上有天兵天将，有雷公电母，那都是你的左右、你最亲近的当权人物。当我向你忠告的时候，就激怒了他们，他们就发出那种愤怒的吼叫。我说过，李太白在长安朝廷里不是做过翰林待诏？唐玄宗曾经很欣赏他，什么御手调羹啊，什么七宝床赐食啊，皇帝到哪里去游赏，都要叫他作诗。而李白有那么狂放的性格，他叫高力士给他脱靴子，叫杨贵妃给他捧砚台，把皇帝左右的亲信都得罪了。

现在，我们已经从介绍这首诗表层的意思进入到深层的意思了。我们怎么就知道这首诗一定有深层的意思呢？这我以前也讲过。我们要判断一首诗里边有没有比兴寄托的含义，要从作者的生平、他的为人，以及当时时代的背景来考虑；还有一条就是要从诗歌本身叙写的口吻来考虑。你看，"我纵言之将何补"、"皇穹窃恐不照余之忠诚"，真是有他一份强烈的感情在里边。从口吻来看，就不像仅仅在叙述一个远古时期的故事。我们再结合作者的生平、为人来看，李白是一直想要致用的，他不是说过吗，"谢公终一起，相与济苍生"（《送裴十八图南归嵩山》之二）。他始终有这样一份关心国家、关心时代的政治理想。那么我们再从时代背景来看，玄宗到了开元末天宝初的时候，年岁越来越大了，每天耽溺于享乐的生活，不问政事，所以政权就先后落到两个很坏的宰相手里，就是口蜜腹剑的李林甫和杨贵妃的哥哥杨国忠。至于边疆的将帅，他宠信了安禄山。这样，他就把国家送上了衰败灭亡的道路。而李太白在被玄宗欣赏，跟玄宗接近的时候，他不但对高力士态度不好，对杨贵妃态度不好，而且他还说，我"安能摧眉折腰事权贵"。因此他就得罪了很多的人。为什么玄宗如此欣赏他，他却辞官不做了？因为他在朝廷做官，不但不能实现自己的政治理想，而且玄宗左右这些人都忌恨他，大家都在玄宗面前说他的坏话。"我纵言之将何补"——我看到了国家的危机，可是我说出来有什么用？只能引来一片愤怒的攻击声。"雷凭凭兮欲吼怒"，这个"怒"字是押韵的。本来下一句应该不押韵，可是，"尧舜当之亦禅禹"又是一个楔入的韵句。这里，才是他真正的忧虑。他说，我看到的危险还不只是别离而已，我看到的是，天子的地位恐怕不能长保。

读李白的诗，你要对中国的历史比较熟悉。什么是"禅"？禅是禅让，是特指把天子的地位让给谁。天子有最高的权位，这个权位由谁来执掌，永远是一件非常重要的事情。是由继承而来？是由人民选举而来？还是由枪杆子夺取而来？历代君主大多数是继承而来：你有做天子的父亲，将来你就也有做天子的希望。可是，天子的儿子果真有做天子的才能吗？我们以前讲过魏晋南北朝的诗，晋朝有好几个皇帝本身就是白痴，连寒暑冷暖都弄不清楚。历史上还有些皇帝天性是残暴的，一旦有了最高的权力，什么事情都做得出来。针对这个很难解决的问题，中国古代的儒家，他们把上古时代完全理想化了。他们说，上古那些圣贤的君主是不传位给儿子的，那些圣贤的君主会让位：把位子让给一个他所选拔出来，而且得到人民拥护的贤人。所以尧就让位给舜，舜就让位给禹。据说，禹本来想让位舜的儿子，可是天下人民感激禹治水的功劳，而且禹的儿子启也不是一个白痴或一个暴虐的人，所以就选择了禹的儿子启。从此以后，天子的位置才有了父死子继的规矩。当然，这只是儒家的说法。上古是那么遥远的时代，没有文字的记载，尧真是让位给舜的吗？舜真是让位给禹的吗？那时候果然就有这么美好的事情吗？未必尽然。这也不过是我们后来的人随便怀疑而已，请大家看诗后边的注解。注解引了《史记正义》的话，他说"《竹书》云"——历史上有一本书叫"竹书纪年"，是晋朝人在汲郡的战国魏墓中发现的，那是一本写在竹简上的史书。《竹书》记载说："昔尧德衰，为舜所囚。"哪里是尧让位给舜？是尧年老昏庸了，被舜囚禁起来，舜就自己做了皇帝。其实你看后来的历史就会明白什么是禅让：东汉献帝让位给魏文帝曹丕，曹丕的子孙让位给晋武帝司马炎，哪一个是心甘情愿让位的？都是在对方掌握了军政大权后，被胁迫让位的。既然后世的人类都这么自私，都是在胁迫和被胁迫之下才有让位的事情，那么你怎么能断定上古的尧、舜就是心甘情愿让位的，就没有受到胁迫？我们再看下一个注解，它引了《国语》的记载说："舜勤民事而野死。"说舜是为了人民的事情而死在外边的旷野之中了。为了人民的什么事情？下边又有《国语》的韦昭注说："野死，谓征有苗，死于苍梧之野。"可是，安知不是舜出征的时候受到胁迫而死在外边了呢？我们从尧让位给舜的不可信来推测，舜让位给禹不是也很可怀疑吗？天子死在朝廷，大家也许还可以知道他是怎么死的。可是在旷野之中，一旦发生兵变，你怎么死的，你的尸骨在哪里，谁都不会知道。所以舜是什么下场，我们谁也不知道。因此李太白就说了："尧舜当之亦禅禹。"你要注意他的句法，本来是尧禅位给舜，舜禅位给禹，可是他现在把尧和舜都放在前边当主语，似乎不对了。但这是中国作诗时一种浓缩的方法，他是把两件事情结合在一起说了。另外还有"当之"，就是说，如果你处在悲剧必然发生的这种情况下，你就非得把天子的位子让出来不可。"之"是代词，代这种情况。什么样的情况？就是下边这两句的情况："君失臣兮龙为鱼，权归臣兮鼠变虎。"这又是李太白句法的变化。如果国君你用人不当，失去了你的权势，那么你本来是一条龙，现在就变成鱼了。古代说"真龙天子"，龙就代表天子。《易经》上第一个卦就是《乾》卦，《乾》卦的"九五"是"飞龙在天"，那就是天子的象征，是最尊贵的，所以后来常说"九五至尊"。唐玄宗内宠李林甫、杨国忠，外宠安禄山，这就是用人不当。结果长安陷落了，他不得不逃到蜀中去，这就是天上的龙跌到地下，变成了普通的鱼。古代有一个传说故事，说有一条白龙变成鱼出去游玩，被渔人射中其目。白龙就到天帝那里去告状。天帝责备他说，你是龙，不应该变成鱼出去游玩，鱼本来就是该被渔人捕捉的，谁让你离开你自己应有的地位，化成你不该有的形状？所以，你的遭遇是你应得的。这是"龙为鱼"的出处。而与此同时臣子的那一方呢？他本来是在下位，像老鼠一样。可是一旦有了政权和军权，他就会来胁迫你，变得像老虎一样凶，是"权归臣兮鼠变虎"。对这一句，人们有不同的说法。程千帆《古诗今选》的注解说，它指的是安禄山的叛乱和李林甫、杨国忠的专权。而戴君仁的《诗选》说，此篇前人多以为是为肃宗时李辅国矫制迁上皇于西内而作。之前我也讲过，安禄山占领了长安，玄宗逃到四川，他的太子就在甘肃灵武即位，就是唐肃宗。后来肃宗带兵收复了长安，把玄宗接回来做太上皇。可是这就发生了一个问题。玄宗回到长安住在兴庆宫，兴庆宫是玄宗的旧居，玄宗没做天子之前就住在兴庆宫。这个地方和外边比较接近，常常有人在宫外的大道上望宫而拜。于是，肃宗手下有一个宦官李辅国，就在肃宗那里离间他们父子的感情，说玄宗现在已经不是天子了，他住的兴庆宫和外边这么接近，很多人都朝他住的地方遥望而拜，这很不好，劝肃宗把玄宗迁到西内去。"西内"就是西宫，又叫太极宫。肃宗本来不赞成，因为他知道他父亲喜欢住在兴庆宫。可是李辅国就矫制——"制"是天子的命令，"矫制"就是假传天子的命令——迁太上皇于西内。

西内与外边是隔绝的，而且在迁移的时候李辅国还把玄宗左右亲近的人都换掉了。你看，李辅国就是这样专权，玄宗和肃宗父子都在他的摆布之中了。这是对这一句的第二种说法，你要是再看一些别的选本，还有第三种说法。这种说法我们放到后边再说。

"或云尧幽囚，舜野死。""或云"，就是有人说。是谁说？刚才讲了，《竹书纪年》说"昔尧德衰，为舜所囚"，《国语》说"舜勤民事而野死"。不过你要知道，李白这首《远别离》是写帝舜的别离，他只是把尧做一个陪衬。舜的野死是不是遇到兵变了？是不是让臣子给杀死了？这个历史上没有记载。但历史上既然有记载说尧曾经为舜所囚，尧并不是心甘情愿让位给舜的；那么舜也一定不是心甘情愿让位给禹的，舜的野死实在大有问题。因此他说，就是尧、舜那样英明的君主，遇到"君失臣兮龙为鱼，权归臣兮鼠变虎"这种情况时，也无法保住自己的君主地位。所以你们看，这也是李白章法的变化。他绕了这么大一个圈子来抒发自己的感情，然后再回来接着写远别离的故事："九疑联绵皆相似，重瞳孤坟竟何是？"舜死了以后葬在九疑山，而九疑山的许多山峰都是相似的，所以舜的坟就找不着了。"重瞳"指的是舜。在中国古代传说中，不平凡的人相貌也不平凡。我们大家眼睛里都只有一个瞳仁，而"重瞳"是眼睛里有两个瞳仁。传说舜是重瞳，项羽是重瞳；还有李后主，是一目重瞳。还有人说清代的顾炎武也是重瞳。为什么说"重瞳孤坟"？我们中国一般的习惯，每一家都有一大片祖坟，里边埋着高祖父、曾祖父、祖父、祖母、伯伯、叔叔等很多人，那就不是孤坟。但舜是死在苍梧之野，他的尸骨没有运回祖坟，而是一个人埋在外边了，所以是孤坟。而且，就连这孤坟现在也不知到底在哪里。他做了一代帝王，竟没有一点儿东西留下来，连骨灰也没有。这对他的妻子来说是多么惨痛的事情！所以是"帝子泣兮绿云间，随风波兮去无还"。"帝子"是帝王之子。在古代，天子的儿子和女儿都可以叫"帝子"。所以这个帝子就是指尧之二女、舜之二妃的娥皇和女英。这还不是从李白开始的，从《楚辞》的《九歌》开始就把她们称为帝子了。"绿云"指的是竹林，因为竹子在冬天也不会变黄。湘水边有一种竹子叫湘妃竹，也叫斑竹，上面有一个一个的斑点，传说就是被娥皇和女英的泪水所染。可是不管她们怎么哭泣，她们的丈夫永远也不会回来了。他当年去征伐有苗的时候，可能就是坐船走的，从此就像那东流的水一样永远消失了。"恸哭兮远望，见苍梧之深山"，她们悲哀痛哭，远远望着南方的那一片深山。"苍梧山崩湘水绝，竹上之泪乃可灭。"他说，哪一天我们能够把这宇宙天地都改变过来？哪一天我们能把天地间这些不圆满的事情都挽救回来？如果有那么一天，苍梧的山都倒塌了，东流的湘水都断绝了，那竹子上悲哀的泪点也就可以消失了。但天地宇宙不会变，斑竹上的泪点也不会消失，所以这悲惨的离别是无可挽回的。

好，现在我们返回来看作者可能的寄托。我刚才说，第一种可能的寄托是指玄宗宠信李林甫、杨国忠和安禄山；第二种可能的寄托是指肃宗宠信李辅国。可是还有人说了，这整篇诗不是写离别吗？而且是写天子与后妃的离别，所以很可能是指玄宗幸蜀赐死贵妃的事。当然，玄宗幸蜀，后来还是回来了，可是贵妃死了，再也不能回来了，那也是天子与后妃的长别离。李商隐写过一首诗叫"马嵬"，说："海外徒闻更九州，他生未卜此生休"；又说："如何四纪为天子，不及卢家有莫愁。"唐玄宗也曾经求神仙，在皇宫里炼丹、服药，希望长生不老，也曾经宠爱杨贵妃，在长生殿海誓山盟，说要生生世世为夫妇。李商隐讽刺他说，你白白地追求海外神仙和长生不死，来生如何是不能预知的，而你的这一辈子都已经完了。为了保全你自己，你不是把你所爱的贵妃也赐死了吗？"四纪"，古人说十二年为一纪，唐玄宗一共当了四十五年皇帝，所以说"四纪为天子"；"莫愁"，泛指民间妇女。他说，你做了四十多年天子，怎么竟连一个自己所爱的女子都保全不了，还不如一个普通百姓人家生活快乐！

　　那么这三种说法哪一种最可信呢？其实还是第一种说法。提出这种说法的是萧士赟。萧编过一本《分类补注李太白集》。他说，明皇内任李林甫，外宠安禄山，这是借人国柄，借人国柄则失其权，失其权则虽圣哲不能保其社稷妻子，其祸有必至之势。"明皇"就是唐玄宗。有一次有同学问我，这"明皇"是谥号还是庙号？其实，"明皇"不是谥号也不是庙号，是庙号的俗称。玄宗的庙号很长，叫做"至道大圣大明孝皇帝"，后来人们习惯上就称他为唐明皇。为什么萧士赟的说法可信呢？因为李白的这首诗见于唐人殷璠所编的《河岳英灵集》，而这本书所收的作品只到天宝十二载（753），说明这首诗写成于天宝十二载之前。那时候安禄山的叛乱还没有发生，但玄宗宠任李林甫和安禄山已成事实，国家已经有了这种危险和败亡的可能。提出第二种说法的是沈德潜的《说诗晬语》。他认为，李辅国胁迫太上皇迁到西内，一个皇帝被宦官所欺，这就是"君失臣兮龙为鱼，权归臣兮鼠变虎"。这是从诗的文本中得出的结论，就是说，诗的文字中包含了这种解释的可能性。但从历史的事实来考证，这首诗不是在肃宗时代所写，所以这种解释不可信。提出第三种说法的是陈沆的《诗比兴笺》。他认为前两种说法"皆未详释"，都没有详细的说明、解释。他说，这首诗篇首是"英皇二女之兴"，篇末是"帝子湘竹之泪"，总而言之是写天子和妃子的离别，因此这首诗很可能就是在西京初陷、马嵬赐死之时所作。这也是根据文本所包含的可能性做出的结论，和诗的真正写作年代不符。

第二和第三种解释虽然不正确，但不可否认的是，诗的文本里确实包含了使人产生这两方面联想的可能性。诗人不是预言家，但诗人有敏感的直觉，可以感受到某些一般人没有感受到的事情。这正是《远别离》这首诗之所以好的缘故。从这首诗形式上的变化我们可以看到李太白"大江无风，涛浪自涌，白云卷舒，从风变灭"的特色；从它在情意方面寓托的深远，我们可以看到李太白对于国家的关心。

我们接着看李白的乐府诗，先看《长相思》和《行路难》。这两个题目也是乐府旧题，属于古乐府的"杂曲歌辞"。古乐府的歌辞分成许多种类，杂曲歌辞是其中的一类，之前所讲的《远别离》也属于杂曲歌辞。所谓"长相思"，多写思妇之情，就是女子在家中思念久戍不归的丈夫。但李白这首诗写得很飞扬，很潇洒，因此有的人认为，这首诗实际上是写他自己对理想的追求及理想不能实现的苦闷悲哀。这种看法，不为无见。现在我把这首《长相思》读一遍：

> 长相思，在长安。络纬秋啼金井阑，微霜凄凄簟色寒。孤灯不明思欲绝，卷帷望月空长叹，美人如花隔云端。上有青冥之高天，下有渌水之波澜；天长路远魂飞苦，梦魂不到关山难。长相思，摧心肝！

开始讲这首诗之前，我先要说明一点。李白的《长相思》有两首，本来不排在一起。《唐诗三百首》把这两首诗排在一起，这是有一定道理的。第一首就是我们要讲的这一首；第二首一般选本都不大选，所以我把它也读一遍：

> 日色欲尽花含烟，月明如素愁不眠。赵瑟初停凤凰柱，蜀琴欲奏鸳鸯弦。此曲有意无人传，愿随春风寄燕然。忆君迢迢隔青天，昔时横波目，今作流泪泉。不信妾肠断，归来看取明镜前。

我们主要看这首诗的口吻。所谓"愿随春风寄燕然"是说，春天到了，我要让春风把我的相思怀念带给你，而你在哪里？你在北方的燕然山。燕然山，是东汉窦宪征讨匈奴曾经到过的地方，在现在的蒙古人民共和国境内。所谓"横波目"，是形容女子的眼睛。一个美丽女子的眼睛，往往清澈、明亮、流动，就像秋水的水波一样。他说，当初那美丽的眼睛，现在已经变成泪水的源泉了。他还说，要是你不相信我为怀念你而悲恸欲绝，那么等你回来的时候你就看一看坐在镜子前边化妆的我吧，那时的我肯定是憔悴、消瘦的，不再像过去的我了。这是什么人的口吻？完全是女子的口吻。这第二首诗毫无问题是写女子怀念男子。可是第一首诗就很成问题，因为中间有这样一句，"美人如花隔云端"。他说，我所思念的那个人像花一样美丽，她现在离我很远，就像隔着天上的云彩一样。美人，一般来说是指女子的。当然，在中国诗歌的传统里，美人也可以作为象喻的寓托。我以前也曾给大家介绍过，屈原的《离骚》曾以美人来比喻君主和贤臣，有时也用来指代他自己或指代某种理想之中的美好事物。可是一般来说，女子怀念丈夫，不会说丈夫是"美人如花"。所以尽管"美人"可以成为各种人或事物的象喻，可是它表层的、第一层的含义仍然是男子思念女子。因此，《唐诗三百首》把这两首《长相思》排在一起很有意思。第一首说"络纬秋啼金井阑，微霜凄凄簟色寒"，写的是秋天；第二首说"愿随春风寄燕然"，写的是春天。这也是很妙的。这两首诗，一首写秋天，一首写春天；一首写男子对女子的怀念，一首写女子对男子的怀念。在中国，凡是春与秋对举的时候，就有一种周遍的意思，包括了周而复始的春夏秋冬所有的日子。也就是说，那种相思是长存永在的。因此，这样的排列就更突出了作者所写的这种相思已经超越了写实而具有某种象征的意味。

事实上，李白的《长相思》和《行路难》都具有超越现实的、象喻的含义，因为他所写的，都是一种追求向往的感情。讲孟浩然的时候，我曾引过《诗经·秦风·蒹葭》中的"蒹葭苍苍，白露为霜。所谓伊人，在水一方"。王国维在《人间词话》中曾说，《诗经》里的《蒹葭》这一首诗最有"风人之旨"。就是说，它最富有诗人的感情。《蒹葭》这首诗写的是什么？写的就是追求向往的感情。总而言之，诗这种东西，虽然不一定非得拿道德品质、忠孝仁爱去衡量，但它那种追求向往的感情，可以引导读者向高处看，可以引导读者超越现实中的那些很浮浅的物欲私利，使你觉得世界上应该有一种更美好的东西。这就是诗所特有的感发作用。

但同样是追求向往，不同诗人的表现又有所不同。孟浩然和李白都追求为世所用。孟浩然是怎么说的？他说："坐观垂钓者，徒有羡鱼情。"（《望洞庭湖赠张丞相》）他还说："不才明主弃，多病故人疏。"（《岁暮归南山》）同样是求仕，孟浩然写得就比较落实，而且有一种乞求的口吻。可是你再看看人家李白是怎么写的。《长相思》说，"美人如花隔云端"——多么美丽，多么高远；《行路难》说，"闲来垂钓碧溪上，忽复乘舟梦日边"——多么飞扬，多么潇洒！现在，我先来讲这首《长相思》。

"长相思，在长安"，从表面看起来这是很寻常的两句话，但实在写得很好。所谓"长相思"，是永远也不断绝、不改变的相思。而"在长安"，是谁在长安？是怀念人的这个人在长安，还是被怀念的那个人在长安？这又是中国诗歌的另外一个妙处。十九世纪末二十世纪初有一位英国学者William Empson写了一本书叫"Seven Types of Ambiguity"。ambiguity这个词的意思是"暧昧"或"模糊不清"。作者认为，这种ambiguity的现象有时候不是坏事，而是一件好事，因为它使诗有了更丰富的、可以同时并存的多方面含义。李太白的这首诗妙就妙在其含义都是两层的：他可以是写男女的相思怀念，也可以是写对理想的追求向往；可以是思念人的人在长安，也可以是被思念的人在长安。而长安是什么？长安是国家的首都啊！所以仅仅"长安"就又有了两层意思：它可以是现实中的男女相思，也可以是对朝廷和君主的某种思念。而且不仅如此，这两句还直接给人一种声音的美感。"长相思，在长安"，两个"长"字，使你从直觉上觉得，这相思果然是很长、很长。我在台湾大学讲这首诗时曾开玩笑说，假如换一个词，比如说"长相思，在基隆"，听起来就很奇怪。不但意思上奇怪，声音上也不舒服。所以，一首诗它给你的是一种整体的、直接的美感。"长相思，在长安"，那种相思相念的悠远缠绵之意都表现出来了；那种寄托象征的意思也都表现出来了。

"络纬秋啼金井阑。""络纬"是秋天的一种昆虫，俗名纺织娘。什么是"金井阑"？古代没有自来水，但一般人家都有井，井周围一般有铁栏杆。古人常常把铁的东西都美称为金，如铁的铠甲就叫"金甲"，所以铁的井栏杆就叫"金井栏"。"阑"，同"栏"。纺织娘的声音本来可以说"鸣"，可以说"叫"，但他用了个"啼"字。"啼"也是鸣，可是"啼"还有一个意思是"哭泣"。所以他不用"鸣"而用"啼"，就使人感到这种昆虫的叫声是很凄凉的，好像哭泣一样。而在中国旧诗的传统中，一提到"金井"，往往就有秋天的象征。所谓"金井梧桐"，你一看到这些词，就会有秋天的感觉。我们常说，写诗要"情景相生"。你说你有一百二十万分的怀念，我们无法感受到你那是怎样一种怀念。要想把读者带到你相思怀念的环境中去，就要有景。你的"情"和"景"要互相生发，才能够感动读者。"络纬秋啼金井阑"就是写景了。这句是写窗外的景，是耳闻。而下边一句"微霜凄凄簟色寒"则是窗内的景，是眼见。什么是"簟色"？"簟"，是床上铺的竹席。这个"色"不仅仅指颜色。佛家说"色即是空，空即是色"，"色"是一种事物整体感觉的呈现。夏天天气热，你看到床上铺着竹席就感到凉快；秋天天气渐渐凉了，你床上铺的竹席还没有撤换，这时候它给你一个整体的感觉就是寒冷，你不用摸它就觉得冷。你看，李太白写诗的效果真是好。刚才我说这两首诗一首写秋一首写春，包含有周遍的意思。而这里一句写窗外的耳闻，一句写窗内的眼见，也产生一种周遍的意思。就是说，不管窗外还是窗内，不管耳闻还是眼见，到处都是凄清寒冷的。这就造成了一种很强烈的效果。而且"簟色寒"这三个字之中还含有一种暗示：席子是铺在床上的，席子的寒冷暗示了床上的空旷和寒冷，而床上的空旷和寒冷又暗示了征人和思妇的孤单和不得团圆。

所以下边就说了，"孤灯不明思欲绝"。"思"，是接着第一句"长相思"的"思"。"欲绝"，是相思到极点，已经要绝望了的样子。这"孤灯不明"好像是说，闺房之中的女子对着孤灯思念丈夫。然而那也不是绝对的，男子也可以对着孤灯思念妻子。所以这里又有一种模糊不清的ambiguity，是多义的。这是在屋里，接下来就要向外边望一望，"卷帷望月空长叹"。"帷"是帐子，把帐子卷起来看一看天上的明月。为什么？这是一个反衬的对比。苏东坡

《水调歌头》里说明月"何事长向别时圆"。另外，古人还说："隔千里兮共明月。"（《月赋》）相隔千里的两个人互相之间不能见面，但有一个东西是他们共同看见的，那就是天上的月亮。所以在怀念人的时候，很多人都写相思望月。两个人在千里之外都看着同一个月亮，这只能更增加相思怀念之苦，所以是"空长叹"。于是，接下来很容易就过渡到"美人如花隔云端"。不管那"美人"是一个男子也好，是一个女子也好，是一种理想追求也好，总而言之是一个非常美好的象喻。"美人如花"是明喻，是simile。我当然不是说明喻就不好，但说女人美得像花一样，那是很俗的比喻，已经被人们用滥了。然而，这四个字放在这首诗里却使人觉得非常美好，因为它后边隐藏着多层的含义，并不给人滥俗的感觉。"美人如花隔云端"——她离我这么遥远！而且还不光是遥远，其中还有许多的阻隔，"上有青冥之高天，下有渌水之波澜"。"青冥"，"青"是天的颜色；"冥"有深远的意思。这个"渌"和"绿"不一样，"绿"是说颜色，而"渌"是指水的清澈。天上那一片深蓝色深得看不见尽头，我没有办法飞上去；而地下的路上又有那么多江河的阻隔，我也没有办法超越。而且，"天长路远魂飞苦，梦魂不到关山难"。不但我的人到不了你那里，就是我的魂都飞不到你那里！因此，这种追求就是永远也不能实现的了，所以就"长相思，摧心肝"！"摧"是摧折、毁伤的意思。这种永不断绝的相思，就足以使人肠断心碎，足以毁伤一个人赖以生存的信念。

下边我们来看《行路难》。李白的《行路难》一共有三首，我们只看其中的第一首。我来读一遍：

金樽清酒斗十千，玉盘珍羞直万钱。

停杯投箸不能食，拔剑四顾心茫然。

欲渡黄河冰塞川，将登太行雪满山。

闲来垂钓碧溪上，忽复乘舟梦日边。

行路难！行路难！多歧路，今安在？

长风破浪会有时，直挂云帆济沧海。

对李白，你一定要从两个方面来认识才是完整的。他有他飞扬潇洒的一面，也有他悲哀的一面。他的这两面，也许在《行路难》中表现得更为突出。一般的人写悲哀就是悲哀，可李太白不是的，他总是把他的悲哀寂寞写得飞扬潇洒。我们看这首诗开头的两句："金樽清酒斗十千，玉盘珍羞直万钱。""金樽"是黄金做的酒杯，这是多么贵重的东西！在唐朝恐怕没有多少人有资格用金樽来喝酒。"清酒"是清醇的酒，有的本子作"美酒"，因为这里用了一个成句，曹植《名都篇》中有"归来宴平乐，美酒斗十千"。由于是用成句，所以这"十千"不一定就是唐代的酒价，他只是说这酒是价钱最贵的好酒。"玉盘"是玉制的盘子。"珍羞"是珍美的菜肴。"直"，在古代与"值"是通用的。"万钱"也不一定是实指，也是表示价钱很贵的意思。你看他重重叠叠罗列了这么多好东西，若是一个普通的人，有了这种享受早就满足了。因为普通人所追求的就是这种物质上的满足。然而李太白不是，他说："停杯投箸不能食，拔剑四顾心茫然。"有这么好的酒，有这么好的菜，可是我放下我的酒杯和筷子，没有心情享用这些好东西。你看，这就是李太白！

他一下子飞起来，一下子又落下去。古代诗人提起剑，往往是和雄心壮志相联系的。南宋词人辛弃疾在他的一首《水龙吟》里说："举头西北浮云，倚天万里须长剑。"辛弃疾的雄心壮志，是收复北方沦陷的国土。他说，当我向西北望去的时候，我就想到我们现在最需要的是有一把最长的宝剑，去赶走西北的浮云，收复那里的领土。李白说："拔剑四顾心茫然。"由于他的题目是"行路难"，所以这"茫然"当然是找不到路的意思；而"拔剑"是说他的才能，也就是他的雄心壮志。这"拔剑"和"茫然"结合得很好，形成了一个强烈的对比：我不是一个没有才能和雄心壮志的人，我也有我的宝剑，可是我向哪里去施展我的才能？有谁用我的剑？前边哪一条路是我可以走的路？那么，为什么前边没有他走的路呢？因为每一条路都堵塞住了，都是走不通的："欲渡黄河冰塞川，将登太行雪满山。"他说，我想要渡过黄河，可是黄河已经冰封了。既然水路走不通，那么就走陆路好了。可是，我要登上太行山，太行山上的路也完全被冰雪覆盖了。这两个形象并不一定是真的，而是比喻。比喻什么？比喻的就是行路难。如果是一般人写这首诗的话，接下来一定是悲哀啦、肠断啦之类的，但人家李白不是这样。他说什么？真是很妙的两句："闲来垂钓碧溪上，忽复乘舟梦日边。"

李太白写诗写得真是好，他把他的悲哀失意都写得这样飞扬、美丽！这两句诗，其文字的姿态和内容完全是相反的。他说，既然没有路，那么就不要走好了，舒舒服服过悠闲的日子岂不很好？我可以在美丽的溪水边钓鱼；有的时候我就梦见我坐着一只船飞上天去，飞过了太阳的旁边。刚才我说，这首诗从一开始就一下子飞起来，一下子落下去，而现在从表面上看，这两句又飞起来了。不过，这只是从它们意态、声音的潇洒飞扬来判断的。它们实在的内容是什么？如果你知道这里边隐含着的两个典故，你就会明白，潇洒飞扬只是它的外表，而它的内容实在是失意的悲哀。

姜子牙的故事大家都知道，他名尚，字子牙。有人也叫他吕尚，那是因为姜是他的姓，吕是他的氏。上古时代，氏是姓的分支，用以区别子孙之所自出。吕尚八十多岁的时候还没有得到一个被任用的机会，所以他就在渭水的磻溪垂钓，结果在那里遇到文王，文王任了他，他才得到一个施展才能的机会，辅佐武王推翻了商朝的最后一个君主纣王，开创了周朝八百年的天下。后来他被封于齐，成为齐国的始祖。伊尹的故事大家可能也知道，他辅佐商汤推翻了夏朝的最后一个君主夏桀，开创了商朝。据古代传说，伊尹在将要遇到商汤的时候曾做了一个梦，梦见自己乘船经过日月的旁边。所以你看，李白他是在碧溪旁闲适地钓鱼吗？不是。他是用了姜太公的典故，而下一句他是用了伊尹的典故。他希望能够像姜太公遇到文王、伊尹遇到商汤一样，得到一个仕用的机会，他相信自己也能像这两位古人一样建立不世的功业。与此同时，这两句还有另外一层意思。那就是说，让我过这种闲散的生活我是不甘心的，即使我在碧溪边垂钓的时候，我也会梦见乘船跑到天上去。"忽复乘舟梦日边"的"忽复"两个字，用得非常好。所谓"忽复"，是我想忘记都不能忘记，想摆脱都不能摆脱。我坐下来垂钓本来是想努力摆脱那种仕用的念头，可是我没有办法，我明知那种念头只能给我带来痛苦，可是我摆脱不掉。

所以他后边就发出了重复的叹息："行路难！行路难！多歧路，今安在？""行路难"，我已经说过了，这是乐府的诗题，它表面上是写旅途的艰难，实际上是写人生之途的艰难，这里尤其是写仕途的艰难。所谓"歧路"，古人说"歧路亡羊"。世界上有这么多不同的道路，每个人在世界上都有自己的生活道路，很多人都安于自己的生活道路，在自己的路上走得很愉快。可是我李太白现在在什么地方？我的路在哪里？

　　李太白这个人是不甘心在悲哀失意中沉没的，他总是要飞起来。你看，他结尾两句写得多么好："长风破浪会有时，直挂云帆济沧海。"这就是李太白！他不相信像他这样一个人会永远失意。他说，总有一天我会乘着强风，冲破大浪，升起我高高的帆，渡过那遥远的大海。"长风破浪"又是一个典故。南朝宗悫少年时，他的叔父问他有什么志向。他回答说："愿乘长风破万里浪。"李太白自己也说过"天生我材必有用"；他还以大鹏鸟自比，写过《大鹏赋》，说它"脱髻鬣于海岛，张羽毛于天门"，当它飞起的时候"五岳为之震荡，百川为之崩奔"。李白深信，这样的机会总有一天会到来。

　　李太白的诗写得最好的，一种是长篇歌行，一种是短小绝句；他的诗写得最坏的，是七言律诗。这是因为，他本来是个天才，长篇歌行约束较少，可以任凭他奔腾驰骋、飞翔跳跃，随他怎样变化都可以；短小的绝句则可以出口成章，带着一种天然的情韵。至于七言律诗，约束就太多了，对他来说就像一只大鸟被关在笼子里，连翅膀都张不开，更不用说飞翔跳跃了。李白的长篇歌行有许多都很有名。

《梁甫吟》也是乐府旧题，属于古乐府的相和歌辞。史书上说，东汉三国时的诸葛亮就"好为梁甫吟"。那么，《梁甫吟》是写什么内容的诗呢？这有不同的说法。第一种说法认为，梁甫是山的名字，那里是古人的葬地，有许多坟墓，所以《梁甫吟》是慨叹人生短促、生命无常之作。第二种说法认为，东汉张衡写过一组《四愁诗》，开头就是"我所思兮在太山，欲往从之梁父（甫）艰"。《四愁诗》表面是写爱情，实际上寓托了张衡的政治理想，所谓"欲往从之梁父艰"，是说受到了小人的谗阻。李白的这首诗，也含有这两种意思。现在我把它读一遍：

> 长啸梁甫吟，何时见阳春？君不见朝歌屠叟辞棘津，八十西来钓渭滨。宁羞白发照渌水，逢时壮气思经纶。广张三千六百钓，风期暗与文王亲。大贤虎变愚不测，当年颇似寻常人。君不见高阳酒徒起草中，长揖山东隆准公。入门不拜骋雄辩，两女辍洗来趋风。东下齐城七十二，指挥楚汉如旋蓬。狂客落魄尚如此，何况壮士当群雄！我欲攀龙见明主，雷公砰訇震天鼓。帝傍投壶多玉女，三时大笑开电光，倏烁晦冥起风雨。阊阖九门不可通，以额叩关阍者怒。白日不照吾精诚，杞国无事忧天倾。猰㺄磨牙竞人肉，驺虞不折生草茎。手接飞猱搏雕虎，侧足焦原未言苦。智者可卷愚者豪，世人见我轻鸿毛。力排南山三壮士，齐相杀之费二桃。吴楚弄兵无剧孟，亚夫咍尔为徒劳。梁甫吟，声正悲。张公两龙剑，神物合有时。

风云感会起屠钓，大人岘屼当安之。

　　"长啸梁甫吟"，就是我拖长了声音来念《梁甫吟》的诗。
"啸"是吟啸。吟和啸本来是不大一样的，吟者有声也有字，啸是
有声无字。先前我们讲阮籍的时候说过，阮籍很善于啸。那个啸，
就是撮口发出很长的声音。而现在李白这个"啸"，显然是把吟和
啸结合起来了。古人为什么要吟诗？因为吟诗可以借着大声的吟诵
来抒发感情。当然，要抒发自己的感情最好是吟自己写的诗，杜甫
就说过"新诗改罢自长吟"。可是如果你不会作诗，也可以找一首
与你感情相近的古人的诗大声念一念，同样可以抒发你的感情。那
么李白吟啸的是什么呢？他说我"何时见阳春"？什么时候才能够
见到春天？这个春天，是指能够实现理想的好时机。他的理想是
什么？他说："君不见朝歌屠叟辞棘津，八十西来钓渭滨。"刚才讲
《行路难》时提到过姜子牙，这朝歌屠叟指的就是姜子牙，他曾经
"兴周八百年"——创建了周朝八百年的天下。历史上的朝代，有
的很短，十几年、几十年就灭亡了，像秦朝就是如此。周朝能够延
续八百年，那是很不简单的。姜子牙又叫吕尚，可是有的时候还被
称为太公望，传说当他遇见周文王的时候，文王非常高兴，说这个
人就是我的祖父想要找而没有找到的那种人才，所以人们就称他为
太公望。那么，姜子牙没有遇到周文王之前是做什么的？有一本
书叫"韩诗外传"，这本书中说："太公望少为人婿，老而见去，屠
牛朝歌，赁于棘津，钓于磻溪，文王举而用之，封于齐。"什么叫
"少为人婿"？这里说的是赘婿。中国古代一般都是女子嫁到男子

家里去，可是有些男子家里贫困，无以为生，为生计所迫只好入赘到女方家里，这就叫做赘婿。姜子牙年轻的时候去做赘婿，说明他家里是很穷苦的。可是"老而见去"，等他年老的时候人家不要他，把他赶出来了。他这时无以为生，就到朝歌去做杀牛的屠夫。"朝歌"，是殷商的都城。但杀牛不能维持生活，后来他就又到棘津去打工。"棘津"也是殷商时的一个地名。"赁"就是出卖劳动力。后来呢，他已经很老了，又来到磻溪，在那里钓鱼。不是有一个歇后语叫"姜太公钓鱼——愿者上钩"吗？据说他是用直钩钓鱼，所以看来不是靠钓鱼维持生活。李太白说他"八十西来钓渭滨"，磻溪在今天的陕西宝鸡附近，是渭水上游的一条河流。这一带地方，是周的封地。姜子牙八十岁来到周的封地只是为了钓鱼吗？不是。他要钓的是一个能够任用他的君主。结果文王有一天出游，果然就遇到了他，跟他一谈话，觉得这个人果真有才能，就把他带回去，视为自己的老师。

"宁羞白发照渌水，逢时壮气思经纶。"姜子牙一生贫困，屠牛不成，打工也不成，做赘婿还被人家赶出来，现在已经是满头白发了，可是他并不觉得这有什么可耻。为什么？因为他有自信。假如给他一个机会，他就可以扬眉吐气，治理国家。"经纶"本来是说织布的事情，引申为筹划治理国家的大计，因为治国也跟织布一样，需要把经线和纬线有条理地编织起来。"广张三千六百钓，风期暗与文王亲。"你知道他在渭水钓鱼有多久？钓了十年！一年三百六十多天，十年就是三千六百多天。"风"，是他这个人的人格；"期"，是他这个人的理想。他的人格和理想正是文王所追求的那种人格和理想，因此当他们相遇的时候，才能够如此投机。接下来李白说："大贤虎变愚不测，当年颇似寻常人。"你们看见过刚生下来的小老虎吗？跟一只猫差不多。但猫是不会变的，而虎长大了，某一天忽然就变成一只美丽的吊额金睛斑斓猛虎。这就是《易经》的《革》卦所说的"大人虎变"。总之，他是说，你不要看他以前那么贫困，那么失意，可是他一旦得到君王知遇之后，他的天才和本领是你们一般人所想象不到的。而这种情形，也正是李太白所希望的。唐朝取士有科举考试，读书人要先参加乡里的考试、县里的考试，然后还有会试，最后还有廷试，都通过了才能做官。但李太白可不想这么一步一步慢慢走，他幻想忽然间有一天君主就把他请去执掌国政，就像周文王对待姜子牙一样。

举过姜子牙的例子之后，他又提到另外一个人："君不见高阳酒徒起草中，长揖山东隆准公。""高阳酒徒"的名字叫郦食其，是秦末楚汉之际的人。你们要注意"食其"两个字，应该读作 yì jī。郦食其是陈留高阳人，喜欢喝酒，是个酒鬼，所以自称"高阳酒徒"。他出身很贫贱，"起草中"，是说他出身于草莽之中，不是一个高贵家族出身的人。"隆准公"是谁？《汉书》上说，汉高祖刘邦"隆准而龙颜"，"隆准"是鼻子比较高的样子。不过必须要弄清楚，汉高祖可不是山东人。这里的"山东"，是指函谷关以东。秦朝建都在咸阳，咸阳在函谷关的西边，而其他六国楚、燕、韩、赵、魏、齐都在函谷关的东边，所以历史上习惯把函谷关以东的地方都叫做山东。"长揖"，是作揖的时候把手举得很高，然后向下俯得很低，是一种很恭敬的见面礼节，但不同于下拜。当时刘邦是沛公，掌握军政大权，郦食其只是一个贫穷的士人，一般来说见了沛公就要下拜。像晋朝的潘岳也是士人，谄事贾谧，每逢贾谧出行，他总是望尘而拜。而这里的"长揖"，是"长揖不拜"的意思。郦食其只是恭恭敬敬地向刘邦作了一个揖，而不下拜。就是说，他不以投靠刘邦为下属自居，而是坚持彼此平等的礼节。所以下边说："入门不拜骋雄辩，两女辍洗来趋风。"《史记》上记载，郦食其见刘邦的时候，刘邦正坐在那里让两个侍女给他洗脚，郦食其就指责他说："你要想率领诸侯完成灭秦的大业，怎么敢对我们这些有才能的人如此没礼貌！"于是刘邦赶快停止了洗脚，请郦食其上坐，恭恭敬敬地听他议论。"辍"，是停止，放下；"趋风"是"趋走如风"，就是说，一会儿给你送一杯茶，一会儿给你递一条手巾，表示殷勤侍奉的意思。当然，这是指那两个给刘邦洗脚的侍女。

于是，郦食其果然就辅佐了刘邦，结果是"东下齐城七十二，指挥楚汉如旋蓬"。在楚汉相争的时候，齐国降汉还是降楚是举足轻重的。郦食其只凭他的三寸不烂之舌，没用上一兵一卒就说降了齐王，改变了楚汉之间的力量对比。李白说，他改变天下形势就像风吹蓬转一样容易。其实，郦食其为此把命都送掉了，并不像李白说得这么容易。但李白就是喜欢这样狂想，他说："狂客落魄尚如此，何况壮士当群雄！"从这两句来看，他甚至也没有把郦食其看在眼里。郦食其不过是一个落魄的狂生，尚能如此，要是他李白有此机遇，一定能建立更宏伟的功业。总之，《梁甫吟》这首诗是写李白求仕的狂想，还有两首诗《将进酒》和《襄阳歌》，是写他失意后的狂饮与悲哀。

我常常说，诗歌里有一种感发的生命，有一种"潜存的能力"。讲诗，就要把一首诗中所包含的这些东西都挖掘出来。可是时间一受限制，有时候就等于用白话把诗翻译一遍。这是最不可取的。因为诗的生命在它的文本上，你把它原来的文本不要了，换一个你的说明性的文本，它原有的那些感发的生命和潜存的能力就都没有了。就像一具尸体，虽然还是一个人的样子，还有手足四肢，可是生命没有了，已经不再是原来的那个人了。这是一种扼杀生命的行为，对不起诗的作者。所以，我要再来讲李白的一首小诗《玉阶怨》，为的是可以有一些比较能够充分发挥的余地。

《玉阶怨》也是一个乐府旧题，内容都是写贵族女子或宫中女子的哀怨。古人说："士为知己者死，女为悦己者容。"（《战国策·赵策一》）古代的女子，她一生生命的意义和价值都在于找到一个"悦己者"。她们没有机会发展自己，不能够自己完成自己。她们一生所依靠的，只有男子的爱情。所以，当她们所爱的人不在身边的时候，她们就会由相思而产生哀怨。所谓"玉阶"，是玉石的台阶。贫家百姓的院子里当然不会有玉阶，它一定是在贵族的庭院或皇宫内院里。生活在这里的女子虽然不愁衣食，却更不自由。她们永远处于被男子所选择、所抛弃的地位，很多人一生永远在等待。因此，她们的哀怨也就成了诗人们常写的题材。历代写《玉阶怨》的诗人很多，现在我这里有三首《玉阶怨》，大家可以做一个比较，看看哪个写得好，哪个写得不好。

紫藤拂花树，黄鸟度青枝。

思君一叹息，苦泪应言垂。

夕殿下珠帘，流萤飞复息。
长夜缝罗衣，思君此何极。

玉阶生白露，夜久侵罗袜。
却下水精帘，玲珑望秋月。

平时我们只讲好诗，很少有机会讲坏诗。可是你们学诗很重要的一点就是要提高欣赏鉴别的能力。你们要学会判断哪一首诗写得好，好在什么地方；哪一首诗写得坏，坏在什么地方。现在这三首诗都是同一题目，都是写闺中女子的相思哀怨之情，请大家判断一下，哪一首最好，哪一首最差。

这三首诗，第一首的作者叫虞炎，第二首的作者叫谢朓，他们都是南朝齐梁之间的诗人。第三首的作者就是李白。我以为，在这三首里边，虞炎的诗是最差的一首。可能有的同学会说，这首诗里又是紫藤，又是花树，又是黄鸟，又是青枝，形象不是很美丽吗？不错，这首诗外表的文字辞藻很美丽，然而我们判断一首诗的好坏，不是看它外表的雕琢修饰，而是要看它所传达出来的感发的生命有多少。西方现代文艺理论的现象学认为，人的意识与外物接触时所产生的意识活动不是盲目的，它必然带有一定的目的和一定的意向。诗所要传达的，就是你内心与外物接触后，你的感情活动的姿态和方向。"紫藤拂花树"这五个字就不是一句好诗，因为它没有传达出一个感情活动的方向。"紫藤"特指一种蔓生的植物，又叫藤萝；而"花树"是泛指有花的树。这两个名词不能使读者产生某种集中的、定向的感发。为了做比较，我们可以看杜甫的两句写景的诗："桃花细逐杨花落，黄鸟时兼白鸟飞。"杜甫这两句诗写于他政治上失意的时候。作为谏官，他曾给肃宗提了很多意见，肃宗不但不接受，反而准备贬谪他。他独坐在曲江江头，闷闷不乐，于是写了这首《曲江对酒》。这时候春天已过，他所看到的是桃花、柳絮纷纷而落，黄莺、白鹭相逐而飞。这两句诗，在句法之中就形成了一种感发作用，把杜甫心中的迷茫和寂寞表现出来了。你要是设身处地于他的情景之中，也会被感动。还有李商隐的诗，有这样两句："花须柳眼各无赖，紫蝶黄蜂俱有情。"（《二月二日》）这两句所用的辞藻也很美。花蕊可以比作人的胡须，所以叫"花须"；柳叶像一个一个的眼睛，所以叫"柳眼"。而且，柳叶是绿的，还可以使人联想到"青眼"这个词。李商隐为什么用这样的词？因为他流落在外，志意理想都不能实现。可是春天来了，大自然的景色给客子以抚慰。他觉得春天真是多情的，花也无赖，柳也无赖。什么叫"无赖"？小孙子、小孙女缠着非要你干什么，你对他无可理喻，也无可奈何，就是无赖。春天的花和柳都在牵引和扰乱你的内心，使你怎么推也推不开它，因而不能无动于衷，这就是花和柳"无赖"。而且不仅有植物，还有昆虫。他用一个"紫"来形容蝴蝶，用一个"黄"来形容蜜蜂。这些丰富的色彩，也都代表着它们的美丽和多情。所有这些景物集中起来，就表现了一种春天所带来的很强大的生命力量。

而"紫藤拂花树，黄鸟度青枝"这两句，不仅形象的感发不集中，而且所用的动词也不好。"拂"是飘拂，一定要很长很柔软的、可飘动的东西才能"拂"。李后主有一首咏柳的诗说"多谢长条似相识，强垂烟穗拂人头"（《柳枝词》）；周邦彦有一首咏柳的词说"拂水飘绵送行色"（《兰陵王》）。所以，一般提到"拂"，给人的联想就是柳。那柳条的飘动就撩起一种春天的感情。而"紫藤拂花树"的"拂"，就不能引起这种感情。因为藤给人的联想不是"拂"，而是"缠"，藤是一种只能攀缘缠绕的植物。"黄鸟度青枝"的"度"字也不好，是飞过去了，还是在树枝上散步，慢慢地走过去？所以，这"紫藤"、"花树"、"黄鸟"、"青枝"虽然有色彩、有形象，但它们是破碎的，不能集中起来传达一种感情。下边两句虞炎说："思君一叹息，苦泪应言垂。"他说，我因怀念你而叹息，在我叹息的时候，眼泪就流下来了。这两句的缺点是什么？缺点在于他是说明，而不是呈现。他只是说："我悲哀痛苦，我流泪了。"这并不能引起读者的感动。再加上他前边的形象又那么破碎，因此不能把读者带入他所要表现的气氛之中。钟嵘《诗品序》中就认为虞炎这首诗写得不好，他说："学谢朓，劣得'黄鸟度青枝'。"

　　谢朓的《玉阶怨》，就比虞炎这首好一点儿。我说，诗中的形象要能够集中传达一种感情。这一点，谢朓做到了。"夕殿下珠帘"所传达的是什么？是一种对爱情的期待与盼望。这话很难讲，"夕"是黄昏，是男女爱情聚会的时间。"珠帘"是挂在门上的，一定要打开帘子才能有人进来，可现在是"下"，垂下来没有打开。李商隐有两句诗说："更无人处帘垂地，欲拂尘时簟竟床。"（《王十二兄与畏之员外相访见招小饮时予以悼亡日近不去因寄》）这是他在妻子死后写自己的寂寞。人去房空，没有人再打开帘子进来，所以是"帘垂地"；床上一个人没有，空空的一片寂寞，所以是"簟竟床"。因此，这个"下珠帘"是一种期待的落空，是她所盼望的那个人始终没有来。"夕殿"、"珠帘"用得很好，它们和"玉阶"相呼应，是美丽的、奢华的，但又是隔绝的、寂寞的。"流萤飞复息"，是萤火虫在这里亮一下，又在那里亮一下。这是黑暗和寂寞之中一个光影的出现。它与人何干？南唐中主李璟曾经对冯延巳说："'吹皱一池春水'干卿何事？"这是很难说清的一件事。日本诗人松尾芭蕉的俳句说："青蛙跃入古池中，扑通一声！"（《古池》）这"扑通一声"与诗人何干？可是王维也说了："飒飒秋雨中，浅浅石溜泻。跳波自相溅，白鹭惊复下。"（《栾家濑》）在寂静中的一个声音，在黑暗中的一点闪光，所谓"物色之动，心亦摇焉"（刘勰《文心雕龙·物色》），它使你的内心产生了一种感动。所以，这"流萤飞复息"的一点点光亮的闪动，就成了女子内心感发的来源。"长夜缝罗衣"写得也很好。我们常说，"欢娱嫌夜短，寂寞恨更长"，所以是"长夜"。这个女子在相思，在等待，因此就不能成眠。而她在这长夜之中做什么？在"缝罗衣"。西方符号学的理论曾提出一个词叫"显微结构"（microstructure），就是说，作者所用的每一个词，它的声音、它的质地都起着一定的作用。"罗"，是多么轻柔、多么精致、多么贵重的一种衣料；"缝"，是多么女性化的一种动作，缝的动作是何等反复、何等缠绵。所谓"慈母手中线，游子身上衣。临行密密缝，意恐迟迟归"（孟郊《游子吟》），真是把千丝万缕的感情都缝进去了。而缝了多久？缝了一"长夜"，整个的不眠之夜。所以，谢朓诗中的每一个词语、每一个情景，都是引起相思感情的一种因素。它们集中起来，就引出了最后一句，"思君此何极"。在这样的环境气氛之中，我对你的相思怀念是没有尽头的。俗话常说："不怕不识货，就怕货比货。"谢朓的这首诗，通过一件现实的情事传达出了一种相思怀念的感情；而虞炎的那首诗则没有把感情传达出来。现在我们再看第三首诗。

李白的这首诗，它是把相思怀念的现实情事提升了，使它产生了一种有象征意味的意境。这是很微妙的。这首小诗里也有很多形象，有"玉阶"，有"白露"，有"水精帘"，有"玲珑"的"秋月"，它们共同的特点是都具有晶莹、寒冷、皎洁的特质，于是，所有这些形象就结合成了一个整体的背景，形成了一种晶莹的、寒冷的、皎洁的意境。"玉阶生白露"的"生"字用得极好。倘若用"有"字，就笨了。"生"是grow，有生长、增加、进行的意思，是说台阶上的露水越来越浓重了。而这白露的增生意味着什么？第一是寒冷的增生，第二是时间的增生，第三是由此而来的怨情的增生。而这个"生"字，就生发出下一句的"久"字。这女子为什么不进去，为什么在玉阶上站这么久？因为她有所期待。"侵罗袜"，是露水湿透了女子的罗袜。李商隐说："远书归梦两悠悠，只有空床敌素秋。"（《端居》）一个用"敌"，一个用"侵"，在抵抗外界寒冷的同时也就是在抵抗内心的孤独寒冷。她用什么来抵抗？只有"罗袜"。然而罗袜如何能"敌"？冯延巳《抛球乐》中说："波摇梅蕊当心白，风入罗衣贴体寒。"罗虽然贵重，却如此单薄，如此脆弱，怎么能抵抗得住寒冷的侵袭？那么既然如此寒冷，你回去睡觉就是了，为什么要站在这里这么久，任凭白露的侵袭呢？这就表现出一种品格，一种不肯放弃的忠贞和期待。

"却下水精帘"，刚才我说了，放下帘子是暗示期待的落空。但谢朓那个"珠帘"只是衬托了那种美丽、奢华而又隔绝、寂寞的环境，而李白是"水精帘"。"水精"，就是水晶。水晶的品质是皎洁的、晶莹的，又是坚硬的。也就是说，同样写相思和寂寞，但李白在传达感情的同时也传达了一种品质。这话很难说清，需要大家去体会。"玲珑望秋月"，他说我就透过水晶帘去望那秋天的月亮。"玲珑"两个字都是玉字边，是形容那种中间刻穿的一种玉的饰物玲珑剔透的样子；"秋月"是最皎洁、明亮的月。"望月"是什么意思？中国诗人常把望月和怀人放在一起，如张九龄《望月怀远》的"海上生明月，天涯共此时"。所以你看，李白这首诗并不像谢朓有"思君"的字样，但全首都体现出"思君"的怨情。这个"望"字有多层的意思，首先是眼中所望，然后是心中所望。在望而不得的时候，自然会产生一种怨情，这怨情也可以叫做"怨望"。而且，"望"与"秋月"的结合，就使所思念的对象产生了一种升华，使人感到他是那么光明皎洁，那么高远。这里边，就有了一种象征的意味，使人产生一种对光明皎洁的向往。

所以说，三首相同内容的诗，虞炎那一首是失败的；谢朓在传达感情上是成功了，但他所传达的只是题内之意，他写女子的怨情就是女子的怨情，并不给读者以更高远的联想；李白的《玉阶怨》不但传达了题内之意，而且可以引起读者的题外之想。也就是说，他创造出一种思想感情的境界，能够使读者的内心也为之生发感动。这就是李太白的诗之所以好的缘故。

杜甫称赞李白的诗是"笔落惊风雨，诗成泣鬼神"。李白的诗有一种天才的想象和飞扬的气势，那果然是神奇。但那只是李白的一面。李白还有另外的一面，他也能够把诗写得很纤细，很柔美，他也很能够体会女性的感情。之前所讲的《玉阶怨》，就表现了李白的这一面。我们还要看李白的一首《长干行》，这也是一首乐府诗。

在唐诗里边，有一些是假托女性口吻来写的。比如李商隐有一首《无题》说："八岁偷照镜，长眉已能画。十岁去踏青，芙蓉作裙衩。十二学弹筝，银甲不曾卸。十四藏六亲，悬知犹未嫁。十五泣春风，背面秋千下。"这首诗完全是象喻的性质。他表面上是写一个女孩子的成长，实际上是写一个才智之士的成长。他所强调的，是这个女孩子的爱美和要好。她八岁的时候就有一种自觉的追求，要把自己修饰得完美无缺；她勤勉地学习技艺，几乎都不休息；可是到了十五岁的时候却还没有一人来欣赏她，没有一个奉献的机会，因此就产生了落空的恐惧和悲哀。李商隐的这首诗，表现了才能之士不能实现自己抱负的感慨，写得非常好。李太白不是也追求一个仕用的机会，唯恐自己的才能落空吗？那么他假托女性口吻来写的这首《长干行》，是否也表达了这种感情呢？不是的。这首《长干行》只是单纯地表现了一个女性纤细柔美的感情，并没有李商隐那么多的喻义和用心。下面我把这首诗读一遍：

妾发初覆额，折花门前剧。郎骑竹马来，绕床弄青梅。同居长干里，两小无嫌猜。十四为君妇，羞颜未尝开。低头向暗壁，千唤不一回。十五始展眉，愿同尘与灰。常存抱柱信，岂上望夫台。十六君远行，瞿塘滟滪堆。五月不可触，猿声天上哀。门前迟行迹，一一生绿苔。苔深不能扫，落叶秋风早。八月蝴蝶黄，双飞西园草。感此伤妾心，坐愁红颜老。早晚下三巴，预将书报家。相迎不道远，直至长风沙。

古代的小孩子都在头的周围留一圈短发，然后把中间的头发绑起来，这时候一般是七八岁的光景。这么大的小孩子最喜欢游戏、玩耍。所以他说"妾发初覆额，折花门前剧"。"剧"，就是游戏。女孩子最喜欢花，因此常常折了花在门口玩。"郎骑竹马来，绕床弄青梅。"古代的小孩子没有那么多玩具，男孩子常常拿一根竹竿当做马，骑着跑来跑去。"床"，也不是我们今天所说的bed，而是古代的一种坐具。小的时候，我们北京的小孩子常常拿一个小板凳玩，还有首儿歌说："小板凳，朝前挪。爹喝酒，娘陪着。"可能那女孩子就坐着这么一个小板凳。"青梅"是刚刚结成的梅子，很酸的。记得小时候北京德胜门外有个糖坊卖麦芽糖，我们常常把酸的青杏一劈两半，夹上麦芽糖吃。所以你看，女孩子折花、玩小板凳，男孩子就摘青梅、骑竹马。这就是"青梅竹马"这个词的来历。"同居长干里，两小无嫌猜。""长干里"是南京的一个地名，在长江边上；"干"是河岸，所以长江边就叫"长干"。"两小无嫌猜"是说小孩子之间没有男女的避忌。中国古代的礼法是讲究"男女授受不亲"的，甚至"嫂溺"是否可以"援之以手"——嫂子掉在水里要淹死了，做小叔子的能不能把她拉上来——都需要讨论一下。晋朝有一个才女叫谢道韫，经常有人跑来跟她请教学术问题，他们谈话的时候就得挂起一个帐子，因为女子是不能跟其他男子见面的。不过，小孩子就没有这样的避忌，所以才成为"青梅竹马"的好朋友。可是后来，这两家街坊就结成亲家了，"十四为君妇，羞颜未尝开"。小孩子不懂男女的分别，所以他们的友谊是很自然、很纯真的。可是到了十四五岁，就懂得了一些男女的感情。就像《圣经》上的亚当和夏娃，偷吃了树上的苹果之后才知道羞耻，赶快用树叶把自己遮掩起来。这个女孩子，十四岁做了那男孩子的媳妇，开始懂得男女的区别，就再也不能像以前那样自然和放松，在她丈夫面前总是害羞的。怎么样害羞呢？是"低头向暗壁，千唤不一回"。她小时候可能天天跟那个男孩子在一起玩，可是现在只要见到他就低下头去朝着墙，不肯跟他面对面。男孩子长成以后是比较大胆的，他主动喊她，让她回过头来，可是不管喊多少声，她也不肯回一下头。

一年之后，情况就不同了，"十五始展眉，愿同尘与灰"。这女孩子十五岁才放开她的羞颜，开始真正懂得爱情了。她说，我愿意为我们的爱情献出一切，就是化为尘土，我也是心甘情愿的。我常常说，有一些人的感情只是一种情绪，就跟烟囱冒烟一样，刚一开始你看它又是烟又是火，好像挺热烈，过不了五分钟，烟消火灭，什么都没有了。可是还有一种人，他的感情是坚贞持久的，你也许看不到那种又是烟又是火的样子，但它持久不灭。现在这个女子就已经对这个男子产生了这样的感情，她说："常存抱柱信，岂上望夫台。""抱柱信"用了一个典故，古代有个人名字叫尾生，他和他所爱的女子订了一个约会，约好在桥柱下见面，可是那个女子没有来——这是很不好的。我向来以为，男女平等是对双方而言，有些女孩子为了提高身价，常常让男子等她半个小时，这实在是失约的行为。女子失约了，尾生却要守信用，那天晚上桥下的水涨上来了，尾生仍然不肯离开，结果就"抱柱而死"。这是为了爱情的信约而付出生命代价的一个榜样。"望夫台"的故事是说，有一个当丈夫的远行不归，他的妻子每天站在那里盼她的丈夫归来，望来望去就化成了一块石头，叫做"望夫石"。在中国很多地方都有这种传说和这种望夫石或望夫台的遗迹。所以，"常存抱柱信，岂上望夫台"的意思就是说，我们两个人对待爱情都像尾生一样坚贞守信，谁也不会辜负谁，所以我相信你绝不会离开我不回来。

可是，男子汉大丈夫岂能株守家园？一个男子，不管做生意还是为官，都不能天天坐在家里。所以她的丈夫还是走了，"十六君远行，瞿塘滟滪堆"。她丈夫是坐船走的，从南京乘船逆水而上，一直到了四川的瞿塘峡。三峡有许多险滩，滟滪堆是最险的。所谓"滟滪堆"，就是江水中的一块大石，据说你不能避开它走，否则一定要撞到上面，撞到上面船就完了。夏天四五月份水涨的时候，那地方尤其危险，当地有民谣说："滟滪大如襆，瞿塘不可触。"所以下面他说："五月不可触，猿声天上哀。"三峡两岸都是高山峭壁，山中猿叫的声音远远听着特别凄惨，因此有一首民歌里说："巴东三峡巫峡长，猿鸣三声泪沾裳。"丈夫到那样危险的地方去，妻子当然惦念。下面就是写这个女子在家中的思念。

"门前迟行迹，一一生绿苔。"说到这一句，我要谈一谈版本的问题。其实做任何研究，版本都是重要的，那是你所依据的一个text，一切解释都要依据这个文本。在李太白的诗集里边，一般都是"迟行迹"，但也有的是"旧行迹"。"迟"和"旧"哪一个更好？"迟"，有等待的意思；"行迹"，是走过的路。如果说等待行人回来，就不能说等待他走过的路。如果你说，我是站在他走过的路上等待，这也勉强可以，但和下一句连接起来又不大好。因为"一一生绿苔"的是"路"，而且，"生绿苔"本是由于没有人走的缘故，如果你天天走到这条路上去等待，它就不会"生绿苔"。我说过，诗歌里边要传达出一种兴发感动的作用。而你要传达这种作用，你在诗中所用的形象和词语就应该集中指向这种感发。这个"迟"字，还不仅是意思上没有起到这种作用，在声音上也不好。"门前迟行迹"——平平平平仄，读起来没有一种抑扬顿挫的声音的美感。所以我认为这个"迟"字很可怀疑，用在这里并不恰当。

那么如果说"门前旧行迹"呢？你从前常常从这里走过，自从你走了之后，这里再也没有人行走了，所以都长了绿苔。这个意思是可以的。南宋词人吴文英就说过："惆怅双鸳不到，幽阶一夜苔生。"（《风入松》）李白说的是女子期待男子；吴文英说的是男子期待女子。"双鸳"，是女子的绣鞋。"幽阶一夜苔生"大概不是事实，常走的路一夜不会长出青苔来，但这句话同时也意味着心中的愁闷，所谓"一日不见，如三秋兮"，是感觉上的真实，而不是客观现实中的真实。

但还有一个版本，那完全是我自己的版本，不是大家所承认的。在我很小的时候，我喜欢看《唐诗三百首》。大人给我讲过张九龄的《感遇》什么的，可是小孩子哪里懂得什么"仕隐"、什么"寓托"？我觉得那些诗念起来不好听，一点儿意思也没有，就自己随便看。像这首写小孩子的"妾发初覆额，折花门前剧"，我可以理解，所以就把它背下来了。不过这两句我一直背的是"门前送行迹，一一生绿苔"，我不知道是我背错了，还是我那本《唐诗三百首》印错了，因为那本《唐诗三百首》早已不存在了，我先入为主，总以为这"送行迹"其实不错。当日你远行之时，我就是送你从这里走的，我看着你一步一步走远，而这些脚印现在已经长满了青苔。我以为，这个"送"字放在这里也许更恰当，意思上更好。而那个"迟"字，是三个版本里最不可取的一种。当然，我自己这个版本只是顺便说一说而已，我们是不可能把李太白从九泉之下请来问一问他本人的。

　　我现在要说的是李太白这首诗情致的美好。他把一个女孩子的感情写得这么真纯，而真纯永远是天下最可宝贵的一种品质。从"妾发初覆额，折花门前剧"到"十四为君妇，羞颜未尝开"，是写一个女子的心灵在爱情这方面的成长和经历。"低头向暗壁，千唤不一回"，是写这个女子刚刚懂得儿女风情时那种害羞的样子。到了十五岁她才开始对爱情有了真正的认识，希望同丈夫之间永远相互忠诚，永远相依相伴。可是没想到，十六岁的时候丈夫就走了，而且是为谋生到"瞿塘滟滪堆"那样一个风波险恶的地方去。所以"五月不可触，猿声天上哀"，她在怀念的同时还有一份担忧的感觉。我们中国古人的感情，说是"国风好色而不淫，小雅怨诽而不乱"，好色是可以的，但要"发乎情，止乎礼"；人心里边可以有一种不满足的愁怨，但也不至于胡作非为。这是说诗歌有陶冶性情的好处。所以"门前送行迹"——我还用我的版本——"一一生绿苔"，这女子就因此马上埋怨男子的负心吗？不是的。她是在担心和思念，担心他路上会不会有什么危险。

下边他说："苔深不能扫，落叶秋风早。"你们要注意呀，这不是律诗，它是属于古乐府杂曲歌辞的歌诗，本身是一首五言的古体诗，所以它可以换韵。这里就换韵了。古人的诗写得好，往往是声情合一。你看，他没有说我对你的怀念和担忧无法排解，一天比一天增加；而是说"苔深不能扫"。写得那么浅近，就在眼前，而含义却那么丰富！"门前送行迹，一一生绿苔"是比较平的叙述，可是到这里换仄声韵，忽然往下一摁，"苔深不能扫"，就把感情加深加重了，是我对你的怀念没有办法减少，就像那青苔越长越厚不能清扫一样。"落叶秋风早"接得更好。我在讲韦庄词的时候讲过"劝我早归家，绿窗人似花"（《菩萨蛮》），说在绿窗之下等待你的那个人虽然像花一样美丽，但也像花一样易于凋落。你如果不赶快回来，你要是几十年之后再回来，那个人就已经像花一样零落凋谢了。《古诗十九首》中说"思君令人老，岁月忽已晚"（《行行重行行》）。《牡丹亭》中也说，那如花美眷，怎敌他似水流年。一个相思怀念之中的女子，青春年华很快就会过去，转眼就是衰老、死亡。西方语言学的符号学里曾经讲到"语码"的作用，说是有一个"code"，你只要一碰到它，就能带起来一大片联想。而这个"code"及其联想，是跟一个国家、一个民族的历史文化结合得非常紧密的。那么"落叶秋风"是怎样一个语码？屈原《离骚》中说："日月忽其不淹兮，春与秋其代序。惟草木之零落兮，恐美人之迟暮。"所以你看，"苔深不能扫，落叶秋风早"，看起来那么简单、那么平易，一点儿雕饰也没有，可是却带给读者这么丰富、深厚的联想。

"八月蝴蝶黄，双飞西园草"，这是一个反衬，反面的陪衬。这个女子是孤单的，可是八月的蝴蝶却是一对对飞来的。那黄色的小蝴蝶，在园子西边的草地上一对一对地飞，因而"感此伤妾心，坐愁红颜老"。他现在就是直说，把她的这种感情明白说出来了。钟嵘《诗品序》中论到赋、比、兴时说："若专用比兴，患在意深，意深则词踬。若但用赋体，患在意浮，意浮则文散。""踬"是不畅的意思。他说，如果你全都用比兴，没有一句话是直说，那么你的诗就变成一个个破碎的形象，就不顺畅。如果你单用赋体呢？说得那么直截了当，说完就完了，那就显得浮浅，不给人联想与回味的余地。李白在这里用了很多比兴手法来旁敲侧击，他说"苔深不能扫，落叶秋风早。八月蝴蝶黄，双飞西园草。感此伤妾心"——最后才把自己的感情直说出来："坐愁红颜老。"我以为这个"坐"有"原因"的意思，相当于法律用语的那个"坐罪"的"坐"。这是因为愁红颜之易老，所以才对那些景物感到伤心。

我刚才说"小雅怨诽而不乱"，其实我们也学过《古诗十九首》的《行行重行行》，那首诗的好处也在于对期待的不肯放弃。你走了这么久不回来，我干脆就忘记你另寻新欢算了，可是那首诗感情的特色就是不放弃，一直到最后还说"弃捐勿复道，努力加餐饭"，仍然存有万一相见的希望。这也是中国传统的一种感情修养的境界。冯延巳《鹊踏枝》中说"楼上春山寒四面，过尽征鸿，暮景烟深浅。一晌凭栏人不见"——怎么样？"鲛绡掩泪"，还要"思量遍"。所以，就是在"坐愁红颜老"的悲哀之中，她还说什么？她说："早晚下三巴，预将书报家。"注意，这里换韵了，又换了平声韵，在感情上也扬了起来。他把她的悲哀写得越来越深，越来越厚，可是写到这里忽然又转回来。她说你准备什么时候回来，一定要提前写一封信给我。"三巴"，是巴郡、巴东和巴西，都在四川的东部、三峡的附近。接到书信之后怎么样？她说："相迎不道远，直至长风沙。"我一定亲自去接你，绝不嫌路远。"长风沙"是一个地名，在长江边上，据陆游《入蜀记》说，从金陵到长风沙有七百里的路途！你看，这是多么朴素、多么纯真的爱情，而且他写出了这种爱情成长的过程。

也许我不该这么比较，可是不比较你就看不出他的好处。王维的《洛阳女儿行》说："洛阳女儿对门居，才可容颜十五馀。良人玉勒乘骢马，侍女金盘鲙鲤鱼。"我们都觉得他写得很美，声调也很好听，不是吗？可是你有没有发现，王维的《洛阳女儿行》里边，隐含着一种贵贱、得失的计较。这说明作者的心中就存有这样的意念。而李白这首诗完全是朴素、纯真的。同样写女孩子的感情，但表现出来的品质不同，这和作者内心品质的不同有直接关系。

（杨爱娣整理）

【盛唐诗人】

之 四

*

王昌龄

一

　　我要讲王昌龄的一首"宫怨"之词。什么是"宫怨"？就是
后宫女子被冷落而产生的哀怨。白居易《长恨歌》说："后宫佳丽
三千人，三千宠爱在一身。"皇帝只有一个，分身无术，不能满足
后宫这么多佳丽的爱情要求，所以后宫很多人都是被冷落的。有的
人从十六七岁被选入宫到六七十岁老死宫中，都没见过皇帝一面；
有的人得宠一时，不久便被冷落。这些女子的命运是令人同情的。
写这些宫中女子被冷落的哀怨，就是"宫怨"。唐代很多诗人都写
过宫怨的诗。至于王昌龄这个诗人，关于他生平事迹的资料很少，
而且他的诗和他个人特质的关系也不像李白和李白的诗那么密切。
所以这一回我们简单看他的一首诗，然后再介绍他的人。先看《长
信秋词》。我读一遍：

　　　　奉帚平明金殿开，暂将团扇共徘徊。
　　　　玉颜不及寒鸦色，犹带昭阳日影来。

这首诗说的是汉成帝的妃子班婕妤。班婕妤才德姿容兼备，开始很受宠爱，但后来成帝宠爱赵飞燕姐妹，就冷落了她。传说她曾写过一首《怨歌行》，又叫《团扇诗》：

> 新裂齐纨素，皎洁如霜雪。
> 裁成合欢扇，团团似明月。
> 出入君怀袖，动摇微风发。
> 常恐秋节至，凉飚夺炎热。
> 弃捐箧笥中，恩情中道绝。

这首诗完全是用团扇来做比喻，写得很好。不过，在西汉的时候五言诗还没有成熟，不大可能有这么好的诗出现，所以也有人怀疑这首诗不是班婕妤作的。不过总而言之，赵飞燕进宫后班婕妤就失宠了。为了不被赵家姐妹忌妒陷害，她就自动请求到长信宫去侍奉太后。王昌龄这首诗，写的就是班婕妤在长信宫寂寞孤独的生活。"奉帚"是手里拿着扫帚。"平明"是天刚亮的时候。因为侍奉太后，所以要早早起来洒扫庭除。"团扇"，就含有《团扇诗》所写"秋扇见捐"的意思。到了秋天扇子没用了，就被抛弃了。古代女子也是一样，她们都是以色事人，"色衰则爱弛"。所以"暂将团扇共徘徊"，手里拿着这把扇子在宫殿里走来走去。这是写她的寂寞。古人讲"怨而不怒"的修养，所以你看，他虽然是怨词，但不直接说失宠之后如何怨恨。他说："玉颜不及寒鸦色，犹带昭阳日影来。""玉颜"，指美丽的容颜。那美丽的容颜还不如丑陋的乌鸦，因为乌鸦还可以落在昭阳殿的殿角上，得到那里阳光的照射。"昭阳"，是赵飞燕居住的宫殿，成帝每天都跟赵飞燕姐妹住在那里。我曾讲过语码，"日"在中国文化传统里也是一个语码，它是君主的象征。"犹带昭阳日影来"，意谓寒鸦尚能在赵飞燕承宠的昭阳殿分得一点点日光照射的光彩，自己却得不到君王的一点点思念。这些他都没有直言，而是采取寓托的办法，用的是很委婉的口气。

再看他写的另外一首《闺怨》：

闺中少妇不知愁，春日凝妆上翠楼。

忽见陌头杨柳色，悔教夫婿觅封侯。

他所写的是一个"闺中少妇"。要知道，只有少妇的相思之情才是最强烈的。没有结婚的少女对夫妻之间的感情不大懂。老年妇女呢，这种感情就趋于平淡了。他写的这个少妇，她那种相思之情还没有觉醒，所以说"不知愁"。可是她"春日凝妆上翠楼"。你们看王昌龄所用的字词，都带着一种感发的作用。"春日"，是一切动物和植物觉醒的季节，所以也是人的感情觉醒的时候。"凝妆"者，就是"严妆"，是很用心、很精美的化妆。女子当然喜欢自己美丽了，可是这个美丽要有人赏爱，所谓"女为悦己者容"。这一句，并没有说这个女子对爱情的追求。可是，"春日"是对爱情的觉醒；"凝妆"是对欣赏的期待。这话很难说清，但感发的力量就是这样逐渐培养起来的。

"上翠楼"是什么？那常常意味着一种向外的追求。《古诗十九首》里说："盈盈楼上女，皎皎当窗牖。娥娥红粉妆，纤纤出素手。"（《青青河畔草》）那个女子也是严妆登楼，而且还故意露出她洁白美丽的手。她为什么要站在窗前露出美丽的容貌给人家看呢？后边说，因为她"昔为倡家女，今为荡子妇。荡子行不归，空床难独守"。倡家女子总是不甘寂寞的，总是有许多男子围绕她、赞美她。她现在结了婚，但她的丈夫远行不回来了，她就觉得非常寂寞孤独。所以你看，"春日凝妆上翠楼"也是一种暗示，暗示着这个女子心中爱情的感情在觉醒。

下边他说："忽见陌头杨柳色，悔教夫婿觅封侯。""陌头"，就是路边。这女子在楼上忽然看到路边的杨柳都绿了，这是春天带来的良辰美景。很多人说，面对良辰美景的时候，应该有人与你共同欣赏，才是最快乐的事。可是春天来了，这个女子却没有伴侣，因为她把她的丈夫放走了。去做什么？去追求功名富贵。她曾经以为这是很重要的，但现在这种远别就给他们的爱情留下了遗憾，使她陷入相思的痛苦之中。

王昌龄这个作者，历史上记载他生平的事迹很少。我们只知道他在仕宦方面很不得意，虽然考中了进士，但大部分时间是在外地做很小的官。他曾被贬官到岭南，回来后又被贬作江宁丞，天宝七年（748）又被贬为龙标尉，所以人们称他王江宁或王龙标。

关于他的籍贯有不同说法，有的说他是京兆长安人，可是殷璠的《河岳英灵集》说他是太原人。殷璠是唐朝人，与王昌龄同时代，他的说法应该是不错的。而且王昌龄自己有一首诗说："旧居太行北，远宦沧溟东。"（《洛阳尉刘晏与府掾诸公茶集天宫寺岸道上人房》）太行北，应该就是指太原。所以我觉得说是太原人比较可信。

安史之乱时期，他从龙标回乡路过亳州，被刺史闾丘晓所杀，但他被杀的原因我们也不知道。总之，王昌龄这个人在性格上应该是比较狂放、不拘小节的，可能会得罪很多人，因此才多次被贬官。他的被杀大概也与此有关。

二

王昌龄是李白的朋友。当他被贬到龙标去做县尉的时候，李白曾写了一首诗《闻王昌龄左迁龙标遥有此寄》：

> 杨花落尽子规啼，闻道龙标过五溪。
> 我寄愁心与明月，随风直到夜郎西。

什么是"左迁"？"迁"是官职的改变；中国古代以右为上，以左为下，所以"左迁"就是贬官的意思。"龙标"在现在的湖南黔阳，在唐朝是很荒僻的地方。李白听说王昌龄被贬到那么远的地方去做县尉，就写了这首诗寄给他。这是一首七言绝句，而你要知道，唐人写七言绝句写得最好的有两个人，一个是李白，一个就是王昌龄。我们学习古代诗歌是为了要提高诗歌评赏的能力，这种能力主要是从比较之中得来的。英文的诗和中文的诗很难比较，因为它们相差太远了。你要想学会比较，就必须找相似的作品。所以我们可以拿李白的这首七绝和刚才所讲的王昌龄的那首七绝来比较一下。

七绝只有四句，在这么短的诗里还要传达出一种感发的力量，就必须注意感发的形成，也就是内在感情和外在形象是怎样结合起来的。我以前讲过，由心及物是"比"，由物及心是"兴"。王昌龄的那首《长信秋词》是"比"，是他内心之中先有了一种怨情，然后假借着团扇、寒鸦、日影这些形象，把怨情表现出来。那首诗未尝不好，但它有一种"做意"，有一种思索和安排，是作者有心在"作"。可是真正第一等的好诗是什么样的？是"满心而发，肆口而成"的，是你内心充满了这种感情，它一定要流露出来，你挡都挡不住。所谓"肆口"就是"随口"，你不用思考，一张口就说出来了。这"杨花落尽子规啼"，实在就是"满心而发，肆口而成"的一句好诗。

从表面上看起来，王昌龄的那首诗好像意思更丰富一些，因为它有典故，有寓托的含义。可是我把那些典故和寓托的含义讲清楚之后，就没有什么可讲的了。而这一首诗的"杨花落尽子规啼"，与王昌龄的被贬有什么相干？所谓"'吹皱一池春水'干卿何事"？那是"物色之动，心亦摇焉"。他毫无造作就脱口而出了，你讲起来却一言难尽。

"杨花"就是柳絮，也就是柳树的花。谁注意过柳树开花？柳树的花是没有花冠的，你根本看不到花，它一放开，中间就像棉絮一样，马上就随风飘走了。王国维《水龙吟·杨花》中说："开时不与人看，如何一霎濛濛坠！"任何植物都有生有死。别的花也会落，但别的花毕竟开过啊！它们毕竟都有过一段一生中最美丽的时刻。可柳树的花呢？柳树的花开的时候就落了。这真是生命的悲哀！人也是如此的。孟浩然说："羊公碑尚在，读罢泪沾襟。"（《与诸子登岘山》）羊祜虽然死了，但他有功业留传给后世，后世的人们为他的功业而感动。可是更多的人并没有这种幸运，他们的一生就像杨花柳絮一样，未曾辉煌就陨落了。我在辅仁大学读书的时候，我们的教室是以前恭王府的所在，相传那是《红楼梦》中大观园背景的蓝图。教室外边的院子里有四棵垂杨柳，每到暮春三月，柳絮就逐队成球地飞来飞去，有时就飞进教室里来，那真是漫天飞絮，一片迷蒙。而李白说的还不是这个时刻，是"杨花落尽"。杨花都飞尽了，春天已经完全过去了。生命真是短暂！而且还不止如此，还有"子规啼"。"子规"是杜鹃鸟的别名，这又是中国文化传统里的一个语码。李商隐的《锦瑟》诗中说："望帝春心托杜鹃。"这是一个古代神话传说，说古代蜀国有一个望帝，他跟他臣子的妻子发生了关系，后来他觉得很羞愧，于是就把国家让给那个臣子，自己退位后就死去了。他是带着失国的悲哀和对自己过错的悔恨死去的，死后就化成了杜鹃鸟。据说杜鹃鸟叫的声音好像在说："不如归去。"这是它在思念故国。它可以一直不停地叫，直叫到口中流出血来，所以叫做"杜鹃啼血"。"子规啼"所引起的第二个联想，是屈原《离骚》中的"恐鹈鴂之先鸣兮，使夫百草为之不芳"。"鹈鴂"，有的人说就是杜鹃，有的人说是另一种鸟。它也是在暮春的时候啼叫。屈原说，我常常害怕听到鹈鴂的叫声，因为它一叫，百草千花都零落了，春天也就过去了。所以你看，李太白所写的，一方面可能就是当时现实的景物，他果然看见杨花落了，果然听见子规啼了；可是另一方面，光阴消逝了，一切美好的东西也随着光阴的消逝而离去了。你看，人家李白并没有说，王昌龄你被贬了，我很同情你，我很悲哀。人家只是说，在"杨花落尽子规啼"的季节和景物之中，我听到了你被贬谪的消息。他的感慨是什么？他并没有说，可是一切感情都在其中了。你要知道，王昌龄虽然仕宦很不得意，可是他的诗才是大家公认的。有一个"旗亭画壁"的故事，不知道大家听过没有，说的是有一天王昌龄、高适和王之涣一起到酒楼去喝酒，正好进来一群歌女也在这里喝酒唱歌，于是三个人就商量好各自画壁记数，看一看谁的诗被唱得最多，那就说明谁的诗最流行。等了一下那些歌女就唱了，第一首唱的是王昌龄的，第二首唱的是高适的，第三首唱的还是王昌龄的。王之涣就觉得有些不好意思了，他就说："你们看，那些歌女里边有一个最年轻、最漂亮的女孩子，她始终没有开口唱，等一下她唱的时候如果不是唱我的诗，我就再也不敢与你们争雄了。"等了一会儿，那女孩子果然唱起了王之涣的"黄河远上白云间"。

七言绝句在唐朝是可以配合音乐来歌唱的，曾经盛行一时，王昌龄的七言绝句写得最好，曾被称为"诗家天子"。据说杀死他的那个刺史闾丘晓后来也犯了罪，河南节度使张镐要杀死他，他哀求说："我的父母年岁已经大了，请不要杀死我。"张镐说："你杀了王昌龄，他难道就没有父母吗？"结果还是把他杀死了。这说明，当时很多人是同情王昌龄的。在王昌龄被贬官到龙标的时候，不仅李白给他写了诗，别的作者也写了。不过那都不是最好的诗，所以我们只讲李白的这一首。

"龙标"刚才说了，在如今的湖南黔阳；"五溪"是雄溪、樠溪、沅溪、酉溪、辰溪，在现在的湖南与贵州交界的地方。李白说，当杨花柳絮已经飞尽的时候，当杜鹃鸟叫着"不如归去"的时候，我就"闻道龙标过五溪"，听到了我的好朋友王昌龄被贬到龙标的消息。在中国文化的传统中，提到"五溪"，给人的联想就是那些很荒远的地方。杜甫不是还有一句诗说"五溪衣服共云山"（《咏怀古迹》之一）吗？李白说，我现在离开你那么远，我怎样表达我对你的这一份友谊与关心呢？是"我寄愁心与明月"，就"随风直到夜郎西"。李太白最喜欢说月亮，他说我要把我的感情寄托给月亮，因为它能够同时照着你也照着我，月亮的那种光明，那种圆满，就代表着我对你的一份同情与安慰。"夜郎"，古代有好几个，这里的夜郎离龙标不远，在如今的湖南新晃。你看，天上的明月、万里的长风，那种飞动，那种高远，李白就最善于运用这些大自然的景象，非常自然地形成一种对读者感发的力量。

三

再看王昌龄的一些边塞诗。

盛唐边塞诗在中国诗歌的历史之中，是一个很奇特的现象。其他时代的边塞诗并不很多，只有盛唐时代边塞诗最多，为什么？因为，唐朝跟外族的交往很多，战争也不少，有的时候是拓边，有的时候是抵抗外族的侵略，这就给诗人们提供了写边塞诗的背景。另外，过去的诗人一般很少到边塞去，所以他们只写自己生活中所经历过的感情，不写边塞诗；而盛唐有不少诗人去过边塞，他们有的是带兵到前线去，有的在边防部队里工作过，对边塞生活和士兵感情有切身的体验，所以就写了很多边塞诗。

我常常说，当代中国文学中也有一个很引人注目的开拓，就是知识青年写他们上山下乡生活的文学。那是中国几千年来的文学作品都没有写过的。不是说那些地方过去没有人去过；而是说，知识青年把他们的知识、感情和生活体验结合起来，写成文学作品，那种生活和那种感情，以前从来也没有人体验过，所以是一个开拓。而边塞诗在唐朝，也是这样一个新的开拓，尤其是在盛唐。

盛唐武功强大，边塞诗也特别流行，因为那时候出去打仗的人对国家有一种信心，相信一定会取得胜利，所以打起仗来有一种不顾生死、勇往直前的精神，表现在诗歌里，就形成所谓盛唐边塞诗的"气象"。但这种气象到中晚唐以后就写不出来了，因为那时候大家经历了天宝以后的战乱，体验到了战争的痛苦，所以就更多地写厌战的诗歌，不再有盛唐那种勇往直前的精神了。

一般说起来，盛唐边塞诗有七言绝句和七言歌行两类。由于体裁不同，内容风格也有所不同。七言绝句比较短小，所以需要概括，要把感情浓缩，王昌龄和王之涣以此著称。七言歌行篇幅较长，就可以有批评有议论，写边塞风光和战场生活也可以写得更为具体真切，高适、岑参以此著称。刚才我提到"气象"这个词，所谓盛唐边塞诗的"气象"，实际上结合了两个方面，一方面来自边塞景物的开阔博大，一方面来自那种振奋的精神和胜利的信心。而最能够代表这种气象的，就是王昌龄。

王昌龄的七言绝句写得情景相生，充满了感发的力量，而且他的感发总是兴象高远。比如他的那首"秦时明月汉时关"（《出塞》），有人就认为是唐代七言绝句里的"压卷之作"。清代沈德潜对王昌龄的评价是："龙标绝句，深情幽怨，音旨微茫，令人测之无端，玩之无尽。"（《唐诗别裁集》）有的人写诗，话说完了意思也完了，再也没有思索的余味，王昌龄的诗却可以让你的内心一直感发，好像一块石头投在水里，那水波一圈一圈可以荡漾到很远很远。不过，这么说是很抽象的，我们还是看他的几首诗。先看四首《从军行》：

> 烽火城西百尺楼，黄昏独立海风秋。
> 更吹羌笛关山月，无那金闺万里愁。
>
> 琵琶起舞换新声，总是关山离别情。
> 撩乱边愁听不尽，高高秋月照长城。
>
> 青海长云暗雪山，孤城遥望玉门关。
> 黄沙百战穿金甲，不破楼兰终不还。
>
> 大漠风尘日色昏，红旗半卷出辕门。
> 前军夜战洮河北，已报生擒吐谷浑。

第一首，"烽火城西百尺楼"。古代没有无线电通信设备，在传递战争警报的时候，夜里用烽火，白天用狼烟，狼烟就是点燃狼粪冒出来的白色的烟。烽火台，是专门用于点燃烽火和狼烟的高台。"百尺楼"呢？是士兵戍守瞭望的城楼。所以你看，他的第一句"烽火城西百尺楼"就写出了边塞风光的一个立体画面。而且还不止如此，这一句的声音也传达着一种感发。这是很难讲的。我们一般讲诗只是讲它文字的意义，但现在西方符号学的理论提出，声音也能够传达出一种力量。其实，声音在中国诗里早就是一个很重要的因素，尤其是近体的律诗和绝句。古代中国读书人入学之后就要学讽咏和吟诵，这是一个传统。中国的诗很微妙，它有一部分感发的力量是随着声音传达出来的。有的人说，不就是"仄仄平平仄，平平仄仄平"吗？可是不然，同样是平声，有阴平有阳平；同样是仄声，有上声、去声和入声。平声里边，还有开口的声音、闭口的声音、撮口的声音等区别。而且，除了韵母之外，声母的声音也会起作用。这是一种很复杂的、多层次的、微妙的结合。杜甫的诗之所以好，一个很重要的原因就在于他把声音和感发的力量结合得特别好。杜甫是很注意吟诵的，他曾说："新诗改罢自长吟。"我也有这样的体会，我自己作诗的时候就是伴随着声音来创作的。这话真是很难说清楚——诗句有时候会随着声音自己跑出来。读诗也是这样，每次我一读杜甫的诗，不由自主地就兴起一个吟诵的调子，它就逼得你必须开口把它吟出来才能传达自己所受到的感发。美国有两位教授梅祖麟和高友工写过一篇论文专门分析杜甫《秋兴八首》的声音。中国的诗学也早就注意到了这个方面，中国传统的说诗人就常常说到杜诗的声音如何如何好，说他怎么样注重双声、怎么样注重叠韵等等。只可惜，中国的诗学批评中缺少理论上的细腻分析。而梅祖麟和高友工是语言学家，他们用语言学的方法对杜诗里的声母、韵母等都作了很仔细的分析，于是就发现杜甫《秋兴八首》之中，声母和韵母确实有各种互相呼应的关系。杜甫当时不一定有这种自觉，可是他写出的诗自然而然就产生了这种作用。王昌龄的绝句为什么好？不仅好在形象，也好在声音。"烽火"、"城西"、"百尺楼"，不只兴象高远，那声音中也有一种很激动的、很强烈的感情在里面。

下一句，"黄昏独立海风秋"，是说戍守的兵士傍晚轮到值班了，他就要到城楼上去瞭望。西北边塞怎么会有"海风"？那是因为内陆的湖泊很大，也常常称海。比如青海湖就称海，苏武牧羊的"北海"则是贝加尔湖。你要注意，"海"的发音是开口的，"风"的韵母是"eng"，那种雄浑，那种强壮，就带着一种感发的力量。这两句诗的内容，其实也不过是说守城的士兵在黄昏独自一个人站在很高的城楼上，秋天的海风从荒凉辽阔的旷野上一阵阵吹来。但这简单的内容结合着声音，就产生出一种很强大的感发力量。然后，作者就开始慢慢把人的感情移入了："更吹羌笛关山月。"笛子本是胡人的乐器，所以叫"羌笛"。《关山月》是一个以征人思妇的离别为主题的乐曲，是说征人经过万里的关山到前线去戍守，他和他的妻子在晚上看到的是同一轮明月。有一首很流行的歌曲叫"十五的月亮"，歌词大意是说，十五的月亮照在家乡也照在边关，你在前方作战，我在后方侍奉你的父母，维持家庭的生活，你尽了你的一份力量，我也尽了我的一份力量，将来军功章上有你的一半也有我的一半。这里边当然有一种现代人的意识，但这首歌显然也是征人思妇的歌曲。还有一首比较悲壮的叫做"血染的风采"，说是假如我倒下再不能起来，你不要为我流泪、为我悲哀，因为我是为祖国而牺牲的，祖国的旗帜上有我血染的风采。所以你看，征人思妇的感情，古代如此，今天也是如此，古今是能够相通的。"更吹羌笛关山月，无那金闺万里愁。""金闺"是女子的闺房。"金屋藏娇"嘛！"无那"就是无奈。在那羌笛吹奏的《关山月》的乐曲声中，我感到难以安排的、无可奈何的是你的感情。意思是说，我对你的怀念也是永远不会改变的。

第二首，"琵琶起舞换新声"。刚才说到"羌笛"是胡人的乐器，"琵琶"也是胡人的乐器。军中乐器都是从少数民族那里传来的羌笛和琵琶，这也就表现出了边塞诗的特色。军队里的娱乐是很重要的，因为它可以排解士兵们因生活的艰苦和孤独而产生的郁闷的情绪。当琵琶弹起来的时候，就有人起来跳舞。"换新声"是说，在这个过程中已经弹过很多新的曲子。但不管换了多少曲调，"总是关山离别情"——永远是我们怀念家乡、思念亲人的调子。"撩乱边愁听不尽，高高秋月照长城。""撩乱"是紊乱，就是说，离别的忧愁在你内心环绕，你没有办法整理出一个头绪来。李后主说"剪不断，理还乱，是离愁"（《乌夜啼》），那有点儿太柔弱了，"撩乱边愁"就比较刚健。他说，是琵琶弹奏的那些听不完的离别的曲子，引起了我心中千头万绪的离别的感情；而就在我听着这种音乐的时候，就在我内心充满了这种缭乱的边愁的时候，月亮升起来了。月亮升起来与你何干？要知道，在边疆旷野的秋天，天显得特别高，月亮也显得特别亮。月亮照在长城之上，这真是情景交融的极致——表面上完全写景，实际上完全写情！

情景交融，这是王昌龄写诗的特点。第一首诗中"烽火城西百尺楼，黄昏独立海风秋"是写景；"更吹羌笛关山月"是感情移入的一个因素；"无那金闺万里愁"就过渡到感情。这是由景写到情。第二首"琵琶起舞换新声，总是关山离别情"，是写从音乐唤起的感情；而到"撩乱边愁听不尽"，感情已经十分激动的时候，忽然间把笔墨宕开去写景——"高高秋月照长城"。这是由情写到景。可实际上，写景就是写情。当他说到"高高秋月照长城"的时候，那已经不只是一个客观上的月亮照在长城上的景色而已，所有那些听不尽的边愁已经都融进去了，那长城，那高空，那旷野，那满天的月色，现在就全都变成了征人的离愁。

现在我们看第三首，"青海长云暗雪山"。在一个四面遮蔽的小院子里你能看见"长云"吗？"长云"，不是一丝一片的云，而是很广远的、无边无际的云。"雪山"，突出北方的寒冷。而在"长云"和"雪山"之间，他加上了一个"暗"字，就使你可以想象到边疆地带那种广远、阴惨、寒冷的样子。"孤城遥望玉门关"，对第一句来说实在是一个对比。"青海长云"是说遥远的边塞，而"玉门关"是什么地方？那是回乡所必经的道路。王之涣的《凉州词》里说："春风不度玉门关。"玉门关内是春风，是故乡；玉门关外是战争，是死亡。古人曾经说："但愿生入玉门关。"（《后汉书·班超传》）多少人从玉门关出去之后就没有活着回来！这两句，是写出关的士兵。他们向前看，是阴惨寒冷的边塞；向后看，远方地平线上那座孤城是通往家乡的玉门关。一边是故乡和春风，一边是战争和死亡，你在这两者之中做何选择？这个对比之中有很强大的张力。作者说了，"黄沙百战穿金甲"——这是接着"青海长云暗雪山"的边塞来说的，他说在边塞我经历了这么多次战争，我身上的铁甲都被磨穿了。那么我就不想回去吗？我当然想回去，我在"孤城遥望玉门关"——每天都在想念着玉门关内的家乡。可是作为一个将士难道能够逃避战争跑回故乡吗？他说，我"不破楼兰终不还"，这又是接着"孤城遥望玉门关"的家乡之路来说的。"楼兰"用了汉朝傅介子的典故。西汉时楼兰王与匈奴勾结，屡次遮杀汉朝通西域的使臣，傅介子用计刺杀楼兰王，为汉朝建了大功。这里是用这个典故说唐朝的事，他说我们唐朝的将士也要像傅介子那样，如果不在边塞为国家建立功勋，就永远也不回去！你看，这也是盛唐诗之气象的一个方面。盛唐诗之所以有气象，不仅因为景物的开阔博大，也不仅因为有感发的力量，它还有一种奋发的、高扬的精神。哪怕是在离别的悲哀之中，它也保持着这种精神。

　　关于这首诗我还要再说明一点，我这里有一本参考书《唐诗选》，里边对这首诗头两句的解释有些问题。他说"孤城即指玉门关"，这句话不错。但他接下来说，这两句写"在玉门关上东望，只见青海地区上空层云遮住雪"，这是不对的。所谓"孤城遥望"是遥望玉门关的孤城，而不是在玉门关的孤城上遥望。作者先说"孤城"，是为了强调这个形象。诗里边是可以这样用的，王维有一首《观猎》："风劲角弓鸣，将军猎渭城。"先说在强劲的风声中听见弓弦响，然后才说明那是将军在打猎。王维还有一首《山居秋暝》："竹喧归浣女，莲动下渔舟。"先强调"竹喧"和"莲动"，然后才解释那是浣女归来和渔舟摇动的缘故。杜甫说"绿垂风折笋，红绽雨肥梅"（《陪郑广文游何将军山林》），强调那绿颜色垂下来的是被风吹折的竹子；那红颜色绽开的是雨中的梅花。"孤城遥望玉门关"也是如此。他说，我已经出了玉门关很远很远，现在我向那个方向回头望去，视线中就只有一座孤城，那是我还乡的必经之路玉门关。我们说，诗歌有诗歌的语言，你必须掌握了它的语言才能掌握它的感情，掌握了它的感情才能理解它的好处。把要强调的形象放在句子的前边，这是唐诗常用的句法。如果我们不理解这种句法，那就无法体会这首诗中那种由对比而产生的感发力量。

第四首，"大漠风尘日色昏，红旗半卷出辕门"，这两句的形象也非常好。在广阔的沙漠上，狂风和尘沙使天上的日光都昏暗了，军队就在这狂风尘沙之中从军营出发赶赴战场。"红旗半卷"是写风，是军旗被狂风吹得卷起来了。"辕门"，就是军营的营门。古代军队安营时，把战车围起来作为壁垒，营门是两辆战车相对，车辕对着车辕。"前军夜战洮河北，已报生擒吐谷浑。""洮河"是地名。他们出发不久就得到前军战胜的捷报，说昨天夜里在洮河之北的一战已经俘虏了一大批敌人。"吐谷浑"和"楼兰"一样，都是泛指敌对的外族。"谷"，不读gǔ，读yù。

四首《从军行》已经讲完了，现在我们再简单看一看前边提到的那首唐代七绝"压卷之作"《出塞》：

秦时明月汉时关，万里长征人未还。

但使龙城飞将在，不教胡马度阴山。

王昌龄最善于用简练的字句表达很丰富的意思。"秦时明月汉时关"，所要表现的是边防士兵眼中所见到的明月照着关塞的那种荒寒寂寞的景象。可是他说"秦时明月"和"汉时关"，就使得这一句诗有了更深刻的内涵：战争是自古就有的，秦朝的士兵眼中所见是这一片荒寒寂寞，汉朝的士兵眼中所见也是这一片荒寒寂寞。因此，这种荒寒寂寞所引起的悲哀就不仅是此时此地一个或几个士兵的悲哀，也不仅是唐朝边防士兵的悲哀，而是千古以来所有征人的悲哀。简简单单七个字，其内容和意境都是非常广阔的。所以接下来"万里长征人未还"，写到千古以来有多少人出征之后就死在战场上，再也不能回来。这当然表现出了战争的残酷和它带给人们的悲伤。可是下边感情一转："但使龙城飞将在，不教胡马度阴山。""龙城"指黄龙城，为北方边塞之地。"龙城飞将"指汉将李广，匈奴很怕他，称他为"飞将军"。作者说，虽然我们付出了那么大的牺牲，虽然很多人都死在战场上了，可是只要有一个像李广那样有胆略、有勇气的将军来统帅我们，我们就绝不会让胡人的兵马度过阴山来到我们的土地上！王昌龄的诗写得好，一方面在于他写得非常形象化；一方面在于他常常表现出一种对比的张力；再一方面就是他说话的口气非常好，非常有力量。

（杨爱娣整理）

【盛唐诗人】

之 五

*

王之涣

王之涣留下来的诗只有六首，但都是出名的好诗。关于他的生平，历史上记载也很少。近年来发现了他的墓志铭，我们才知道他字季凌，生于688年，卒于742年，曾做过文安郡文安县尉。王之涣的墓志铭是一个叫靳能的人写的，全称叫做"唐故文安郡文安县太原王府君墓志铭并序"。靳能说，王之涣是一个性格很豪放的人，"慷慨有大略，倜傥有异才"，说他的边塞诗"传乎乐章，布在人口"。前面我讲过"旗亭画壁"的故事，从那个故事里我们也可以看出，王之涣的诗在当时是被广泛传唱的。

一

第一首，我们一起来看他的《凉州词》：

> 黄河远上白云间，一片孤城万仞山。
> 羌笛何须怨杨柳，春风不度玉门关。

王之涣写旷远的景色实在写得很好。在塞外的旷野上，你可以看得很远很远，黄河没有尽头，好像一直流到了天边。城是孤城，孤城的背景是那万仞的高山。这两句，做到了情景交融，而且景物开阔博大。下边两句，我现在要说，我们这本《诗选》上边的注解有些地方不太正确。他说"古人有临别折柳相赠的风俗"，这是不错的。因为"柳"和"留"的声音差不多，赠柳是希望行人能够回来，而且柳条是柔软绵长的，又正好代表了离别时那种绵长不断的感情。因此，北朝乐府的《鼓角横吹曲》中有一支曲子就叫"折杨柳枝"，说是："上马不捉鞭，反拗杨柳枝。下马吹横笛，愁杀行客儿。"注解还说"后人诗中因此有时把吹笛、折柳、怨别三者联系起来"，并举了李白《春夜洛城闻笛》的例子，这也是不错的。可是下边他说："但是对玉门关外的杨柳其实不必抱怨，因为它也是得不到春风抚慰的。"这话就说得很不清楚——难道杨柳要是得到春风抚慰就可以对它抱怨了吗？我以为这后两句的意思是，当一个边塞的士兵听到有人用羌笛吹奏《折杨柳枝》的哀怨曲调时，他就说，你们何必吹这种折杨柳的曲子呢？玉门关外根本就连可折的柳树都没有，因为玉门关外是没有春风吹过来的！"折杨柳"是离别，本来就是一层悲哀；而玉门关外无杨柳可折，就是更深一层的悲哀。这是写边疆戍卒们眼中所见的景物、耳中所闻的音乐和心中所藏的忧伤，是一种很深的思乡之情。但作者完全是用衬托的笔法，没有一句直写。他只是把你放进他所写的那个环境情景之中，让你自己去联想、去体会这种思乡的感情，写得真是很含蓄，很有余味。

二

下边我们再看他的一首《登鹳雀楼》:

> 白日依山尽,黄河入海流。
> 欲穷千里目,更上一层楼。

"鹳雀楼"在什么地方,书上有注解,我就不多说了。我要说的是,这首诗"气象"写得好。太阳向哪边落?太阳向西方落。河水向哪边流?河水向东方流。"白日依山尽,黄河入海流。"作者站在高高的楼上,把视野的范围扩张得非常开阔广远。你要知道,当一个人的眼睛看得很广远的时候,他的思想也会随之广远,陈子昂的《登幽州台歌》就是如此。但陈子昂那首诗和王之涣这首诗还有所不同:陈的那首以写感慨见长,把内心的感慨写得那么具体,那么富于感发,那是陈子昂的好处;王之涣的这首以写景色见长,把景物写得这么开阔博大,这么富有余味,这是王之涣的好处。王之涣的特点是不把他的感慨直接说出来,他把读者摆在他那开阔高远的景物之中,让你自己去体会,而且那"白日依山尽,黄河入海流"还不算最高、最远,他说你"欲穷千里目",还要"更上一层楼"。古人说这首诗有"尺幅千里之势",那不仅是因为他写了极为开阔博大的景物,而且他还有一种极为开阔博大的胸襟怀抱在里边。这就是我所说的"气象"。

(杨爱娣整理)

【盛唐诗人】

之　六

*

高　适

一

　　在唐代诗人中，高适是一个比较显达的人。他做过蜀州、彭州的刺史，还做过淮南节度使、四川节度使，官至散骑常侍，可以算是政府的军政大员了。但显达不一定就是得意。高适和李白一样，都是有理想、有抱负的人，他们都曾为理想和抱负的不能实现而痛苦。

　　《旧唐书》本传说高适是"渤海蓨人"，这地方在现在的河北境内。他的父亲做过韶州长史，韶州在现在的广东。他父亲去世以后，他家在广东无以为生，就回到北方来了，一度定居在河南。高适二十岁的时候到长安参加考试，没有考中，后来曾到北方边塞从军，但也很不得意。他家里很贫穷，长时间过着躬耕的生活，所以他慨叹自己"寒踬蹉跎竟不成，年过四十尚躬耕"（《留别郑三韦九兼洛下诸公》）。《论语》上说："四十、五十而无闻焉，斯亦不足畏也已。"一个人年过四十，什么事情都还没有完成，那么他这一生大概也就不会有什么成就了。可是高适还说过："永愿拯刍荛，孰辞干鼎镬。"(《淇上酬薛三据兼寄郭主簿》)他说，他不在乎个人遭到任何灾难，但是他要把国家和人民从灾难中拯救出来。这是因为高适曾经躬耕，曾经从军，有很长时间生活在社会下层，所以他知道老百姓生活的艰苦，他也看到了大唐王朝在社会繁荣的表面下隐藏着的各种危险的征兆。他渴望为国家和人民建功立业，不甘心虚度自己的一生。

高适在五十岁的时候考中科举，被派到封丘县去做县尉。"县尉"是县令手下的属官，这个官是很受气的。杜甫就曾经说过："不作河西尉，凄凉为折腰。"(《官定后戏赠》)杜甫不接受县尉这个官职，因为县尉什么事情都不能自己做主张，一天到晚得观察县令的脸色，永远要低声下气地供人驱使。晚唐李商隐也做过县尉，他也写过一首诗："黄昏封印点刑徒，愧负荆山入座隅。却羡卞和双刖足，一生无复没阶趋。"(《任弘农尉献州刺史乞假还京》)他说，我现在的任务就是每天等县官审讯完了，封好印，把那些犯人们送回监狱。我空有荆山美玉的才能，可是现在却只能坐在角落里，眼看着长官在那里贪赃枉法，不但一点儿办法也没有，还得在台阶下为他奔走效劳。因此，我羡慕两条腿都被砍断的卞和，倘若我的两条腿都断了，我就再也不用低声下气地供人驱使了。所以你看，做县尉不但谈不到什么实现理想，而且在精神上也很压抑、很痛苦。高适在做封丘县尉的时候也写过一首《封丘县》，抒发了他内心的感受。现在我给大家读一遍：

我本渔樵孟诸野，一生自是悠悠者。

乍可狂歌草泽中，哪堪作吏风尘下。

只言小邑无所为，公门百事皆有期。

迎拜长官心欲碎，鞭挞黎庶令人悲。

归来向家问妻子，举家皆笑今如此。

生事应须南亩田，世情尽付东流水。

梦想旧山安在哉，为衔君命且迟回。

乃知梅福徒为尔，转忆陶潜归去来。

　　我曾说过，王昌龄七言绝句的好处是以"情韵"胜。那么高适的诗呢？他的诗之所以好，是以"气骨"胜。《孟子》里边有一段是专门讲养气的，他说："我知言，我善养吾浩然之气。"气，我认为是一种精神上的力量和作用。孟子说过："自反而缩，虽千万人，吾往矣。"（《孟子·公孙丑上》）就是说，你自己反省自己，如果自以为是正直的，仰不愧于天，俯不怍于人，那么哪怕前边有千万人阻挠你，你也不怕。孟子还说："志壹则动气，气壹则动志也。"（《孟子·公孙丑上》）前一句好理解，他说你要是真的情志专注，真的把你的思想意志都投进去了，那时候你自然就能产生一种精神的力量，你就敢去赴汤蹈火。第二句不大好讲，精神专注了，怎么能够影响情志呢？我可以举个例子。我以前在台湾，有一天晚上去洗漱的时候，听到人家在播放球赛。我对体育运动本来没有兴趣，可是听见播音员说得那么紧张，那么全神贯注，我受他的影响，就不由得也集中了精神，对这场球赛真正关心起来了。这就是"气壹则动志"。所以，军队里要鼓舞士气，文学创作也讲究"气"，那都是要引起一种精神的作用。曹丕《典论·论文》中说"文以气为主"，韩愈《答李翊书》中说"气盛则言之短长与声之高下皆宜"。文学中"气"从哪里表现？就从你语言的声调、口吻中表现出来。小时候学写文章，要是想学韩愈的文章，就把他的好文章都拿来天天大声朗诵，当读到能够不假思索脱口而出的时候，写出文章来声调、口吻就像韩愈；过两天把韩愈放下再读欧阳修，也读到能够脱口而出的时候，动笔写起来就是欧阳修的声调和口吻。中国古代的文章没有标点符号，它那些气和精神的传达都在声调、口吻之中。你学了很多名家的作品，把大家的长处都集合在一起了，写出来的东西就会创造出你自己的气骨和风格。"气"是一种精神上的力量；"骨"是文章的结构、句法和章法。

　　高适的诗有气骨，何以见得？就在你读时的感受和体会。我在一开始讲诗的时候曾说过，中国传统中作诗有三种最基本的方法：赋、比、兴。比是由心及物，兴是由物及心。而赋呢？赋是即物即心。就是说，那种感发的力量不是通过形象，而是在叙述之中直接传达出来的，不要假借那"陌头杨柳色"，也不要假借那"长云暗雪山"。在叙述的时候，那声调、那句法、那口吻，结合起来就自然使人产生感动。比如，"我本渔樵孟诸野，一生自是悠悠者。乍可狂歌草泽中，哪堪作吏风尘下"，你看这"野、者、下"三个字，用现在的声音读并不押韵，但在古代它们是押韵的，都属于"马"的韵目，所以分别读为：yǎ、zhǎ、xiǎ——要注意，"下"也一定要读成第三声，不可以读成第四声。第三声和第四声虽然都是仄声，但效果是不一样的。第四声，沉下去就不起来了；第三声，摁下去再扬起来，有一个过程。这话很难说清楚，总而言之一定要这样念，才能够把作者心中那种高亢的、激动的、不平的感受传达出来，才能够产生一种精神上的作用和力量。

"孟诸"是古泽薮名，在今天河南商丘的东北。"渔樵"，是打鱼和砍柴。高适家境贫寒，他种过田，打过鱼，也砍过柴。但现在我要问你们，他这句为什么不说"我本躬耕孟诸野"，而要用"渔樵"二字呢？这就是诗人的选择了。一首好诗，它所用的词语都要指向一个中心的目的。高适是要把他过去的生活和现在这种折腰事人的县尉生活做一个对比。"躬耕"给人的印象是勤劳辛苦的；"渔樵"虽然也辛苦，但这个语码还引起人们另外一种想象，那就是逍遥自在，不受约束。画家不是常画渔樵的画吗？诗人不是也常写渔樵隐逸的诗吗？孟诸泽本是一大片的湖泊，而湖泊是什么？中国古人常说："身在江湖，心存魏阙。""魏阙"是朝廷，代表着仕宦；而那江湖，也是一大片茫茫的水，代表着归隐的生活。所以，"孟诸"这个词给人的联想是隐逸的、自由的和潇洒的。

"一生自是悠悠者"，"悠悠"也是逍遥自在的样子。他说，我过惯了自由的生活，不愿意受别人的约束。

"乍可"是只可。他说，像我这种人，只可以在草野之中、江湖之上狂歌度日，哪能忍受在这庸俗的社会中做一个卑微的官吏，整天过这种卑躬屈膝的生活！

"只言小邑无所为，公门百事皆有期。""只言"是只道，或者说，本来以为。本来我以为，做一个县尉虽然不能施展抱负实现理想，但顶多也不过是无所作为而已。因为政府衙门都有它的规章制度，我老老实实奉公守法就是了。

可是我没想到，这样的生活我也不能够得到，作为一个县尉，我经常"迎拜长官心欲碎，鞭挞黎庶令人悲"。一个小小的县尉，所有来往官员的地位都比你高，你每天除了逢迎就是唯唯诺诺，这样的生活有什么意思！而且若仅仅如此也还罢了，你还得帮他们作威作福、欺压老百姓。

"归来向家问妻子，举家皆笑今如此。"他说，我回到家里，我的妻子儿女都在笑我，他们笑我当年的理想抱负都哪里去了，今天怎么竟能忍受这样的生活！

"生事应须南亩田，世情尽付东流水。"我真是再也不想做官了，我要抛弃世上那些追求名利的感情，我宁可回家种田。

可是，"梦想旧山安在哉，为衔君命且迟回"。我的家园在哪儿？我有可以维持生活的产业吗？更何况，我是奉了朝廷之命来做这个官的，我怎么能够说回去就回去呢？

"乃知梅福徒为尔，转忆陶潜归去来。""梅福"是西汉末年的人，曾做过南昌的县尉。当王莽专权的时候，他抛弃官职和家庭出走，人们传说他成了仙。这里的意思是说，县尉这种官职是不可能有什么作为的，神仙的事情又比较渺茫，因此我就想起了陶渊明的《归去来辞》。陶渊明不肯为五斗米折腰，他之所以选择归耕田园，是因为耕田出一分劳力就有一分收获，既不用逢迎长官也不用欺压良民。所以高适说，我最后想来想去还是觉得陶渊明的办法好。

后来，高适果然就辞官不做了。他在各地漫游了一段时间之后，有人把他推荐给河西节度使哥舒翰，从此他就加入哥舒翰的幕府，担任了掌书记的职务。哥舒翰是唐朝有名的一员大将，后来因生病回到长安。安禄山叛乱向长安进攻的时候，唐玄宗派哥舒翰带兵去守潼关。哥舒翰年老有病，本来不想去，可是唐玄宗找不到比他更好的将领，一定要他去。当时战局很紧张，倘若潼关一破，长安就不保，所以最好的战略是一面固守潼关，一面另外派兵去捣毁安禄山河北的巢穴。可是唐玄宗不懂得作战的策略，又听信宦官的谗言，强迫哥舒翰出关迎敌。据说哥舒翰在出关之前抚膺恸哭，说我们这一出去一定要打败仗，长安一定不能保全。结果这一战果然大败，叛军长驱直入，玄宗逃往四川。在玄宗逃向四川的半路上，高适曾经追上玄宗，坦率地向玄宗指出潼关败亡的原因。后来玄宗派诸王子分守各地，高适也曾经"切谏不可"，玄宗不听，不久果然就发生了永王李璘的叛乱。由此可见，高适不仅仅有理想、有抱负，而且是一个很有谋略和政治眼光的人。肃宗用他做扬州大都督府长史和淮南节度使，在平定永王李璘的叛乱中，他起了很重要的作用。可是历史上说高适为人"负气敢言"，就是说，他喜欢意气用事，敢于说别人不敢说的话。所以他就得罪了很多人，尤其遭到肃宗左右宦官的忌恨，结果就被夺去兵权，做了太子少詹事。因此，高适虽然在平定永王李璘的战争中有过很好的表现，但对于更重要的平定安史之乱的战争，他没有机会做出更大的贡献。

二

　　我们已经简单了解了高适的生平和他的作风，现在就来看他的一首有名的边塞诗《燕歌行》。这首诗前边有一段序："开元二十六年（738），客有从御史大夫张公出塞而还者，作《燕歌行》以示，适感征戍之事，因而和焉。"唐朝东北的幽燕一带，主要是与奚族和契丹作战。"张公"指河北节度副使张守珪，开元年间与契丹作战有功，拜辅国大将军兼御史大夫。高适有一个朋友曾跟随张守珪出去打仗，回来写了一首《燕歌行》。高适就和了他这一首。现在我把这首诗念一遍：

> 汉家烟尘在东北，汉将辞家破残贼。
> 男儿本自重横行，天子非常赐颜色。
> 摐金伐鼓下榆关，旌旆逶迤碣石间。
> 校尉羽书飞瀚海，单于猎火照狼山。
> 山川萧条极边土，胡骑凭陵杂风雨。
> 战士军前半死生，美人帐下犹歌舞。
> 大漠穷秋塞草腓，孤城落日斗兵稀。
> 身当恩遇恒轻敌，力尽关山未解围。
> 铁衣远戍辛勤久，玉箸应啼别离后。
> 少妇城南欲断肠，征人蓟北空回首。
> 边庭飘飖那可度，绝域苍茫更何有。
> 杀气三时作阵云，寒声一夜传刁斗。

相看白刃血纷纷，死节从来岂顾勋。

君不见沙场征战苦，至今犹忆李将军。

我们先看开头两句，"汉家烟尘在东北，汉将辞家破残贼"，连用了两个"汉"字，这两个字的呼应传达出一些什么东西？他是要说，我们男子汉大丈夫应该以天下为己任，为国效忠是我们的本分。可这样说就没有一点儿诗意了，成了说教，所以诗人是不会这么笨的。他说因为汉家有了"烟尘在东北"，所以我们汉将就应该"辞家破残贼"，不但两个"汉"字呼应，它们的结构、声调上都有呼应。中国的汉族是中国主要的民族，中国的汉朝是历史上很强大的朝代，所以中国常常自称为"汉"。"烟尘"代表战争。之前讲王昌龄的诗有一句"烽火城西百尺楼"，边境上有了战争的警报，晚上就点烽火，白天就烧狼烟，这是对"烟尘"的一种联想。当然，你也可以有更直接的联想：战争起来的时候车马奔驰，尘土飞扬，这也是"烟尘"。所以你看，高适的诗在叙述之中也有形象，不过他主要还是以句法和声调中所传达出的"气骨"取胜。当北方的契丹和奚族来侵犯的时候，高适曾经北上从军，希望有所作为。所以这"汉将辞家破残贼"不只是客观的叙述，而是他自己也早就有"辞家"的决心和"破残贼"的勇气。

《燕歌行》这个乐府诗题我以前讲过，它是写征人远戍于燕地与妻子互相思念的感情。曹丕的《燕歌行》"何为淹留寄他方，贱妾茕茕守空房"，那是以思妇的口吻来说的。而高适的这首《燕歌行》，其重点却在征夫这一边，他说："男儿本自重横行，天子非常赐颜色。""横行"本是不守法，欺压良民百姓，但在这里不是这个意思，这里有"纵横驰骋"之意。南北方向叫纵，东西方向叫横。你骑着马，东西南北没有你不能去的地方，这就是"横行"。中国人常说，好男儿志在四方，岂能株守家园作女子态？身为男儿，生下来就应当志在纵横天下，建功立业。"本"是本当如此。"重"是看重，是以此为好，以此为美。你看，他的用字、他的口吻，已经传达出一种感发的力量来了。可是还不仅如此，他还跟着一句："天子非常赐颜色。"男儿本自重横行，男儿不是为天子的酬劳而出去打仗的；但作为上边的君主，对这些报国的男儿应该有他的酬劳。什么是"颜色"？颜色是指人的面部表情。之前讲阮籍的时候我曾经说，阮籍能作青白眼，他的好朋友来了，他就用黑眼珠看人；他不喜欢的人来了，他就把眼睛翻上去，用白眼球对着人家。天子的青眼，对于那些为国杀敌的将士们来说当然是最大的恩宠。你看，这首诗开头的四句把一个男子的气概写得真是精神十足！这四句，押的都是入声韵。

后边转为平声韵："摐金伐鼓下榆关，旌旆逶迤碣石间。校尉羽书飞翰海，单于猎火照狼山。"这几句押的是"删"韵，这个韵的声音有时候会给人一种雄壮的感觉。"摐"读chuāng，它和下边的"伐"都是敲击的意思。"金"和"鼓"都是军队指挥号令所用的，击鼓时就前进，鸣金时就收兵。所以"摐金伐鼓下榆关"，这是军队出发了。军队怎样出发？他要把大军的声容之壮传达出来，因此声音里带着形象。"榆关"就是今天的山海关。契丹和奚族的侵犯是在河北的幽、蓟一带，唐的首都在长安，从都城出发到幽、蓟一带去就称"下"。就如同我们今天到北京去说是"上京",到乡下去说是"下乡",到江南去说是"下江南",这都是以都城所在的地方为贵、为上。"旌旆"就是旌旗,大大小小各种不同的旗帜。"逶迤"是形容队伍行列中那些旗帜接连不断的样子。"碣石"是碣石山,在河北昌黎,就是曹操"东临碣石,以观沧海"(《步出夏门行·观沧海》)的地方。这两句,既有"摐金伐鼓"的声音,又有多姿多彩的旌旗,叙述里边结合了声音和形象,你可以想象唐朝的大军在行进中的军容之盛。

我们学过近体诗,近体诗讲究对偶,词性要相同,平仄要相反,有很严格的规定。《燕歌行》是乐府的歌行,不要求严格的对偶。但你可以发现,在高适的这首《燕歌行》中,疏散之中又有严整,上句和下句之间总有一个呼应。它不是字面上的相对,而是一种本质上的相对。比如,"男儿本自重横行,天子非常赐颜色"——一个是征夫,一个是天子;"摐金伐鼓下榆关,旌旆逶迤碣石间"——一个是声音,一个是画面。这就是诗为什么有的好有的坏!不在于你说的是什么,而在于你怎样去说。一个好的诗人,他在很平常的直接叙述之中,就可以带出很强大的感发力量。"校尉羽书飞瀚海,单于猎火照狼山"也是相对的,校尉是中原军士,单于是匈奴首领。当边疆发生战争的时候,军队就要传递告警的文书,对于那些紧急的告警文书,就要在书函上插一根羽毛,所以叫"羽书"。"瀚海"是大片的沙漠,因为那沙浪的起伏就像大海上波浪的起伏一样;也有人说,瀚海不是沙漠,是沙漠北边的贝加尔湖。"狼山",有人说是白狼山,有人说是狼居胥山,总之就是北方一座山的名字。古代北方少数民族以游牧和狩猎为生，在秋冬的时候常常以打猎为名出动大批人马到边境抢掠。所以，"校尉羽书飞瀚海，单于猎火照狼山"是说边境的战争开始了。

这首诗大部分是四句一换韵。他一段段地换韵，同时也就一段段地转变场面，转变景色，转变情绪。这叫做情随声转。"汉家烟尘"四句押仄声韵，写男儿报国的气概；"扰金伐鼓"四句转平声韵，写战争已经兴起，军队已经出发；而接下来"山川萧条"四句又换了仄声韵，写前线将士的苦恼和不平。说到这里，我还要提到高适写这首诗的缘由。刚才我说过，这首诗前边的序中说，高适有一个朋友跟随河北节度副使张守珪出塞打仗，回来之后写了一首《燕歌行》给高适看，而且他一定也和高适谈到了他在北方战场上看到的一些真实情况，所以高适才写了这首诗来和那首《燕歌行》。这首诗有的地方写得实在很妙。比如"汉家烟尘"那四句，是写男儿勇于报国，勇于牺牲，写得很有感发力量。然而它妙就妙在，就在那歌颂和赞美之间，也暗示了诗的后半首所表达的那种讽刺的情意。"男儿本自重横行"的"横行"二字，虽然是赞美有志男儿的纵横驰骋，但它本身却也有欺压良善和不守法的意思。"天子非常赐颜色"，虽然是赞美天子的恩宠，但也暗示了这个人得到天子的恩宠之后可能会更加骄恣不法。所以你看，这首诗内容的叙述和情意的流露是随着声音而变化的，但在每一个转变之中又都有连贯和呼应。

"山川萧条极边土"，是说那塞外的山川，你一眼望去，眼中所见都是一片荒凉，没有村庄，没有树木，没有一点点遮阴的地方。而你在这里过的是什么样的生活？是"胡骑凭陵杂风雨"的生活。"凭"是凭借，"陵"是欺凌。胡人都是善于骑射的游牧民族，汉人军队的骑射技术没有他们好，所以胡骑就凭着这种优势来攻击汉军。"杂风雨"可能是战斗中果然起了狂风暴雨；也可能就是指胡人进攻的声势之大如同狂风暴雨。前线的士兵，他们在这样的环境中战斗和生活，可是军队的将帅怎么样？"战士军前半死生，美人帐下犹歌舞。"军队里边难道还可以带着很多美人吗？说到这里，我们就要顺便介绍一下唐朝的节度使。唐朝的节度使是地方最高的军事和行政长官，也称藩镇。所谓"藩镇"，本来是指那些镇守一方的人可以像藩篱一样起到保护国家的作用。可实际上呢？安禄山就身兼平卢、范阳、河东三镇的节度使，后来造了反。节度使的权力很大，其中很多人骄恣狂妄，从不肯把军权交出去，他们死了之后就把军权交给自己的儿子，朝廷对他们完全失去了控制。这些节度使，在生活上也是非常会享受的。我可以随便引一些诗来做证明。晚唐李商隐有一首《梓州罢吟寄同舍》，梓州在四川，当时柳仲郢做梓州刺史兼东川节度使，李商隐就在柳的幕府中工作，后来柳被罢免了梓州刺史和东川节度使的职务，调回朝廷去做别的官，于是李商隐他们这些幕僚马上就都失业了。李商隐这首诗，是寄给曾一起在柳仲郢幕府中工作的一个同事的，其中就反映了他们当时在幕府中的生活。他说："君缘接座交珠履，我为分行近翠翘"，又说："长吟远下燕台去，唯有衣香染未销。"说是在节度使宴请宾客时，你被安排的座位挨近那些高官贵人，而给我安排的座位挨近一群美女。说是我在柳仲郢的幕中做了五年的幕僚，我得到的是什么？只有那些美女的香气还沾染在我的身上未曾销去！所以你们看，节度使的帐下是有美人的。士兵在前线大批地死去，而将帅在帐中仍然欣赏着美人的歌舞。

接下来换平声韵，激愤不平的感情又进了一步："大漠穷秋塞草腓，孤城落日斗兵稀。身当恩遇恒轻敌，力尽关山未解围。""腓"，是病的意思，出于《诗经·四月》中的"秋日凄凄，百卉俱腓"。秋天所有的花草都病了，意思是说它们都枯萎衰落了。在广阔无边的沙漠上，在寒冷凄凉的晚秋时节，边塞的草也都枯萎衰落了，这是大自然的背景。那么人呢？打了一天的仗，那孤城的城关上已经没有多少活着的士兵，几乎一半的战士都在战场上死去了。张守珪在与奚族和契丹的战争中打过胜仗，后来又打败了，可是他"隐其败状而妄奏克获之功"（《旧唐书·张守珪传》）。有人说，高适这首诗就是为讽刺张守珪而作的。所谓"身当恩遇恒轻敌"是和前边的"天子非常赐颜色"相呼应的。一个骄纵的将帅，又得到皇帝的恩宠，于是就常常看轻敌人。他没有周密的战略计划，随随便便就把军队派出去打仗，因此就造成了战争的失败。士兵们陷入绝境，他们把力量用尽了，血也流尽了，最终也不能突破敌人的包围。

你看，他从战争的开始一段一段写下来，写到战争的紧张、主帅的骄纵、战斗的失败、士兵的阵亡。然后他写什么呢？写征夫和思妇的痛苦："铁衣远戍辛勤久，玉箸应啼别离后。少妇城南欲断肠，征人蓟北空回首。"这里又换了上声韵，而且是把征人和思妇对比来写的。这在意思上又是一个转折。前边他都是写战场，从战场怎能一下子跑到思妇的闺中？这里他有章法上的安排，是通过对句来转换的。我们说过，七言古诗本来不需要对句，可是高适常常中间用一些对偶的句子，使诗在松散之中有了一种严密整齐的感觉。不但是写诗，文学创作也是这样，你全用散的，文章就太散了；完全用骈的，文章又太死板了，所以骈散要配合。你完全用叙述也是太散漫了，所以你要用形象；完全用形象又太死板了，所以也要有叙述。文章如此，诗也是如此。高适诗里有时是散的，有时是骈的，而现在他要把闺中和塞外做一个对举，他重点是写塞外，写战场，所以这两句是骈偶的。"铁衣远戍辛勤久，玉箸应啼别离后。""铁衣"指战士征夫，"玉箸"指思妇妻子。"玉箸"是什么？这里是指女子的涕泪。你说"涕泪应啼别离后"，当然也不错，可是他换一个"玉箸"，这是诗人的美化。两行眼泪流下来，他就说好像两根玉的筷子一样。其实古人不但把眼泪美化成玉箸，有时还把痰美化，有两句诗是这样说的："咳唾落九天，随风生珠玉。"（李白《妾薄命》）诗人想象一个很美丽的人，像仙子一样，她如果咳嗽之后吐出痰来，从九天上飞下，风一吹都变成一片一片的珠玉。所以，"玉箸"指鼻涕，这是诗人在文学上的想象。"少妇城南欲断肠"是接着玉箸说的，说他那年轻的妻子是在城南。为何在城南？城北女子不断肠？这就是中国的诗之所以为诗了，它的语言符号，一定结合着文化的背景。比如，一说东风，你一想就是春天的风；一说北风，你一想就是冬天的风。他为什么说城南？在唐朝的诗歌里，这个"城南"就是思妇所居的地方。唐朝的思妇难道都住城南？其实他这样说是有各种原因的，从地理上来说，你看看长安的历史地图，长安的街道都是正南正北、四四方方的，北部主要是中央政府办公机关和皇宫的所在，一般老百姓都住在城南。从文化习惯上来说，唐代诗人也常常把城南作为思妇所在的地方，例如，初唐沈佺期有一首七言律诗《独不见》，其中就有两句："白狼河北音书断，丹凤城南秋夜长。""白狼河北"是征人打仗的地方，"丹凤城南"就是指长安城南。一个是地理的原因，一个是文化的原因，所以唐人总是把思妇的背景安排在城南。"征人蓟北空回首"，是说打仗的征夫在蓟北的边疆。他难道不怀念妻子？他当然也回头遥望他的家乡，可那是没有用的，他没有办法回来。所以这四句，铁衣是征夫，玉箸是思妇；城南是思妇，蓟北是征夫。他用对句、用张力增加了感动人的力量。

可是，高适的诗毕竟是以征夫为主的，所以他写了征夫和他妻子两方面的怀念，之后就转回来说："边庭飘飖那可度，绝域苍茫更何有。"那少妇也怀念征夫，征夫也怀念他的妻子，可是边疆的地方这么遥远。"飘飖"是非常遥远的意思。"那可度"是说，我怎么能随便回去呢？"绝域苍茫更何有"是说，在一个天涯海角非常边远的地方，在相思怀念的悲哀之中，在打仗的危险艰难之中，你眼前又能够看见些什么？在这里，"飘飖"和"苍茫"都是叠韵，我们应该注意到这些细微的质素所起的作用。

"杀气三时作阵云，寒声一夜传刁斗"，这是用对偶句写战场生活，他说战场上永远是杀气腾腾、烟尘滚滚的。"三时"是早、午、晚三时，实际上就是整天的意思。他说在边疆的地方，从早到晚都布满了杀气腾腾的烟尘，那些烟尘跟天上的阴云结合起来，就成了战场上的"阵云"。云彩我们都看见过，战场上的云和江南花开草长地方的云有什么不同？我们在先前讲欧阳修的词"雪云乍变春云簇，渐觉年华堪纵目"（《玉楼春》）时我曾说，"雪云"跟春云是不同的。现在又出来个"阵云"。战场上的云和一般的云一定不同，因为在那滚滚烟尘之中有一种令人恐怖的杀伐之气，与云结合起来那才真是阴风惨惨。"刁斗"是一种铜做的容器，白天用来做饭，夜晚就用以敲击巡逻。这个词出于《史记》的《李将军列传》。李广这个人猿臂善射，用兵神奇莫测，匈奴称他为"飞将军"。李广对士卒是非常爱护的。他带领军队在沙漠里行进，每当找到水的时候，士卒不尽饮，他就不近水；每当吃饭的时候，士卒不尽食，他就不尝食。因此，士兵们都愿意为他牺牲生命。《史记》上说，当时还有一个将军叫程不识，也很善于用兵。不过，李广是用仁爱来感动他的士兵，程不识却是用军令来约束他的士兵。李广的军中不用刁斗，而程不识的军中管理严格，每天晚上都有人敲着刁斗各处巡察。所以，这"刁斗"是军中所用之物。陆游有一首诗说："日暮风烟传陇上，秋高刁斗落云间。三秦父老应惆怅，不见王师出散关。"（《观长安城图》）陆游一度在军中服务，驻守在大散关附近，那是从四川到陕西去的一条通道，而北方的陕西那时候已经是敌占区了。陆游说，每当黄昏风起时，那黄昏的风和烟霭就从我们大散关这边笼罩过去，和整个陇山相接，形成了迷茫的一片。我曾说过，西方语言学的符号学有一个名词叫做"code"，就是一个符号。在你的传统文化背景中，你一用它，就会引起读者一连串的联想，正是这种联想使读者感受到诗歌中丰富的感发力量。杜甫有两句诗："瞿塘峡口曲江头，万里风烟接素秋。"（《秋兴》之六）他说，我的身体是在四川的瞿塘峡口，可我心里怀念的是长安。我虽然不能回到长安的曲江去，可我们这里的风能够吹过去，这笼罩的云烟可以把相隔万里之遥的瞿塘峡和曲江连接起来。而这风烟的连接就代表了我内心对远方的关怀。李白有一首送给杜甫的诗说："思君若汶水，浩荡寄南征。"（《沙丘城下寄杜甫》）他说，我怀念你就像眼前汶水的流水，它的浩浩荡荡就像我对你的感情一样。所以，人内心的感情是可以借着流水、借着风烟把两个遥远的地方连接起来的。陆游所关心的是沦陷区的人民。"秋高刁斗落云间"是说，秋天时天空显得很高远，军中的刁斗声也传得更远，都飘到高空的云中去了，那么它当然也可以传到大散关那一边的沦陷区。当那边的中原父老听到这边的刁斗声时一定会感到惆怅，我们只隔着一个大散关，为什么自己国家的军队不出来收复我们这沦陷的地方？这首诗，是陆游抒发他忠爱的感情，而我现在要讲的是什么？是高适的"杀气三时作阵云，寒声一夜传刁斗"。你一定要知道这种感发联想的作用，要不然的话就成了死死板板的一个注解。"寒声一夜"，这是战场上的感受和战场上的气象。在冬天寒冷的时候，你会感到那刁斗的声音更响亮，传得也更远。而且，你会联想到陆游的"秋高刁斗落云间"，你可以由此想见战场上士兵们那种艰难、辛苦、寒冷的感受。

"相看白刃血纷纷，死节从来岂顾勋"，是说战场上刀光剑影，鲜血迸流，战士们为了保卫国家而在战场上死去，这些人当中有几个人建立了功名？有几个人封侯挂帅？一将功成万骨枯，死去的那些人哪一个立了功勋？都是无名的将士！

"君不见沙场征战苦，至今犹忆李将军。"你难道没有看到，在沙场上打仗是多么辛苦？你难道不该爱护你的兵士吗？"李将军"就是李广。"至今犹忆李将军"，言外之意就是，现在的将军们再也没有一个像李广那样既能征善战又爱惜士卒的了。

（杨爱娣整理）

之 七

＊

岑 参

岑参比杜甫小几岁，本应在杜甫的后边，但我们是以诗歌的内容为重点来讲的，所以要讲完岑参然后再返回去讲杜甫。边塞诗我们讲了王昌龄的七言绝句，他是以情感取胜的；我们还讲了高适的《燕歌行》，他是借诗歌来反映军中的一些问题。那么岑参有什么特点呢？在这里我们只能选讲一首《走马川行》，可是我也要把同类的诗提一提。一首是《白雪歌》，是送一个姓武的判官从边疆回京城；还有一首是《轮台歌》，是送封常清出师西征；然后是现在要讲的《走马川行》，也是送封常清出师西征。现在，你就可以看到每个作者的不同了。

　　王昌龄的诗没有一个具体的目的，不是专门送给哪一个人，只是因为他看到了征夫思妇离别的悲哀痛苦，所以才写了诗，或者反映思妇的悲哀，或者反映征夫的怀念。那么高适呢？高适是非常关心国家和民族的。当潼关被安禄山占领，唐玄宗从长安逃奔四川时，高适本来在哥舒翰军中，可是他特地赶回来，在逃难的路上向玄宗提出忠告。高适是一个关怀面很广的人，从政治得失到人民疾苦，到将军与兵士之间的关系，都在他关心的范围之内。所以，他的诗是有深意的。可是你看岑参呢？岑参都是送别。送一个人远行，一般要说一些歌颂赞美的话，可是如果你全篇都是歌颂赞美，那还有什么意思？我讲过《诗经》，汉朝学者谈到《诗经》里的比兴时说，比是看到政治上有缺点，你不能直接责备他，所以就用比喻的方法来表现；兴是看到政治上有美好的成绩，可是如果一味地歌功颂德就有阿谀奉承的嫌疑，所以也用一个形象来表达自己的赞美。岑参也是如此。他写诗送别，送的都是什么判官啦、将军啦等等，当然要歌颂赞美一番。可通篇都是这个，那就太无聊了。所以岑参主要的好处不在写情，也不在用意，他的好处在于写那些用来做陪衬的景物。岑参是果然真的到过边塞的，他曾跟随那些将帅在轮台一带地方生活了很久。因此，他对边塞的景物有很深切的体会和认识。另外值得提的一点就是岑参这个人的个性。杜甫有一首诗写他和岑参兄弟到渼陂去划船，诗中说："岑参兄弟皆好奇。"（《渼陂行》）这就是说，岑参兄弟都喜欢做一些不平凡的事，有一些不平凡的表现。还有就是，有人评论岑参的诗说是"语奇而格峻"，说他所用的语言是不平凡的，说他的风格像高山一样显得特别矫健而有力量。

一

那么，现在我们就来看他的一首《走马川行奉送出师西征》，看看他的语言有什么不平凡之处。

君不见，走马川，雪海边，平沙莽莽黄入天。轮台九月风夜吼，一川碎石大如斗，随风满地石乱走。匈奴草黄马正肥，金山西见烟尘飞，汉家大将西出师。将军金甲夜不脱，半夜军行戈相拨，风头如刀面如割。马毛带雪汗气蒸，五花连钱旋作冰，幕中草檄砚水凝。虏骑闻之应胆慑，料知短兵不敢接，车师西门伫献捷。

第一句，两个版本不同。《古诗今选》上是"君不见，走马川，雪海边，平沙莽莽黄入天"；戴君仁的《诗选》上是"君不见走马川行雪海边，平沙莽莽黄入天"，戴本多一个"行"字。我以为《古诗今选》是对的，没有这个"行"字。戴本是题中的字误入。"走马川行"是什么意思？"行"和"歌"都是乐府诗的名目。像曹丕的乐府诗有的叫"歌"，有的就叫"行"，还有的结合起来叫做"歌行"。"歌"，不是很严格的诗，是一种能够配音乐的乐府诗；"行"，是说它的声调可以像跑马一样有一种驰骋缓急的变化。《长恨歌》、《琵琶行》，或者叫歌，或者叫行，其实都是乐府诗的一种形式。《走马川行》是岑参为送一位高级将帅出征而作。这位高级将帅是谁？诗中没有说，但前一首诗里有，就是《轮台歌奉送封大夫出师西征》中的那位"封大夫"，即封常清。所以我们先看《轮台歌》的注解，等一下再回来看《走马川行》。

"轮台"是唐代一个县的名字，属于北庭都护府的辖区。北庭都护府是唐代的一个行政区域，就像今天说一个省或者一个市一样，只不过它是个军事的区域。轮台的故址在今新疆米泉。北庭都护府的治所本来在唐朝的金满县，但都护有时也驻节轮台。都护，即军队领袖。他有时在他办公的地方，就是在金满县；有时也到前线去，就是到轮台。那么，当时在这个地方带兵的是谁呢？就是安西四镇节度使封常清。安禄山做过三镇节度使，而封常清一个人管制四镇，可见他的权力很大。天宝十三载（754）封常清入朝，朝廷又让他代理御史大夫，不久之后又让他兼任北庭都护和伊西节度使、瀚海军使等职。岑参就是追随封常清的，曾做过安西、北庭的节度判官。《轮台歌》和《走马川行》是他送封常清西征时所作。但这次西征在史书上查不到，可能是史书失载了。现在，我们已经了解了这首诗的历史背景，已经知道岑参所送别的人，是当时地位很高的一个朝廷军政大员。

我说过，王昌龄的诗以言情胜，高适的诗以用意胜，岑参的诗以写景胜。"胜"，就是以这个见长、以这个为好。对岑、高两人来说，他们的体式都是七言歌行；而王昌龄的体式则是七言绝句。以他们三个人为代表，形成了唐朝边塞诗中主要的三大类别。高适的诗气骨是很好的，气骨表现在声调、口吻，也就是他说话的声音、句子的结构。这些应当属于形式。而刚才我们说的言情、用意、写景，则属于内容。从表达的形式来说，岑和高两个人的诗其实都是以声调取胜的。为什么呢？就因为他们用的都是七言歌行的体式，这种体式是比较自由的，不像七言绝句有那么多的限制。我以前讲乐府诗时说过，乐府诗可以有杂言体，句子可以有长短的变化，尤其是歌行，它如跑马驰骋，步调可以有缓急快慢的多种变化。这是七言歌行与七言绝句的不同。高适和岑参都用七言歌行的体式，但高适的诗以用意取胜，所以他注重内容，写了许多士兵的痛苦与将帅的豪奢。而岑参写了很多送别的诗，他不能够像高适那样有意讽刺这些将帅，只能赞美他们，所以他就只能从声调、口吻和对边塞景物的描写上取胜。边塞的景物确实是不同寻常的，我们没有到过边塞的人，从来没有看见过这样的景物，再加上七言歌行的体式使他可以在声调、口吻上有自由的变化，所以就能够给人一种很新奇的感觉。这就是岑参诗的特色了。我们先看《走马川行》。

　　我说过，对不同种类的诗要有不同的欣赏角度，有的诗是适于讲的，这一类诗往往含意深远丰富，可以带给读者很多联想。这使我想到词。有时候我们讲一首很短的小词，可以有许多联想，这是词这一类作品的特色。王国维就说过，词的特色是"要眇宜修，能言诗之所不能言，而不能尽言诗之所能言。诗之境阔，词之言长"（《人间词话》）。很多人认为诗跟词都是韵文，都是美文，都能写景抒情，有什么分别呢？其实它们在本质上有很明显的区别。所谓"要眇"是深远的意思，"宜修"是一种女性的美。词所写的是一种深远幽微的、富于装饰性的、近于女性的这样一种美。所以词能够写出诗所不能说的、不能写出来的意思。可是有的时候，诗也能够写出词所不能够完全说出来的话。这是很神奇的。诗所能够写出来的世界有时候更博大，"阔"就是博大。像高适、岑参的七言歌行写出边塞的各种风光，小词写不出来。而且小词就是写了，也表达不出来这种声调和口吻的气骨，因为短小的词，它不能形成这样的气势。可是，"词之言长"，它虽篇幅这么短，给我们的联想却很丰富。我们讲词的时候要讲贺方回的《青玉案》"凌波不过横塘路"

的那一首。"凌波不过横塘路",说的是一个女子,她走路的步伐很轻盈,袅娜的姿态就像是曹子建形容的在水面上走过去的洛神。这个女子走路的姿态这么美,可是她从来不走到横塘的这一边来。我看见她了,但我没有跟她接近的机会,所以我只能"但目送芳尘去"。"目送"还不是目见,而是说她从那边一出现我就看着她,一直看到她走出我的视线以外,再也看不见了。"芳尘"是想象她走过的路上一定扬起了一些尘土。曹子建不是就说过洛神是"凌波微步,罗袜生尘"吗?本来尘土有什么好写的?人走过的脚印有什么好写的?可是它有一个《洛神赋》的出处。因此,他一说"凌波",一说"芳尘",你就跟曹子建的《洛神赋》联系在一起了。你可以想象,这个女子的姿态如此轻盈、娇美,她是可望而不可即的。她走过去了,地面上应该留下她走过的踪迹,我虽不能跟她接近,但我望着她在地面上留下来的踪迹都感觉到很亲切。这种感情就有一种美好的本质在里边。我们看见了一个美好的事物,它可望而不可即,我们不管他所写的是什么,但我们对这种事物向往和留恋的感情是美好的。总而言之,"凌波不过横塘路,但目送芳尘去",你可以讲半天,可以产生许多联想,这就是感发。

感发和感动是不一样的,当我们看一个很悲哀的小说和电影时,一边看一边流泪,这是感动。然而让你流泪的电影不一定就是最好的电影,那只是你感情上被它打动了。感发不是这样的,感发是在感动之外给你一种启发和联想。当你感动了以后,你心里边还可以产生某种他所说的那些事情之外的联想。一首好的词,其特色就是能给你很多言语以外的启发和联想。可是诗呢?有的诗写完了就完了，尤其是岑参的诗。岑参的诗本来就只是歌颂赞美，既不是言情，也没有托意。他写景写得很好，他的气势好、声调口吻好，而且他写的景物是不同寻常的。可是除此以外呢？就没有了。这样的诗只适于读而不适于讲，所以岑参的几首诗我们可以很快把它看过去。

"君不见，走马川，雪海边，平沙莽莽黄入天。"他说，你们没有看见吗？走马川这个地方就在一片万古都不融化的冰雪的雪海旁边。"莽莽"，是无边无际的、荒凉广阔的样子。那地方到处都是黄沙，一直接到天边。"轮台九月风夜吼，一川碎石大如斗，随风满地石乱走"，你念起来会觉得他的声势极好。说到轮台九月的风，我们可以把《白雪歌送武判官归京》也结合起来一起看。那首诗中说："北风卷地白草折，胡天八月即飞雪。""卷地"是扫在地面上吹起来的意思。我们温哥华这里的风也很大，但温哥华地面上没有什么尘土，刮风的时候你在屋里只看见树梢在动。可是轮台就不一样了，还不要说轮台，我小时候在北京上学，北京常常刮风，尤其在春天。那是从塞外刮来的黄风，远远地像一个小旋风一样，真是卷地而起，黄沙满天。"北风卷地白草折"，温哥华没有白草，冬天的雪化了，你看到的都是绿草。可是塞外的草都是干枯的，是一片白颜色，而且寒冷的狂风把那些干枯的草都吹断了。下雪一般在十一二月，可是岑参说，胡地的天这么冷，八月的时候就已经下雪了。那雪是什么样子？他写得果然好："忽如一夜春风来，千树万树梨花开。"塞外从来看不见花开，但下了一夜的雪，第二天早晨一看，所有的树枝都挂上白色的冰雪，好像梨花开了一样。他不但写得好，而且读起来声音好。你看，"北风卷地白草折，胡天八月即飞雪"，"折"和"雪"都是入声字，押一个韵；"忽如一夜春风来，千树万树梨花开"，换了平声韵。他要写那冰雪的摧伤，就用那么短促的入声字，让你觉得很紧张、很凛冽、很寒冷。"忽如一夜春风来，千树万树梨花开"，忽然间就变成平声韵，仿佛春天来了。而且，"梨花开"三个字都是平声，一下子给你放松下来。所以，对于诗你要懂得从不同的角度去欣赏。有的诗需要你把它发挥；有的诗特色就在它的形式，所以你要掌握住它的形式。岑参的诗把景物和声调结合得很好，他要紧缩时就紧缩，要放松时就放松，非常自如。

我们现在返回来看《走马川行》中的"轮台九月风夜吼"。你想，"胡天八月"就有飞雪和这么大的风，何况九月。轮台九月的风，尤其在夜间呼啸的声音特别大，而且还不止如此，还有"一川碎石大如斗，随风满地石乱走"。我们在北京所看到的顶多是风把地面上的土吹起来，但塞外风力那么强大，干涸的河底有许多斗大的碎石，风把这些石头都能吹得满地跑，那真是沙石滚滚的"沙暴"了。我们已讲过汉魏六朝诗。在汉魏六朝，什么人写过这样的风光景色？没有人写过。因为，看见这样风光的边塞之人不会写诗；会写诗的人从来没去过这样的地方。下边他说："匈奴草黄马正肥，金山西见烟尘飞，汉家大将西出师。"秋天，草都枯黄了。你要知道，草枯黄的日子就是适合打猎的日子。王维有一首《观猎》诗，其中有两句说"草枯鹰眼疾，雪尽马蹄轻"，那就是写在秋冬之际雪刚化时出去打猎的情景。"匈奴"在这里是泛指西北边疆常来入侵的游牧民族，他们常常借着出猎的机会，到边境来骚扰。而且，秋天正是粮食收割的时候，马也有很多草料可以吃，所以这时候就要防备战争了。"金山西见烟尘飞"的"金山"，就是阿尔泰山。"烟尘飞"是什么意思？我们刚刚讲过的《燕歌行》里说"汉家烟尘在东北"，"烟尘"就代表了战争。你从金山向西北一望，烟尘滚滚，那是匈奴的兵马打过来了。兵来将挡，水来土掩，所以他后边说"汉家大将西出师"。这就是指封常清的出师西征。以上这三句是一个韵，下边就换韵了："将军金甲夜不脱，半夜军行戈相拨，风头如刀面如割。"这是写将军的勇敢和忠诚。他身上穿着金属做的盔甲，连夜里睡觉都不脱下来。兵不解甲，这是为了防备敌人夜袭。"半夜军行戈相拨"是说，不但白天要赶着进军，有时半夜里也要赶着进军。"戈"是古代一种武器，"相拨"就是相碰。我有一个老同学，是比我高几班的校友，他说他真的参加过解放战争，有时候连续急行，夜里不能够睡觉，他就学会了一边走一边睡。夜里行军谁也不许讲话，这时候你就只能听到走路的声音和身上佩带的刀枪偶尔相碰撞的声音。就如同欧阳修《秋声赋》中所说的，"衔枚疾走，不闻号令，但闻人马之行声"。"风头如刀面如割"是说，那风吹过来像刀刮在脸上一样，脸好像都被割破了。这是写行军的艰苦。后边他就写边塞的寒冷："马毛带雪汗气蒸，五花连钱旋作冰，幕中草檄砚水凝。"不要说人觉得很冷，你看那马，马的毛上都是雪，当马跑得出汗时，汗就把它背上的雪蒸化了。可是它一停下来，那化去的雪马上就结成了冰。"五花"指黑白花的马；"连钱"指马身上一块块圆的花斑；"旋"是很快，雪水很快就结成了冰。"幕中草檄"是说在将军的幕府之中起草檄文。檄文是古代征召或宣告性质的公文,这里是指战争的文件。当幕府中的办公人员起草檄文的时候,"砚水凝"——砚台里的墨水都冻结了,以致根本就拉不开笔,写不出字来。这几句极言边塞之寒冷。"虏骑闻之应胆慑,料知短兵不敢接,车师西门伫献捷",是说当敌人的骑兵听到汉家大将西出师的消息之后,一定会吓破胆,他们绝对不敢和我们精锐之师短兵相接。所以,这场战争的胜利是指日可待的。"车师"本是汉代西域国名,其故地就在北庭都护府的治所金满县一带。"献捷"是下属向上级呈报胜利消息并献上战利品。所以这最后三句仍是把话题归结到对封常清的赞美上,有恭维他此战必胜的意思。

二

前边我们讲的是岑参的歌行体的诗,其内容除了描写边塞的风光景物之外,都是对战争和将帅的歌颂与赞美。但岑参在那么远的边塞的幕府中工作了那么久,他难道就不想念他的故乡和家人吗?其实,想家本是人之常情,岑参有时候也是会写到自己真实感情的。现在我们就看他的一首《逢入京使》:

> 故园东望路漫漫,双袖龙钟泪不干。
> 马上相逢无纸笔,凭君传语报平安。

我们讲过王昌龄的边塞诗，他虽然也写过"青海长云暗雪山"什么的，但他其实还是站在第三者的角度来写边塞风光和边塞将士。可是现在岑参是自己离开故乡来到边塞，在幕府生活了很长时间。他写的完全是生活中真实的事情，所以这感情是不同的。"故园东望路漫漫"，因为他身在西北边疆，而故乡是在东南的方向，所以他向东遥望他的故乡。"双袖龙钟泪不干"，是说他碰到一个入京的使者，那人要从安西回到首都长安去，因此引起了他思念故乡的悲伤。"龙钟"常常形容衰老疲惫的样子，但在这里是形容泪水沾湿的样子。因为思念故乡，他流下了那么多的眼泪，把衣袖都沾湿了。"马上相逢无纸笔"，是说我不知你要回长安去，今天只是在路上偶然地遇见你，我没有带着纸笔，所以没有办法给我的家人写一封信托你带回去，因此只有"凭君传语报平安"，拜托你到了长安以后告诉我的妻子儿女，说我在边塞还平安。这首绝句不是那种"语奇而格峻"的风格，写得很朴实，但感情很真，不必有心用意地描写刻画，自然就很感动人，这是真正在边塞生活过的人自己写的怀念家乡的诗。

(杨爱娣整理)